중국 대표단편문학선
시간에 무감각한 두 남자

세계단편문학선집03

중국 ——— 대표단편문학선
시간에 무감각한 두 남자

류나어우 외 지음 | 조성환 옮김

올해가 2016년이니 중국 현대문학의 역사도 거의 100년에 다가서고 있다. 중국의 경우 신해혁명(1911)으로 중화민국이 세워진 뒤 위안스카이(袁世凱)가 집정하다가 1916년 6월에 사망하자 리위안훙(黎元洪)이 그 바통을 이어받았다. 하지만 이듬해 6월에 장쉰(張勳)이 복벽하면서 다시 군벌투쟁으로 중국 내에서는 남북전쟁(베이징 정부와 광저우군 정부)이 벌어지고 있었고, 유럽에서는 제1차 세계대전이 막바지에 접어들고 있었으며, 러시아에선 백군과 홍군의 접전 끝에 1917년 11월 레닌이 잠재적 소비에트 정권을 잡게 된다. 당시 세계의 정치 무대는 그야말로 혼전에 혼전을 거듭하며 각축전을 벌였다.

한편 당시 한국에서는 이광수(李光洙)가 1917년부터 한국 최초의 근대 장편 소설 《무정(無情)》을 연재하기 시작했고, 중국에서는 루쉰(魯迅)이 1918년에 중국 최초의 현대백화 단편 소설 〈광인일기(狂人日記)〉를 지었다. 일본의 경우는 중국이나 한국보다 빨라서 후타바테이 시메이(二葉亭四迷)의 최초의 언문일치체 소설 《뜬구름(浮雲)》(1887-1889)에 이어 모리 오가이(森鷗外)의 《무희(舞姬)》(1890), 나쓰메 소세키(夏目漱石)의 《마음(心)》(1914), 아쿠타가와 류노스케(芥川龍之介)의 《라쇼몽(羅生門)》

(1915)으로 이어지면서 일본 현대소설의 토대를 단단히 다져 놓았다. 일본과 비교하면 중국이나 한국의 '진정한 의미의 현대소설 역사'는 30년 정도 뒤졌다고 볼 수 있겠다. 일본이 한국이나 중국보다 먼저 문호를 개방하면서, 작품을 발표할 수 있는 신문과 잡지 등 매체 숫자가 늘어나고 원고료 체계가 잡혔으며 심지어 소설 쓰기 작법 같은 가이드북이 나와 상대적으로 소설 쓰기 인프라 구축이 빨랐기 때문일 것이다.

이 책에 수록된 단편 소설은 모두 1918-1945년 사이에 발표된 작품들이다. 물론 그 이전에도 단편 소설이라고 부를 만한 것이 있었으나 이전의 중국 단편 소설은 문언(文言)으로 쓰여졌고 표현하는 내용에서도 현대소설로 이어지는 접점이 없어 편의상 20세기 전반에 발표된 작품들만을 대상으로 하여 15편을 선정했다. 작품의 지명도, 문학성, 시대성, 가독성을 고려하여 단편 소설 15편으로 중국 현대문학사를 관통할 수 있는 키워드를 찾아보려고 시도했지만 무언가 누락된 느낌이 지워지지 않는다.

독자의 이해를 돕기 위해 해당 작품의 발표 시기와 발표 지명(誌名) 그리고 그 내용을 간략하게 아래에 부기해 두고자 한다.

루쉰(魯迅, 1881-1936)의 〈광인일기〉는 1918년 5월 《신청년》 제4권 제5호에 처음으로 발표했으며 이때 처음으로 '루쉰(魯迅)'이란 필명을 사용했다. 이는 중국 현대문학사에서 '사람을 잡아먹는' 봉건예교를 철저하게 공격한 소설이다. 작자는 《외침(吶喊)·자서(自序)》에서도 이 소설을 쓴 이유에 대해 언급했으며 《중국신문학대계(中國新文學大系)·소설2집서(小說二集序)》에서도 이 소설을 쓴 "의도는 가족제도와 예교의 폐해를 폭로하는 데 두었다."라고 강조한 바 있다.

〈타락(沈淪)〉은 위다푸(郁達夫, 1896-1945)의 처녀작으로 1921년 5월에 써서 그해 10월에 상하이 태동서국(泰東書局)에서 동명의 소설집으로 출간했다. 이는 중국 현대문학 최초의 단편 소설집이어서 출간 당시 센세이션을 일으켰다.

소설의 주인공은 일본 유학생이다. 무능하고 허약한 국가의 국민으로서 이국에서 받는 멸시와, 청춘 시기 우울하고 의심 많으며 변화무쌍하고 근심 많은 일본 유학생의 캐릭터를 묘사했다. 그는 자신의 성적인 고민, 그리고 일본인에게 '시나징(支那人)', 즉 약소 민족의 사람으로 멸시당하는 데서 오는 민족적 억압을 견디지 못하고 점점 더 고통의 심연 속에 빠져 최종적으로는 바다에 투신하기로 결심한다. 이 소설의 주제에 대해선 작가가 일찍이 말한 바 있다. "〈타락〉은 병태적 청년의 심리 묘사, 청년 우울증(Hypochondria)의 해부라고 말할 수 있으며 그 안에서 현대인의 고민, 즉 성의 욕구와 영육의 충돌을 서술했다"(《타락·자서》).

궈모뤄(郭沫若, 1892-1978)의 〈늦봄(殘春)〉은 1922년 4월 1일 일본에서 탈고되었고, 그해 8월 상하이에서 출간된 《창조계간(創造季刊)》제1권 제2호에 발표되었다. 이 작품에서는 직접적으로 작자 본인을 연상시키는 '나'(아이머우), 일본인 부인 샤오푸와 주인공의 친구 허 군과 같은 실제 인물과 바이양 군, S 양과 같은 허구적 인물이 동시에 등장한다. 소설의 무대는 일본 하카타와 모지이다. 주인공 '나'는 모 제국대학 의학부의 중국인 유학생으로 부인, 두 아들과 함께 후쿠오카에서 거주하고 있다. 어느 날 바이양 군이 '나'의 집으로 찾아오면서 스토리가 본격적으로 전개된다. '나'는 친구 허 군이 자살 미수로 모지의 병원에 입원하자 허 군을 문병 갔다가 그 병원에서 만난 간호사 S 양에게 호감이 생기게 되고, 그날 밤 꿈속에서 그녀와 밀회하게 된다. 소설의 마지막 부분에서는 그리스 신화에 나오는 메데이아(Medeia)를 등장시켜 자신과 두 아들을 버린 남편에게 보복하기 위해 자신의 두 아들을 죽인다는 참상을 통해 자신이 애정의 자유를 추구하다가 큰 대가를 치른다는 잠재의식을 심리적으로 묘사했다.

예성타오(葉聖陶, 1894-1988)의 〈난처한 판 선생(潘先生在難中)〉은 1924년 11월에 쓰여져 1925년 1월 《소설월보》 제16권 제1기에 처음 발표되었으며 나중에 단편 소설집 《선하(線下)》(상무인서관, 1925년 10월)에 수록되었다.

예성타오는 초등학교와 중등학교에서 장기간 근무하였기에 중국 교육계의 병폐와 부조리를 누구보다 잘 알고 있었고, 따라서 자신의 소설에서 이러한 회색인물의 비겁함과 어두운 면모, 추악한 인격과 불량한 사회 환경을 파헤쳤다. 이 소설에서는 판 선생이 전형적인 형상으로 등장한다. 그는 이기적이고 비루하며 무사안일을 추구하고 마비된 성격을 가진 인물이다. 한 편의 풍자 소설이라고 할 수 있다.

루옌(魯彦, 1901-1944)은 1923년 여름에 후난성 창사로 내려와 전후로 후난창사평민대학(湖南長沙平民大學), 저우난여학(周南女學)과 제일사범(第一師範)에서 가르친 바 있다. 동년 11월호 《동방잡지》에 처녀작 〈가을밤(秋夜)〉을 발표했다. 그 뒤부터 본격적으로 많은 소설을 발표했으며 그중 군벌의 살인과 폭행을 다룬 〈유자(柚子)〉가 초기의 대표작이다.

〈유자〉는 1924년에 써서 동년 10월에 출판한 《소설월보》 제15권 제10기에 발표했다. 루쉰도 그의 소설과 잡문에서 중국의 '관객'을 누차 묘사하거나 언급했다. 루쉰의 잡문에서는 '관객'에 대해 이성적으로 비판한 적은 있지만 소설에서의 '관객'은 배역에 불과했다. 하지만 루옌은 처음으로 '관객'을 소설의 주인공으로 삼아 구체적으로 묘사했다. 형장에서 살인하는 장면을 구경하는 관객인 '나'와 친구 T가 형장으로 구경 나가기 전후의 언어, 동작, 심리를 구체적으로 묘사했다. 마지막에서는 사형당한 사람의 대머리와 창사 특산인 유자를 연관시켜(살인의 일상성과 유자 가격의 저렴함) 묘사했다.

프랑스 유학파 출신 작가 리젠우(李健吾, 1906-1982)의 〈황실의 후예(關家的末裔)〉는 1926년에 써서 1928년에 상하이 북신서국(北新書局)에서 출판한《서산의 구름(西山之雲)》에 수록되었다. 이 소설은 특수한 문화적 배경을 지닌 인물을 묘사하고 있다. 무명의 주인공은 몰락한 청대 황실의 후예, 즉 팔기자제(八旗子弟)이며 나날이 죽어 가는 가련한 인물이다. 그는 삶의 활력을 잃어버렸고 자아 환상이 그의 마지막 도피처가 되어 버렸다. 작자가 중시한 것은 상징적 기법과 일련의 환각으로 묘사한 인물 심리다. 작자는 1940년에 이 소설 제목을 〈죽음의 그림자(死的影子)〉로 바꿔《사명(使命)》에 수록한 바 있으며 이 소설 제목을 〈위안밍위안의 아들(圓明園的兒子)〉로 바꾸고 싶다고 말한 적이 있을 정도로 이 소설을 상당히 중시했다.

류나어우(劉吶鷗, 1900-1939)의 〈시간에 무감각한 두 남자(兩個時間的不感症者)〉는 1930년 수말서점(水沫書店)에서 출판한《도시풍경선(都市風景線)》에 들어 있다. 작자는 1930년 이전의 상하이 도시 풍경을 신감각파(新感覺派)의 기교를 동원하여 묘사했다. 예를 들어 빠른 리듬으로 도시의 바쁜 생활을 묘사한 것이 한 예이다. 작가가 묘사한 디테일은 촉박하고 변화가 다단하며 소설의 결미도 네온사인의 빛처럼 빠르게 지나간다. 작자는 또 시각, 청각, 후각, 미각, 촉각 등 오감을 객체화, 대상화하여 입체적인 상하이 현실을 묘사했다.

'신감각파 소설의 달인'이라 불리는 무스잉(穆時英, 1912-1940)의 〈나이트클럽의 다섯 사람(夜總會裏的五個人)〉은 1932년에 써서《현대》제2권 제4기에 발표되었으며 1933년 상하이 현대서국에서 출판한《공동묘지(公墓)》에 수록되었다.

이 소설은 1930년대 현대 도시 상하이에서 몰락한 다섯 사람의 심리 상태와 나이트클럽의 휘황찬란한 조명, 술과 노래, 춤으로 뒤섞인 배경을 묘사하여 현대 도시 생활의 본질을 보여 주고 있다. 소설 말미에서 죽은 친구를 떠나보낸 뒤 네 사람이 나누는 이야기 속에는 인생의 공허함이 담겨 있다.

샤오쳰(蕭乾, 1910-1999)의 〈귀의(皈依)〉는 1935년 1월 29일 탈고하여 《수성(水星)》 제1권 제6기에 발표했으며 1936년 문화생활출판사에서 출판한 《밤(栗子)》에 수록되었다. 이 소설은 미국 기자 에드거 스노(Edgar Snow, 1905-1972)가 편집한 영역본 《살아 있는 중국(Living China): 현대 중국 단편 소설선(Modern Chinese Short Stories)》에도 수록되었다.

이 소설에서는 주인공 뉴뉴가 기독교에 귀의하는 과정을 통해 서구 식민지 강국이 종교적 수단을 통해 중국을 침략하고 중국 인민을 마비시키는 현상이 묘사되고 있는데 당시 민족 생존 위기와 연결시켜 보면 자못 의의가 있는 작품이다.

샤오훙(蕭紅, 1911-1942)의 〈손(手)〉은 《작가》 1936년 창간호에 발표었고, 그 해 문화생활출판사에서 출판한 《다리(橋)》에 수록되었다.

주인공 왕야밍의 집안은 가내 수공업으로 염색하는 일을 하고 있다. 그래서 왕야밍의 손도 염색 약에 물들어 아무리 씻어도 벗겨지지 않는다. 물든 왕야밍의 손은 위로는 교장 선생님, 아래로는 같이 공부하는 학우들에게 놀림감이 되고 만다. 심지어는 이가 옮는다고 기숙사에서까지 쫓겨난다. 이때부터 건장하고 명랑하며 순진하던 왕야밍은 점차 위축되어 허약해지고 소심해진다. 그녀는 끝내 졸업도 못하고 학교에서 쫓겨나 아버지 손에 이끌려 교문을 나선다.

'중국의 체홉', '중국의 안데르센'이라 불리는 장톈이(張天翼, 1906-1985)의 〈화웨이 선생(華威先生)〉은 《문예진지(文藝陣地)》 반월간(半月刊) 제1권 제1기(1938년 4월 16일)에 발표한 작품으로 1943년 1월 문화생활출판사에서 출판한 단편 소설집 《스케치 3편(速寫三篇)》에 수록되었다.

이 소설은 항전 시기에 애국자 행세를 하고자 '완장 차기'에 급급했던 국민당 관리를 풍자적이면서도 유머러스하게 묘사하고 있다. 그는 모든 모임에 화웨이 선생이 빠져서는 안 된다고 여기고, 모든 단체가 자신의 지도를 받아야만 한다고 주장한다. 이러한 행실은 애국이라는 가면을 쓰고 자신의 이름을 내세우기 위한 치졸하고도 비열한 자기 과시용에 불과하다.

만주족 출신 작가 수췬(舒群, 1913-1989)의 〈바다의 피안(海的彼岸)〉은 1940년 《문학월보》 제1권 제1기에 발표되었다.

5·4 신문학운동 초기부터 한국 독립운동가의 항일 사적이 중국 작가들의 제재가 되곤 했는데 궈모뤄와 장광츠(蔣光慈, 1901-1931)도 그런 작가들 중 하나였다. 특히 수췬은 동북(하얼빈) 출신의 작가였기에 한국 독립운동가의 사적을 잘 알고 있었다. 그의 출세작 〈조국이 없는 아이(沒有祖國的孩子)〉(1936)도 한국의 한 애국 소년이 동북 지방에서 항일 활동에 종사하는 상황을 묘사한 작품이다. 이 소설도 한국 애국지사의 형상을 묘사한 작품이다. 제목 〈바다의 피안〉에서 '피안'은 중국을 가리킨다. 한국 독립운동가들이 중국을 독립운동의 무대로 삼아 활동했는데 이 소설도 그런 내용을 담은 소설들 중 하나이다.

딩링(丁玲, 1904-1986)의 〈밤(夜)〉은 1941년 6월 10, 11일자 《해방일보》에 샤오한(曉菡)이란 필명으로 발표한 작품으로 1944년 구이린(桂林) 원방서점(遠方書店)에서 출판한 단편 소설집 《내가 샤 촌에 있을 때(我

在霞村的時候)》에 수록되었다. 이 소설은 항일 근거지에서 성장하는 주인공 허화밍이 개인적 정감과 혁명 공작의 충돌을 통해 개인의 정감을 극복하고 사상 모순을 극복해 나가는 과정을 묘사한 작품이다.

우쥐류(吳濁流, 1900-1976)의 〈의사 선생님 어머니(先生媽)〉는 1944년에 써서 동년 4월 타이완에서 출판된 《민생보(民生報)》에 발표한 작품이다. 이 소설은 우쥐류의 초기 대표작이다. 작품 배경은 일본 당국이 타이완에서 추진하던 '일본화 가정' 운동이며, 이를 적극 추진하던 아들과 이를 거부하던 모친의 갈등을 그리면서 모친의 민족의식을 부각시키고 있다.

쑨리(孫犁, 1913-2002)의 〈허화뎬(荷花淀)〉은 1945년에 써서 같은 해 5월 15일자 《해방일보》에 발표한 작품으로, 1947년 홍콩 해양서점(海洋書店)에서 출판한 동명의 소설·산문집에 수록되었다.

이 소설은 바이양뎬(白洋淀) 농민유격대가 매복 작전으로 일본군을 격멸하는 이야기를 소재로 삼아 농촌 청년들의 희생 정신과 낙관 정신을 묘사하고 있다. 그 중에서 수이성의 아내 등 일군의 여성들은 남편을 군대로 보내고 아울러 자신들도 대동단결하여 가정과 향토를 지킨다.

이상으로 소개한 15편 가운데 한국에서 이미 번역되어 나온 작품은 〈광인일기〉, 〈타락〉, 〈난처한 판 선생〉, 〈손〉, 〈화웨이 선생〉, 〈밤〉 등 6편이고 나머지 〈늦봄〉, 〈유자〉, 〈황실의 후예〉, 〈시간에 무감각한 두 남자〉, 〈나이트클럽의 다섯 사람〉, 〈귀의〉, 〈바다의 피안〉, 〈의사 선생님 어머니〉, 〈허화뎬〉 등 9편은 역자가 처음 시도한 번역이다.

원래 계획은 국내에 번역되지 않은 단편만을 골라 시도하려 했으나 그러다 보니 어느 정도 지명도가 있는 작품이 누락되어 무언가 이빨이 빠진 느낌이 들었다. 그래서 부득이하게 이미 번역된 작품도 다시 번역하여 넣었음을 알린다. 독자의 질정을 바란다. 아울러 이 책의 출판을 기획해 주신 이재필 선생과 써네스트 강완구 대표께도 감사의 마음을 전한다. 무궁한 발전이 있기를 바라며.

2016년 9월
안서산방에서 조성환

| 차례 |

광인일기

루쉰

지금 아무개 형제들의 이름을 밝히진 않겠다. 모두 옛날에 내가 중학 다닐 때의 친한 친구들이다. 몇 년 동안 헤어져 있어서 소식이 점차 뜸해 졌다. 일전에 큰 병에 걸렸다는 소문을 우연히 들었다. 마침 고향에 돌아 가는 도중에 길을 멀리 돌아가 방문하여 한 친구를 만났는데 병에 걸린 사 람은 그의 동생이라고 말했다. 노고를 마다하지 않고 멀리서 보러 왔으나 벌써 쾌유하여 모처로 가서 발령을 기다린다고 했다. 크게 웃으며 일기장 두 권을 보여 주면서 이를 보면 병의 증세를 알 수 있고 옛 친구에게 주어 도 무방할 것 같다고 말했다. 가지고 집에 돌아와 한 번 보고는 그가 앓은 병이 '피해망상증' 같은 것임을 알았다. 말은 혼잡하고 조리도 없었으며 황 당한 말이 많았다. 또 날짜도 적어 놓지 않았고 먹의 색깔과 글씨 모양도 일치하지 않아 일시에 쓰지 않은 것임을 알았다. 간혹 연결된 곳도 있어 서 지금 한 편을 골라 기록하여 의사의 연구용으로 제공하고자 한다. 일기 에 잘못된 글자도 있으나 한 글자도 바꾸어 놓지 않았다. 다만 인명은 모 두 시골 사람이라 세간에서 알지 못하기에 대체로 관계가 없긴 하지만 모두 다 바꾸어 놓았다. 서명은 본인이 나은 뒤에 붙인 것이기에 다시 바꾸지 않았다.

민국 7년(1918) 4월 2일 씀.

1

오늘 저녁은 달빛이 무척이나 밝다.

내가 그를 못 본 지 벌써 30년이 넘었다. 오늘 보니 정신이 특별히 상쾌하다. 이제야 이전의 30여 년 동안 전부 흐리멍덩하게 보냈음을 알게 되었다. 그러나 반드시 조심해야 한다. 그렇지 않으면 자오(趙) 씨네 개가 어째서 내 두 눈을 노려볼까? 내가 두려워하는 것도 당연하다.

2

오늘은 달빛이 전혀 없어서 나는 불길함을 눈치 챘다. 아침에 조심스레 문을 나서니 자오구이(趙貴) 영감의 눈빛이 괴상했다. 나를 무서워하는 것 같기도 하고 해치려고 하는 것 같기도 했다. 또 칠팔 명이 머리와 귀를 맞대고 나에 대해 소곤거리며 내가 볼까 봐 두려워했다. 길가의 사람도 모두 그랬다. 그중에 가장 흉악하게 생긴 사람이 입을 벌리고 나를 향해 웃음을 지었다. 나는 곧 머리부터 발끝까지 차가워졌다. 그들이 벌써 완벽하게 준비해 놓은 것을 알았기 때문이다.

하지만 나는 전혀 두려워하지 않고 여전히 내 갈 길을 갔다. 앞의 한 녀석도 그곳에서 나에 대해 소곤거렸다. 안색도 자오구이 영감과 마찬가지였고 얼굴 색깔도 검푸르렀다. 나는 그 녀석과 무슨 원한이 있는지 생각해 보았고 그도 마찬가지였다. 도저히 참을 수 없어 큰 소리로 말했다.

"무슨 일인지 말해!"

하지만 그들은 도망갔다.

나는 생각했다. 내가 자오구이 영감과 무슨 원수를 졌고 길가의 사람과는 또 무슨 원수를 졌단 말인가? 오로지 20년 전에 구주(古久) 선생의 해묵은 장부를 발로 차 버린 적이 있어 구주 선생이 매우 불쾌하게 생각했다. 자오구이 영감은 구주를 모르지만 분명 소문을 듣고 대신 분개했을 것이다. 그리고 나와 원수지간이 되도록 길가의 사람과 약정하였을 것이다. 하지만 어린아이는? 그때 아이들은 아직 세상에 태어나지도 않았는데 어째서 오늘도 괴상한 눈을 동그랗게 뜨고 보는가? 나를 무서워하는 것도 같고 해치려고 하는 것도 같았다. 이는 정말 나를 두렵게 했고 놀라게 했을 뿐 아니라 상심하게 만들었다. 나는 알았다. 이것은 그들 부모가 가르쳐 준 것이었다.

3

밤에는 언제나 잠을 이루지 못했다. 모든 일은 연구해 봐야만 비로소 분명히 알 수 있다.

그들도 지현(知縣)에게 수갑에 채인 적이 있고 신사에게 뺨을 맞은 적이 있으며, 아전에게 아내를 빼앗긴 적도 있고 부모가 채권자의 핍박을 받아 죽은 사람도 있을 것이다. 당시 그들의 낯빛은 어제만큼 무섭지 않았으며 흉악하지도 않았다.

가장 기괴한 것은 어제 길거리의 그 여인이다. 자기 아들을 때리며 말했다.

"아들아! 너를 몇 번 깨물어야 내 화가 풀리겠니?"

그녀의 눈은 도리어 나를 봤다. 나는 깜짝 놀라서 두려움을 감출 수가 없었다. 험상궂은 사람들이 모두 껄껄 웃기 시작했다. 천라오우(陳老五)

가 앞으로 달려와 억지로 나를 집으로 끌고 갔다.

나를 끌고 집으로 돌아오자 가족은 모두 나를 모르는 체 했다. 그들의 안색도 전부 다른 사람과 같았다. 서재에 들어가자 도리어 문을 잠갔는데 닭과 오리를 가두는 것과 흡사했다. 이 일은 갈수록 내막을 추측할 수 없었다.

며칠 전에 랑쯔촌(狼子村) 소작농이 흉작을 보고하러 와서는 나의 큰형에게 그들 마을의 악당이 사람들에게 맞아 죽었으며 몇 사람이 그의 심장과 간을 빼내어 자신의 담력을 키울 수 있도록 기름으로 볶아 먹었다고 말했다. 내가 한마디 참견하자 소작농과 큰형이 나를 몇 번 힐끗 쳐다보았다. 오늘에서야 비로소 그들의 눈빛이 바깥의 그놈들과 완전히 같다는 사실을 알게 되었다.

이런 일을 생각해 보니 나는 머리 위에서 발끝까지 오싹해졌다.

그들은 사람을 먹을 수 있으니 나라고 잡아먹지 않는다는 보장은 없다.

그 여인의 "너를 몇 번 깨물겠다."라는 말과 험상궂은 사람의 웃음, 그리고 그저께 소작농이 한 말 등은 분명 암시였다. 나는 그의 말 속에 전부 독이 들어 있고 웃음 속에 온통 칼이 도사리고 있음을 알아차렸다. 그들의 치아는 전부 희고 무시무시하게 늘어섰는데 이들이 바로 사람을 잡아먹는 무리다.

나 스스로 생각해 보니 비록 나쁜 사람은 아니지만 내가 구주 집의 장부를 발로 찬 뒤부터 단언하기 힘들어졌다. 그들이 다른 심보를 가진 것 같았지만 나는 전혀 예측할 수가 없었다. 하물며 그들은 성내며 나를 나쁜 사람이라고 말했다. 나는 큰형이 내게 논설 작성법을 가르쳐 주던 때를 아직도 기억한다. 아무리 좋은 사람일지라도 몇 마디 뒤집으면 큰형은 동그라미를 몇 개 쳐 놓았다. 나쁜 사람을 용서한다는 문구에서 그는 "기상천외하며 남다르다."고 말했다. 나는 거기에서 그들의 심사가 결국 어떠한 것인지 추측할 수 있었다. 하물며 잡아먹으려고 할 때는 어떻겠는가?

모든 일은 아무튼 연구해 봐야만 비로소 분명히 알 수 있다. 옛날부터 항상 사람을 잡아먹었다는 사실을 여전히 기억하지만 그다지 분명하진 않다. 나는 역사책을 뒤적여 찾아보았다. 그 역사책은 연대도 없고 삐뚤삐뚤 모든 페이지마다 "인의도덕(仁義道德)"이란 몇 글자가 쓰여 있었다. 나는 아무튼 잠을 잘 수가 없어 밤새 자세히 보고서야 글자의 틈 속에서 다른 글자를 찾아냈다. 책에는 온통 '흘인(吃人)'* 이란 두 글자가 쓰여 있었다.

책에도 이렇게 많은 글자가 쓰여 있고, 소작농도 그렇게 많은 말을 하면서 도리어 빙그레 웃으며 괴상한 눈으로 나를 쳐다보았다.

나도 사람이니 그들은 나를 잡아먹고 싶을 것이다.

4

아침에 나는 잠시 조용히 앉아 있었다. 천라오우가 밥을 보내왔는데 야채 볶음 한 접시와 생선찜 한 접시였다. 이 생선의 눈은 희고 딱딱하며 입을 벌리고 있어서 사람을 잡아먹으려고 하는 사람과 같았다. 몇 번 젓가락질을 해봐도 생선인지 사람 고기인지 알 수가 없어 뱃속에 든 것을 모두 게워 냈다.

내가 말했다.

"라오우, 큰형한테 내가 너무나 갑갑해서 뜰에 나가 거닐고 싶다고 말해 줘요."

라오우는 내 말에 대꾸도 하지 않고 밖으로 나갔다가 잠시 뒤 돌아와 문을 열어 주었다.

나는 꼼짝하지 않고 그들이 나를 어떻게 조치할까 연구했다. 그들이 틀림없이 나를 놓아 주지 않을 것을 알고 있다. 과연 큰형은 한 노인을 데리고 천천히 걸어왔다. 그의 눈은 흉악한 빛으로 가득했고 내가 볼까 봐 고개를

---

* 사람을 잡아먹는다는 뜻

숙이고 땅을 바라보며 안경 너머로 나를 몰래 훔쳐봤다. 큰형이 말했다.

"오늘 너 좋아 보인다."

"예."

"오늘 널 진찰하기 위해 허(何) 선생님을 불렀다."

"좋아요."

사실 내가 어찌 그 노인이 망나니로 변할 줄 모르겠는가? 분명 진맥한다는 명분을 빌어 내가 살쪘는지 말랐는지 가늠할 것이다. 이 공로로 살점한 점을 받아먹을 것이다. 나는 두렵지 않았다. 비록 사람을 잡아먹지는 않았지만 담력은 도리어 그들보다도 더 세다. 두 주먹을 뻗어 그들이 어떻게 손대는지 지켜볼 것이다. 노인은 앉아서 눈을 지긋이 감고 잠시 만져보고는 한동안 멍청하게 있었다. 그리고 귀신 같은 눈을 뜨며 말했다.

"쓸데없는 생각하지 마시고 조용히 며칠 요양하면 나아질 것이오."

쓸데없는 생각하지 말고 조용히 요양하라고? 살찌우면 그들은 물론 많이 먹을 수 있을 것이다. 내게 좋은 것이 무엇이며 어째서 "좋아 보인다"고 말했는가? 그들은 사람을 잡아먹고 싶어 하고 또 온갖 못된 짓을 하며 감출 생각이나 하면서 감히 단도직입적으로 착수하진 못하니 정말 웃겨 죽겠다. 나는 참을 수 없어 소리 내어 크게 웃으니 무척 쾌활해졌다. 자신도 그 웃음 속엔 용기와 정기가 들어 있음을 안다. 노인과 큰형은 모두 얼굴빛이 변했고 나의 용기와 정기에 의해 압도되었다.

하지만 내가 용기를 가지고 있으면 그들은 더욱더 나를 잡아먹으려 하고 이 용기를 차지하려고 한다. 노인이 문을 나서 멀리 나가지 않았을 때 소리를 죽여 큰형에게 말했다.

"빨리 먹어 치우세."

큰형은 고개를 끄덕였다. 원래 큰형도 한통속이었다. 이 일을 발견한 것은 비록 의외인 것 같으나 의중에 두었던 일이다. 한패가 되어 나를 잡아먹는 사람이 바로 나의 형님이다.

사람을 잡아먹는 사람은 나의 형이다.

나는 사람을 잡아먹는 사람의 형제다.

나 자신이 사람에게 잡아 먹혀도 여전히 사람을 잡아먹는 사람의 형제다.

5

며칠 동안 한 걸음 물러나 생각해 보았다. 만일 노인이 망나니로 분장한 것이 아니고 진짜 의사라고 해도 여전히 사람을 잡아먹는 사람일 것이다. 그들의 조상 이시진(李時珍)이 지은 《본초 무엇》인가 하는 책에서도 인육은 지져서 먹을 수 있다고 분명히 써 놓았다. 그는 자신이 사람을 잡아먹지 않았다고 말할 수 있는가?

나는 큰형을 조금도 원망하지 않는다. 내게 책에 대해 얘기해 줄 때, 그는 자신의 입으로 "자식을 바꾸어 먹을 수 있다(易子而食)"고 말했다. 또한 번은, 우연히 좋지 않은 사람에 대해 이야기하다가 그 사람을 죽여야 할 뿐 아니라 "살은 먹고 가죽은 깔아(食肉寢皮)"도 된다고 말했다. 나는 당시 나이가 아직 어려서 가슴이 한참 동안 콩닥콩닥 뛰었다. 그저께 랑쯔촌의 소작농이 와서 심장과 간을 먹는 일에 대해 얘기해 주었는데 그는 조금도 이상하게 생각하지 않고 끊임없이 고개를 끄덕였다. 이를 보면 심보가 종전처럼 악독함을 알 수 있다. 기왕 "자식을 바꾸어 먹을" 수 있다면 어느 것도 바꿀 수 있고 어떤 사람도 먹을 수 있다. 나는 종전에 그가 말하는 도리를 듣고도 얼버무리며 지나갔다. 지금 그가 도리를 얘기할 때 입술가에 사람 기름이 묻어 있을 뿐 아니라, 마음속에 사람을 잡아먹을 생각으로 가득 차 있음을 알게 되었다.

6

어두침침하니 낮인지 밤인지 모르겠다. 자오 씨네 개가 또 짖기 시작한다. 사자 같은 흉악한 마음, 토끼 같은 비겁, 이리 같은 교활……

7

나는 그들의 수법을 알고 있었다. 직접 죽일 수는 없고 감히 그럴 수도 없으며 그렇게 되면 재앙이 생길지도 몰랐기 때문이다. 그래서 그들은 서로 연락하여 연락망을 쳐 놓고는 내가 자살하도록 다그쳤다. 며칠 전 길거리의 남녀 모습과 며칠 동안 큰형의 행위를 보고는 상당 부분 유사함을 깨달았다. 가장 좋은 것은 허리띠를 풀어 대들보에 걸고 스스로 목매달아 죽는 것이다. 그러면 그들은 사람을 죽였다는 죄명도 없고 마음속으로 바라던 바를 이룬 셈이니 자연스레 뛸 듯이 기뻐하며 오열하는 듯한 웃음소리를 낼 것이다. 그렇지 않고 놀라거나 근심으로 죽게 되면 비록 여위긴 했으나 그래도 수긍할 수 있을 것이다.

그들은 단지 죽은 고기를 먹을 수 있을 뿐이다. 어느 책에선가 말한 적이 있다. '하이에나'라고 불리는 동물은 눈과 모습이 모두 흉악하며 언제나 죽은 고기를 먹고 커다란 뼈까지도 잘근잘근 씹어 뱃속으로 삼킨다고 한다. 생각만 해도 정말 두렵다. '하이에나'는 이리의 친척이며 이리는 개의 본가다. 그저께 자오 씨네 개가 나를 몇 번 쳐다보았는데 개조차도 공모하여 이미 상의했음을 알 수 있다. 노인의 눈은 땅을 보고 있었지만 어찌 나를 속일 수 있겠는가?

가장 가련한 사람은 나의 큰형이다. 그도 사람이니 어찌 두려워하지 않겠는가? 뿐만 아니라 여러 사람이 작당하여 나를 잡아먹으려고 하지 않는가? 이 또한 대대로 습관이 되어 버려 이를 그르다고 여기지 않는 것일까?

아니면 양심을 잃어버려 잘 알고 있으면서도 일부러 죄를 짓는 것일까?

내가 사람을 잡아먹는 사람을 저주한 것은 먼저 형님으로부터 시작되었다. 사람을 잡아먹는 사람을 타이르는 일도 먼저 형님부터 시작할 것이다.

8

사실 이러한 이치는 그들도 알고 있었어야 할 것이다.

갑자기 한 사람이 다가왔다. 나이는 스무 살에 불과하고 모습은 똑똑히 보진 못했으나 온 얼굴에 웃음을 띠고 나를 향해 고개를 흔들었다. 그의 웃음은 진짜 웃음 같지가 않았다. 나는 곧 그에게 물었다.

"사람을 잡아먹은 일이 옳습니까?"

그는 여전히 웃으며 말했다.

"흉년도 아닌데 어떻게 사람을 잡아먹어요?"

나는 그 자리에서, 그도 한패이며 사람 잡아먹는 것을 좋아하리라는 것을 알아차렸다. 그래서 백배 용기를 내어 고집스럽게 그에게 물었다.

"옳습니까?"

"그 일을 왜 묻소? 당신 정말…… 농담 잘해요. …… 오늘 날씨 좋네요."

날씨가 좋고 달빛도 환하게 빛난다. 하지만 나는 그에게 "맞습니까?"라고 물었다.

그는 그렇지 않다고 여기며 애매모호하게 대답한다.

"아니오……."

"아니라고요? 그러면 그들은 어째서 끝내 먹었습니까?"

"그런 일 없소."

"그런 일 없다고요? 랑쯔촌에서 변통해서 먹잖아요. 그리고 책에도 쓰여 있고요. 온통 붉었다가 점차 신선해진다고!"

그의 얼굴이 변하여 쇠처럼 푸르스름했다. 그리고 눈을 크게 뜨고 말했다.

"있을지도 모릅니다만 원래부터 그랬어요."

"원래부터 그랬으면 맞는 겁니까?"

"저는 당신과 그 이치에 대해 얘기하고 싶지 않소. 어쨌든 당신은 그렇게 말해선 안 됩니다. 당신 말은 잘못된 겁니다."

내가 벌떡 일어나 눈을 크게 뜨니 그 사람은 보이지 않았다. 온몸은 땀으로 흠뻑 젖었다. 그는 나의 큰형보다도 한참 어리다. 그런데도 결국 한통속이다. 이것은 분명 그의 부모가 먼저 가르쳐 주었을 것이다. 진작 그의 아들에게 가르쳐 주었을지도 모른다. 그래서 어린아이조차 나를 악독하게 바라보는 것이다.

9

자신은 사람을 잡아먹고 싶어 하면서도 다른 사람에게 잡아 먹힐까 두려워하며 모두가 의심 깊은 눈으로 서로를 바라본다.

이런 생각을 버리고, 마음 놓고 일을 하고, 길을 가고, 밥을 먹고, 잠을 자면 얼마나 편안할까? 이것은 단지 문지방이자 하나의 고비일 따름이다. 그들은 부자, 형제, 부부, 친구, 스승과 제자, 원수와 서로 알지 못하는 사람끼리도 모두 한패가 되어서 서로 격려하고, 서로 이끌어 주면서 죽어도 이 문턱을 넘어서려고 하지 않는다.

10

새벽에 큰형을 찾아갔다. 그는 사랑채 문밖에 서서 하늘을 바라보고 있었다. 나는 그의 등 뒤로 걸어가서 문을 가로막았다. 유난히 침착하고 온화한 말투로 말했다.

"큰형님, 할 말 있어요."

"말해 봐."

그는 급히 고개를 돌리며 고개를 끄덕였다.

"제가 할 말이 있지만 꺼낼 수가 없네요. 큰형님, 당초 야만적인 사람들은 모두 사람을 잡아먹은 적이 있지요. 후에 마음과 생각이 달라지면서 어떤 사람은 사람을 잡아먹지 않아 줄곧 좋아지고 변해서 참된 인간으로 바뀌었지요. 반면에 어떤 사람은 아직도 사람을 먹습니다. 벌레와 마찬가지지요. 어떤 것은 물고기, 새, 원숭이로 변하여 끝내 사람으로 바뀌지 못했어요. 어떤 것은 좋아지지 않아서 아직까지도 벌레입니다. 사람을 잡아먹는 사람은 사람을 잡아먹지 않는 사람에 비해 얼마나 부끄럽습니까? 아마 벌레가 원숭이를 부끄러워하는 것보다 훨씬 더 부끄러울 겁니다.

이아(易牙)가 자기 자식을 삶아서 걸(桀), 주(紂)에게 바친 일은 종전의 일입니다. 반고(盤古)가, 천지가 개벽한 이후로 줄곧 이아의 아들을 먹었고 이아의 아들로부터 서석림(徐錫林)을 먹어 왔어요. 서석림으로부터 줄곧 랑쯔촌에서 잡은 사람을 먹고 있습니다. 작년에 성내에서 죄수가 처형되었을 때 폐병을 앓는 사람이 그 피에 만두를 찍어 먹었지요.

그들이 저를 잡아먹으려고 하지만 큰형님만은 그럴 생각이 없었겠지요. 하지만 그 무리에 가담할 필요가 있어요? 사람을 잡아먹는 사람은 아무 일도 할 수 없어요. 그들은 저를 잡아먹고 큰형님을 잡아먹고 자기들끼리도 잡아먹을 수 있어요. 하지만 마음만 바꾸면 즉각 고칠 수 있어요. 다시 말하면 어느 누구나 태평스럽게 되죠. 비록 원래부터 그랬다고는 하나 우리는 오늘부터 각별히 좋아질 수 있어요. 안 된다고 말씀하세요. 큰형님께서 이 말을 하실 수 있다고 믿어요. 소작농이 그저께 세금을 인하해 달라고 부탁했는데 형님이 '안 돼'라고 말씀하셨잖아요."

당초에 큰형님은 냉소했으나 조금 뒤 눈빛이 흉악해지면서 그들의 내막이 밝혀지자 온 얼굴이 푸른색으로 바뀌었다. 대문 밖에 한 무리가 서 있다. 자오구이 영감과 그의 개도 그 안에서 모두 머리를 내밀고 주변을 두리번거리면서 다가오기 시작했다. 어떤 사람은 얼굴을 볼 수 없도록 천으로 가린 것 같았다. 어떤 사람은 여전히 흉악한 얼굴을 하고 입가에 웃음을 띠었다. 나는 그들이 모두 한통속으로 사람을 잡아먹는 사람들임을 알았다. 하지만 그들의 심보가 같지 않음을 알고 있다. 한 부류는 원래부터 그랬다고 여기고 마땅히 잡아먹어야 한다고 생각하는 사람들이다. 또 한 부류는 먹지 말아야 한다고 여기면서도 여전히 먹으려고 하는 사람들이다. 하지만 다른 사람이 그를 폭로할까 봐 두려워, 내 말을 듣고는 갈수록 분노가 치밀었지만 여전히 입가에 냉소를 띠고 있는 사람들이다.

이때 큰형님의 얼굴이 갑자기 일그러지며 큰소리로 외쳤다.

"모두 꺼져. 미친놈을 무어 볼 게 있다고."

이때 나는 또 그들의 교묘한 수작을 파악했다. 그들은 고치려고 하지 않을 뿐 아니라 철저하게 준비를 해 놓았다. 미친 사람이라는 명분을 내게 덮어씌웠다. 장차 먹으려 하더라도 태평 무사할 뿐 아니라 사정을 참작해 주는 사람도 있을 것이다. 소작농은 사람들이 나쁜 사람을 먹는다고 말했는데 이것이 바로 한 방법이다. 이것이 바로 그들의 상투적인 수법이다.

천라오우도 화가 나서 곧장 들어왔다. 내 입을 틀어막으려 하자 나는 고집스럽게 무리에게 말했다.

"여러분은 회개할 수 있어요. 진심으로 회개하세요. 장래에 사람을 잡아먹는 사람은 이 세상에 살 수 없다는 것을 알아야 합니다.

여러분이 회개하지 않으면 자신도 먹힐 수 있어요. 설사 오래 산다 하더라도 참다운 사람에 의해 소멸될 겁니다. 사냥꾼이 이리를 죽이듯이요. 벌레와 마찬가지로요."

그 무리들은 모두 천라오우에게 쫓겨나고 말았다. 큰형님도 어디로 가셨는지 모른다. 천라오우는 내게 집안으로 들어오라고 권했다. 방안은 온통 어두침침했다. 대들보와 서까래 모두 머리 위에서 떨고 있었다. 잠시 떨더니 커져서 내 몸에 쌓이기 시작했다.

너무나 무거워서 움직일 수도 없었다. 그의 의도는 나를 죽이려는 것이다. 나는 그의 무게가 거짓임을 알고 몸부림치니 온몸에서 땀을 흘렸다. 하지만 고집스럽게 말했다.

"여러분은 즉각 회개해야 합니다. 진심으로 회개하세요. 여러분은 장래에 사람을 먹는 사람을 받아줄 수 없다는 것을 알아야 합니다."

11

태양도 뜨지 않았다. 문도 열리지 않았다. 날마다 두 끼만 먹었다.

나는 젓가락을 집으며 큰형님을 생각했다. 누이동생이 죽은 까닭도 전부 그에게 있음을 깨달았다. 당시 누이동생은 고작 다섯 살이었다. 사랑스럽고 가련한 모습이 아직도 눈앞에 어른거린다. 모친은 끊임없이 울었으나 큰형님은 모친에게 울지 마시라고 권유했다. 아마도 자신이 먹었기에 모친이 울면 자신이 미안하기 때문일 것이다. 만일 아직까지 미안하게 생각한다면…….

누이동생은 큰형님에게 먹혔다. 모친이 사실을 알고 있는지 나는 전혀 모른다.

모친은 짐작으로나마 알 것이다. 그러나 울 때는 도리어 말하지 않았지만 아마도 당연하다고 여길 것이다. 내가 기억하건대 네다섯 살 때 대청

앞에 앉아 더위를 식히고 있었다. 큰형님은 부모가 병이 나면 아들은 반드시 살을 베어 끓여 드려야* 비로소 좋은 사람이라고 말한 적이 있다. 모친도 안 된다고는 말하지 않았다. 한 점을 먹기 시작하면 전체도 물론 먹을 수 있다. 하지만 그날의 울음을 지금 생각해 보니 실제로 상심하게 만들었다. 이는 정말 매우 기이한 일이다.

12

생각할 수조차 없다.

4천 년 동안 늘 사람을 잡아먹는 곳을, 오늘에서야 분명히 알았다. 나도 그 속에 섞여서 수년 동안 지내 왔음을. 큰형님이 집안을 돌보고 있을 때 누이동생이 마침 죽자 그가 요리 속에 넣어서 몰래 우리에게 먹이지 않았다고 단정할 수 없다.

내가 무의식 중에 누이동생의 살점을 먹지 않았다고 말할 수 없다. 지금은 또 내 순서가 되었다.

4천 년 동안 사람을 먹은 이력을 가진 나는 당초에 알진 못했지만, 참다운 사람을 보기 어렵다는 사실을 분명히 알게 되었다.

13

사람을 먹어 보지 못한 아이가 아직 있을지도 모른다.

아이들을 구하자.

1918년 4월

---

* 이 말은 "할고요친(割股療親)" 고사에서 나왔다. 즉 자신의 허벅지 살을 떼어 내어 약으로 달여 부모의 중병을 치료하는 것을 말한다. 《송사(宋史) · 선거지 1(選擧志一)》에 "위에서 효로 사람을 뽑으면 용기 있는 자는 허벅지를 베고, 겁이 있는 자는 시묘살이를 한다.(上以孝取人, 則勇者割股, 怯者廬墓.)"라는 말이 있다.

타락

위다푸

1

그는 근래에 가련할 정도로 고독했다.

조숙한 그의 성품이 결국 세상 사람들과 어울릴 수 없는 지경으로 만들어 놓았다. 그와 사람들 사이에 놓인 장벽은 점점 높아만 갔다.

날씨는 날마다 서늘해져 갔다. 그의 학교는 개학한 지 벌써 보름이 넘었다. 그날이 바로 9월 22일이다.

갠 하늘은 온통 푸르고 만 리(萬里) 창공엔 구름 한 점 없었다. 언제나 새롭고도 밝게 빛나는 태양도 자신의 궤도를 따라 한 구간 한 구간씩 그곳에서 운행하고 있었다. 남방에서 불어오는 미풍은 술을 깨게 하는 미주(美酒)처럼 향기를 품고 한바탕 얼굴을 스치고 지나갔다. 누렇지만 아직 익지 않은 논 사이로 구불구불하고 하얀 선 같은 시골길에서 그 혼자 손에 여섯 자 크기의 워즈워스(Wordsworth) 시집을 들고서 그곳에서 천천히 산보하고 있었다. 이 대평원 사방에는 사람의 그림자라곤 보이지 않았다. 어디선가 멀리서 개 짖는 소리가 이따금 들려왔다. 산들거리며 그의 고막으로 전해졌다. 그는 책에서 눈을 떼어 꿈을 꾸기라도 한 듯 개 짖는 소리가 나는 곳을 바라보았다. 하지만 한 무더기의 잡목과 인가 몇 채가 보였고 물고기 비늘 같은 기와지붕 위에서는 엷은 신기루가 가벼운 비단처럼 흔들리고 있었다.

"Oh, you serene gossamer! You beautiful gossamer!(오, 그대 맑은 비단, 그대 아름다운 비단!)"

이렇게 외치고 나니 그의 눈에서는 두 줄기 맑은 눈물이 흘러내렸다. 그 자신도 무슨 까닭인지 몰랐다.

멍청하게 오랫동안 바라보았다. 그는 갑자기 등 뒤로 보랏빛 숨결이 불어와 살랑거리는 소리를 느꼈다. 길가의 작은 풀이 결국 그의 꿈을 깨 버리고 말았다. 그가 고개를 돌려 보니 그 작은 풀은 여전히 흔들리고, 스톡(stock) 향기를 머금은 온화한 바람이 그의 창백한 얼굴로 따스하게 불어왔다. 이처럼 맑고도 온화한 초가을의 세계에서, 이처럼 맑고 투명한 에테르 안에서 그의 신체는 도취한 것처럼 나른해짐을 느꼈다. 그는 마치 모친의 품속에서 잠이 든 것 같았다. 그는 도화원을 꿈꾸는 것 같았다. 그는 남유럽 해안에서 애인의 무릎 위에 누워 낮잠을 자는 모습이었다.

그가 주변을 둘러보니 주위의 초목 모두가 그를 향해 미소 짓는 것 같았다. 창공을 바라보니 유구하고 끝이 보이지 않는 대자연이 미미하게 그곳에서 고개를 끄덕이는 것 같았다. 전혀 움직이지 않고 하늘을 잠시 바라보니 그는 하늘 속에 작은 천신이 등에 날개를 달고 어깨에 활과 화살을 메고 거기에서 춤을 추는 것 같았다. 그는 너무나 기뻐서 자신도 모르게 입을 열어 중얼거리며 말했다.

"이곳이 바로 너의 피난처다. 세상의 모든 범인들이 그곳에서 너를 질투하고 조소하고 우롱하고 있다. 하지만 대자연만은 항상 새롭고 푸른 하늘과 빛나는 태양, 늦여름의 미풍, 초가을의 맑은 공기, 너의 친구, 너의 모친, 너의 애인을 가지고 있다. 너는 다시 세상에 나가서 경박한 남녀와 함께 지낼 필요가 없게 되었다. 너는 대자연의 품속에서, 이처럼 순박한 시골에서 늙어 가리라."

이렇게 말하고 나자 그는 자신이 가련해지기 시작했다. 마치 수많은 애원이 가슴속에 가로 지르고 있어 한마디도 꺼내지 못하는 모습이었다. 맑은 눈물을 머금은 그의 눈은 다시 손에 든 책을 보았다.

Behold her, single in the field,
You solitary Highland Lass!
Reaping and singing by herself;
Stop here, or gently pass!
Alone she cuts and binds the grain,
And sings a melancholy strain;
O, listen! for the vale profound
Is overflowing with the sound.

이 절을 본 뒤 그는 갑자기 한 장을 넘기고 두서없이 제3절을 보았다.

Will no one tell me what she sings?
Perhaps the plaintive numbers flow
For old, unhappy, far-off things,
And battle long ago:
Or is it some more humble lay,
Familiar matter of today?

Some natural sorrow, loss, or pain,

That has been, and may be again?

이것도 그의 요즘 습관이다. 책을 볼 때 순서가 없었다. 몇 백 페이지에 달하는 두꺼운 책은 말할 것도 없고 몇 십 페이지의 작은 책자, 예를 들어 에머슨(Emerson)의 《자연론》(On Nature), 소로우(Thoreau)의 《소요유》(Excursion) 같은 책도 처음부터 끝까지 읽지 않는다. 그가 처음 책을 펼쳐 읽을 때는 네댓 줄이나 한두 페이지를 읽고는 그 책에 감동될 때마다 단숨에 그 책을 뱃속에 넣지 못하는 아쉬움을 가지고 있다가도 서너 페이지를 읽은 뒤에는 또다시 애석한 마음이 생겨나는 것이다. 그는 마음속으로 이런 말을 하는 듯했다.

"이처럼 기이한 책은 단숨에 다 읽어서는 안 되지. 남겨 두었다가 자세히 곱씹으며 읽어야 좋아. 단숨에 읽어버리면 나의 열망도 소멸될 수밖에 없으며 그때는 열망과 몽상도 없어지니 어찌 그럴 수 있겠는가?"

그의 머리엔 이런 생각이 들었으나 사실 그의 마음속엔 약간 싫증이 나기 시작한다. 그때가 되면 그는 언제나 그 책을 한쪽으로 밀쳐 두고 두 번 다시 보지 않는다. 며칠이 지나거나 혹은 몇 시간이 지나서 그는 다시 가슴 가득한 열정으로 처음에 그 책을 읽을 때와 마찬가지로 다른 책을 읽는다. 며칠 전이나 몇 시간 전에 그를 그토록 감동시킨 책은 그에게 잊히고야 만다.

큰 소리로 워즈워스의 두 구절을 읽은 뒤 그는 갑자기 이 시를 중국어로 번역하고 싶은 생각이 들었다.

"고독한 고원에서 가을걷이하는 사람"

그는 〈The solitary Highland Reaper〉의 제목을 이렇게 번역할 수

있다고 생각해 보았다.

"저 여자 아이를 보라, 혼자 밭에서

저 고원의 여자 아이를 보라, 그녀는 혼자서 쓸쓸히

가을걷이하며 그곳에서 계속 노래 부른다.

갑자기 멈추었다 갑자기 지나간다. 나긋나긋한 자태, 부드러운 모습!

혼자서 베고 다시 벼를 묶는다.

그녀가 부르는 산 노래는 자못 서글픈 정취 띠고 있다.

들어 보라, 이 심산유곡엔

전부 맑은 노래 소리로 가득하다.

어느 누가 그녀가 무슨 노래 부르는지 말해 줄까?

혹자는 그녀의 수많은 넋 빠진 소리는

전대(前代)를 노래한 애가라고 한다.

혹자는 앞 왕조의 전쟁과 천군만마라고 하며

혹자는 골목의 속요(俗謠) 아니면

오늘날 집에서 얘기하는 한담이라고 한다.

혹자는 천연(天然)의 애원, 필연적인 상실의 고통, 자연의 비애라고 한다.

이런 일은 과거의 추억일지라도 장래에 누군가 알려 주는 사람 있으리라.

그는 단숨에 번역해 놓고는 갑자기 무료해지기 시작하여 자조(自嘲)하고 자신을 욕하며 말했다.

"이게 뭐야? 교회 찬송가처럼 무미건조하지 않아? 영국 시는 영국 시요, 중국 시는 중국 시인데 굳이 번역할 필요가 있을까?"

이렇게 한마디 하고는 자신도 모르게 미소 지었다. 사방을 보니 태양은 이미 기울었다. 드넓은 평원의 저쪽과 서쪽 지평선에 높은 산이 온 하늘의 석양을 가득 머금고 떠 있었다. 산의 주위는 몽롱한 안개가 서려 보랏빛도 아니고 붉은 색도 아닌 색을 반사해 내었다.

그가 그곳에서 정신 없이 바라보고 있을 때 흠흠하고 기침 소리가 났다. 그의 배후에서 갑자기 한 농부가 나타났다. 고개를 돌려 보니 농부는 얼굴의 웃음기를 우울한 표정으로 바꾸었다. 농부의 웃는 모습을 남에게 들키지 않으려는 표정 같았다.

2

그의 우울증은 갈수록 심각해졌다.

그는 밀랍 씹는 것 같은 학교 교과서에 전혀 재미를 느끼지 못했다. 날씨가 맑을 때면 항상 애독하는 문학서를 들고 인적이 드문 산이나 물가로 가서 고독한 취미에 탐닉한다. 주위가 매우 조용한 순간에, 하늘과 물이 서로 비추는 곳에서 그는 풀, 나무, 벌레, 물고기를 바라보고 흰 구름과 푸른 하늘을 보면서 자신이 고고하고 세상 사람을 무시하는 현인이자 초연하고 홀로 선 은자 같은 느낌이 들었다. 때때로 산속에서 농부를 우연히 만나게 되면 그는 자신을 차라투스트라(Zaratustra)로 여기고 차라투스트라가 한 말을 마음속으로 그 농부에게 얘기해 준다. 그의 Megalomania(과대망상증)도 그의 Hypochondria(우울증)와 같이 정비례하여 날마다 증가되었다. 그는 결국 너댓새나 연달아 학교에 가지 않고 수업을 듣지 않을 때도 있었다.

가끔 학교에 가면 그는 여러 학생들이 그곳에서 자신을 응시하는 모습을 느꼈다. 그는 학우들을 이리저리 피해 다녔다. 하지만 어느 곳에 가든 학우들의 눈빛은 언제나 악의를 품고서 그의 등 뒤에서 쏘는 것 같았다.

수업할 때 그는 전체 반(班) 학생의 중간에 앉았지만 언제나 무한한 고독을 느꼈다. 사람이 많이 모이는 곳에서 느끼는 이러한 고독은 도리어 쓸쓸한 곳에서 한 사람이 느끼는 것보다 훨씬 더 외로웠고 더 참을 수 없었다. 학우들을 보면 모두가 신바람이 나서 선생님 강의를 들었으며 오직 그 한 사람만 강당 안에 앉아 있긴 했지만 마음은 날아가는 구름이나 번개처럼 그곳에서 한없이 공상하고 있었다.

겨우 수업을 마치는 종소리가 울렸다. 선생님이 나가시면 학우들은 웃고 떠들며 잡담하는데 모두가 봄에 찾아온 제비나 참새처럼 그곳에서 즐겁게 재잘거렸다. 단지 그 혼자만 수심 어린 눈썹을 찡그리고 혀는 천 균*(鈞) 무게의 돌에 눌린 것처럼 한마디도 하지 않았다. 그도 학우들이 찾아와 그에게 잡담 거는 것을 좋아한다. 하지만 학우들은 오히려 자신들의 일에만 신경 쓰고 즐거움을 찾아 다녔다. 그의 수심 어린 얼굴을 보기만 하면 어느 누구도 머리를 감싸고 도망가지 않는 사람이 없었다. 그래서 그는 갈수록 학우들을 원망하기 시작했다.

"그들은 모두 일본 사람이고 모두 나의 적이야. 내가 언젠가는 복수할 날이 있을 거야. 그들에게 복수해야지."

그가 비분강개할 때마다 이렇게 생각했다. 하지만 안정이 되고 나면 그는 또 자신을 비웃지 않을 수 없었다.

"그들은 모두 일본 사람이다. 그들은 당연히 널 동정하지 않아. 네가 그들의 동정을 얻으려고 하기 때문에 네가 그들을 원망하고 있으니 이것은 네 잘못이 아닌가?"

학우 중에는 호사가들이 있다. 때로 누군가 와서 그에게 떠들고 웃는

---

* 균은 서른 근을 말한다.

사람이 있다. 그는 마음속으로는 감격하면서 그 사람과 마음속에 담은 말을 하고 싶어 한다. 하지만 입에서는 아무 말도 나오지 않았다. 그래서 그의 뜻을 이해하는 사람들도 그와 멀어지지 않을 수가 없었다.

그의 학우인 일본인들이 그곳에서 즐겁게 웃을 때 그는 언제나 그들이 자신을 비웃는다고 의심하여 삽시간에 얼굴이 빨개지곤 했다. 그들이 그곳에서 한담을 할 때 우연히 그를 한 번 보게 되면 그는 갑자기 얼굴이 빨개지며 그들이 자신에 대해 얘기한다고 여긴다. 그와 학우들 사이의 거리는 날마다 멀어져 서로 등지게 되었다. 학우들도 그가 고독을 좋아하는 사람이라 여기곤 어느 누구도 감히 그의 신변에 다가오려는 사람이 없었다.

어느 날 수업을 마치고 책가방을 끼고 여관으로 돌아가는데 일본 학생 세 명이 그와 같은 방향이었다. 그가 기숙하던 여관에 이르려고 할 때 앞에서 붉은 치마를 입은 여학생 두 명이 불쑥 다가왔다. 이 변두리 지역에서 여태까지 여학생을 본 적이 없었다. 그래서 그는 두 여학생을 보자마자 호흡이 빨라지기 시작했다. 그들 네 명이 두 여학생과 스치고 지나갈 때 세 일본인 학우가 그녀들에게 물었다.

"너희들 어디 가냐?"

두 여학생이 아양 떠는 목소리로 대답했다.

"몰랑!"

"몰랑!"

세 일본 학생은 모두 득의 양양한 모습으로 크게 웃었다. 단지 그 혼자만 여학생들과 얘기를 나눈 것처럼 부끄러워하며 총총히 여관으로 달려갔다. 자신의 방에 들어가 책가방을 힘껏 던진 그는 그대로 자리에 누워 버렸다. 그의 가슴은 아직도 어지럽게 뛰어서 한 손으로 베개를 베고 한 손으로는 가슴을 누르고 자조적으로 자신을 비웃으며 말했다.

"비겁한 놈! 네가 부끄러워하면서 어째서 후회하는 거야? 기왕 후회할 거면 어째서 담력도 없는 거냐? 여학생들과 한 마디도 하지 못했잖아. Oh, coward, coward!(오, 비겁하다, 비겁해!)"

여기까지 말하고 갑자기 방금 두 여학생의 눈짓, 생기발랄한 눈을 생각했다.

그 두 눈 속에는 확실히 놀라움과 기쁨의 뜻이 담겨 있었다. 그러나 다시 자세히 생각해 보더니 갑자기 소리치며 말했다.

"바보천치야! 여학생들이 재미가 있다 해도 너와 무슨 상관이야? 여학생들이 보낸 추파는 세 명의 일본인에게만 보내는 게 아니었니? 아! 아! 여학생들은 벌써 알고 있어. 내가 시나징(支那人)이라는 사실을 이미 알고 있단 말이야. 그렇지 않으면 여학생들이 어째서 나를 한 번도 쳐다보지 않는 거야? 복수해야지. 언젠가 그들에게 복수할 거야."

이렇게 말하고 나자 불같이 뜨거운 뺨에서 차가운 눈물이 갑자기 뚝뚝 떨어지기 시작했다. 그의 상심이 결국 정점에 이르렀다. 이날 저녁 일기에 이렇게 기록했다.

"나는 무엇 때문에 일본에 왔는가? 무엇 때문에 학문을 추구하는가? 기왕 일본에 왔으면 일본 사람에게 모멸 당하는 것은 당연하다. 중국아, 중국! 너는 어째서 부강하지 못하는 것이냐? 난 더 이상 참을 수가 없구나. 고향에 어찌 아름다운 산하가 없단 말이냐? 고향에 어찌 꽃처럼 아름다운 미인이 없단 말이냐? 나는 어째서 이 동해의 섬나라로 왔단 말이냐? 일본에 왔으면 그만이지 무엇 때문에 이 죽을 놈의 고등학교에 들어갔단 말이냐? 5개월 동안 배우고 돌아간 그들은 그곳에서 영화와 안락을 누리고 있지 않은가? 오륙 년의 세월을 내가 어찌 참고 견디겠는가? 천신만고의 온갖 고생을 하고 십여 년의 학식을 쌓고 내가 돌아간다 해도 그들의 시끌벅

적했던 유학생보다 더 낫다고 할 수 있겠는가? 백세 인생에서 젊은 시절은 칠팔 년에 불과할 뿐이다. 가장 순수하고 가장 아름다운 칠팔 년을 나는 무정한 섬나라에서 허비하지 않을 수 없다. 가련하게도 올해 내 나이는 벌써 스물한 살이다. 고목 같은 스물한 살! 사그라진 재 같은 스물한 살! 나는 정말 광물질로 변하는 게 더 나을지도 모른다. 내게는 아마도 꽃이 필 날이 없을 것이다. 지식도 원하지 않고 명예도 필요 없다. 나는 다만 날 위로해 주고 나를 양해해 줄 '마음'만 원할 뿐이다. 백열 같은 심장! 이 심장에서 생기는 동정! 동정에서 생기는 애정! 네가 요구하는 것이 바로 애정이다. 한 미인이 내 고초를 이해해 준다면 그녀가 나보고 죽으라고 해도 기꺼이 죽을 것이다. 한 부인이 아름답든 추하게 생겼든 진심으로 날 사랑한다면 나는 그녀를 위해 죽을 수도 있다. 내가 바라는 것은 바로 이성의 애정이다. 하늘아! 하늘이여. 나는 결코 지식도 바라지 않고 명예도 바라지 않는다. 쓸모 없는 돈도 원하지 않는다. 네가 만약 내게 에덴동산의 '이브'를 주어 그녀의 육체와 심령을 모두 가질 수 있게 한다면, 나는 그것으로 만족하리라."

3

그의 고향은 푸춘장(富春江)*의 작은 도시다. 항저우(杭州)에서 물길로 불과 80, 90리 거리다. 이 강물은 안후이(安徽)에서 발원하여 저장(浙江)을 관통하는데, 강 모양이 굽고 풍경이 항상 새로워 당대 어느 시인이 이 강물을 칭찬하여 "일천여화(一川如畵)**"라고 말했다. 그가 14세 때 한 스

---

* 저장 성(浙江省)에 있는 강 이름

** 당대 시인 오융(吳融, 850~903)의 시 〈부춘(富春)〉에 나오는 구절이다. 水送山迎入富春, 물이 전송하고 산이 맞이하여 부춘강에 들어가니 一川如畵晩晴新. 한줄기 강물 그림 같고 저녁 무렵 맑고도 신선하다.

승을 초빙하여 이 네 글자를 써 달래서 그의 서재에 붙여 놓았다. 서재의 작은 창문이 강 쪽을 향하고 있었기 때문이다. 서재의 구조는 크진 않았으나 비바람이 불고 흐리거나 맑은 계절의 변화와 아침저녁의 풍경을 볼 수 있어 등왕고각(滕王高閣)*에 견줄 수 있었기 때문이다. 작디작은 서재에서 십여 년의 세월을 보내고 그는 형을 따라 일본으로 유학 갔다.

그는 세 살 때 부친을 여의었다. 그 당시 집안 형편은 감당할 수 없을 정도로 곤궁했다. 가까스로 큰형님이 일본 W대학을 졸업하고 베이징(北京)으로 돌아와 진사 시험에 합격하고 법무부에 배치되어 하급 관리로 지냈지만 2년도 안 되어 우창(武昌)에서 혁명**이 일어났다. 당시 그는 이미 현립(縣立) 소학당(小學堂)을 졸업하고 그곳에서 이곳 저곳 중학당을 옮겨 다닐 때였다. 가족들은 모두 그가 끈기가 없다고 나무라고 그의 생각이 너무 제멋대로라고 말했다. 하지만 그 자신의 말에 따르면 그는 다른 학우들보다 월등하므로 고분고분 지시에 따라 움직이는 학우들과는 한곳에서 공부할 수 없다고 여겼다. 그래서 그는 K부(府) 중학에 들어갔다가 반년도 안 되어 갑자기 H부(府) 중학으로 전학했다. H부 중학에 다닌 지 3개월이 되었을 때 혁명이 일어났다. H부 중학을 중퇴한 뒤 그는 여전히 작디작은 서재로 돌아왔다. 이듬해 봄 그의 나이 17세 때 대학 예과에 들어갔다. 이 대학은 항저우 성(城) 밖에 있는데 본래 미국 장로회에서 돈을 내어 설립한 학교다. 그래서 이 학교는 강압적인 폐단에 젖어, 학생의 자유는

雲低遠渡帆來重, 구름 밑으로 저 멀리 배로 건너오니 무겁고 潮客寒沙鳥下頻. 조수 빠진 차가운 모래밭에 새들은 자주 내려온다. 未必柳間無謝客, 버드나무 사이로 사영운(謝靈運)이 없진 않을 테고 也應花裏有秦人. 응당 도화원 속엔 도연명(陶淵明) 숨었으리라. 嚴光萬古淸風在, 엄광의 맑은 기풍 만고토록 그대로라서 不敢亭橈更問津. 감히 노 멈추고 나루터 어디냐고 묻지 못한다.

* 당 태종의 아우 등왕(滕王) 이원영(李元嬰, 630-684)이 장시 성(江西省) 난창(南昌)의 서남방에 세운 누각. 당나라 시인 왕발(王勃)의 서(序)로 유명하다.
** 1911년의 신해혁명(辛亥革命)을 말함.

거의 억눌러 바늘구멍보다 작았다. 수요일 저녁에는 무슨 기도회가 있었고 일요일에는 밖으로 나가 놀 수도 없었으며 집에서 다른 책을 볼 수도 없었다. 찬송가를 부르고 기도하는 것 말고 신·구약 성서만 봐야 했다. 매일 아침 9시부터 9시 20분까지 반드시 예배를 봐야 했다. 예배를 보지 않으면 점수가 깎였다. 그는 학교 부근의 산수 경물을 좋아했으나 그의 마음속에는 언제나 반항 심리가 들어 있었다. 그는 자유를 사랑하는 사람이기에 미신적인 구속에 대해서는 아무리 해도 굴종하려 들지 않았다. 반년도 안 되어 이 대학의 요리사가 교장의 세력에 기대어 학생들을 구타하기 시작했다. 학생 중에 불복하는 몇 명이 교장에게 알렸지만 그 교장은 도리어 학생들이 잘못했다고 말했다. 그는 이러한 꼬락서니가 너무나 어처구니가 없다고 여기고는 즉각 퇴학하고 다시 집으로 돌아와 작디작은 서재로 들어갔다. 그때는 벌써 6월 초였다.

집에서 석 달 넘게 보내자 가을바람이 푸춘장에 불어와 양안의 푸른 나무가 곧 시들려고 할 때 그는 다시 배를 타고 푸춘장을 질러 항저우로 갔다. 그때 마침 스파이러우(石牌樓)에 있는 W중학이 그곳에서 편입생을 뽑고 있었다. 그가 들어가 교장 M씨를 만나 그의 경력을 M씨 부부에게 들려주었다. M씨는 그를 상급반에 넣어 주었다. W중학도 원래 교회 학교이며 교장 M씨도 멍청한 미국 선교사다. 그가 본 이 학교의 내실은 도리어 H대학만도 못했다. 아주 비열한 교무장 - 원래 이 선생도 H대학 졸업생이었다 - 과 한바탕 싸운 뒤 이듬해 봄에 그는 학교를 나와 버렸다. W중학을 나와서 항저우의 여러 학교를 둘러봐도 그의 마음에 차지 않아 그는 결국 다른 학교에는 두 번 다시 들어가지 않기로 했다.

바로 이때 그의 큰형님도 베이징에서 쫓겨났다. 원래 큰형님은 너무나 정직해서 부서에서 일을 할 때는 공평무사하게 처리하고 아울러 보통 부서 사람들보다 학식이 많아서 부서 내의 위아래 직원들이 모두 그를 꺼렸다. 어느 날 아무개 차장이 보낸 사람이 와서 그에게 한 자리를 청탁했으나 그는 고집스럽게 주려고 하지 않았다. 그래서 차장은 그와 한바탕 싸웠다. 며칠 지나 큰형은 부서를 사직하고 사법계로 바꿔 사법관을 맡았다. 둘째 형은 당시 사오싱(紹興) 부대에서 장교로 근무하고 있었다. 둘째 형님은 군인 기질이 다분하고 돈을 물 쓰듯 써서 의협심이 있는 청년들과 사귀길 좋아했다. 그들 세 형제는 이때가 되어서 모두 뜻대로 되지 않자 작은 고을의 한담 좋아하는 사람들은 모두 그들의 기운이 다되었다고 말했다.

그가 귀가한 뒤 낮이나 밤이나 작디작은 서재에서 칩거했다. 조부 및 큰형님이 소장한 도서가 바로 그의 훌륭한 스승이나 도움이 되는 친구였다. 그는 일기에 매일매일 시를 적기 시작했다. 때로 그는 화려한 문장으로 소설을 쓰기도 했다. 소설에서 그 자신을 다정한 용사로 표현하는가 하면, 인근 과부의 두 딸을 귀족의 후예로 묘사했으며 고향 풍물을 전부 전원의 정경으로 짜기도 했다. 흥이 날 때 그는 자신의 소설을 간단한 외국어로 번역하기도 했다. 그의 환상은 갈수록 커졌다. 그의 우울병의 싹은 아마도 이때쯤 배양되었을 것이다. 집에서 반년을 보냈을 때 7월 중순에 큰형님의 편지를 받았다.

"사법원에서 근자에 일본으로 파견하여 사법 사무를 시찰하자는 의견이 나왔는데 원장이 나의 일본행을 벌써 허락해 주었단다. 아마도 이 일은 조만간 명을 받을 것이다. 일본에 건너가기 전에 집에 돌아가 잠시 머물 것이야. 셋째도 집에만 있는 것은 결코 상책이 아니니 이번에 너와 함께 일본에 가고자 한다."

그는 이 편지를 받은 뒤 마음속으로 큰형님이 남쪽으로 내려올 날을 날마다 손꼽아 기다렸다. 9월 하순에 형님과 형수가 베이징에서 집으로 돌아왔다. 한 달을 머물고 그는 큰형님, 형수님과 함께 일본으로 떠났다.

일본에 도착한 뒤에도 그는 Dreams of the romantic age(낭만시대의 꿈)에서 깨어나지 못했다. 모호하게 반년을 보내고 그는 도쿄제일고등학교(東京第一高等學校)에 입학했다. 이때가 바로 그의 나이 19세 되던 해 가을이었다.

제일고등학교가 개학하려고 할 때 큰형님은 원장의 명령을 받아 귀국하려고 했다. 큰형님은 그를 일본인 가정에 맡겨 놓았고 며칠 뒤에 큰형님과 형수 그리고 새로 태어난 질녀가 귀국했다. 도쿄 제일고등학교에는 예비반이 있었는데 중국 학생을 위해 특별히 마련된 반이었다. 예과에서 1년을 공부하고 졸업해야만 비로소 각지 고등학교 문과에 들어가 일본 학생들과 함께 공부할 수 있었다. 그가 예과에 들어갈 땐 본래 문과를 지원했다. 나중에 예과를 졸업하려고 할 때 큰형님이 그에게 의과(醫科)로 전과하라고 했다. 그는 당시 아무런 생각이 없어서 큰형님의 말을 듣고는 문과를 의과로 바꿔 버렸다.

예과를 졸업한 뒤 그는 N시의 고등학교가 최신식이라는 소문을 들었고 게다가 N시는 일본에서 미인이 나는 곳이라는 말을 들었기 때문에 그는 N시의 고등학교를 지원했다.

4

스무 살이 되던 해 9월 29일 저녁, 그는 혼자 도쿄 중앙역에서 야간열차를 타고 N시에 갔다.

그날은 아마도 음력으로 초 사나흘쯤 되었을 것이다. 벨벳처럼 푸르며 보랏빛을 띤 하늘엔 온통 별빛이 가득 뿌렸다. 반쯤 남은 초승달이 서쪽 하늘 모서리에 비스듬히 걸려서 도리어 화장하지 않은 선녀의 눈썹 같았다. 그는 혼자 3등차 차창에 기대어 묵묵히 창밖 인가의 등불을 세고 있었다. 열차는 암흑의 밤 기운을 헤치며 한 정거장 한 정거장 나아갔다. 대도시의 별빛 같은 등불도 한 점 한 점 흐릿해지고, 그의 가슴속에 갑자기 온갖 슬픔이 생기고 눈시울이 갑자기 뜨거워지기 시작했다.

"Sentimental, too sentimental!(감상적이야, 너무나 감상적이야!)"

이렇게 소리를 지르곤 눈물을 훔치고 나서 도리어 자신을 비웃었다.

"너는 도쿄에 남아 있는 애인도 없고 도쿄에 사는 형제나 친구도 없는데 네 눈물은 도대체 누구를 위해 흘리는 것이냐? 지나간 삶에 대한 슬픔인가? 아니면 2년 동안의 네 생활에 대한 미련 때문인가? 하지만 너는 평소에 도쿄를 사랑하지 않는다고 말하지 않았는가? 아, 1년 살았는데 어찌 정이 없을 수가 있으랴!

黃鶯住久渾相識, 꾀꼬리와 오래 지내니 서로 알아보고
欲別頻啼四五聲. 이별하려니 계속 지저귀노라.

한참 동안 어지럽게 생각하다가 그는 또 갑자기 신대륙에 처음 도착했던 청교도를 생각하게 되었다.

"십자가를 짊어진 유랑자도 그의 고향 해변을 떠날 때에는 아마 나처럼 비장하였을 것이다."

열차가 요코하마(橫濱)를 지나자 내 감정은 점차 안정되기 시작했다. 멍청히 앉아 있다가 그는 엽서 한 장을 꺼내 하이네(Heine) 시집에 올려놓고는 연필로 도쿄에 있는 그의 친구에게 시 한 수를 썼다.

峨眉月上柳梢初, 아미 같은 달 버들가지 끝에 오를 때

又向天涯別故居. 또 하늘 끝을 향해 정든 집 떠난다.

四壁旗亭爭賭酒, 사방 술집에서 다투어 술내기 하고

六街燈火遠隨車. 온 거리 등불은 멀리 차를 따른다.

亂離年少無多淚, 정처 없이 떠난 소년 질질 짜지 않고

行李家貧只舊書, 짐이라곤 집이 가난해 헌책뿐이로다.

後夜蘆根秋水長, 늦은 밤 갈대 뿌리엔 가을 물 차오르고

憑君南浦覓雙魚. 그대에 기대 남포에서 물고기 한 쌍 찾는다.

몽롱한 전등 빛 아래서 조용히 한참 앉아 있다가 그는 다시 하이네 시집을 펼쳐 보았다.

Ledet wohl, ihr glatten Saale,

Glatte Herren, glatte Frauen!

Auf die Berge will ich steigen,

Lachend auf euch niederschauen!

Heines 《Harzreise》

천박한 속세여, 무정한 남녀여

저 가물거리는 청산을 보라, 나는 바람 타고 날아가리라.

잠깐만 잠깐만

높은 봉우리에서 네가 어디로 가는지 웃으며 보리라.

단조로운 기차 바퀴 소리가 반복적으로 그의 고막으로 날아왔다. 30분도 안 되어 그는 결국 잠을 재촉하는 기차 바퀴 소리에 끌려 몽환적인 선경으로 빨려 들어갔다.

새벽 다섯 시가 되자 하늘은 점차 밝아지기 시작했다. 차창 밖을 보니 푸른 하늘은 아직 어둠 속에 잠겨 있었다. 머리를 내밀어 보니 엷은 운무가 천연의 그림을 뒤덮었다. 그는 마음속으로 이렇게 생각했다.

"오늘도 맑은 가을 날씨로구나. 내 운이 정말 나쁘지 않은 셈이야."

한 시간이 지나 열차는 N시 정거장에 도착했다.

열차에서 내려 역에서 일본 학생을 우연히 만났다. 그 학생 모자에 둘러져 있는 하얀 선 두 가닥을 보고 그도 고등학교 학생임을 알았다. 그가 앞으로 걸어가 그 학생에게 모자를 벗으며 물었다.

"제X고등학교는 어디에 있어요?"

그 학생이 대답하며 말했다.

"같이 가시죠."

그는 그 학생과 함께 역을 빠져나와 역 앞에서 전차를 탔다.

시간이 너무 일러서 N시의 점포들은 아직 문을 열지 않았다. 그는 일본 학생과 함께 전차를 타고 한산한 골목 몇 곳을 지나 츠루마이공원(鶴舞公園)* 앞에서 하차했다. 그는 일본 학생에게 물었다.

"학교는 아직 멀었어요?"

"한 2리 길 남았습니다."

공원을 지나 논배미 중간의 좁은 길로 접어들자 태양은 이미 뜨기 시작했고 벼의 이슬이 떨어져 명주처럼 그곳에 걸려 있었다. 앞쪽엔 숲이 있고 숲속엔 농가 몇 채가 드문드문 보였다. 두세 개의 굴뚝이 농가 위로 솟아

---

* 이 공원은 나고야(名古屋)에 처음 생긴 공원으로 벚꽃의 명소로 유명하다.

있었고, 연기가 맑은 새벽 공기 속에 희미하게 떠 있었다. 한두 갈래 푸른 연기가 향로의 연기처럼 그곳에 피어올라 그는 농가에서 아침밥을 짓는 줄 알았다.

학교 부근의 여관에 가서 물어보니 일주일 전에 그가 부쳤던 짐 몇 개가 이미 그곳에 도착해 있었다. 원래 그 여관에는 중국 유학생이 살았던 적이 있었기에 주인은 그를 정성스럽게 대해 주었다. 그 여관에 머문 뒤부터 그는 앞길에 수많은 즐거움이 자신을 기다릴 것만 같은 느낌이 들었다.

그의 앞날에 대한 희망은 첫째 날 저녁부터 눈앞의 현실에 의해 조롱당하지 않을 수 없었다. 원래 그의 고향도 작디작은 도시였다. 도쿄에 도착한 뒤 인산인해의 틈바구니에서 그는 항상 고독을 느꼈지만 도쿄의 도시 생활은 그의 유년 시절 습관과 거의 차이가 나지 않는 곳이었다. 지금 N 시의 시골에 도착하고 보니 여관은 고립된 인가였고 사방에는 이웃이 없었다. 왼쪽 문밖으로 트인 큰 길이 나 있었을 뿐, 앞뒤는 모두 논이고 서쪽은 연못이었다. 게다가 학교가 개학을 하지 않아 다른 학생들은 아직 오지도 않았다. 이 넓은 여관에 손님이라고는 그 사람 하나뿐이었다. 낮에는 그런대로 버틸 수 있었지만 밤이 되어 창을 열어 놓고 바라보면 사면이 온통 어두침침한 검은 그림자뿐이었다. 게다가 N시 부근은 너른 평원이기 때문에 눈을 들어 바라보면 하늘까지 이어지고 사면엔 막히는 것이 없었다. 멀리 등불이 수시로 가물거려 무시무시하게 소름 끼치는 기분이 들었다. 천정에서는 수많은 벌레와 쥐들이 찍찍거리며 먹을 것을 다투었다. 창밖에는 오동나무 몇 그루가 있어, 가벼운 바람에 오동 잎이 살랑거리고 쏴쏴거리며 끊임없이 흔들렸다. 그는 2층에서 살기 때문에 오동나무 잎이 떨리는 소리가 그의 귓가에 가까이 들렸다. 그는 무서워서 거의 울 지경이었다. 도시의 향수(nostalgia)가 그날 밤보다 더 심했던 적은 없었다.

학교가 개학을 하자 그의 친구들도 점점 많아지기 시작했다. 감수성이 강렬한 그의 성정도 하늘, 대지, 숲, 연못과 융화되기 시작했다. 반년도 안 되어 그는 결국 대자연의 총아로 변모하여 한시도 천연의 흥취에서 벗어날 수 없었다. 그의 학교는 N시 밖에 있었고, 방금 도시 부근이 너른 평원이라고 말했듯이 사방의 지평선은 경계가 무척 광활했다. 당시 일본의 공업은 그렇게 발달하지 않았고 인구도 지금처럼 증가하지 않았었다. 그래서 학교 부근엔 그래도 숲과 빈터, 작고 낮은 언덕이 많았다. 학생들에게 물건을 파는 문방구점과 찻집 몇 곳을 제외하면 부근엔 주민도 별로 없었다. 거친 들판엔 학생을 받기 위해 세운 몇몇 여관만이 새벽 하늘의 별 그림자처럼 보리밭과 오이 밭 사이에 흩어져 있었다. 저녁밥을 먹은 뒤 검은 망토를 걸치고 즐겨 읽는 책을 들고서 뉘엿뉘엿 넘어가는 석양 속에서 산보하며 소요하는 것이 가장 큰 즐거움이었다. 전원을 산보하는 그의 취미는 아마도 이 목가적인 산책(Idyllic Wanderings)에서 길러졌을 것이다.

삶의 경쟁이 그다지 맹렬하지 않고, 유유자적하며 중세 시대처럼 살아간다는 것은 그로서는 더욱 참을 수 없는 것으로 느껴졌다. 학교 교과서도 점차 혐오스러워졌고 프랑스 자연파의 소설과 중국의 유명한 음란 소설은 자주 읽어서 거의 암기할 정도였다.

때때로 그는 갑자기 좋은 시 한 수를 창작하고는 스스로 기쁨에 젖어 자신의 머리가 아직 쓸 만하다고 여겼다. 그때 그는 매번 자신에게 맹세하며 말했다.

"내 머리는 아직 쓸 만해서 이러한 시를 창작할 수 있으니 이후에 다시는 죄를 짓지 않겠다. 지난 일은 어찌할 수 없으니 이후엔 어쨌든 다시는 죄를 짓지 않겠다. 지금부터 새로워진다면 나의 머리는 괜찮을 것이다."

그러나 긴박해지면 그는 맹세를 다시 잊어 먹었다.

매주 목요일이나 금요일 혹은 매월 26, 27일이 되면 그는 아예 마음껏 즐기곤 했다. 그는 마음속으로 이렇게 생각했다. 다음 주 월요일이나 다음 달 초부터는 절대 죄를 짓지 않겠다. 때로는 토요일이나 월말의 저녁이 되면 이발이나 목욕을 하러 가면서 자신을 쇄신할 표시로 여기기도 하지만, 며칠이 지나면 다시 계란과 우유를 먹지 않을 수 없었다.

그는 자책감과 공포감 때문에 하루도 편하지 못했고 그의 우울증도 이 때부터 심해지기 시작했다. 이러한 상태가 한두 달 지속되었다. 학교가 여름방학에 들어간 후 2개월의 여름방학에서 그가 받은 고민은 평상시보다 더 심했다. 학교가 개학할 때 두 뺨의 광대뼈는 더 두드러졌으며 청회색 눈두덩은 더 커졌다. 신축성 있는 동공은 죽은 물고기의 눈처럼 변해 버렸다.

5

다시 가을이 다가왔다. 드넓은 하늘은 날마다 높아져 갔다. 여관 옆의 논은 모두 황금빛으로 물들기 시작했다. 아침 저녁으로 차가운 바람이 칼로 저미는 듯이 심장과 뼛속까지 스며들었다. 아마도 겨울이 올 날도 멀지 않은 것 같았다.

일주일 전 어느 날 오후에 그는 워즈워스 시집을 들고 논두렁 길에서 반나절을 소요하며 걸었다. 그날부터 순환성의 우울증이 그의 신변을 떠나 본 적이 없었다. 며칠 전 길에서 우연히 만난 두 여학생의 생각에, 그는 항상 기풍이 선량하여 시정잡배와는 다른 곳에서, 청한하고 아담한 곳에서 꿈을 꾸듯 세월을 보내는 것 같았다. 그가 N시에 온 뒤, 순식간에 반년이 넘게 지나 버렸다.

봄바람이 밤낮으로 불어와 풀 색이 점차 푸르러지고 여관 근방 보리밭의 이삭도 점점 자라기 시작했다. 초목, 벌레, 물고기는 모두 양육되었고 조상 대대로 전해 오는 그의 고민도 날마다 늘어나기 시작했다. 매일 아침마다 이불 속에서 범하는 죄악도 점점 불어나기 시작했다.

그는 본래 고상한 것과 정결한 것을 좋아하는 사람이다. 하지만 사악한 생각이 들 때마다 그의 지능은 아무 소용이 없고 그의 양심도 마비되었다. 그가 어려서부터 마음속에 새겨 둔 "신체의 머리카락과 피부는 감히 훼손할 수 없다(身體髮膚不敢毁傷)"는 성인의 교훈도 아무런 쓸모가 없었다. 그가 죄를 지은 뒤 매일 깊이 후회하며 이를 갈면서 다음엔 절대 죄를 짓지 않겠다고 말한다. 하지만 이튿날 그맘때가 되면 여러 가지 환상이 또다시 그의 눈앞에 활발하게 아른거린다. 그가 평상시에 본 '이브'의 후예가 모두 적나라하게 그를 유혹한 것이다. 중년을 넘긴 부인의 알몸이 그의 뇌리에 새겨져 처녀보다도 훨씬 더 많이 그의 정욕을 꼬드겼다. 그는 한바탕 고민하고 고투해 봤지만 끝내 그들의 포로가 되지 않을 수 없었다. 이렇게 한 번이 두 번이 되고 두 번 이후에는 아예 습관이 되어 버렸다. 그가 죄를 지은 뒤 도서관에 가서 의학 서적을 펼쳐 볼 때마다 의학 서적에서는 이런 죄가 신체에 가장 해롭다고 천편일률적으로 적혀 있었다. 이로부터 그의 공포심도 나날이 증가하기 시작했다. 그가 어디에서 들은 소식인지는 모르나 아마 책에서 본 듯하다. 러시아 근대문학의 창시자 고골(Gogol)*도 이 병을 앓았으며 죽을 때까지도 고치지 못했다고 한다. 고골을 생각하면 마음이 한결 편해졌다. 《죽은 혼》의 저자도 그와 같았기 때문이다. 그러나 이것은 자신에 대한 위안에 불과하다. 그의 가슴엔 언제나 깊은 근심이 남아 있었다.

그는 정결한 것을 무척 좋아했기에 날마다 한 번씩 샤워를 했다. 그는 자신의 몸을 아꼈기 때문에 날마다 날달걀 몇 개를 먹고 우유를 마셨다.

---

* 제정 러시아 시기 비판적 리얼리즘 문학의 창시자(1809-1852)

48

하지만 샤워를 하거나 우유를 마시고 계란을 먹을 때마다 언제나 부끄러워졌다. 이것은 모두 범죄의 증거이기 때문이다.

그의 몸이 날마다 쇠약해지고 기억력도 날마다 감퇴하는 느낌이 들었다. 그는 또 점차 남의 얼굴을 보기 두려운 마음이 생겼으며 부인을 봤을 때 뇌리에는 불안감이 감돌았고 하루의 일을 생각하면 얼굴이 붉어졌다.

요즘 어디를 가든 좌불안석이었다. 그가 학교에 갈 때 일본 학우들이 모두 그를 따돌리는 느낌이 들었다. 몇몇 중국 학우들도 오랫동안 찾아가지 않았다. 찾아갔다가 돌아오면 마음속으로 도리어 공허함을 느꼈기 때문이다. 몇몇 중국 학우들은 아무리 노력해도 그의 심리를 이해할 수 없었다. 그가 학우들을 찾아가 언제나 동정을 얻어 오려고 했지만 그곳에 가서 몇 마디 한 다음에는 자신이 잘못 찾아갔다고 후회하지 않을 수 없었다. 때로는 친구들과 의기투합하여 얘기하면, 그는 일시의 열정에 맡겨 안팎의 생활을 모두 친구들에게 털어놓았다. 하지만 돌아오는 길에 그는 또다시 자신이 실언했다고 후회하며 마음속으로 친구를 방문하지 않았을 때보다 더욱 심하다고 자책했다. 몇몇 중국 친구는 이 때문에 그가 정신병에 걸렸다고 말했다. 그는 이 말을 들은 뒤부터 몇몇 중국 학우에 대해 일본 학우와 마찬가지로 일종의 복수심이 생겼다. 그는 중국 학우들과 나날이 멀어지기 시작했다. 그 뒤 길에서나 학교에서 우연히 만나더라도 그는 중국 학우들에게 고개를 끄덕이거나 인사하지 않았다. 중국 유학생이 개회할 때에도 물론 참석하지 않았다. 이 때문에 그는 몇몇 동포와 원수가 되고 말았다.

그의 중국 학우 중에도 이상한 사람이 있었다. 그 자신의 결혼에 도덕적인 결함이 있었기 때문에 그는 다른 사람들의 스캔들을 즐겨 얘기하면서 이것으로 자신의 허물을 가리곤 했다. 그를 정신병자라고 말한 사람도 그 학우였다.

그가 교제를 끊어 버린 뒤 외로워 거의 죽을 지경이었지만 다행히 그가 사는 여관집 주인의 딸이 그의 마음을 끌게 되었다. 그렇지 않았다면 그는 정말 자살하였을 것이다. 그 여관집 주인의 딸은 올해 17세였다. 장방형 얼굴에 눈이 매우 크고 웃을 때는 얼굴에 두 보조개가 보이고 입에는 금니 하나가 보였다. 그녀 자신도 웃는 얼굴이 귀엽다고 여기기 때문에 그녀는 평상시에 자주 웃었다.

그는 마음속으로 그녀를 무척 사랑했다. 하지만 그녀가 밥을 가져오거나 그 대신 이불을 깔아 줄 때 그는 어쩔 줄 모르는 모습을 지어 보였다. 그는 마음속으로 그녀에게 몇 마디 건네고 싶었다. 하지만 그녀를 보기만 하면 언제나 입을 열 수 없었다. 그녀가 그의 방에 들어올 때마다 그의 호흡은 빨라지고 숨도 내쉬지 못하는 상태가 되었다. 그는 그녀 앞에서 너무나 괴로워 견딜 수가 없었다. 그래서 요즘 그녀가 그의 방에 들어올 때마다 방 밖으로 나가지 않을 수밖에 없었다. 하지만 그녀를 사모하는 정은 매일 짙어지기 시작했다. 어느 토요일 저녁에 여관 학생들이 모두 N시로 소풍을 나갔다. 그는 경제적 곤란 때문에 저녁밥을 먹고는 서쪽의 연못으로 가서 한 바퀴 돈 다음 여관으로 돌아와 우두커니 앉아 있었다.

돌아와 잠시 앉아 있다가 넓은 이층에 자기 혼자 남았다는 생각이 들었다. 조용히 한참을 앉아 있다가 도저히 참을 수 없게 되자 그는 밖으로 뛰쳐나가고 싶었다. 하지만 밖으로 나가려면 주인 방을 지나가야 했다. 주인과 딸의 방이 대문가에 있었기 때문이다. 기억하건대 그가 막 들어왔을 때 주인과 그의 딸이 그곳에서 밥을 먹고 있었다. 그는 그녀 앞을 지날 때의 고초를 생각하며 밖으로 나갈 마음을 버렸다.

조지 기싱(G. Gissing)*의 소설을 꺼내 서너 페이지를 읽고 있는데 고요한 공기 속에서 갑자기 쏴쏴거리는 물소리가 들렸다. 조용히 듣고 있는데 갑자기 호흡이 가빠지고 얼굴도 빨개졌다. 한참 머뭇거리다가 그는 가볍게 방문을 열고 슬리퍼도 끌지 않고 살금살금 계단을 따라 내려갔다. 조용히 변소 문을 열고 변소 유리창에 서서 훔쳐보았다. 원래 그 여관의 욕실은 변소와 이웃하고 있어서 변소 유리창에서 욕실의 동정을 살펴볼 수 있었다. 처음에는 한 번 보고 떠날 생각이었지만 한 번 본 뒤로는 못에 박힌 듯 꼼짝도 할 수가 없었다.

눈송이 같고 봉긋하게 솟은 두 유방!

풍만하고 하얀 두 허벅지!

전신의 곡선미!

호흡도 쉬지 않고 자세히 한참 감상하노라니 그의 얼굴 근육에 경련이 일기 시작했다. 보면 볼수록 심하게 떨렸다. 그가 떠는 바람에 이마가 결국 유리창에 부딪치고 말았다. 열기로 감싸인 벌거벗은 '이브'가 아리따운 소리로 물었다.

"누구세요?"

그는 아무 소리도 내지 않고 급히 변소에서 도망쳐 걸음을 재촉하여 이층으로 올라갔다.

그가 방안으로 달려오니 얼굴은 불에 데인 것 같고 갈증이 났다. 그는 자신의 뺨을 때리면서 이불을 꺼내 잠자리에 들려고 했다. 그는 이불 속에서 뒤치락거릴 뿐, 잠을 이루지 못하고 두 귀를 쫑긋 세우고 일층의 동정을 살폈다. 물을 끼얹는 소리가 그치고 욕실 문이 열리는 소리가 들리더니 그녀의 발걸음이 이층으로 올라오는 것 같았다. 이불로 머리를 감싸고 마

---

* 영국 소설가, 수필가(1857-1903)

음속의 귀에 분명 이렇게 말했다.

"문밖에 그녀가 서 있어."

전신의 혈액이 위로 치솟는 느낌이 들었다. 마음속으로 두렵고 부끄럽기도 하거니와 기쁘기도 했다. 하지만 어떤 사람이 그에게 물었다면 어쨌든 이때 그가 기뻤다고는 인정하지 않았을 것이다.

그는 숨을 죽이고 두 귀를 쫑긋 세워 한참 들어 보았다. 문밖에는 아무런 동정이 없는 것 같았다. 일부러 기침을 해봐도 문밖에서는 아무 소리도 들리지 않았다. 그가 마침 그곳에서 의혹에 빠져 있을 때 갑자기 그녀의 말소리가 들렸다. 아래층에서 그녀의 부친과 이야기를 나누고 있었다. 그의 손엔 식은 땀이 흥건했다. 그는 그녀의 말을 필사적으로 듣고 싶었으나 분명히 들리진 않았다. 잠시 뒤 그녀의 부친이 크게 웃었다. 그는 이불을 머리에 뒤집어쓰고 이를 깨물며 말했다.

"그녀가 아버지에게 말해 버렸군. 아버지에게 일러바쳤어!"

이날 저녁에 그는 한숨도 자지 못했다. 이튿날 아침 날이 밝았을 때 그는 조마조마한 마음으로 아래층으로 내려갔다. 세수를 하고 이를 닦는 주인과 딸이 일어나기 전에 도망치듯 여관을 빠져나왔다.

도로 위의 모래는 아침 이슬을 머금어 아직 말라 있지 않았고 태양은 이미 떠 있었다. 그는 동쪽을 향해 걸어갔다. 멀리서 한 농부가 야채를 실은 수레를 끌고 천천히 걸어왔다. 그 농부가 그를 스쳐 지나가면서 말했다.

"안녕하세요!"

그는 깜짝 놀랐다. 수척한 얼굴이 다시 붉어졌고 가슴이 마구 뛰기 시작했다. 그는 마음속으로 생각했다.

"설마 이 농부도 안단 말인가?"

무작정 뛰다가 고개를 돌려 보니 그의 학교가 이미 멀어져 있었다. 고개를 들어 보니 태양도 이미 높이 떠 있었다. 시계를 더듬어 찾았지만 은시계는 몸에 없었다. 태양의 각도에서 보면 아마 9시 전후였을 것이다. 비록 배는 고팠지만 어쨌든 여관으로 돌아가 주인과 그의 딸을 다시 만나고 싶지는 않았다. 간식을 사서 허기를 때우려고 주머니를 뒤졌으나 주머니에는 12전밖에 남아 있지 않았다. 그는 그 12전으로 시골 잡화점에서 잡다한 먹거리를 사서 보는 사람이 없는 곳에서 먹고 싶었다. 두 도로가 교차하는 네거리로 가서 남쪽을 바라보니 그가 걸어온 길과 교차하는, 북쪽에서 남쪽으로 뻗은 길에 행인이 거의 없었다. 그 길은 남쪽의 비탈로 내려가는 길이며 양쪽에는 높은 절벽이 있었다. 그는 이 길이 작은 산을 깎아 낸 길임을 알았다. 그가 방금 걸어온 대로가 바로 이 산의 능선이었다. 네거리를 중심으로 능선의 대로와 교차하는 가로 길은 양쪽 비탈길로 내려가는 길이다. 네거리에서 잠시 머뭇거리다가 그는 남쪽 비탈로 내려가는 길을 택했다. 양쪽의 높은 절벽에 이르렀을 때 그가 걷는 길은 대평원으로 접어들어 곧장 저쪽 시내로 통하게 되었다. 평원 건너편에는 깊은 숲이 푸른 하늘을 가로지르고 있었다. 그는 마음속으로 생각했다.

"저것은 아마 A신궁일 거야."

양쪽의 높은 절벽까지 가서 왼쪽을 바라보니 높은 절벽의 산 위에 성가퀴가 초가집 몇 채를 두르고 있었다. 초가집 문 위에는 '향설해(香雪海)'라고 쓰인 사각 편액이 걸려 있었다. 큰길을 떠나 몇 걸음 만에 성가퀴 문 앞에 당도하여 손을 뻗어 문을 밀치자 두 사립문이 저절로 열렸다. 그는 무턱대고 안으로 들어갔다. 문 안에는 굽은 길이 있었고 문 입구에서 경사진 면을 통과하니 곧장 산꼭대기에 이르렀다. 굽은 길 양옆에 늙은 매화나무가 많이 심어져 있는 것을 보고 그곳이 매화 숲인 줄 알았다. 굽은 길을 따라 북쪽 경사면으로 오르자 그림 같은 평지가 그의 눈앞에 펼쳐졌다. 그

평지는 산기슭에서 시작되어 남쪽으로 향하는 산비탈 반쪽에 걸쳐 있어 정상의 평지처럼 그윽하고 우아한 느낌이 들었다.

산꼭대기 평지의 서쪽은 천 길이나 되는 낭떠러지였고 건너편 절벽과 대치하고 있었다. 두 절벽의 중간이 바로 그가 방금 걸었던, 북쪽에서 남쪽으로 통하는 길이었다. 그 절벽을 등진 채 이층집 한 채와 단층집 몇 채가 그곳에 서 있었다. 가옥 몇 채는 문과 창이 모두 닫혀 있어 이곳이 매화가 피는 계절에 술과 음식을 파는 곳임을 알 수 있었다. 이층집 앞엔 풀밭이 있고 풀밭 중간에는 네모지고 하얀 돌이 화원을 두르고 있고 울타리 안엔 고목 매화가 누워 있었다. 저 풀밭의 남쪽 끝은 산꼭대기의 평지이며 남쪽 비탈로 내려가는 길이다. 그리고 석비 하나가 세워져 있어 이 매화 숲의 역사를 기록해 놓았다. 그는 비석 앞의 풀밭에 앉아 간식 거리를 꺼내 먹었다.

다 먹은 뒤 그는 멍청하게 잠시 풀밭에 앉아 있었다. 사방엔 사람 소리가 전혀 들리지 않았고 멀리 나뭇가지 위에서는 때때로 울면서 날아오는 새 소리가 들렸다. 그는 머리를 들어 맑고 푸른 하늘과 밝고 맑은 태양을 보면서 사방의 나뭇가지, 가옥, 작은 풀, 날아다니는 새들이 모두 평화로운 태양 빛 아래 대자연의 교화를 받는 느낌이 들었다. 어젯밤 범죄의 기억은 먼 바다의 배 그림자처럼 어느 순간에 그곳에서 사라졌다.

매화 숲의 평지와 경사면에는 이리저리 난 굽은 길이 많았다. 그는 일어서서 왔다 갔다 하며 잠시 걷다가 경사면의 매화 숲 중간에 있는 단층집 한 채를 발견했다. 단층집에서 동쪽으로 몇 걸음 걸으니 옛 우물이 솔잎 속에 묻혀 있었다. 그가 우물의 펌프를 흔들어 보았으나 삐걱삐걱 소리만 날 뿐 물을 품어 올리지는 못했다. 그는 마음속으로 생각했다.

"이 화원은 아마도 매화가 필 때만 개방하고 평상시에는 사는 사람이 없는 것 같군."

이때 그는 또 중얼거리며 말했다.

"기왕 비어 있으니 화원 주인을 찾아가 세내어 살아도 무방하겠군."

생각을 정하고 그는 산을 내려가 화원 주인을 찾아가려고 했다. 그가 문 앞에 이르자 마침 화원으로 들어오는 50세 남짓의 농부를 우연히 만났다. 그는 농부에게 사과를 하며 물었다.

"이 화원이 어느 분 것인지 아세요?"

"제가 이 화원 관리인입니다."

"어디 사세요?"

"길 건너편에 살아요."

이렇게 말하면서 농민은 통로 서쪽의 작은 집을 그에게 가리켰다. 서쪽을 보니 과연 서쪽 절벽 끝에 작은 집이 있었다. 그는 고개를 끄덕이며 다시 물었다.

"화원 안의 저 이층집을 제게 세주실 수 있나요?"

"가능합니다만 혼자입니까?"

"저 혼자입니다."

"그럼 이사 올 필요 없어요."

"아니 왜요?"

"당신 학교 학생들이 이미 여러 번 이사 온 적이 있지만 너무나 조용해서인지 열흘도 못 살고 바로 떠났어요."

"저는 그들과 달라요. 제게 세만 주신다면 조용한 것은 두렵지 않습니다."

"그럼 세를 내주지 못할 이유가 없지요. 언제 이사 올 생각입니까?"

"오늘 오후요."

"좋아요, 좋아요."

"이사 와서 바쁘지 않도록 대신 깨끗하게 청소 좀 해주세요."

"알았어요, 알았습니다. 또 봅시다."

"안녕히 계세요."

6

산꼭대기의 매화화원으로 이사 들어온 뒤부터 그의 우울증은 형태를 바꾸기 시작했다.

그는 베이징의 큰형과 사소한 일로 의견이 엇갈리기 시작했다. 그는 장문의 편지를 써서 베이징에 보내 큰형과 절교를 선언했다.

그 편지를 보낸 뒤 그는 멍청하게 이층집 앞의 풀밭에서 오랫동안 생각해 보았다. 그 자신이 생각해 보아도 그는 세계에서 가장 불행한 사람이었다. 사실 이번의 결별은 그에게서 시작되었다. 집안싸움이 다른 집보다 더심했다. 이로부터 그는 큰형을 뱀과 전갈처럼 증오했다. 그가 다른 사람에게 모욕을 당할 때도 큰형을 끌어다가 비유하곤 했다.

"우리 집 형제도 이런데 하물며 다른 사람이야!"

그가 결론을 내릴 때마다 큰형이 그를 가혹하게 대했던 일을 세세하게 회상하곤 했다. 각종 과거의 일을 끄집어낸 뒤 큰형을 악인으로, 자신을 선인으로 판결하곤 했다. 그는 또 자신의 좋은 점을 열거하고 그가 받은 고초를 부풀려서 꼼꼼하게 헤아렸다. 그가 자신을 세상에서 가장 괴로운 사람으로 증명할 때 그의 눈에서는 폭포와 같은 눈물이 쏟아지기 시작했다. 그가 그곳에서 울 때 공중에서는 온화한 목소리로 그에게 말하는 것같았다.

"아아, 당신 울고 있나요? 그럼 정말 당신은 억울하겠어요. 그대 같은 선인이 세상 사람에게 그처럼 학대를 받다니. 정말 당신은 억울하겠어요. 됐어요, 됐어요. 이것도 하늘의 운명이랍니다. 울지 마세요. 그대 몸만 상한답니다."

그는 마음속으로 이 소리를 듣고는 바로 편안해졌다. 그는 비참과 고통 속에도 무궁한 감미로움이 들어 있다는 느낌이 들었다.

큰형에게 복수하고 싶었던 그는 배우던 의과를 포기하고 문과로 전과했다. 그의 뜻은 의과는 큰형이 바꾸라고 권한 것이기에 예전처럼 문과로 돌아가는 것이 바로 큰형에게 전쟁을 선포하는 일종의 분명한 의사 표시라고 여겼다. 아울러 그가 의과에서 문과로 전과했기에 고등학교 졸업은 1년 늦어지게 되었다. 그는 마음속으로 졸업이 1년 늦는 것을 1년 일찍 죽는 것으로 여겼다. 이 때문에 1년 늦어진다면 죽을 때까지도 적의를 품을 수 있기 때문이었다. 그는 1, 2년이 지나 그들 형제의 감정이 예전처럼 좋아질까 봐 걱정했다. 그래서 이번의 전과는 그가 큰형을 영원히 적대시할 수 있도록 도와주는 하나의 수단이었다.

날씨가 점점 차가워졌다. 그가 산으로 이사한 지 벌써 한 달이 넘었다. 며칠 동안 날씨가 흐리더니 회색 구름이 날마다 공중에 걸려 있었다. 차가운 북풍이 불어올 때 매화 숲의 나뭇잎은 살랑거리며 날아 떨어졌다. 처음 이사 왔을 때 그는 옛 책을 많이 읽었고 많은 취사 도구를 구입하여 스스로 한 달 동안 밥을 해 먹었다. 하지만 날이 추워지자 밥을 해먹기가 귀찮아졌다. 매끼 식사는 산기슭 아래의 화원 관리인 집에서 맡아 해주었다. 그래서 그는 요즈음 절을 떠난 한가로운 스님처럼 남을 원망하고 자신을 욕하는 일 외엔 특별히 할 일도 없었다.

어느 날 아침 그가 동틀 무렵 일어났을 때 동쪽으로 향한 창문을 열고 보니 앞의 지평선 위에 붉은 구름이 그곳에 떠서 움직이고 있었다. 동쪽 하늘의 반쪽 모서리엔 연분홍 빛이 나는 회색을 비추고 있었다. 어제는 하루 종일 가랑비가 내렸기 때문에 청신한 태양을 보니 평상시보다 기쁨이 배가되었다. 그가 산의 경사면으로 올라가 옛 우물에서 물을 길어 세수하고 나니 온 몸의 기력이 삽시간에 회복된 느낌이 들었다. 그는 곧 위층으로 올라가 황중칙(黃仲則)* 시집을 들고 높은 소리로 낭독하면서 매화 숲의 굽은 길에서 몇 바퀴 돌았다. 얼마 안 있어 태양이 솟아오르기 시작했다.

그가 사는 산꼭대기에서 남쪽을 바라보면 눈 아래로 대평원이 펼쳐졌다. 평원의 논은 아직 수확되지 않았다. 황금빛 벼 이삭은 푸른 하늘을 배경 삼아 하루 종일 태양의 아침 햇살을 비추었다. 그러한 풍경은 밀레(Millet)의 전원 풍경화를 보는 듯했다. 그는 자신이 몇 천 년 전의 원시 기독교도라도 되는 것처럼 이 자연의 묵시 앞에서 자신의 도량이 좁음을 비웃었다.

"용서하리라, 용서하리라, 세상 사람들이 내게 죄 지은 것을. 나는 너희들 모두를 용서하노라. 자, 오라. 와서 나와 평화롭게 지내자!"

손에 시집을 든 채로 눈에는 두 줄기 맑은 눈물이 맺혔다. 바로 저 평원의 가을 색을 마주보며 우두커니 서서 이러한 일을 생각할 때 그는 돌연 근처에서 낮은 소리로 말하는 두 사람의 목소리를 들었다.

"오늘 저녁엔 꼭 와!"

이는 분명 남자 목소리였다.

"꼭 나오고 싶긴 하지만 아마……."

그는 애교 넘치는 여자의 목소리를 들은 뒤 마치 전기에 감전되어 혈액순환이 모두 멈추는 느낌이 들었다. 원래 그의 신변엔 길고 큰 갈대가 자

---

* 청대 시인 황경인(黃景仁, 1749-1783)의 호가 중칙이다.

라고 있었다. 그는 갈대의 오른쪽에 서 있었고 남녀 한 쌍은 아마도 갈대의 왼쪽에 있었던 것 같다. 그래서 두 사람은 갈대 너머로 다른 사람이 있는 줄도 몰랐다. 그 남자가 다시 말했다.

"당신은 마음이 정말 착한 사람이야. 오늘 밤에 꼭 와. 우린 지금까지 한 이불을 덮고 잔 적이 없잖아."

"……"

갑자기 두 사람이 입술을 쪽쪽 빠는 듯한 소리가 들렸다.

그는 먹을 것을 훔치는 들개처럼 조마조마하여 몸을 굽히고 들었다.

"뒈져라, 뒈져. 넌 어쩌다 이렇게까지 저질로 변했지?"

그는 마음속으로 이처럼 자신을 호되게 꾸짖으면서도 두 귀를 쫑긋 세우고는 일언반구도 놓치지 않으려는 듯 정신을 집중하여 듣고 있었다.

땅에 떨어진 낙엽에서 바스락거리는 소리가 났다.

허리띠를 푸는 소리.

남자는 씩씩거리며 거친 숨을 내쉬었다.

혀끝으로 빠는 소리.

여성은 가볍고도 무거운 어조로 말을 끊었다 이으며 말했다.

"자기야! …… 자기야! 빨리…… 빨리 해. 그만…… 그만…… 그만 해. 누가 보겠어."

그의 얼굴색은 삽시간에 회색으로 변했다. 그의 눈은 불처럼 붉어지기 시작했다. 그의 위턱 뼈와 아래턱뼈가 딱딱거리며 떨기 시작했다. 그는 더이상 설 수가 없었다. 도망가려 해도 그의 두 다리가 말을 듣지 않았다. 그는 한바탕 고민하다가 두 사람이 떠난 뒤 물에 빠진 고양이나 개처럼 이층 방으로 돌아와 이불을 꺼내 잠을 청했다.

7

그는 밥도 먹지 않고 줄곧 이불 속에서 자다가 오후 네 시가 되어서야 겨우 일어났다. 그때는 석양이 원근에 가득 뿌리고 있었다. 평원 저 건너편의 숲은 푸른 연기로 아스라이 덮여 있었다. 그는 비틀비틀 산 아래로 내려갔다가 북쪽에서 남쪽으로 가는 대로를 지나 평원을 거쳐 밑도 끝도 없이 남쪽으로만 갔다. 평원 끝을 지나 그는 이미 신궁 앞의 전차 정거장까지 와 있었다. 그때 마침 남쪽에서 전차 한 대가 다가왔다. 그는 자신도 모르게 뛰어올라 탔다. 그는 왜 전차를 탔으며 이 전차가 어디로 가는지도 몰랐다.

15분 정도 달리다가 전차가 멈췄다. 운전사가 전차를 바꿔 타라고 하여 그는 환승했다. 이삼십 분 달리더니 전차가 또 멈췄다. 그는 종점이란 말을 듣고는 내렸다. 그의 앞쪽은 항구였다.

앞엔 드넓은 바다가 오후의 태양 빛 아래에 누워 미소 짓고 있었다. 바다 넘어 남쪽 푸른 산이 투명한 공기 속에 은은히 떠 있었다. 서쪽엔 긴 방파제가 곧장 만의 중간까지 뻗어 있었다. 방파제 밖엔 등대가 거인처럼 서 있었다. 빈 선박 몇 척과 삼판 몇 척이 가볍게 묶인 채 출렁이고 있었다. 해안에 가까운 바다에는 수많은 부표물이 석양을 가득 받아 붉은색을 띠고 있었다. 먼 곳에서 바람이 불어와 몇 마디 단조로운 목소리를 냈으나 무슨 말인지 분명히 듣지 못했고 어디에서 왔는지도 몰랐다.

그는 해안가에서 한참 동안 거닐다가 갑자기 저쪽에서 경쇠 치는 소리를 들었다. 그가 달려가 보니 건너게 해 달라고 배를 부르는 신호였다. 그가 잠시 서서 보니 작은 발동선이 해안 건너편에서 다가왔다. 사오십 세되는 노동자를 따라 그도 작은 발동선에 올랐다.

동쪽 해안으로 건넌 뒤 앞으로 몇 걸음 가다가 보니 해안 가까이에 큰

별장이 보였다. 대문은 활짝 열려 있고 정원 안의 인공산과 화초가 아름답고 귀엽게 꾸며져 있었다. 그는 무작정 들어갔다. 몇 걸음 걷지 않아 갑자기 앞집 여인의 애교 섞인 목소리가 들렸다.

"들어오세용."

그는 자신도 모르게 깜짝 놀라 우두커니 서 있었다. 그는 마음속으로 생각했다.

"이곳이 술과 밥을 파는 집인가 보다. 듣기론 이런 곳엔 기녀가 있다던데."

여기까지 생각하자 온몸에 냉수를 끼얹은 것처럼 정신이 번쩍 들었다. 그의 얼굴은 즉각 변해 버렸다. 들어가자니 들어갈 수도 없고 나오자니 다시 나올 수도 없었다. 가련하게도 토끼처럼 소심하고 원숭이 같이 음란한 마음이 그를 커다란 곤경 속으로 빠뜨리고 말았다.

"들어오세요, 들어와요!"

그 여인이 애교가 철철 넘치는 소리로 부르며 웃음을 머금었다.

"가증스러운 것, 너희들이 날 소심하다고 비웃어?"

이렇게 화를 내자 그의 얼굴은 더욱 불처럼 타올랐다. 이를 꽉 깨물고 다리로 땅을 가볍게 밟으며 두 주먹을 불끈 쥐고서 앞으로 전진하는데 마치 젊은 시녀 몇몇에게 선전 포고라도 할 기세였다. 그러나 붉으락푸르락하는 얼굴과 그의 얼굴에 약간 떠는 듯한 근육은 아무래도 숨길 수가 없었다. 몇몇 시녀 앞으로 다가간 그는 거의 어린아이처럼 울 것만 같았다.

"올라오세요!"

"올라오세요!"

그는 체면을 무릅쓰고 17, 8세 된 시녀를 따라 위층으로 올라갔다. 그때 그의 정신은 다소 진정되어 있었다. 몇 걸음 걸어 어둡고 조붓한 복도를 지나니 코를 찌르는 화장 냄새와 일본 여인 특유의 살 냄새, 두발에 바른 향유 냄새가 한데 섞여 그의 코를 찔렀다. 즉각 머리가 어지러워지고 눈에서는 별이 보이는 듯하여 뒤로 넘어지듯이 한 발 물러섰다. 그가 다시 정신 차리고 보았더니 캄캄한 한가운데에 화장한 둥근 얼굴의 여인이 미소를 머금고 그에게 물었다.

"손님, 손님은 해안 쪽 방으로 가실래요? 아니면 어떻게 하시겠어요?"

여인의 입에서 뿜어 나오는 숨결이 그의 얼굴에 뜨겁게 닿았다. 그는 자신도 모르게 그 숨을 깊이 들이마셨고 자신의 이러한 행위를 의식하자마자 곧바로 얼굴이 붉어졌다. 그는 어쩔 수 없이 얼버무리며 대답했다.

"해안 쪽 방으로 갑시다."

해안 쪽 작은 방으로 들어가니 그 시녀가 무슨 요리를 원하는지 물었다. 그가 대답했다.

"아무 거나 몇 가지 가져와요."

"술도 가져올까요?"

"예."

시녀가 나간 뒤 그가 일어서서 종이 바른 창을 여니 밖에서 공기가 들어왔다. 방안의 공기가 너무 혼탁한데다가 방금 좁은 복도에서 들이마신 여인의 향기가 아직 남아 있어 그는 냄새에 억눌려 견디기가 힘들었다.

푸른 바다가 조용히 그의 앞에 떠 있었다. 바깥엔 미풍이 이는 듯 파도가 한 조각 한 조각 햇빛의 반사를 받으며 금붕어 비늘처럼 미동하고 있었다. 그는 창문 앞에서 잠시 주시하다가 낮은 소리로 시 한 구절을 읊었다.

夕陽紅上海邊樓. 붉은 석양이 바닷가 누각 위로 오른다.

서쪽을 바라보니 태양이 서남쪽의 지평선으로부터 한 길 남짓 떨어져 있었다. 우두커니 바라보고 있는데 마음이 방금 본 시녀에게서 떠나지 않고 있었다. 그녀의 입과 머리, 얼굴과 신체에서 나는 향기가 아무래도 그의 마음이 다른 곳으로 향하는 것을 용납하지 않는 것 같았다. 그는, 시를 읊조리는 마음은 거짓이요, 여인의 육체를 생각하는 것이 진심임을 알게 되었다.

잠시 뒤 그 시녀가 술과 요리를 들고 들어와 그의 앞에 무릎을 꿇고 친절하게 술을 따라 주었다. 그는 마음속으로 그녀를 자세히 보고 그의 마음속에 쌓인 모든 고민을 그녀에게 털어놓고 싶었다. 하지만 그의 눈은 그녀를 똑바로 볼 수가 없었고 그의 혀는 아무리 해도 움직일 수가 없었다. 그는 말없이 무릎 위에 놓인 섬섬옥수의 하얀 손과 옷 틈으로 드러나 보이는 분홍색 치마 속을 몰래 쳐다보았다.

원래 일본 여자는 고쟁이를 입지 않고 몸에 착 달라붙는 짧은 속치마를 두른다. 그리고 바깥에는 소매가 긴 옷을 걸치고(옷에는 단추도 없다) 허리에는 한 자가 넘는 허리띠를 매며 뒤에는 네모난 매듭을 짓는다. 그들이 지나갈 때면 걸을 때마다 앞의 의복이 벌어져 붉은 속치마와 풍만하고 하얀 허벅지 살을 몰래 훔쳐볼 수 있다. 이것이 바로 일본 여성 특유의 아름다움이다. 그가 길에서 여자와 마주칠 때 주의를 하는 것도 이 때문이었다. 그가 이를 갈며 스스로를 짐승, 개 같은 놈, 비겁한 놈이라며 나무라는 것도 바로 이 순간이었다.

시녀의 속치마 속을 보았을 때 그의 가슴은 마구 뛰기 시작했다. 그녀와 말을 나누려 하면 할수록 말 꺼내기가 더욱 힘들어졌다. 시녀는 더 이상 참을 수가 없었는지 가볍게 그에게 물었다.

"댁은 어디예요?"

이 말을 듣자 여위고 창백한 그의 얼굴이 다시 붉어지기 시작했다. 그는 애매모호한 대답을 했다. 가련하게도 그는 다시 단두대 앞에 선 것 같았다.

원래 일본 사람은 우리가 개나 돼지를 경시하는 것처럼 중국인을 무시한다. 일본 사람은 중국 사람을 '시나징(支那人)'이라 부른다. '시나징'이라는 세 글자는 우리가 남을 욕할 때 쓰는 '도둑놈'이라는 말보다 더 듣기 싫은 말이다. 그런데 지금 꽃과 같은 소녀 앞에서 '나는 시나징이야'라고 인정할 수밖에 없었던 것이다.

"중국이여, 중국이여! 너는 어째서 강대해지지 못하는가?"

그는 온몸을 바들바들 떨었고 눈물이 곧 쏟아지려고 했다.

심하게 떠는 모습을 본 시녀는 술을 먹여 정신을 좀 안정시켜 보고자 이렇게 말했다.

"술이 거의 떨어져 가는데 다시 한 병 가져올까요?"

잠시 후 시녀가 다시 위층으로 올라오는 소리가 들렸다. 그는 그녀가 자신에게로 오고 있다고 여기고 옷 매무새를 정리한 뒤 자세를 가다듬었다. 하지만 그는 속았다. 원래 그녀는 두세 명의 다른 손님을 동시에 받았기 때문에 벽을 사이에 둔 방으로 올라간 것이었다. 두세 명의 손님이 농담을 하자 시녀도 애교 넘치는 말을 했다.

"떠들지 마세용. 옆방에 손님이 있단 말이에요."

그는 이 말을 듣고 화가 치밀었다. 그는 마음속으로 그들을 욕했다.

"개새끼! 속물! 너희들이 감히 나를 우롱하다니? 복수할 거야, 복수할 거야, 언젠가는 너희들에게 복수할 거야. 이 세상 어디에 진심을 가진 여자가 있을까! 시녀가 날 배신하다니, 네가 결국 나를 버린 거냐? 됐다, 됐어. 나는 두 번 다시 여자를 사랑하지 않겠어. 나는 내 조국을 사랑한다.

내 조국을 애인으로 여길 거다."

그는 곧장 숙소로 돌아가 학업에 열중하고 싶었다. 그러나 마음속으로는 옆방의 속물들을 부러워했다. 마음속으로는 그 시녀가 자신에게 돌아오기를 바라고 있었던 것이다.

그는 화를 참고 묵묵히 몇 잔을 마셨다. 그러자 몸에서 열이 오르는 것 같았다. 창문을 열고 보니 태양이 곧 서산으로 넘어가려고 했다. 연달아 몇 잔을 더 들이켰다. 얼굴 앞의 바다 경치가 모두 흐릿해졌다. 서쪽 방파제 밖 등대의 검은 그림자가 더 크게 보였다. 망망한 운무가 바다와 하나로 엮여 있었고 흐릿하고 엷은 그림자 속에서 서쪽의 떨어질락 말락 하는 태양은 마치 그곳에서 석별을 하는 것 같았다. 그는 잠시 바라보다가 이유 없이 웃음을 지을 수밖에 없었다. 하하 웃고 난 뒤 그는 불처럼 뜨거워진 자신의 두 뺨을 비비며 중얼거렸다.

"취한다, 취해!"

바로 그때 시녀가 들어왔다. 그녀는 불쾌한 그의 얼굴을 보더니 창문 입구에 서서 멍청히 웃으며 말했다.

"창문을 이렇게 많이 열어 놓고……. 춥지 않아요?"

"춥지 않아요, 춥지 않아. 이렇게 아름다운 낙조를 보지 않을 수 있겠어요?"

"손님은 정말 시인이시군요. 술 가져왔어요."

"시인! 저는 본래 시인입니다. 가서 종이하고 붓을 가져와요. 제가 한 수 써서 보여 줄게요."

시녀가 나간 뒤 그는 자신이 이상하게 느껴졌다. 그는 마음속으로 생각했다.

"내가 어째서 이렇게 대담하게 바뀌었지?"

그는 새로 가져온 술 몇 잔을 통음하니 쾌활해지는 느낌이 들었다. 그
리하여 자신도 모르게 호탕하게 한바탕 웃었다. 옆방의 속물들이 소리 높
여 일본 노래를 부르는 소리를 듣고 그도 목청을 높여 시 한 수*를 읊기 시
작했다.

醉拍闌干酒意寒, 취해 난간 두드리니 취중의 뜻 차갑고
江湖寥落又冬殘. 강호에 외로이 떠도니 겨울 또한 저문다.
劇憐鸚鵡中州骨, 너무나 가여워라, 앵무 중주의 뼈대여
未拜長沙太傅宮. 아직도 장사 태부에 제수되지 못했다.
一飯千金圖報易, 밥 한 그릇에 천금으로 보답하긴 쉬우나
幾人五噫出關難. 오희가를 부르며 관문 나서기 어렵도다.
茫茫煙水回頭望, 아득히 안개 낀 물 고개 돌려 바라보며
也爲神州淚暗彈. 또 한 번 조국을 위해 울면서 노래한다.

큰 소리로 몇 번 읊조린 후 그는 취해 자리에 쓰러지고 말았다.

8

술에서 깨어난 그는 자신이 붉은 비단 이불을 덮고 잤다는 것과 이불에
서 기괴한 향기가 난다는 것을 알아차렸다. 게다가 이 방은 대낮의 그 방
이 아니었다. 방에는 십 촉짜리 전등 하나가 걸려 있었고 베갯머리에는 차
주전자와 찻잔 두 개가 놓여 있었다. 그는 두세 잔을 따라 마신 뒤 비틀거
리며 밖으로 나갔다. 문을 열자 대낮에 봤던 그 시녀가 달려와 물었다.
"손님! 깨어났어요?"

---

* 제목은 〈다다미 방에서 즉흥적으로 읊조리며(席間口占)〉이고 1916년 겨울 일본에서 지은 작품이다.

그는 고개를 끄덕이고 웃음 지으며 대답했다.

"깨어났소. 변소가 어디에 있소?"

"제가 모시고 갈게요."

그는 그녀를 따라갔다. 낮에 걸었던 좁은 복도에 전등이 아직 밝게 비추고 있었고 원근에서는 노래 부르는 소리가 들렸다. 삼현(三弦) 소리와 크게 웃는 소리가 그의 귓가에 들렸다. 그는 낮에 있었던 일을 모두 생각해 냈다. 술에 취해 시녀에게 했던 말을 떠올리니 얼굴에서 열이 나는 것 같았다.

화장실에서 방으로 돌아온 뒤 그가 시녀에게 물었다.

"이 이불이 당신 거요?"

시녀가 웃으면서 대답했다.

"예."

"지금 몇 시요?"

"대략 여덟 시 사오십 분쯤 되었을 겁니다."

"가서 계산서 가져와요."

"예."

그는 계산을 마친 후 지폐 한 장을 더 꺼내 시녀에게 건네주었는데 자신도 모르게 손이 벌벌 떨렸다. 그러자 시녀가 말했다.

"받지 않을래요."

그는 돈이 너무 적어서 그러는 줄 알았다. 얼굴이 빨개져 주머니 속을 뒤져 보니 지폐가 한 장밖에 없었다. 그는 그걸 꺼내 시녀에게 건네주면서 말했다.

"너무 적다 생각지 말고 받아 두세요."

그의 손이 심하게 떨리고 말도 떨리기 시작했다. 그러자 그 시녀가 그를 보면서 낮은 소리로 말했다.

"감사합니다."

그는 이층에서 뛰어 내려와 구두를 신고 밖으로 나왔다.

바깥은 무척 차가웠다. 이날은 아마 음력 초파일이나 구일이었을 것이다. 차가운 반달이 하늘 왼쪽 절반에 높이 걸려 있었고 단청색의 원형 덮개에는 성긴 별들이 흩어져 있었다.

그가 해변에서 잠시 걷고 있는데 먼 해안의 고기잡이 배의 등불이 도깨비불처럼 그를 유인했다. 잔잔한 파도에는 은색 달빛이 비추어 마치 산 도깨비의 눈이 그곳에서 깜박거리는 것 같았다. 무슨 까닭인지는 모르겠으나 갑자기 바다에 뛰어들어 죽고 싶다는 생각이 그를 사로잡았다.

몸을 뒤져 보니 전차를 탈 차비도 없었다. 낮의 일을 생각하니 다시 한번 자신을 통렬하게 욕하지 않을 수 없었다.

"내가 어떻게 이런 곳까지 왔지? 내가 벌써 가장 비열한 사람으로 변해버렸군. 후회해도 소용없다. 차라리 이곳에서 죽자. 내가 추구하는 애정은 아마 얻지 못하리라. 애정이 없는 삶은 사그라진 재와 같지 않을까? 무미건조한 삶, 무미건조한 삶, 세상 사람들은 다시 나를 적대시하고 모멸하며 나의 친형 심지어 나의 수족까지도 나를 배제하여 이 세상 밖으로 밀어내고 있다. 어찌 살아갈 것인가? 이처럼 고통스러운 세계에서 또다시 살아갈 필요가 있을까?"

생각이 여기까지 미치자 눈물이 하염없이 떨어지기 시작했다. 회백색의 얼굴은 거의 죽은 사람의 얼굴과 같았다. 그는 손을 들어 눈물을 닦지 않았다. 달빛이 그의 얼굴에 비쳐 두 눈물이 마치 나뭇잎에 걸친 아침 이슬처럼 빛을 내기 시작했다. 머리를 돌려 자신의 여위고 긴 그림자를 보자 가슴이 쓰려 오기 시작했다.

"가련한 나의 그림자여, 나를 21년 동안이나 따라다녔구나. 지금 이 바다야말로 너를 묻을 곳이야. 내 몸은 비록 남들에게 능욕 당했으나 너까지 연루시켜 이 지경으로 쇠약하게 만들지 말았어야 하는데. 그림자여, 그림자여, 날 용서해 주기 바란다."

서쪽을 바라보니 등대 불빛이 삽시간에 붉어졌다가 갑자기 푸르러지며 그곳에서 자신의 직분을 다하고 있었다. 푸른빛이 해수면에 비칠 때 해수면에서는 담청색의 길이 나타났다. 다시 서쪽을 바라보니 서쪽 푸른 하늘 아래에서 밝은 별 하나가 흔들리고 있었다.

"끊임없이 흔들리는 밝은 별 아래가 바로 나의 고국이자 내가 태어난 곳이다. 나는 저 별 아래에서 18년의 세월을 보냈다. 나의 고향이여, 이제 두 번 다시는 네 얼굴을 볼 수 없겠구나."

그는 길을 걸으며 이처럼 가슴 아픈 말을 생각했다.

잠시 걷다가 다시 서쪽의 밝은 별을 바라보자 눈물이 소나기처럼 떨어졌다. 그는 사방의 경물이 모두 흐릿해지는 느낌이 들었다. 눈물을 닦고 걸음을 멈추며 탄식했다. 그는 띄엄띄엄 말을 이었다.

"조국이여, 조국이여! 내 죽음은 그대가 해쳤기 때문이다."

"그대는 빨리 부자가 되어야 한다. 강대해져야 한다."

"그대의 수많은 아들딸들이 그곳에서 고통 받고 있노라."

1921년 5월 9일 고쳐 씀

늦봄

궈모뤄

1

벽시계가 네 시를 알렸다.

하카타만(博多灣)의 물이 태양빛 아래에 비쳐 극대한 스펙트럼처럼 끝없는 색채로 나누어 보여 주었다. 새하얀 범선 몇 척이 수상에서 느릿느릿 이동했다. 나는 이 풍광을 볼 때마다 옛사람이 일엽편주에 술을 싣고 다닌 고사가 생각나서 술 두 병을 싣고 황포 돛대 아래에 앉아 진탕 마시지 못하는 것이 한스러웠다.

마침 바다 경치를 응시하고 있을 때 아래층에서 어떤 사람이 문을 두드렸다. 얼마 안 있어 샤오푸(曉芙)가 위층으로 올라오더니 오사카(大阪)에서 온 친구가 나를 방문하러 왔다고 말했다. 그곳 고등공업학교에 다니는 두 학우가 생각났다. 리(黎) 씨 성을 가진 학우는 이미 귀국했고, 허(賀) 씨 성을 가진 학우는 우리와 평상시에 왕래한 적이 없었다. 설마 그가 나를 방문하러 왔으랴? 그렇지 않으면 일본 사람일 것이다.

나는 샤오푸를 따라 아래층으로 내려갔다. 멀리서 내방한 사람의 얼굴을 보니 허 군은 아니었다. 하지만 흰색 피부, 매끈하고 무표정한 그의 얼굵은 선조들로부터 물려받은 일종의 낙인 같은 것이어서 그가 우리 황제의 자손임을 알 수 있었다. 게다가 그의 안면이 가늘고 길었으며 그의 오똑한 코는 얼굴 중앙 면적의 3분의 2 정도를 차지하고 있었다. 양복에 입은 와이셔츠는 깃이 없어 하얀 목이 반쯤 드러나 있었다. 그래서 그가 내게 준 첫 인상은 하얀 산양 한 마리 같았다. 문 앞으로 나가니 그가 명함 한 장을 건네주었다. 받아 보니 공교롭게도 "바이양(白羊)"이란 두 글자여서 나는 자신도 모르게 소리 내어 웃었다.

바이양 군은 나를 본 뒤 문지방에 서서 물었다.

"우리가 만난 적은 없지만 오래 전부터 당신을 알고 있었어요. 당신의 학우 리 군이 국내에서 당신과 같이 공부했죠? 그가 늘 당신에 대해서 말하더군요."

몇 년 동안 쓰촨(四川) 사람을 만나 얘기해 본 적이 없는데 바이양 군의 목소리를 들으니 은연중에 향수가 일어났다. 그가 말했다.

"저는 올해 졸업해요. 허 군도요. 허 군은 당신과 함께 국내에서 공부한 동창이지요. 같이 귀국하려고 했어요."

"허 군도 졸업했어요?"

"아직 졸업하지 못했어요. 그의 부친이 사망해서 귀국 후 장례식을 치러야 합니다. 그는 평소에 정신병을 앓았는데 부친의 사망 소식을 듣고는 미친 것처럼 사람을 보기만 하면 머리를 조아리며 통곡하고 눈물을 흘려요. 정말 우리는 그를 어찌할 도리가 없어요. 이번에 함께 귀국할 때 그는 3등석을 타고 저는 2등석을 탔는데 저는 항상 돌봐 주려고 했어요. 모지(門司)에 이르렀을 때 물건을 사려고 그 사람 혼자 남겨 두고 뭍에 올랐지요. 그런데 제가 배로 돌아왔을 때 그가 물에 뛰어든 사실을 알았어요."

"뭐라고요? 물에 뛰어들었다고요?"

나는 깜짝 놀라 반문했다.

바이양 군이 이어서 말했다.

"다행히 몇몇 선원이 갈고리로 그를 물속에서 건져 냈어요. 제가 배로 돌아왔을 때 그들이 뭍에서 인공호흡을 하여 그가 물을 게워 내는 모습을 보았어요. 그가 점차 깨어나더군요. 선원들이 제게 말했지요. 그가 물에 뛰어들 때 모자를 벗어 공중에 높이 들고 원을 그리면서 입으로 만세 삼창하고는 풍덩 소리와 함께 바다로 투신했다고요."

바이양 군은 허 군이 투신하는 광경을 자신이 직접 본 것처럼 생동감 있게 손놀림과 몸놀림으로 형용했다.

"하지만 선의(船醫)가 와서 검사를 해보더니 열이 너무 높고 신경이 매우 흥분되어 이 상태로는 계속 항해할 수 없으며 도중에 예기치 않은 우려가 있을 것 같다고 말하더군요. 그래서 저는 그를 부근의 작은 병원에 입원시키기로 결정했지요. 제 짐은 배 안에 같이 두었기 때문에 찾으러 갈 시간이 없어 그와 함께 병원에 들어갔어요. 입원한 지 3일이 지나도 열은 내리지 않더군요. 매일 체온이 40도 가량이었고 오줌에 단백질이 섞여 나와 폐렴, 위장염 등 여러 염증이 함께 발생한 것 같다고 말하더군요. 그래서 지금 목숨이 위태로워요. 제가 모지 지리를 잘 알지 못해 몇몇 친구를 찾아가 도와 달라고 부탁할 생각입니다. 메이지전문학교(明治專門學校)의 지(季) 군을 제가 알고 있어 곧 편지를 쓸 작정이에요. 그는 어제 저녁에 '당신을 만날 수 있으면 죽어도 여한이 없다'고 말하더군요. 그래서 제가 오늘 특별히 달려와 당신을 찾은 겁니다."

바이양 군은 간신히 찾아온 뜻을 설명했다. 나는 곧 그와 함께 이층으로 올라가 앉았다. 모지로 가는 기차가 6시 넘어서야 있기 때문에 우리는 바이양 군과 함께 저녁을 먹고 같이 가보기로 했다. 샤오푸는 곧 주방으로 밥을 지으러 내려갔다.

소나기가 한바탕 내린 듯하고 갑자기 청명한 여름 하늘 같았다. 바이양 군은 이층으로 올라와서는 조금 전의 초조함을 까맣게 잊어버렸다. 그는 창가에서 바다 경치를 관망하며 이층집을 극구 찬미했다. 그는 또 서성거리며 내 방의 벽화를 보고 벽에 쌓인 도서를 보았다.

그가 물었다.

"듣자니 두 아들을 두었다는데 어째서 안 보이죠?"

"이웃집 엄마가 애들을 데리고 바다로 놀러 갔어요."

내가 그에게 물었다.

"어떻게 내 주소를 알았어요?"

"당신 학우가 알려 줬어요. 제가 하카다역(博多驛)에서 내렸을 때 그곳에서 공업박람회를 연단 소식을 들었어요. 저는 공학도라 박람회를 먼저 보러 갔지요. 제2전시장 문 앞에서 생각도 못한 한 학우를 우연히 만났어요. 저는 그와 같은 배를 타고 온 적이 있어 알게 되었어요. 그는 자신이 그린 약도를 주고 찾아가 보라고 하더군요. 당신의 집은 남북향이 아닙니까? 당신 집 문 앞에는 우물, 신사(神社)가 있고 게다가 당신 집 이층의 테이블과 의자를 보고 우리 중국 사람의 주택인 줄 알았어요.* 당신 학우가 제게 알려 주지 않으면 당신 학교에 가서 물어볼려고 했어요."

그와 한담을 나눈 다음 나는 실례한다고 말하고 아래층으로 내려가 샤오푸의 식사 준비를 거들었다.

2

6시 반, 기차는 이미 도착해 있었다. 샤오푸가 한 아이는 끌고 한 아이

---

* 당시 일본 사람들은 일반적으로 테이블과 의자를 쓰지 않았다.

는 품에 안은 채 역에서 전송을 했다. 기차가 출발할 때 큰아들이 나와 함께 가겠다며 울기 시작했다. 두 다리로 플랫폼을 밟으니 마치 물레방아를 탄 것 같았다. 나는 얼른 기차에서 뛰어 내려 아들을 안고 입맞춤한 다음 다시 기차를 탔다. 우리를 태운 기차가 멀리 떠나도 모자 세 사람의 그림자는 여전히 플랫폼에 서서 움직이지 않았다. 나는 그들에게 몇 번이나 손을 흔들었는지 모른다. 기차가 굽이를 돌자 그들의 그림자를 볼 수 없게 되었다. 기차는 이미 해안가를 달리고 있었다. 해가 서산으로 져서 온 하늘이 선홍색 핏빛 노을이었고 바다는 온통 적색 포도의 눈물이었다. 내가 고개를 돌리자 바이양 군이 모자를 벗어 손에 들고 역방향으로 흔들었다. 나는 불현듯 허 군이 바다로 뛰어드는 광경을 연상하게 되었다.

가련한 허 군! 그가 왜 바다에 뛰어들었는지 모르겠다. 바다에 뛰어들 때 왜 모자를 벗고 만세 삼창을 했을까? 이 현실 밖에 있는, 눈으로는 볼 수 없는 어떤 '존재'가 그를 유인하여 마치 오디세우스(Odysseus) 처럼 사이렌(Siren)의 노래 소리를 들었을 것이다.

오늘밤 나는 부인과 처음으로 헤어지는 셈이다. 오늘밤 아이들이 잠잘 때 내가 아직 집에 돌아오지 않은 것을 알고, 내일 아침 깨어났을 때 내가 집에 없는 것을 안다면 내가 괴물에게 잡혀간 것으로 의심할 것이다.

허 군이 죽었다면 그는 정말 가련한 사람이다. 저 멀리 해외에서 얻은 것이 죽음뿐이라니!

하지만 죽음이 무슨 대수랴? 국내나 외국에서 죽을 수도 있고 애인의 품이나 황량한 광야에서 죽을 수도 있다. 똑같이 눈을 감고 미지의 세계로 가는 것이거늘 무엇이 가련하단 말인가? 내가 장차 죽고 싶을 땐 화산 분화구로 뛰어들리라. 그것이 아마도 가장 통쾌한 죽음일 것이다.

그의 비장한 태도, 그의 개선장군 같은 태도! 그가 화장(火葬)을 원하는

74

지는 모르지만, 나는 화장이 가장 단순하고 가장 간편하며 가장 깨끗하다고 생각한다.

아이들은 벌써 집에 돌아왔을 것이다. 아이들이 돌아와 내 방이 빈 것을 알면 얼마나 심심해할까?

묵묵히 기차에 앉아 있으니 온갖 잡념이 떠올랐다. 맞은편에 앉아 있던 바이양 군이 억지 미소를 입가에 지어 보였다. 내가 자신을 바라본다는 것을 알아차린 그가 곧 말을 걸었다.

"허 군은 정말 재미있는 사람입니다. 그는 자기 자신을 '용왕'이라고 말한 적이 있어요."

"무슨 일입니까?"

"작년 여름 방학이었어요. 그때 우리는 해안가에 살고 있었지요. 허 군이 어느 날 새벽 해안에서 작은 물고기를 잡아 와 그릇에 담아 기르다가 얼마 기르지 못하고 바다에 놓줬어요. 그가 뛰어와서 우리에게 손짓 발짓하며 떠들더군요. 자신은 용왕이고 그가 놓준 작은 물고기는 용왕의 자식이라는 거예요. 그가 용왕의 자식을 바다에 놓주자 사해의 물고기들이 찾아와 축하했다는 거예요. 그 말이 얼마나 웃기던지."

"아마 농담이 아니었을까요?"

"아뇨. 그 사람은 그런 식으로 정신 줄을 놓는 일이 무척 많았어요. 그는 짠돌이로 유명했지만 거금을 들여 수많은 그림을 사서 방을 장식하기도 했어요. 그는 또 임의로 한두 주씩 수업을 빼먹었어요. 병이 난 줄 알고 우리가 찾아갔을 때 그 사람은 문을 걸어 잠그고 그림을 그리고 있었답니다."

"이는 천재들이나 하는 행동 같은데요."

나는 놀라 이렇게 말하며 다시 물었다.

"그가 그린 그림은 어땠던가요?"

"저도 그것의 잘잘못을 모르겠습니다. 하지만 그에겐 언제나 장점이 있었어요. 그가 어느 명승지에 가든 돌과 조가비를 주워 와 책상 위에 놓고 그곳의 형세를 장식하곤 했습니다."

바이양 군이 허 군의 숨겨진 일에 대해 이야기하면 할수록 그가 더욱더 경이로운 사람이라는 느낌이 들었다. 우리가 예전에 중국에서 학교에 다녔을 때 그는 하급반이었다. 그래서 우리는 그를 쇠약한 저능아로 취급하곤 했다. 우린 단지 옷만 입을 줄 알고 밥만 먹을 줄 아는 자동 나무인형이었던 것이다. 왜 일반 사람과 다른 천재를 미치광이, 저능아, 괴물로 여겼을까? 이 세상에는 왜 이러한 광인이나 괴짜가 많이 나오지 않는 것일까?

기차는 이미 몇 정거장을 지나 있었고 기차 안의 전등도 벌써 켜져 있었다. 여객은 그렇게 많지 않았고 기차에 오르내리는 사람도 거의 없었다. 다만 궐련 연기가 사방에 가득 차 있었다. 차에 탄 사람들은 마치 기름을 뒤집어쓴 것 같았다. 어떤 사람은 두 자리를 차지한 채 몸을 뻗어 가로누웠고 또 어떤 사람은 고개를 끄덕이는 모습이 마치 수박을 굴리는 것 같았다. 기차 밖의 적색 세계는 점점 허무 속으로 빠져 들고 있었다.

3

"Moji! Moji!"

모지에 도착했다. 플랫폼으로 들어오는 소리가 특별히 웅장했다.

모지는 큐슈(九州) 북단(北端)에 위치해 있으며 큐슈 여러 철도의 종점이기도 하다. 큐슈를 한 조각의 그물맥잎에 비유하고 남북으로 종단하는 여러 철도를 잎맥에 비유한다면, 모지는 잎자루와 연결되고 여러 잎맥이 모이는 곳이다. 기차를 타고 북상하려는 사람은 모두 여기에서 내린다. 일본 본도(本島)로 가거나 조선으로 가려면 다시 해로로 시모노세키(下關)나

부산(釜山)으로 가야 한다.

게다의 교향곡! 이는 일본 정거장에서 하차할 때 경험하게 되는 특유한 현상이다. 단단한 게다를 신고 시멘트로 된 플랫폼을 밟을 때 나는 난잡한 소음은 마치 수많은 말발굽 소리 같았다. 8년 전 처음 일본에 왔을 때 정거장에 갈 때마다 이 소리를 들었던 나는 당시 일본 제국주의가 정말 군국주의의 본보기라서 각지의 정거장마다 기마대를 주둔시킨 줄로 알았다.

나는 바이양 군과 기차에서 내려 소리의 물결을 타고 개찰구로 갔다. 역사(驛舍) 벽에 걸린 괘종시계의 길고 짧은 두 바늘이 마치 제사상한(第四象限)에 있는 것처럼 90도의 직각을 이루고 있었다.

역을 빠져나오자 바이양 군이 나를 이끌고 수많은 거리와 골목길을 걸어 다녔다. 우리는 피차 말을 꺼내지 않았다. 어느 집 문 앞까지 왔을 때 바이양 군이 걸음을 멈추고는 "도착했다"고 말했다. 잘 살펴보니 그 집은 상하 이층으로 된 목조 건물로 병원이라기보다는 오히려 하숙집에 가까웠다. 문밖에는 휘황찬란하고 긴 구리 팻말이 걸려 있었고 그 위에는 '양생의원(養生醫院)'이라는 네 글자가 검은색으로 쓰여 있었다.

허 군의 병실은 길가에 붙은 일층에 있었다. 여섯 개의 다다미가 깔린 방 중앙에 전등이 걸려 있었고 자동색(紫銅色) 피륙으로 감싼 등이 병실을 비춰 그 광경이 이상토록 참담해 보였다. 병실 특유의 이상한 냄새, 열기, 석탄에서 나오는 역겨운 냄새, 알코올 냄새, 땀 냄새, 기름종이 냄새……. 여러 이상한 냄새가 뒤섞여 있었다. 환자는 길가로 난 창문 아래에 누워 있었다. 간호사가 그를 진맥하는 듯 베개 옆에 꿇어앉아 있었다. 우리가 들어가자 간호사가 고개를 끄덕여 인사하고는 우리를 옆방으로 가게 했다.

옆방은 세 개의 다다미가 깔린 긴 방이었다. 중앙에는 전등이 달려 있고 길가로 난 창 아래엔 작고 낮은 탁자가 놓여 있고 위에는 화장 상자와 컵, 병 따위가 놓여 있었다. 방 안에서는 짙은 지분(脂粉) 냄새가 났다. 우리가 숨을 죽이고 있노라니 간호사가 들어왔다. 중간 키의 간호사는 그 얼굴이 섬세하고 정교했다.

"이분은 S양입니다."

"이분은 제 친구 아이머우(愛牟) 군입니다."

바이양 군은 우리를 대신해서 소개한 다음 허 군의 증세에 대해 물었다. 그녀는 다다미 위에 꿇어앉아 두 손을 무릎 위에 포개고 소리를 낮춰 말했다.

"오늘은 많이 좋아졌어요. 체온이 점차 회복되고 있어요. 방금 온도를 쟀는데 37.2도에 불과합니다. 오늘 아침엔 38도였어요. 앞으로 날마다 좋아질 거예요. 다만 정신이 약간 흥분된 상태입니다. 방금 수면제를 먹고 잠이 들었어요."

간호사는 줄곧 머리를 한쪽으로 기울이고 간혹 눈썹을 여덟 '팔(八)'자 모양으로 찡그리며 말했다. 간호사의 눈매는 약삭빨랐으며 홍조를 띤 두 뺨으로는 처녀임을 과시하는 것 같았다.

내가 말했다.

"정말 모두가 아가씨 덕택입니다. 폐렴이나 다른 급성 전염병인 줄 알고 걱정했어요. 그럼 좋아지기가 쉽지 않잖아요."

"정말입니다. 손님에게는 미안해요. 멀리서 특별히 오셨는데 환자가 방금 수면제를 먹어서요."

"환자는 언제나 안정을 유지하는 게 좋지요."

바이양 군이 끼어들어 말했다.

"S양, 당신이 몰라서 그렇지 이분은 미래의 닥터(doctor)예요. 의과대학 학생이죠."

"아, 아이머우 선생!"

간호사의 흑요석(黑耀石) 같은 검은 눈동자에서 광채가 뿜어나왔다.

"저는 의학을 배우는 사람을 좋아해요. 의학도는 정말 좋아요."

내가 말했다.

"좋을 게 하나도 없어요. 다만 사람을 죽여도 목숨으로써 대가를 치르지 않아도 된다는 것뿐이지요."

"어머!"

간호사는 그녀의 높아진 목소리에 놀란 듯 다급히 오른손으로 입을 막았다.

"어찌 …… 어찌 그런 일이 있겠어요?"

4

병원을 나와 바이양 군의 거처로 갔을 때는 이미 11시가 넘어 있었다. 이층으로 올라가 긴 비밀 통로를 지나 바이양 군의 침실로 들어갔다. 전등을 켜자 사포(四鋪) 반(半) 크기의 작은 방이 나타났다. 두 사람은 약간 피곤했다. 바이양 군이 여관 여종업원을 시켜 침상 두 개를 준비하게 했다. 방이 너무 좁아 침상 두 개를 거의 수용할 수 없을 정도였다.

우리는 잠자리에 누웠다. 바이양 군이 나와 허 군의 지난 일에 대해 이야기하다가 잠시 후 S양 몸에 관한 이야기로 화제를 옮겼다. S양을 좋아한다고 말한 그는 S양이 자연 미인이라고 했다. 그는 "그녀에게는 부모 형제가 없고 미국에서 태어났으며 부모 모두 미국에서 사망했다"고 말했다. 그리고 일본 영사관에서 사람을 보내 일본으로 데려왔는데 일본에 돌아왔을 때 그녀의 나이가 세 살밖에 안 되었었기 때문에 그녀의 숙모가 양육했고 또 15세 때부터는 간호를 배우기 시작했는데 배운 지 벌써 3년이 되었다고 했다. 또한 그녀는 항상 자신의 폐 끝부분이 좋지 않아 폐병으로 죽을지도 모른다고 말했다고 했다. …… 그가 말을 하도 많이 하여 들은 뒤에도 나는 점점 모호해지고 변별할 수 없게 되었다.

모지 시(市) 북쪽에 뾰족하고 높은 봉우리가 있는데 이를 후데타테산(筆立山)* 이라고 불렀다. 마치 하늘이 감탄부호(!)를 거꾸로 찍은 듯 밝은 달이 산머리 위로 높이 떠 있었다. S양과 함께 천천히 산으로 올라가 모지 시 전경을 내려다보니 물고기 비늘 같은 기와들이 은회색 빛을 반사하고 있었다. 아카마가세키(赤間關) 해협과 대낮의 번잡한 경관이 면모를 일신해 있었고 연기를 내뿜지 않는 선박 몇 척은 꿈속의 갈매기나 오리처럼 물 위에 떠 있었다. 등불이 깜박거리는 히코시마(彦島)와 시모노세키의 신기루가 흐릿하게 보였고 산 동북쪽에는 맑은 거울 같은 해수면이 떠올랐다. 그곳이 바로 세토나이카이(瀬戸内海)의 서쪽 끝이다. 산머리에 있는 우거진 고목에 호사가가 세운 나무 팻말이 걸려 있는데 그 위에는 "천하기관재차(天下奇觀在此)"**라는 글자가 가로로 쓰여 있었다. 그리고 유람객에게 휴식 장소로 제공하는 찻집과 술집도 보였다.

정상에 오른 S양과 나는 산 뒤쪽 세토나이카이로 향해 있는 찻집에 들어갔다. 차를 파는 아주머니는 이미 잠들어 있었고 산 위에는 아무도 없었다. 사면의 산림으로부터 쏴쏴 불어오는 바람 소리를 빼면 아무 소리도 들리지 않았다. 무슨 사연이 있는지 모르지만 S양의 얼굴이 유달리 창백해 보였다. 우리 두 사람은 산 정상까지 올라올 때도 시종 말이 없었지만 찻집에 앉아서도 침묵을 지켰다.

---

* 모지 시 서쪽에 있는 산 이름. 이곳에서 작자가 〈후데타테산 머리에서 바라보며(筆立山頭展望)〉(1920년 6월)라는 시를 지었다.

** 천하의 기이한 경관이 여기에 있다는 뜻.

마침내 S양이 적막함을 견디지 못하고 꽃봉오리 같은 입을 열었다.

"아이머우 선생님은 의학을 배우시는 분이니 폐결핵 치료법을 알고 계시지 않나요?"

그녀가 약간 떨면서 말했다.

"당신에게 그 질병이 있다고는 말할 수 없으니 마음을 좀 더 편히 가지는 게 좋아요."

"틀림없이 가지고 있어요. 밤마다 식은땀이 나고 제 몸은 점점 수척해지고 있어요. 때로는 이유 없이 권태를 느끼고 식욕도 당기지 않습니다. 그리고 매달⋯⋯."

여기까지 말하고 그녀는 차마 말을 잇지 못했다. 월경 불순을 말하려는 것이라고 추단했지만 캐묻기가 거북했다. 그녀가 말한 증세는 폐결핵 초기에 나타나는 증세가 분명했다. 게다가 그녀의 선병질(腺病質) 체질로 봤을 때 치료하기 힘든 질병에 걸린 것이 확실했다. 하지만 나는 그녀가 실망할까 봐 차마 말을 꺼내지 못하고 이렇게 말했다.

"아마 신경쇠약일 겁니다. 좀 더 고명한 의사를 찾아가서 진찰받아 보세요."

"저의 부모님도 같은 병에 걸려서 돌아가셨대요. 샌프란시스코에서 돌아가셨죠. 부모님께서 돌아가셨을 때 제 나이가 겨우 세 살이었기 때문에 부모님의 모습을 기억하지 못해요. 저는 단지 그분들의 그림자만 기억합니다. 그리고 제가 살던 집이 일본 집보다 훨씬 훌륭했던 것으로 기억해요. 이 병은 유전되는 병이라고 들었어요. 물론 제 부모님을 원망하진 않아요. ⋯⋯ 일찍 죽어도 좋아요. ⋯⋯ 죽으면 인간 세상의 풍파를 겪지 않잖아요."

그녀는 얼굴을 가리고 울기 시작했다. 나도 슬퍼졌지만 그녀의 애수를 위로할 방법이 없었다. 그녀가 한참 동안 침묵을 지키다가 다시 말을 꺼냈다.

"저 같은 사람은 정말 이해하기 힘들어요. 불가에서 말하는 '삼계무안, 유여화택(三界無安, 猶如火宅)*과도 같습니다. 이러한 이치를 분명히 알고 있지만 삶에 대한 집착은 날이 갈수록 깊어져요. 비유하자면 우리가 포도주를 마시는 것과 같지요. 취한 후의 고초를 분명히 알면서도 언제나 술잔을 놓으려 하지 않잖아요. …… 아이머우 선생님! 솔직히 말해 주세요. 저 같은 폐인이 도대체 살 가치가 있을까요?"

"아가씨, 너무 감상적으로 생각하지 마세요. 당신에게 아첨하는 말이 아니라 어려서부터 자기 힘으로 생활한 아가씨를 대하니 제가 부끄러워 몸 둘 바를 모르겠네요. 뭐든 병세가 나타나면 고명한 의사 선생님을 찾아가 진찰을 받아 보는 게 좋겠죠. 공연히 걱정하지 마세요. 도리어 몸에 해롭습니다."

"그럼 아이머우 선생님이 한번 진찰해 주시겠습니까?"

"저는 아직 숲을 이루지 못한 죽순**입니다."

"어머, 사양하지 마세요!"

이렇게 말한 후 그녀가 천천히 상반신을 벗고 내 곁으로 걸어왔다. 그녀의 육체는 대리석 조각상 같았다. 그녀는 껍질이 벗겨진 여지(荔枝)처럼 두 어깨를 늘어뜨리고 있었고 유방은 아직 피지 않은 장미꽃 봉우리처럼 약간 위로 올라와 있었다. 나는 급히 일어서서 그녀를 앉혔다. 자리에 앉은 그녀가 두 눈을 동그랗게 뜨고 나를 바라봤다. 내가 두 손을 따뜻하게 비벼 그녀의 폐 끝을 진맥하려 했을 때 바이양 군이 숨을 헐떡이며 달려와 이렇게 말했다.

---

* 세 가지 세계가 편치 못한 것은 불 난 집과 같다는 뜻.
** 일본에서 돌팔이 의사를 '타케야부(竹藪: 대숲)'라고 부른다.

"큰일 났어요, 큰일 났어요. 아이머우! 아이머우! 아직 여기에 계시는 군요. 당신 부인이 당신의 두 아들을 죽였대요."

나는 이 말을 듣고 혼비백산하여 한달음에 하카다만의 집으로 달려갔다. 내가 문 앞에 이르렀을 때는 그윽한 달빛이 비치고 있었다. 문 아래에 쓰러져 잠자고 있는 큰아들을 보니 몸에는 옷을 걸치지 않았고 가슴에는 온통 선혈이 낭자했다. 나는 온몸을 떨면서 큰아들을 안았다. 그리고 다음 순간 고개를 돌려 문 앞 우물가에 쓰러져 자고 있는 둘째 아들을 보니 그 역시 몸에 옷을 걸치지 않았고 가슴에 선혈이 낭자했다. 둘째 아들은 사지만 조금씩 움직일 뿐이었다. 나는 다시 몸을 떨며 그를 안았다. 나는 숨이 끊어진 두 아들을 안고 달빛을 받으며 이리저리 뛰었다.

"하하! 하하! 제가 죄를 지었다면 절 죽여도 좋아요. 왜 무고한 두 아들을 죽여요? 하하! 하하! 이러한 참사를 어느 누가 견딜 수 있겠어요? 제가 어찌 미치지 않겠어요? 죽어 버렸겠죠."

나는 달려가면서 절규했다. 최후에 보니 흰색 잠옷을 걸치고 산발을 한 부인이 누각 난간에 걸터앉아 나를 향해 욕을 퍼붓고 있었다.

"당신은 정말 빵점이에요. 당신은 소수점 이하의 사람이에요. 당신은 우리 모자를 내팽개쳤고 우리 두 아들을 죽였어요. 그런데도 당신은 그럴 듯하게 자비로운 척할 겁니까? 죽고 싶으면 죽어요. 하느님이 저보고 당신처럼 무뢰한 사람은 없애 버리랬어요."

그녀는 피가 흥건한 단도를 내게 던졌다. 나는 두 아들을 안고 땅에 쓰러졌다.

놀라 깨어 보니 나는 여전히 숨을 헐떡이고 있었다. 온몸이 식은땀으로 젖어 있었고 바이양 군의 코 고는 소리와 옆방의 코 고는 소리가 멀리서 들려오는 기적 소리와 기차 바퀴 소리 같았다. 바이양 군 베갯머리의 시계를 가져와 보니 시간이 네 시 반이었다. 내가 꾼 꿈을 가늠해 보니 너무나도 생생한 꿈이었다. 아! 이것이야말로 메데이아(Medea)*의 비극이란 말인가? 나는 더 이상 머무를 수 없다. 내일 아침에 돌아가야 한다. 반드시 돌아가야 한다.

5

여관 문 앞에는 바다로 통하는 깊고 넓은 석호(石濠)가 가로놓여 있었고 강물은 짙푸르렀다. 양안과 수위가 거의 같아지려고 했고 석탄을 가득 실은 목선 몇 척이 유유히 물 위를 오가고 있었다. 맑고 서늘한 아침 공기가 아직도 시장을 감돌고 있었다. 나는 바이양 군과 함께 아침밥을 먹은 뒤 병원으로 향했다. 병원이 강 건너편에 있어 석호를 따라 걸어야 했는데 돌다리를 건널 때 꽃을 파는 할머니 몇 분과 마주치게 되었다. 나는 하얀 화창포(花菖蒲)와 붉은 장미 몇 송이를 샀고 바이양 군은 전춘라(剪春羅: 동자꽃) 한 다발을 샀다.

병실에 들어서자 허 군이 내게 사의를 표하며 이불 속에서 손을 뻗어 악수를 청했다. 그는 S양을 통해 내가 어젯밤에 도착했다는 얘기를 들었다고 했다. 그리고 몇 번이나 미안하다고 했다. 백창포(白菖蒲)를 건네주자 그는 한동안 그것을 만지작거린 다음 유리 약병에 꽂았다. 바이양 군은 장미와 전춘라를 옆방으로 가져갔다.

허 군의 증세를 물으니 "병이 완전히 떨어지긴 했으나 팔다리에 힘이 없어 일어날 수가 없다"고 했다. 내가 보기에도 그의 표정이 매우 편안해 보여서 위험한 증세가 재발할 것 같지는 않았다.

---

* 그리스 신화에 나오는 마녀 이름으로 자신과 자식을 버린 남편에게 복수하기 위해 심지어 자신이 낳은 두 아들까지 죽인다.

바이양 군이 옆방으로 갔을 때 S양의 목소리가 들렸다.

"아, 이렇게 많은 꽃을 가져오셨어요? 장미 몇 송이를 따서 머리에 꽂아 볼게요."

그녀는 전춘라를 따지 않고 유독 장미꽃을 따려고 했다. 나는 은연중에 승리를 거둔 듯한 쾌감을 느꼈다.

그들이 건너왔다. 방금 빗은 듯한 S양의 머리에 과연 붉은 장미 한 송이가 꽂혀 있었다. 그녀는 내게 아침 인사를 한 다음 세 종의 꽃을 두 유리병에 나눠 꽂으며 무척 즐거운 표정을 지어 보였다. 메데이아의 비극이 시종 마음속을 오락가락했는데 그녀가 어젯밤에 어떤 꿈을 꾸었는지 나는 모른다. 허 군이 이미 원기를 회복했으니 내가 더 이상 이곳에 머무를 필요가 없었고 또 나도 더 이상 머무를 처지가 아니었다. 나는 바이양 군에게 열 시 기차를 타고 돌아가겠다고 말했다. 그들은 내 말을 듣고는 의외라는 표정을 지었다. 바이양 군이 말했다.

"하루나 이틀 더 묵어도 무방한데요?"

S양도 말했다.

"온 지 얼마 안 되는데 지금 떠나시려고요?"

나는 학교에 수업이 있는데다가 유월 말에 시험이 있어 더 이상 머물 수 없다고 핑계를 댔다. 그들은 나보고 한 이틀 더 묵으라고 간곡히 권했으나 도리어 허 군이 나를 곤경에서 벗어나게 해주어 끝내 몸을 빼낼 수가 있었다.

오전 11시에 바이양 군의 전송을 받으며 우리는 헤어졌다. 나는 모자에 무언가를 빠트리고 온 것 같은 느낌이 들었고 마음속으로 헤어지기 섭섭한 느낌이 들었다. 하지만 나는 돌아가 처자를 봐야 한다는 생각이 들었다. 움직이는 기차 안에서 가끔 손을 창 밖으로 내밀어 마치 공기 속에서 노를 젓듯 기차의 속도를 보태려고 했다. 기차가 목적지에 도착한 후 나는 급히 집으로 달려갔다. 하지만 부인과 두 아들은 아무 일도 없다는 듯 평온해 보였다. 내가 간밤의 꿈 이야기를 들려주자 아내는 한바탕 웃음을 터뜨리며 자기는 마음을 비웠다고 했다. 아내의 비평을 나 자신도 부정할 수가 없었다.

집에 돌아온 지 3일째 되던 날 바이양 군이 편지 한 통을 보내 왔다. 편지 안에는 장미꽃잎 세 장이 들어 있었다. 그는 내가 떠난 뒤 장미꽃이 점점 시들고 백창포 꽃도 점점 말라비틀어졌으며 장미꽃잎이 하나하나 떨어졌다고 말했다. S양이 자기를 시켜 내게 작별 기념으로 장미꽃잎 몇 장을 보내게 했다는 것이다. 그는 또 "허 군이 이미 걸을 수 있게 되어 하루나 이틀 후에는 귀국하게 될 것"이라고 말했다. 우리는 귀국하여 만날 수밖에 없었다. 나는 바이양 군의 편지를 읽고 자신도 모르게 감상적인 정취에 젖어 들고 말았다. 나는 즐겨 읽는 셸리(Shelley) 시집에 장미꽃잎을 끼워놓고 손 닿는 대로 간단한 엽서를 써서 모지로 부쳤다.

시든 장미꽃
한 조각, 두 조각, 세 조각
우린 헤어진 지 3일밖에 안 되었는데
넌 어째서 이렇게 초췌한가?
아, 꽃과 같은 사람이
이렇게 초췌하지 말았으면!

1922년 4월 1일 탈고

난처한 판 선생

예성타오

1

역은 사람들로 붐볐다. 각자 다른 일을 가진 사람들이 모두 제각각의 표정을 보여 주었다.

짐꾼은 두 손을 번호 달린 제복 주머니에 찌른 채 잠자는 듯이 서 있었다. 그들은 특별 수입을 거머쥘 수 있는 시간이 아직 멀었기 때문에 벌써부터 신경을 쓸 필요가 없다는 것을 알고 있었다. 공기가 무척 찌무룩하여 다소 호흡곤란을 느낄 정도였고 금방이라도 소나기가 내릴 것만 같았다. 전등이 켜져도 평상시보다 더 황혼 같았으며 바라보노라니 모든 사람이 운무 속이나 꿈속에 잠긴 것 같았다.

게시판에는 서쪽에서 오는 급행열차가 늦어도 네 시까지는 도착한다는 통지가 적혀 있었다. 몇 시간 이전부터 사람들은 이 게시문을 충분히 보았다. 그래서 사람들은 찢어진 연극 팸플릿처럼 더 이상 게시문에 눈길을 주지 않았다. 이 같은 게시문은 한 주일에 거의 매일 운행하는 기차에서도 볼 수 있었다. 사람들은 이미 습관이 되어 당연하다고 보았다.

수많은 사람의 마음을 애타게 했던 기차가 결국 도착했다. 우울했던 역이 갑자기 소란하게 바뀌었다. 손님이 얼마나 마음을 놓았고 손님을 기다리는 사람이 얼마나 기뻐했으며 인력거꾼이 얼마나 돈을 벌었는지에 대해서는 언급하지 않겠다. 다만 랑리(讓里)에서 온 판(潘) 선생의 얘기를 하고자 한다. 그는 기차가 플랫폼에 들어오기 전에 주도 면밀하게 안배해 놓았다. 오른손에 검은 가죽 가방을 들고 왼손으로는 일곱 살 난 아이를 끌었다. 아이는 형(9세)을 끌었고 형은 엄마를 끌었다. 판 선생은 사람이 많아다 돌볼 수 없으니 이렇게 끌고 가면 뱀처럼 머리와 꼬리가 하나가 되어 어느 곳이든 뚫고 지나갈 수 있다고 말했다. 그는 또 손을 꼭 잡고 절대 손을 놓지 말라고 신신당부했다. 잊어먹을까 봐 누차 왼손을 흔들며 경고를 보냈다. 이는 한 역에서 다른 역으로 전보를 치는 것과 같았다.

머리와 꼬리가 하나가 된다는 말은 정말 그럴듯했다. 하지만 전혀 폐단이 없을 수는 없었다. 기차가 멈춰 사람과 짐이 동시에 문 쪽을 향하게 되면 판 선생의 장사진(長蛇陣)의 꼬리가 다소 길어져 빠져나가기가 쉽지 않았다. 그는 검은 가죽 가방으로 선봉을 만들고 배로 힘껏 앞을 밀면서 확실히 기차 문에서 두 번째 창문까지 나갈 수 있다. 하지만 그의 일곱 살 난 아이는 아직 기차 문으로부터 네 번째 창문에서 많은 손님과 좌석 사이에 끼어 옴짝달싹 못하고 있었다. 한 팔은 앞에 있고 한 팔은 뒤로 길게 뻗었으며 앞뒤의 견인력이 너무나 커서 팔이 늘어지는 것 같았다. 아이는 급히 고함을 쳤다.

"아! 내 팔! 내 팔!"

일부 손님이 울음 섞인 고함 소리를 듣고 허리 아래에 끼어 있는 한 아이를 발견했다. 유심히 보니 그들 네 사람이 하나로 연결되어 각자 손에 다른 사람의 손을 잡고 있었다. 한 손님이 나무라며 말했다.

"빨리 손을 놔. 그렇지 않으면 아이를 두 동강 내겠어."

"뭐라고, 아이를 손으로 안지 않고?"

또 한 손님이 멸시하는 듯한 어투로 중얼거렸다. 한편으로 그는 여전히 앞으로 나아갈 기회를 유심히 노리고 있었다.

"아냐."

판 선생은 그들의 말이 옳지 않으며 끄는 것 자체에 신묘한 효력이 있다고 생각했다. 다시 생각해 봐도 이 신묘한 효력을 다른 사람들이 어찌 이해할 것인가? 그들에게 변명해 주고 싶었으나 입만 아플 뿐이니 신경을 쓰지 말자고 생각했다. 그래서 하고 싶은 말을 꾹 삼켜 버렸다.

하지만 일곱 살 난 아이는 여전히 "팔! 팔!" 하고 소리를 질렀다. 판 선생은 앞으로 나아가지도 못하고 뒤로 물러서지도 못하자 자신의 약속을 어기고 먼저 손을 놓아 버렸다. 그리고 당황하며 명령조로 말했다.

"너희들 나를 봐! 나를 봐!"

기차 바퀴가 궤도 위에 멈춰 섰다. 마치 탄환이 튀어나가듯 수많은 사람이 기차에서 뛰어내렸다. 판 선생은 앞쪽이 붐비지 않는다고 여겼으나 뒤에서 미는 힘이 갑자기 세어지는 바람에 발이 떠밀려 앞으로 나아갈 수밖에 없었다. 고개를 돌려 가족의 대열을 둘러 보는 것도 자유스럽지 못했다. 그래서 앞 사람 뒤통수에 대고 고함을 쳤다.

"너희들 나만 따라와! 날 따라와!"

그는 결국 기차 문에서 튕겨져 나갔다. 몸을 돌려 보니 뒤쪽에 있던 아들과 부인이 보이지 않았다. 하지만 가족이 기차 안에 있을 것이라고 믿은 그는 기차 문을 꼭 잡고 기다리는 것이 상책이라고 생각했다. 백여 명이 내린 후에야 비로소 사람들 발꿈치 사이로 일곱 살 난 아이의 상반신이 나타났다. 전등 빛을 받은 아이의 얼굴은 울상을 지었다. 그는 기차에서 뛰어내리는 손님과 몇 번 부딪힌 후에야 왼팔로 아이를 끌어안을 수 있었다. 잠시 후 판 선생의 부인과 아홉 살 난 아이도 기차에서 내렸다. 휴우 하고 숨을 내쉰 그녀의 입에서 "아이고, 아이고" 하는 탄식이 흘러나왔다. 처연한 눈빛이 서린 판 선생의 얼굴이 마치 위로받기를 원하는 아이의 얼굴 같았다.

마음을 가라앉힌 판 선생은 가족이 모두 내린 것을 보고 명령을 내렸다.

"다시 손을 잡자. 플랫폼과 매표소에 사람들이 많으니 손을 잡지 않으면 흩어지고 말 거야."

겁에 질린 일곱 살배기 아이가 아버지 무릎을 잡으며 말했다.

"아빠, 안아 줘."

"쓸모 없는 것!"

판 선생은 화를 참으며 아이를 끌어안았다. 그리고 큰아들에게는 한 손으로는 자신의 장삼 뒷자락을 잡게 하고 다른 한 손으로는 엄마를 끌게 했다. 왜냐하면 자신의 두 손이 비어 있지 않았기 때문이다.

판 선생 부인은 여태껏 이런 곤혹을 당해 본 적이 없었다. 겨우 기차에서 내린 그녀는 앞쪽이 엄청나게 붐비는 것을 보고 자신도 모르게 원망을 했다.

"이럴 줄 알았으면 피난길에 오르지도 않았을 텐데."

"후회는 해서 뭐해?"

판 선생은 화가 났다. 하지만 한편으로는 가엾다는 생각도 들었다.

"여기까지 와서 후회해 봐야 무슨 소용이 있어? 게다가 아무도 다치지 않았잖아. 가자, 발아래 조심하고."

네 사람은 새끼줄에 엮인 굴비처럼 인파 속을 뚫고 지나갔다.

너무나도 혼잡한 나머지 판 선생은 꿈을 꾸듯 매표소의 좁은 출구를 빠져나왔다. 그는 마치 급류 속의 물방울처럼 몸을 돌리거나 기울일 여지가 없이 단지 사람들의 움직임에 따라 발이 땅에 닿지 않는 것처럼 걸어갔다. 잠시 후 역의 철 난간을 빠져나온 그는 전차 궤도를 건너 시멘트로 된 인도까지 갔다. 황망히 몸을 돌려 보니 전등 빛으로 하얗게 빛나는 무수한 얼굴과 셀 수 없는 소형 가방, 그리고 보따리들이 일제히 자기 쪽으로 몰려왔다. 그는 문득 장삼 뒷자락을 잡고 있던 손이 없어졌다는 느낌이 들었다. 언제 손을 놓았는지도 알 수가 없었다. 말할 수 없을 정도로 당황한 그는 무의식적으로 몸을 이리저리 돌려 보았다. 몇 번을 찾아봤지만 아이의 모습은 보이지 않았다. 이산가족이 되었다는 생각이 엄습하여 그는 자신도 모르게 눈물을 흘렸다. 그리고 그 눈물 때문에, 눈에 보이는 것이 전등인지 사람 모습인지 분간할 수가 없었다.

다행히 안고 있던 아이의 눈매가 예리한 탓에 아이가 엄마의 성긴 앞머리를 대번에 알아보았다. 아이가 손을 들어 엄마를 가리키면서 말했다.

"엄마 저기 있어."

판 선생은 기뻤다. 하지만 불안한 마음에 아이의 옷소매로 눈을 비빈 후 아내를 찾기 시작했다. 잠시 후, 인파 속에 갇혀 이리저리 부딪히면서도 큰아이를 보호하고 있는 부인의 모습이 눈에 들어왔다. 그들은 아직 전차 궤도도 건너지 못한 상태였다. 판 선생은 앞으로 나아가 잇달아 큰아이를 부르면서 그들을 방금 자신이 서 있던 인도로 끌어올렸다. 손을 놓았던 아이도 그제야 시원하게 숨을 내쉬었고 한 손으로 얼굴의 땀을 닦으며 이렇게 말했다.

"이젠 살았다."

확실히 상황이 나아졌다. 철 난간을 넘기만 하면 안전했다. 전쟁의 위험도 없고 약탈당할 위험도 없었다. 그리고 잠시 헤어져 있던 아내와 아들도 대번에 찾아 만났다.

네 사람의 목숨과 가죽 가방을 섬멸과 위험 속에서 구해 내지 않았는가? 그러니 지금 상황이 어찌 나아지지 않았는가?

"인력거!"

판 선생이 리드미컬하게 소리쳤다.

그 소리를 들은 인력거꾼들이 일제히 인력거를 끌고 와 어디로 가느냐고 물었다. 그는 고개를 다소 높이 쳐들고 두 손가락을 뻗으며 말했다.

"두 대만 필요해요. 두 대!"

그는 잠시 생각한 다음에 말을 이었다.

"쓰마루(四馬路)까지 동전 열 닢, 갈 사람 있소?"

이것은 분명 그가 "라오상하이(老上海)"* 사람임을 말해 주었다.

한동안의 흥정 끝에 결국 한 대에 열두 닢으로 결정되었다. 판 선생 부인이 큰아이와 함께 인력거에 올랐고, 검은 가죽 가방을 든 판 선생은 작은아이와 함께 다른 인력거에 올랐다.

인력거꾼이 첫 걸음을 떼려는 찰나 총을 멘 인도 경찰이 팔로 가로막았다. 인력거꾼은 몸을 움츠릴 수밖에 없었다. 작은 아이는 경찰의 무서운 형상을 보고 저도 모르게 고개를 돌려 아버지 가슴에 달라붙었다.

이를 알아차린 판 선생이 급히 설명을 해 주었다.

"무서워할 거 없어. 저 사람은 인도 순경이야. 저 붉은 머릿수건을 봐라. 고향에는 저런 순경이 없어서 이리로 도망 온 거야. 저 사람이 총을 메고 우리를 보호해 주는 거지. 저 사람 수염 재미있지? 보려무나. 나한(羅漢) 수염하고 똑같지?"

그래도 아이는 무서워하며 경찰의 얼굴을 보려 하지 않았다. 아이는 딸랑거리는 인력거 방울 소리를 듣고서야 옆을 흘겨보았다. 등불이 휘황찬란하게 빛나는 가게들이 스쳐 지나갔다. 그 가게들은 휘황찬란하고 등불

---

* 아편전쟁으로 상하이가 개항한 뒤 외국인 거주지였던 조계지는 100여 년 동안 국제 정치폭력과 국내 반란으로부터 은신처였으며 외국인이 특혜를 누리며 살았던, 1949년 중화인민공화국 성립 전까지의 상하이를 말한다.

이 환하게 켜져 있었다. 그제서야 아이는 두 번 다시 아버지 가슴에 달라붙지 않았다.

쓰마루*에 이르러 여덟 아홉 개의 여관을 찾아 다녔지만 어느 곳에나 '만원'이라고 쓰여진 팻말이 걸려 있었다. 보아하니 사정을 얘기해도 아무 소용이 없을 것만 같았다. 응접실에도 침대가 놓여 있어 만원이라는 것을 금방 알 수 있었기 때문이다. 마지막으로 찾은 여관에도 똑같은 팻말이 걸려 있었다. 그런데 그때 점원 하나가 말을 걸어왔다.

"방을 찾으세요?"

"방을 찾고 있어요. 여기에 있나요?"

자기 집에 도착한 것처럼 일말의 안심이 곧장 판 선생의 전신에 스며들었다.

"방 하나가 있어요. 한 손님이 방금 셋방을 얻어 이곳을 떠났어요. 늦게 오셨으면 없었을지도 몰라요."

"그럼 방 한 칸을 우리에게 주세요."

그는 작은아이를 내려놓고 몸을 돌려 부인과 큰아이를 부축하며 말했다.

"우린 그래도 운이 좋은 거야. 결국에는 묵을 방이 생겼으니까."

곧바로 차비를 계산한 판 선생은 원래의 요금에 동전 한 푼을 더 얹어 주었다. 그는 운이 좋은 사람이 다른 사람에게 베풀면 이후에도 운이 좋을

---

* 지금의 푸저우루(福州路) 문화거리를 말한다. 동쪽으로는 중산둥이루(中山東一路), 서쪽으로는 시짱중루(西藏中路)에 이르러 전체 길이는 1453미터에 달한다. 이 거리는 1864년에 완공되었으며 다마루(大馬路: 지금의 난징둥루(南京東路)) 이남의 네 번째 길이었기 때문에 쓰마루라고 불렸다. 이곳은 수많은 서점과 신문사, 문방구점, 식당 등이 들어서서 상하이 근대 문화의 발상지라고 할 수 있다. 지금의 행화루(杏花樓) 옆의 월채관(粤菜館) 터는 루쉰(魯迅)이 자주 드나들던 북신서국(北新書局)이었으며 미술 용품 상점 서쪽은 바진(巴金) 선생이 세운 문화생활출판사다. 허난루(河南路) 입구의 빌딩 터는 당시 명성이 자자했던 중화서국(中華書局)과 상무인서관(商務印書館: 지금의 中國科技圖書公司) 터다. 이곳은 '서우(書寓)', '장삼당자(長三堂子)' 등 고급 기원이 밀집했던 곳이기도 하다.

것이라고 믿었다. 그러나 인력거꾼은 자기 만족이라는 것을 모르는지, 여기저기 돌아다니고 멀리까지 왔다면서 동전 다섯 푼을 더 달라고 했다. 결국 여관 점원이 조정을 하여 동전 네 푼을 더 얹어 주었다.

그들이 쓸 방은 일층에 있었다. 그런데 방 안에는 침상 하나와 전등 하나, 탁자 하나와 의자 둘밖에 없었다. 게다가 연무 같은 공기가 방 안을 가득 채우고 있었다. 판 선생 가족이 점원을 따라 들어가자 코를 찌르는 기름 냄새가 진동을 했고 심지어 오줌 냄새도 뒤섞여 있었다. 불쾌해진 판 선생이 중얼거리듯 말했다.

"냄새가 고약하군!"

판 선생은 옆방에서 음식물 끓는 소리가 나는 것을 듣고는 곧바로 그곳이 주방이라는 것을 알았다.

다시 한번 생각해 보니 비록 냄새는 역겨웠지만 총살당해 노천에 쓰러지는 것보다는 훨씬 나은 것 같았다. 그리고 이 정도는 별 것 아니라고 생각하면서 편안히 의자에 앉았다.

"저녁식사 하시겠습니까?"

점원이 가죽 가방을 내려놓으며 물었다.

"저는 휘투이탕타오판(火腿湯淘飯: 돼지 국밥) 먹을래요."

작은아이가 손가락을 깨물며 말했다.

판 선생 사모님은 작은아이를 흘겨보며 엄하게 말했다.

"피난 중에 휘투이탕타오판이라니! 먹을 수만 있어도 다행이거늘 아직도 이래저래 장난질이야!"

큰아이도 분위기를 파악하지 못하고 판 선생을 올려다보며 말했다.

"상하이에 왔으니까 서양 요리 먹어요."

화가 치민 판 선생 사모님이 아이들을 꾸짖었다.

"너희들은 양심도 없구나. 음식을 만들어 주면 먹지도 않으면서……."

다소 난감해진 판 선생은 아무 일 없다는 표정을 지으며 말했다.

"아이들이 뭘 안다고 그래."

그러고는 점원에게 분부를 했다.

"오는 길에 먹었소. 계란볶음밥 두 그릇만 주시오."

점원이 대답을 하는 둥 마는 둥 고개를 끄덕이며 방문을 나가려 하자 판 선생이 다시 그를 불러 세웠다.

"샤오싱주(紹興酒) 한 근 하고 훈어 십 전어치 갖다 주시오."

점원의 발소리가 멀어지자 판 선생이 부인에게 시원스럽게 말했다.

"지금은 즐거울 때이니 한잔 마셔야지. 생각해 봐, 전쟁의 위험 속에서 절대 위험할 일 없는 곳으로 왔으니 첫 번째 기쁨이랄 수 있지. 아까 너희들이 갑자기 내 곁을 떠났을 때 한참 동안 찾아도 보이지 않아서 정말 안타까워 죽는 줄 알았어. 하지만 총명하고 영리한 둘째가(그는 이렇게 말하며 둘째의 등을 토닥거렸다.) 당신을 한눈에 알아봐서 우리가 다시 만나게 되었으니 두 번째 기쁨이랄 수 있지. 기쁘고도 기쁘니 걱정 없이 한잔 마시세."

그는 잔을 드는 시늉을 하며 살짝 웃음을 지어 보였다.

판 선생 사모님은 아무 말도 하지 않고 집 생각을 하고 있었다. 귀중품은 가죽 가방에 넣어 교회당으로 부쳤지만 남아 있는 것들도 적지 않았다. 왕 어멈이 믿을 수 있는 사람인지 도무지 알 수가 없었다. 게다가 이웃의 가난한 사람들이 왕 어멈 혼자 집을 지키고 있다는 사실을 알고 있을지도 몰랐고 또 왕 어멈이 자기 전에 문이나 창문을 제대로 잠그는지도 알 수 없었다. 그녀는 뜰에 있는 암탉 세 마리와 아직 다 만들지 못한 둘째의 바지, 주방에 두고 온 오리 수육 한 그릇이 생각났다. 정말 전기가 통한 것처럼 순식간에 여러 가지 일이 가슴속에서 솟구쳐 불편한 느낌이 들었다. 그녀는 탄식하며 말문을 열었다.

"왜 이런지 모르겠네."

두 아이는 실망감을 감추지 못했다. 평상시 부모가 말하는 것처럼 상하이가 놀기 좋고 재미있는 곳이 아님을 막연히 느꼈던 것이다.

성긴 빗방울이 뿌리자 판 선생이 자리에서 일어나 말했다.

"정말 비가 내리는군. 그래도 지금 내려서 다행이야."

그리고 그는 창문을 닫았다. 그때 창문에 가려져 있던 안내문, 그러니까 '손님이 반드시 알아야 할 사항'이라고 적힌 글이 눈에 들어왔다. 그는 무언가 중요한 일이 생각나서 곧장 안내문을 들여다봤다.

"에누리 없이 2위안!"

그는 깜짝 놀라 소리를 질렀다. 그러고는 휘둥그레진 눈으로 부인을 바라보며 혀를 삐죽 내밀었다.

2

이튿날 아침에 복도에 나가 보니 점원들이 등받이 없는 긴 의자 위에서 몸을 오그린 채 잠을 자고 있었다. 하지만 그 자리가 너무 좁아서 천장에서는 아침 햇살도 거의 들어오지 않았다. 모든 방의 전등이 아직 흐릿하게 켜져 있었다. 판 선생 부부는 그곳에서 애기를 나눴고 두 아이는 오늘의 상하이가 어제보다 좀 더 나아지길 바랐다. 잠에서 깬 두 아이는 더 자 두라는 부모의 말에 다시 침상으로 가 누웠고 이내 서로 간지럽히며 장난을 쳤다.

"당신, 돌아가면 안 돼요."

판 선생 부인이 애태우며 말했다.

"신문을 보니 그곳도 믿을 수가 없대요. 천신만고 끝에 피난 왔는데 어떻게 곧바로 돌아갈 수 있어요?"

"예상은 나도 했었지. 구(顧) 국장의 성깔로 봐서는 조금도 소홀히 할 수가 없어. '지방에는 아직 전쟁이 없으니 학교 문을 정상적으로 열어야 합니다'라는 말은 확실히 그가 한 거야. 그 통신원은 내가 아는 사람이야. 교육국 직원인데 어떻게 믿지 않을 수가 있겠소? 한 번은 꼭 돌아가야 할 텐데."

"돌아가면 위험한 줄 당신도 알잖아요."

판 선생 부인이 처연하게 말했다.

"아마 이삼 일 있으면 그들이 우리 지역에 쳐들어 올 거예요. 당신이 돌아가서 개학을 한다 해도 공부하러 올 학생들이 있겠어요? 설령 그들이 우리 지역에 쳐들어 오지 않는다고 칩시다. 교육 국장이 왜 개학하지 않았느냐고 탓해도 할 말이 있을 거예요. 당신은 그저 '생명과 학당 중 어느 것이 더 중요합니까'라고 물으면 되는 거예요. 그 사람에게도 목숨은 하나뿐이니 결코 당신을 괴롭히진 않을 거예요."

"당신이 뭘 안다고?"

판 선생이 자못 경멸하는 투로 말했다.

"그런 말은 집 안에 숨거나 침대 밑으로 들어가는 당신 같은 여인들이나 하는 말이오. 우리 같은 사람들이 어떻게 그런 말을 끄집어낼 수 있겠소? 당신은 나를 막지 마오(이때 그의 말투가 위로하는 말투로 바뀌었다). 반드시 돌아가야 하오. 하지만 장담하건대 위험한 일은 전혀 없소. 나 자신을 보전할 방법을 가지고 있단 말이오. 게다가(그는 자신의 영민함에 스스로 기뻐하며 미소를 지었다) 당신은 집에 두고 온 물건을 걱정하고 있잖소? 내가 돌아가면 스스로 돌볼 수 있으니 당신도 마음먹고 여기서 살아요. 시국이 안정되면 당신과 아이들을 데리러 오리다."

판 선생 부인은 남편을 말려도 소용이 없다는 것을 알았다. 돌아가서 물건을 잘 보살핀다는 것은 좋은 일이었다. 하지만 소문이 하도 무성하니 돌아가는 일은 구슬을 바다에 던지는 것과 진배없다. 그러니 어느 누가 그것을 반드시 건질 거라는 보장을 할 수 있겠는가? 영원한 이별이라는 슬픔이 그녀의 가슴속에서 치밀어 올랐다. 그녀는 감히 남편을 바로 보지 못하고 눈물이 눈가에서 몰래 떨어지려고 했다. 하지만 이런 장면을 불길한 것으로 여긴 그녀는 '나쁜 일도 생기지 않았는데 어째서 처참하게 눈물을 흘릴 수 있겠는가' 하고 생각을 고쳐먹었다. 그녀는 억지로 눈물을 참으며 자신을 위로하듯 부탁했다.

"그럼 가서 상황을 살펴보세요. 교육국장이 정상대로 개학해야 한다는 말을 하지 않았으면 시간이 맞거든 오늘 오후 기차를 타고 오시든가, 아니면 내일 아침 기차를 타고 오세요. 아셨죠? 저는 마음을 놓지 못하겠어요." 그녀는 끝내 참지 못하고 눈물 한 방울을 손등에 떨어뜨렸지만 금방 옷소매로 닦아 버렸다.

판 선생의 마음은 정말 혼란스러웠다. 국장의 뜻은 일정대로 개학하라는 것인데, 개학을 잠시 늦춰야 한다고 주장할 명분이 없으니 돌아가는 것은 불변의 진리였다. 하지만 어찌 이곳을 내버려 둘 수 있단 말인가? 부인이 이토록 아쉬워하는 모습을 보고 단호히 떠나자니 그 은혜와 의리를 저버리는 것만 같았다. 하물며 한 여인과 두 아이 모두 연약하고 의지할 데가 없으니 어찌 뜻밖의 일이 없을 것이라고 단언할 수 있겠는가? 그는 이렇게 생각하면서 자신도 모르게 깊은 원망에 빠졌다. 이 사람 저 사람이 군대를 배치하며 작전을 짜는 것이 원망스러웠고 "정상대로 개학하라"는 교육국장의 주장이 원망스러웠으며 이미 성년이 된 자신이 아들을 도와줄 수 없다는 사실이 원망스러웠다.

하지만 그는 여인과는 달리 이해관계의 멀고 가까움 등 여러 방면으로 생각해 보더니 돌아가는 것이 불변의 진리라는 생각이 들었다. 그래서 그는 원한을 한쪽으로 밀어 놓고 얼굴에는 아무런 표정도 드러내지 않은 채 부인의 말에 순응하여 고개를 끄덕이며 말했다.

"내일 국장에게 이런 뜻이 있는지 분명히 알아보고 당신 말대로 오후 기차를 탈게."

두 아이는 돌아간다는 말과 다시 온다는 말을 대충 알아들은 듯했다. 그리고 작은아이가 침상 가에서 애교를 부리며 말했다.

"나도 돌아갈래."

"아빠, 엄마, 내가 다 돌아가면 너는 여기서 혼자 살아야 돼."

큰아이가 익살스런 표정을 지으며 말했다.

이 말을 들은 작은아이는 급히 목구멍을 죄어 우는 소리를 내며 작은 손으로 눈썹 부분을 훔쳤지만 눈물을 흘리지는 않았다.

"너희들은 엄마와 함께 이곳에 남아 있어."

판 선생이 소리 높여 말했다.

"더 이상 소란 피우지 마라. 자, 일어나서 아침밥 먹자."

판 선생은 부인에게 몇 마디 당부를 하고 곧바로 인력거를 불러 역으로 달려갔다.

그곳에서 "철로가 끊겨 기차 운행이 중단되었다"는 행인의 말을 어렴풋이 들은 판 선생은 이런 생각을 했다.

'기차가 정말 운행하지 않는다면 희망을 버려야 한다. 곧바로 면직시키는 것도 그 사람 마음대로겠지.'

그 소식은 판 선생을 실망시켰다. 그리고 운이 좋다면 이런 실망스러운 일을 겪지 않을지도 모른다는 생각이 들었다. 그렇다면 행인의 말도 믿을 게 못 된다. 의문을 풀기 위해서는 인력거꾼이 한달음에 달려가는 수밖에 없었다.

그의 운은 과연 나쁘지 않았다. 역에 달려가 보니 기차 운행이 중단되었다는 통고는 아직 없었다. 게시판에 '밤차가 연착하여 네 시에 도착한다'는 문구가 씌어 있었지만 아직 도착하지 않은 것 같았다. 매표소 앞도 그리 혼잡하지 않았는데 간혹 한두 사람이 표를 사러 오는 것이 전부였다. 하지만 적지 않은 사람들이 역에 모여 있었다. 절반은 손님을 기다리고 있었고 절반은 구경 나왔다. 어떤 사람은 사진기를 들고 나왔는데 야간열차가 도착했을 때 붐비는 역의 혼잡한 장면을 사진 찍어서 〈풍운변환사(風雲變幻史)〉의 한 페이지를 꾸미려는 것 같았다. 화물취급소는 각양각색의 상자와 이부자리 등으로 가득 차 있었는데 그 수가 어찌나 많았던지 함석판으로 만든 지붕에 닿을 정도였다.

그는 마음에 위로가 되기도 하고 실의에 빠진 듯도 하여 잠시 멈추었다가 끝내 앞으로 가서 삼등표 한 장을 사서 객실에 들어가 앉았다. 밝은 햇빛이 기차 안을 환하게 비춰 약간 무더웠다. 좌석은 넓어서 누워도 될 것 같았다. 그는 생각했다.

'이번 기회는 참으로 얻기 힘든 기회다. 마음에 걱정거리가 없다면 정말 유쾌한 여행이 될 텐데.'

도착이 지연되는 그 기차는 군 수송차가 통과하기를 기다려야만 했다.

랑리에 도착하니 벌써 오후 세 시가 넘어 있었다. 판 선생은 기차에서 내리자마자 급히 집으로 달려갔고 문이 꼭꼭 잠겨 있는 것을 보고 한시름 놓았다. 어제 왕 어멈에게 신신당부한 일이 바로 이것이었다.

열 몇 번을 두드리자 왕 어멈이 문을 열어 주었다. 왕 어멈은 판 선생을 보자마자 놀라서 물었다.

"어째서 돌아오셨어요? 피난할 필요가 없는 건가요?"

판 선생은 애매한 대답을 하고는 곧장 안으로 들어가 사방을 살폈다.

변한 것은 아무것도 없었다. 모든 것이 어제와 똑같았다. 그제야 그는 걱정스러운 마음을 반쯤 내려놓을 수 있었다.

하지만 마음의 절반을 아직 내려놓지 못한 판 선생은 방문을 잠근 후 대문을 나서며 왕 어멈에게 당부를 했다.

"예전처럼 문을 잘 잠그시오."

왕 어멈은 갈피를 잡지 못하고 문을 잠갔다. 그리고 안으로 들어가서 생각에 잠겼다. 그녀는 주인이 틀림없이 이곳에 머물러 있으면서도 자기가 따라갈까 봐 상하이로 피난 간다고 속인 것이라고 여겼다.

'그렇지 않다면 어째서 선생이 다시 돌아온 것일까? 아주머니와 두 아이는 어디에 숨은 것일까? 그들은 왜 나를 떼어 두고 갔을까? 사람이 많으면 좋을 일이 없으니까 그랬겠지. 그들은 분명 '서양 사람의 붉은 집'에 살고 있을 것이다 – 군인들은 전쟁이 일어나도 붉은 집만은 공격하지 않겠다고 미리 얘기를 해놓은 상태였다. 내게 사실대로 말해 주고 따라오라고 했어도 나는 따라가지 않았을 것이다. 나는 여기에 있는 것이 조금도 두렵지 않다. 이곳을 공격한다 해도 내 수의를 일찌감치 만들어 놓았으니 문제될 게 없다.'

그녀는 조카딸이 보내 준, 꽃을 수놓은 신발이 생각났다. 그 예쁜 꽃신을 신고 극락세계에 가면 염라대왕도 다른 눈으로 바라볼 것이라는 생각이 들었다. 그녀는 미묘한 쾌감을 느꼈다. 그리고 주인이 어디에 있든 상관하고 싶지 않았다.

문을 나선 판 선생은 통신원으로 일하는 교육국 직원을 찾아가 정상대로 개학하라는 국장의 지시가 있었는지 물었다. 그러자 그 직원이 이렇게 대답했다.

"어찌 없었겠어요? 국장은 '일부 교원이 직무는 돌보지 않고 피난하기에만 바쁘다'고 말했어요. 한마디로 그들과 교육사업은 맞지 않는다는 것이지요. 그리고 국장은 '이 기회에 도태시키는 것이 좋겠다'고 말했어요."

판 선생은 몸서리를 쳤다. 하지만 생각이 있어 상하이로 돌아온 것은 정말 잘한 일이라고 칭찬했다. 그는 한달음에 학교로 달려가 학부형들에게 보낼 통고문을 작성했다. 통고 내용은 '병란이 염려스럽긴 하지만 교육은 옷을 입는 것이나 음식을 먹는 것과 같이 한시도 중단할 수 없는 것이기에 여름방학이 끝나는 대로 정상적으로 개학한다'는 것이었다. 제1차 세계대전 당시에도 유럽 사람들은 하늘에 '폭탄 방어망'을 쳐 놓고 학교에서 수업을 했다고 한다. 판 선생은 이러한 비상 시국의 정신을 유럽 사람들만 독차지하게 해서는 안 된다고 여겼고, 그래서 학부형들에게 이러한 뜻을 충분히 헤아려 줄 것과 아무 일 없는 듯 자제를 학교에 보내 줄 것을 당부하려는 것이었다. 그는 통고문에 '이것은 가정과 학교에 도움이 될 뿐만 아니라 지방과 국가에도 영예로운 일'이라고 썼다.

초고를 세 번이나 되풀이해서 읽은 판 선생은 더 이상 보탤 것이 없다고 여겼다. 국장이 보면 적어도 "내 마음에 든다"고 말할 것 같았다. 득의양양한 판 선생은 통고문 백여 장을 직접 인쇄했다. 그리고 사환을 시켜 학생들 집으로 보내게 했다. 공무를 마친 후 그는 개인적인 일에 대해 생각하기 시작했다. '개학을 하게 되면 상하이에는 가볼 수가 없는데 세 모자를 어떻게 해야 하나?' 하지만 모든 일에 주의하며 마음 편히 지내게 하는 것 외에는 달리 뾰족한 수가 없었다. 판 선생은 쓰다 남은 먹물로 편지를 썼다. 그것은 부인에게 보낼 편지였다.

다음날 그는 찻집에서 확실한 소식을 들었다. 기차 운행이 정말 중단된다는 것이었다. 갑자기 마음이 침울해진 그는 더없이 친밀한 아내와 두 아들이 바람을 타고 멀리 날아가 버리는 것 같은 느낌이 들었다. 풀이 죽어 학교로 뚜벅뚜벅 걸어오는데 학교 사환이 어제의 임무에 대해 보고를 했다.

"어제 나가서 통고문을 전달했는데 스무 집 이상이 대문을 잠가 놓아 열수가 없었어요. 그래서 문틈으로 집어넣었습니다. 그리고 서른 집 이상이 하인만 남은 집이었는데 아이들도 함께 피난 갔기 때문에 언제 돌아와 수업할 수 있을지 장담할 수 없습니다. 나머지 집들은 다 알고 있다고 했는데 그 중 한 집은 '목숨이 위태로우니 공부 얘기는 나중에 하자'고 했습니다."

"그래, 알았어."

판 선생은 이런 일에는 신경 쓰지 않았다. 그보다 더 깊은 우려가 그의 가슴을 맴돌고 있었기 때문이다. 그는 담배를 다 피우고 응당 가야 할 길을 결정하곤 바로 적십자회 분회 사무실로 달려갔다.

그는 회비를 납부하고 회원이 되고 싶었다. 또 자신의 넓은 학교를 부녀수용소로 만들어 만일의 경우가 닥치면 부녀를 수용하고 싶다고 공언했다. 이는 자선의 조치였기에 당연히 열렬한 환영을 받았다. 게다가 판 선생은 본래 체면을 유지하는 사람이라는 것을 모두가 알고 있었다. 사무실에서는 그에게 적십자 깃발을 주어 학교 앞에 걸도록 했다. 또한 그는 적십자 휘장을 수여받았는데 이는 그가 적십자회 회원이라는 것을 말해 주었다.

판 선생이 깃발과 휘장을 손에 넣으니 마치 호신부(護身符)를 받드는 것처럼 마음속에서 신비로운 기쁨과 안도감이 솟아났다.

"지금은 모두가 안전하다. 하지만……."

여기까지 생각한 그는 사무실 직원에게 미소 지으며 말했다.

"깃발 하나와 휘장 몇 개 더 주세요."

학교에 옆문이 있어 그곳에도 달아야 하고 휘장이란 것이 너무 작아 잊어버릴지도 모르기 때문에 몇 개 더 준비해 두어야 한다는 것이 그 이유였다.

사무실 직원은 그와 농담을 하면서 그것은 먹을 수도 없고 가져가 봐야 아무런 의미가 없으며 몇 개를 가져가도 회원은 한 사람뿐이니 더 가져갈 필요는 없다고 말했다.

그러나 사무실 직원은 그의 말대로 주었다.

두 개의 적십자 깃발이 초가을의 가벼운 바람에 펄럭였다. 하지만 그 적십자 깃발은 교문의 양쪽이 아니라 판 선생의 대문으로 옮겨 달았다. 이미 판 선생의 옷깃에 부착된 적십자 휘장도 자비롭고 장엄한 빛을 발하여 판 선생에게 새로운 용기를 가져다 주었다. 그리고 나머지 몇 개는 꼭꼭 싸서 적삼 주머니에 감춰 놓았다. 그는 생각했다.

"하나는 아내, 하나는 큰애, 하나는 둘째."

비록 그들이 멀리 상하이에 있었지만, 그들을 위험으로부터 지켜줄 수 있고 또 그들도 새로운 용기를 얻을 수 있을 것 같았다.

3

비좡(碧莊) 지방에서 두 군대가 개전을 했다.

랑리 사람들은 대부분 문을 열어 놓지 않았다. 점포는 더 말할 나위도 없었다. 길에는 때때로 군인들이 지나다녔다. 곧 전방으로 이동하게 될 군인들은 가장 높은 권위를 부여 받은 것처럼 아무것도 눈에 들어오지 않았고, 기뻐서 흥이 나면 마음껏 짓밟아 모조리 박살을 낼 태세였다. 이를 계기로 인부를 강제로 징발하던 일이 생각났다. 징발되는 사람들이 틈을 보아 행여 도망갈까 봐 군인들이 긴 줄로 징발된 사람의 팔을 묶어 늘어 세워 몇몇 형제는 앞에 서고 몇몇 형제는 뒤에 서서 줄줄이 끌려갔다. 따라서 사람들은 문을 나서는 것을 두려워했다. 그들은 부득이한 경우에만 작은 골목을 따라 다녔는데 심지어 적십자 휘장을 단 판 선생 같은 무리도 대담하게 걸어 다닐 수가 없었다. 그래서 랑리의 거리는 조용하고 넓어 보였다.

상하이에서는 며칠 동안 신문 배달이 이루어지지 않았다. 현지 군사기관이 전방의 전황을 보도했지만 기껏해야 "적군이 대패하여 아군이 몇 리까지 들어갔다"는 말이 전부였다. 거리에 신선한 전황 보도가 붙으면 사람들이 몰려가 주시하기 시작했다. 하지만 사람들은 다 본 다음에도 여전히 안심을 하지 못했고 보도 내용 이면에 못 다한 말이 있는 것 같아 낙담하며 눈썹을 찡그렸다.

며칠 동안 판 선생은 무료하기 짝이 없었다. 가장 난감한 것은, 처자와 멀리 떨어져 소식이 통하지 않는다는 것 그리고 그 소식이 영원히 통하지 않을 것 같은 불길한 예감이 든다는 것이었다. 그리고 그 다음은 자신의 문제였다.

'이곳은 비좡에서 백 리 떨어졌을 뿐이다. 이 휘장이 쓸모가 있다고는 하나 아무도 자필 증서를 써주지 않았다. 쓸모가 없다면 누구에게 말을 해야 하나? — 탄알, 폭탄, 약탈, 방화는 모두 실제로 일어나는 일들이며 결코 장난이 아니다. 어쨌든 다방면으로 소식을 알아보고 빠져나갈 길을 많이 찾아야 한다.'

그는 전방 소식을 듣기 위해 곳곳을 돌아다녔다. 그 소식이 외부로부터의 소문과 다르기만 하면 진실성이 훨씬 더 많은 것 같아서 거기에 의거하여 자신의 이해득실을 따져보았다. 어떤 사람이 허둥대며 걸어가면 그는 '저 사람이 무언가 무서운 소식을 들었을 것'으로 여겼다. 하지만 모르는 사람에게 "무슨 소식 있소?"라고 물을 수 없어 그저 꾹 참고 있었던 것이다.

적십자에서는 전방에 사람을 파견하여 구호 사업을 하고 있었는데, 군용차를 타고 돌아오는 사람이 언제나 있었다. 그들에게 전방 소식을 탐문하면 그래도 가장 믿을 만했다. 판 선생은 적십자 회원이었음에도 불구하고 사무실로 가서 전방 소식을 물어보지 않았다. 그렇게 하면 여러 사람들에게 자신이 겁쟁이임을 알려줄 뿐 아니라 창피하다고 여겼다. 그러나 적십자는 진실한 정보를 알려주는 기관이었다. 적십자를 놔 두고 다른 곳에서 소식을 들으려 하는 것은 멍청한 짓이었다. 그래서 그는 매일 저녁 우(吳) 씨 성을 가진 사무원 집에 가서 소식을 물었다. 그에게서 아무 일도 없다거나 전방에서 잘 버티고 있다는 말을 들으면 그는 안도의 한숨을 내쉬며 집으로 돌아왔다

이날 저녁에 판 선생은 또 우 씨 집에 갔다. 한참 기다리자 우 씨가 바깥에서 들어왔다.

"별 일 없지요?"

판 선생이 다급하게 물었다.

"포고문에 따르면 어제 상대방에게 총공격을 하고 있다던데."

"틀렸습니다."

우 씨가 근심스럽게 말했다. 하지만 곧 입을 다물고 입술 가의 몇 올 안 되는 2, 3푼 길이의 콧수염을 비비 꼬았다.

"뭐라고요?"

판 선생은 갑자기 가슴이 뛰기 시작하고 온몸이 구속되어 자유롭지 못한 느낌이 들었다.

우 씨는 남들이 몰래 엿듣는 것을 방지라도 하듯 살그머니 대답했다.

"확실한 소식은 정안(正安: 비쫭에서 8리 떨어진 진(鎭))이 오늘 아침에 함락되었다는 것입니다."

"아!"

판 선생은 미친 듯이 고함을 질렀다. 그리고 잠시 후 우 씨 집을 나서며 말했다.

"저 갑니다."

가로등이 특히 어두워 배후에서 누군가가 쫓아오는 듯했다. 숨을 헐떡이며 비틀비틀 빠른 걸음으로 집으로 돌아온 판 선생이 왕 어멈에게 당부를 했다.

"문을 잘 잠그고 주무세요. 전 오늘밤 일이 있어 돌아와 자지 못합니다."

옷장을 열어 본 판 선생이 크레이프로 짠 헌 솜 두루마기를 발견했는데 사실 그것은 일전에 우편으로 부칠 때 미처 상자에 넣지 못한 것이었다. 하지만 버리자니 아까웠다. 또 아이들의 겹저고리 몇 벌도 자세히 보니 아직 입을 만했다.

그리고 옷장 안에는 판 선생 사모님의 낡은 주단 치마도 있었다. 부인은 아마 그것을 버리려 하지 않았을 것이다. 그는 대충 옷가지를 싸 들고 나왔다.

"인력거! 인력거! 푸싱제(福星街) 붉은 집까지 1마오(毛)!"

"1마오로는 어림도 없어요."

인력거꾼이 마지못해 말했다.

"이것 보세요, 며칠 동안 길거리에 돌아다니는 인력거를 몇 대나 봤소? 목숨을 걸면서까지 돈벌이 하고 싶지 않아서 일찌감치 숨은 거란 말이요. 3마오에 갈려면 가고 당신 마음대로 하세요."

"3마오에 갑시다."

판 선생이 올라타 자리에 앉았다.

"저에게 기대요. 좀 빨리 달립니다."

"판 선생, 어디로 가시오?"

길을 가는 도중에 황(黃) 씨 성을 가진 동료가 그에게 물었다.

"아, 선생님, 저리로……."

판 선생은 갈팡질팡 대답했고 그가 누구인지도 묻지 않았다. 갑자기 그

사람에게 사실대로 대답하는 것은 그야말로 쓸데없는 짓이라 생각하고 –
인력거 바퀴가 몹시 빠르게 굴렀기 때문에 계속 따라오며 물을 수가 없었
다 – 곧장 몸을 움츠렸다.

붉은 집은 이미 사람들로 가득 차 있었는데 대부분이 10일 이전에 옮겨
온 사람들이었다. 아이들의 울음소리와 어른들의 말소리 그리고 등불이
이곳저곳을 비추고 있어 자못 벅적벅적하는 분위기였다. 주인이 나를 보
고는 이렇게 말했다.

"남는 방이 없어요. 하지만 선생님의 짐은 여기에 두셔도 무방합니다.
방금 몇 분이 급히 찾아오셨는데 거절하기가 곤란해서 일단 주방으로 쓰
고 있는 곁채에 그들을 배정했어요. 그들과 상의하시면 선생님 한 분쯤이
야 지낼 수 있을 겁니다."

"상의해 보면 되겠죠."

판 선생은 집에 온 것처럼 평온해졌다.

"이러한 시국에 잠을 잘 생각은 없습니다. 그냥 마음대로 앉아 있기만
하면 됩니다."

그는 보따리를 들고 곁채로 넘어갔다. 그런데 바로 그때 눈에 무언가
가 씌어 착각을 일으킨 것만 같았다. 하지만 눈을 감았다가 다시 떠 보니
모든 것이 예전처럼 보였다. 창가에 기대어 앉은 판 선생은 맞은편에 있는
사람과 이야기를 나눴다. 윗입술에 두 가닥의 짙은 수염을 기른 그 사람은
교육 국장 같았다.

그는 갑자기 멈칫거리며 이미 들어간 한 발을 빼려고 하였으나 그것도
모양새가 좋지 않아 보였다. 국장도 그를 보고 난감했는지 일부러 웃음을
지어 보이며 말했다.

"판 선생님, 오셨으니 들어와 앉으세요."

이 말을 듣고 두 사람이 아는 사람임을 알게 된 주인이 몸을 돌려 나갔다.

"국장님이 먼저 오셨군요. 제가 끼어도 되겠습니까?"

"우린 세 사람뿐이니 당연히 선생님을 받아 드릴 수 있지요. 우리는 자리를 가져왔어요. 날씨가 춥지 않을 때는 순서대로 누워서 쉴 수 있어요."

오늘밤에 국장은 특히나 친절해 보였다. 평상시의 엄숙한 자태와는 전혀 딴판이어서 허물없이 들어가며 말했다.

"그럼 사양하지 않고 세 분 선생님을 모시고 하룻밤 신세 지겠습니다."

곁채는 그다지 넓지 않았다. 안경을 쓴 중년의 선생이 땅에 자리를 깔고 앉아 약간 피곤한 기색을 보였지만 잠을 잘 생각은 없는 듯했다. 주방 도구는 한쪽 벽에 걸려 있었고 창가에는 걸상 세 개가 놓여 있었다. 국장이 하나를 차지하고 머리를 환하게 빗어 넘긴 20세 남짓의 국장 사촌 동생이 하나를 차지하고 나머지 하나가 비어 있었다. 그리고 그쪽 담벽 구석에는 고리짝 하나, 옷 보따리 세 개가 놓여 있었다. 아마도 세 선생이 가져온 것이리라. 이것만으로도 방안은 꽉 차 있었다. 전등 빛은 본래부터 희미하고 먼지로 덮여 있어 방안 사람들을 흐릿하게 비추고 있었다.

판 선생도 옷 보따리를 담벽 구석에 놓아 세 사람의 옷 보따리가 합류하게 되었다. 판 선생은 자리로 돌아와 겸손하게 빈 걸상에 앉았다. 그러자 국장이 자신의 동료를 소개한 뒤 이렇게 말했다.

"선생님도 정안 소식 들었지요?"

"그렇습니다. 정안, 정안이 함락되면 비쫭도 믿을 수 없지요."

"아마도 이쪽에서 남로(南路)를 소홀히 여긴 거 같아요. 정안 함락이 분명한 증거지요. 저쪽 군인들이 정안에서 비쫭을 습격하기란 식은죽 먹기지요. 지금쯤 그들이 손에 넣었을지도 몰라요. 그리 된다는 것은 상상조차 할 수 없는 일입니다."

"그리 된다면 이곳도 곧 함락되겠군요."

"하지만 이쪽의 두(杜) 사령관은 범속하고 무능한 사람이 아닙니다. 그는 용병술의 대가예요. 이를 감안해 보면 어떤 방법을 쓰던지 막아낼 재간이 있을 거예요. 수세에서 공세로 바꿔 파죽지세로 공격한다면 곧장 그들의 소굴을 교란시킬 수도 있을 겁니다."

"그렇게만 된다면 전쟁은 곧 끝날 거예요. 그럼 얼마나 좋겠어요. ― 우리 학교도 개학을 해서 원래대로 진행할 수 있고 말이죠."

학교 경영이라는 말을 들은 국장은 즉각 자신의 존엄을 느끼고는 짙은 수염을 비비 꼬며 탄식했다.

"다른 일에 대해서는 얘기하지 맙시다. 이번 전쟁 때문에 고학년과 저학년 학생들이 너무나 큰 손해를 봤어요."

작은 곁채에 앉아 있으려니 비좁고 불편한 느낌이 들었지만 그래도 그는 마치 교육국 사무실에 당당히 앉아 있는 듯한 느낌이 들었다.

자리 위에 앉아 있던 중년 선생이 머리를 들고 한을 품은 듯이 말했다.

"저쪽의 주(朱) 사령관은 실로 괘씸한 사람입니다. 이쪽에서 공격을 하면 어떻게 저항을 하겠다고……. 그는 언젠가 패배하게 될 겁니다. 그가 깨끗하게 양보하면 전쟁은 벌써 끝났을 텐데."

"그는 멍청해요."

국장 사촌동생이 이어서 말했다.

"끝이 보이지 않는데도 단념하려고 들지 않으니 말이에요. 우리만 연루시켜서 어둡고도 좁은 방에 앉게 하고 있으니"

그는 익살스런 표정을 지었다.

판 선생은 멀리 상하이에 있는 아내와 아이들을 생각했다. 그는 가족이 잘 지내는지, 가족에게 무슨 일이 생기지나 않았는지, 가족이 지금쯤 잠을 자고 있는지 몰랐다. 갈피를 잡으려 해도 잡을 수 없고 상상도 모호해졌다. 따라서 그는 자신이 너무 깊이 연루된 것이라고 여기고, 창밖의 작은 뜰을 처연하게 바라보며 아무 말도 하지 않았다.

"도대체 일이 어찌 되어 가는지 모르겠어요."

그는 다시 두려운 소식과 뜻밖에 닥칠 위험에 대해 생각하면서 자신도 모르게 이 말을 내뱉었다.

"단언하기 어렵죠."

국장은 경험이 풍부한 듯한 표정을 지으며 말했다.

"용병은 전부 한 번의 기회에 달려 있어요. 기회는 시시각각 변하죠. 아마 우리가 예상한 것과 달리 이 시각에 이미……. 그래서 우리는……."

그는 중년의 선생을 바라보며 웃었다.

중년의 선생과 국장 사촌동생, 판 선생 세 사람은 국장의 웃음이 갖는 의미를 알고 있었다. 사람들은 이곳에 앉아 있으면 아무 일도 생기지 않을 거라 여기고 각자 위로하며 웃었다.

풀이 길게 자란 작은 뜰은 모기와 각종 작은 벌레들의 편안한 안식처였다. 곁채에 등불이 켜지자 벌레들이 일제히 날아들었다. 두려움을 품고 있는 선생 네 명은 그들의 먹이가 되었다. 머리와 얼굴에 달려드는 것은 전부 작은 벌레들이었다. 모기가 갑자기 한 방 쏘면 아파서 펄쩍펄쩍 뛰었다. 가끔 이야기를 멈추고 귀를 기울여 바깥에서 총소리나 사람들 떠드는 소리가 나는지 불안에 떨며 엿들었다. 잠은 물론 꿈도 꿀 수 없다. 국장의 말대로 순서대로 누워 쉴 수 있을 뿐이었다.

다음날 새벽에 판 선생의 눈동자에 핏발이 섰다. 바람이 불어 감기가 든 것 같았다. 그는 급히 바깥 상황을 알고 싶어 혼자 붉은 집의 대문을 빠져 나왔다. 거리는 평소의 새벽과 마찬가지였다. 길거리의 개가 꼬리를 세우고 기뻐하며 이곳 저곳을 바라보다가 이따금 졸린 눈을 하고 한두 사람에게로 다가갔다. 그는 길을 걷다가 다른 길로 접어들었지만 특별한 소문은 듣지 못했다. 어젯밤 다급히 굴었던 상황을 회상해 보고는 자신도 모르게 가소로운 생각이 들었다. 하지만 다시 생각을 해보니 전혀 가소로운 것 같지 않았고 오히려 조심하는 것이 모험하는 것보다는 낫다는 생각이 들었다.

20여 일 후 전쟁이 중지되었다. 사람들은 머리를 끄덕이며 스스로를 위로했다.

"이번 일은 잘된 일이야. 싸우지만 않으면 모든 것이 평온하잖아."

하지만 판 선생은 그다지 만족하지 않았다. 철로가 아직 개통되지 않아 상하이로 피신한 아내와 아이들을 데려올 수 없었기 때문이다. 편지가 두 번 왔지만 그 내용이 너무 간략해서 차라리 안 보는 것만 못했다. 그는 선견지명이 없었던 자신을 한탄했다. 선견지명만 있었다면 아까운 피난 비용도 줄일 수 있었을 것이고 또 몇 십일 동안 고단하게 지내지도 않았을 것이다.

그는 교육국에서 개학에 관한 이야기를 꺼낼 것이라 여기고 탐문을 하러 갔다. 접대실에 들어가니 교육국 직원 몇 명이 그곳에서 결혼식을 준비하는 것처럼 종이를 자르고 먹을 갈았다.

한 직원이 소리쳤다.

"판 선생님 정말 잘 오셨어요. 선생님이 안진경(顔眞卿)* 서체를 잘 쓰시니 이 일을 선생님이 맡아 주세요."

"이렇게 큰 글씨는 판 선생님이 아니면 쓸 수 없어요."

나머지 몇 사람이 따라서 말을 했다.

"무슨 글자를 쓰라고요? 저는 전혀 모르겠는데요."

---

* 당나라 시대의 유명한 서예가(709~785)

"우리는 이곳에서 두 총사령관의 개선을 환영하는 사무를 준비하고 있어요. 역 양쪽에 네 개의 채색 패방(牌坊)을 세우고 두 총사령관의 꽃차가 그 사이로 지나가도록 할 겁니다. 지금 쓰려고 하는 것은 패방에 적을 글자들입니다."

"제가 그 글자를 쓸 자격이 있나요?"

"옳은 일은 사양하지 않는 법입니다."

"모두 추천했어요."

몇 사람이 떠들썩하게 말했다. 붓은 곧 판 선생의 손에 쥐어졌다.

판 선생은 이 일이 상당히 의미가 있다고 여기고 붓을 받아 먹통에서 먹물을 찍었다. 잠시 생각하더니 붓을 들어 밀랍을 먹인 종이에 '공고악목(功高岳牧)'*이라고 썼다. 두 번째 장에는 '위진동남(威鎭東南)'**이라고 썼고 세 번째 장에는 '덕융은박(德隆恩溥)'***이라고 썼다. 그가 넓을 '박(溥)'자를 썼을 때 마치 수많은 영화 장면들처럼 인부를 징발하는 장면, 대포를 쏘는 장면, 집을 불태우고 여성을 간음하는 장면, 그리고 굶주린 남녀와 썩어 문드러진 시체 같은 장면이 눈앞에서 아른거렸다.

옆에서 글씨 쓰는 것을 보던 사람이 찬탄하며 말했다.

"이 구는 더 진지해 보여요. 글씨도 갈수록 잘 쓰시네요."

"무슨 대구를 쓰시는지 보세."

또 한 사람이 말했다.

1924년 11월 27일 완고

---

* 공훈은 악목보다 높다. 악목은 요순(堯舜) 때 4악 12목(四岳十二牧)의 줄임말이다.
** 위세가 동남쪽을 누르다.
*** 덕망이 높고 은혜가 넓다.

유자

가을이다. 쓸쓸한 가을이다. 총소리가 은혜롭게도 귓가에서 사라진 지 3일
이 지났다. 전운이 가련하게도 웨루산(丘麓山)*을 뛰어넘은 지 3일이 되었다.

나는 이층에서 우울하게 앉아 있었다.

무료한 사람이 공교롭게도 무료한 창사(長沙)로 들어온 것이다.

당신들이 못된 장난을 치고 싶으면 마음껏 하면 된다. 당신들의 머리는
당신들 목에 달려 있으니 자른다 하더라도 내 목은 아플 리가 없다. 당신
들이 총탄으로 배를 채우고 싶으면 마음껏 받아들이면 된다. 나하고는 아
무런 관계가 없다.

나하고 관계가 있는 것은 저 웨루산, 놀기 좋은 웨루산뿐이다. 웨루산
만이 내게 재미를 가져다준다. 설령 당신들이 창사를 깡그리 불태우고 샹
수(湘水)**를 피로 물들인다 해도 — 바꾸어 말하면 당신들이 모조리 때려
죽인다 해도 역시 나하고는 전혀 관계가 없다.

---

* 웨루산은 후난 성(湖南省)의 창사(長沙) 샹장(湘江) 옆에 있으며 이곳에는 명승고적이 즐비하다. 청나라
  때 중수한 정자 애만정(愛晚亭), 중국 4대 서원의 하나인 웨루서원, 불교사원 루산사(麓山寺), 근현대 혁
  명가들의 무덤 등이 웨루산에 깃들어 있다.
** 광시 성(廣西省)에서 발원하여 후난 성으로 흘러 들어가는 강이며 후난 성의 다른 이름이기도 하다.

나는 당신들의 못된 장난을 저지할 능력이 없다. 나 또한 당신들의 비천하고 못된 장난을 저지할 가치가 없다고 생각한다. 자유로운 논점에서 시작하여, 나는 너희들이 자유롭게 못된 장난을 치는 것을 들어 보고자 한다.

하지만 아니, 나는 반대 입장을 표시하련다. 너희들의 못된 장난을 반대하려 한다. 그 원인은 살인 때문이 아니라 당신들이 나를 죽이지 않았기 때문이다. 당신들이 내가 놀러 가려는 웨루산, 내가 사랑하는 웨루산을 점거했기 때문이다.

아, 나의 웨루산, 그리운 나의 웨루산이여!

물론 운명이 결정해 주겠지만 누가 이기든 내가 여하튼 웨루산 꼭대기에서 소리 높여 노래 부를 날이 있을 것이다. 하지만 나의 두 친구가 총총히 왔다가 급히 떠난 일에 대해 나는 그대들의 하사품을 잊지 못할 것이다.

그들은 나와 마찬가지로 처음으로 당신들의 고향에 왔다. 거의 나와 동시에 열기가 무럭무럭 나고 휘황찬란한 당신들의 나라로 들어왔다. 하지만 당신들이 그들에게 하사한 것은 무엇일까? 전율과 질림이다. 가련한 두 친구는 평생토록 총포 소리를 들어본 적이 없다. 이에 특별히 창사로 달려와 한 달 동안, 한 달 내내 공포와 우수를 실컷 맛보았다.

그들도 마찬가지로 웨루산을 그리고 있다. 하지만 가련한 친구들은 전운이 웨루산에 감돌자 총총히 창사를 떠났다. 서풍이 전운을 몰고 올까 두려웠기 때문이다. 하하, 가련한 그들은 웨루산이 이로부터 우리들에게 속한 줄도 모르고 급히 떠나 버린 것이다.

멀리서 저 먼 곳에서 창사까지 와서 웨루산 기슭의 땅을 밟을 기회도 없었으니 얼마나 불행한 일인가?

내가 홀로 이층에 앉아 있으니 우울증이 내 가슴을 물어뜯는다. 나는 급히 아래층으로 내려가 T군을 찾아 말했다.

"술, 술!"

그를 끌고 나갔다.

대문을 나서지도 않았는데 한 아이가 뛰어 들어와 소리쳤다.

"처형장으로 가보세요, 처형장으로 가봐요!"

사람을 죽인다고? 지금도 사람을 죽이는 일이 있나?

"어디야? 어디?"

나는 급히 물었다.

"류양먼(鄒陽門) 밖*입니다."

아, 아, 류양먼 밖이라니! 우리가 류양먼정제(鄒陽門正街)에 살고 있는데. 얼마나 멍청했으면 류양먼 안에 살고 있는 나도 류양먼 밖에 '사람을 죽이는 장소' – 형장이 있는 줄 몰랐을까? 가령 어느 날 무의식 중에 형장에서 '쓱'하는 소리와 함께 머리가 날아간다면 어떨까? 좋다. 좋은 일이다. 통쾌하고도 행복한 일이다. 이렇게 하면 절대로 자살할 때처럼 괴롭지도 않고 또 죽으려 하다가 죽기를 두려워하는 일도 없을 것이다. 근질근질한 바람만이 한바탕 목 위로 불어오고, 그러면 행복한 천당으로 들어가는 것이다.

"뚜—뚜" 울리는 나팔소리가 귓가에 전해졌다. 우리는 이것이 죽음을 경축하는 소리인 줄 알았다. 이에 우리는 바람처럼 쫓아가며 소리를 질렀다.

"사람을 죽인다, 사람을 죽인다!"

거리의 사람들이 벌떼처럼 모였다. 뛸 사람은 뛰고 소리 지를 사람은 소리 질렀다. 우리는 팔뚝을 당기며 뚫고 지나가는데 T군이 다른 사람과 부딪혀 넘어진 듯하고 나는 다른 사람의 발을 밟았다. 하지만 이게 무슨

---

* 이곳은 중화민국 시기에 사람을 처형했던 형장인 류양먼 밖 스쯔링(識字嶺)을 말한다. 1930년 11월 14일 마오쩌둥의 부인 양카이후이(楊開慧, 1901-1930)도 이곳 스쯔링(지금의 長沙市 芙蓉路 瀏城橋 識字嶺)에서 처형되었는데 지금도 이곳에 기념석상이 남아 있다.

대수랴? 시야를 넓히기 위해 — 시야를 넓히는 것에 불과할 따름이다 — 과거에 본 적도 없고 미래에도 보기 힘든 기이한 일을 보는 것인데 한두 사람과 부닥친들 무슨 상관이겠는가? 하물며 사람의 머리가 잘리는 일인데 발에 걸려 넘어진들 무엇이 중요하겠는가? 톨스토이(Tolstoy)가 "자유의 대가는 피와 눈물이다"라고 말한 적이 있다. 그렇다면 우리가 수많은 무리 속에서 걸어 다닐 수 있는 자유를 얻기 위해서는 당연히 피와 눈물의 대가를 치를 수밖에 없을 것이다.

이리저리 팔뚝을 당겨도 결국 나가지 못했다. 전에 없던 요지경을 보려고 했건만 — 아니 동양(東洋)의 요지경이다. 개인주의를 내세우지 않을 수 없어 나는 T군을 치면서 나는 듯이 달려갔다.

류양먼 밖의 성터는 높은데 꼭대기는 벌써 사람들로 빼곡히 들어차 있다. 뛰어가 보고서야 형장이 이곳에 없는 줄 알게 되었다. "뚜—뚜" 나팔을 부는 병사가 무리에 싸여 저 멀리 기찻길을 따라 걷고 있었다.

"허, 허! 사람을 죽인다, 사람을 죽인다!"

수많은 사람이 시끄럽게 소리 지르며 나는 듯이 달려갔다.

이런 사람들은 평상시에는 모두 장엄하다. 나는 이토록 시끄럽게 구는 사람들을 본 적이 없다. 3일 전 강가에서 총포 소리가 우레 같이 울리고 비처럼 쏟아졌다. 거리에는 모래 자루를 쌓아 두었고 모래 자루 옆에는 총검에 맞아 부상당한 병사들이 서 있었다. 때로는 지나가는 행인에게 총을 겨누고 드르륵 방아쇠를 당기기도 했다. 하지만 그들은 오히려 마음을 가라앉히고 장엄한 태도로 팔자걸음을 걸으며 지나갔다. 어쩌다가 겁 많은 사람이 고개를 흔들며 지나가면 사람들은 경멸하듯 그를 비웃었다. 평상시에 나와 T군이 거리를 뛰면서 소리 지르고 다니면 그들은 모두 썩은 미소를 지었는데 그들의 눈에는 '펑쯔(瘋子: 미치광이)'라는 두 글자가 드러나 있었다. 이제 당신들 차례야. 여러분! — 아니, 내가 틀렸다. 뛰면서 시끄럽게 구는 것은 청년이나 어린아이가 하는 짓이다. 여러분은 확실히 인류의 장엄한 태도를 지니고 있다.

나와 T군은 수많은 사람들을 따라 지름길을 택하여 채소밭을 뚫고 기찻길로 걸었다. 무리 속에서 제일 먼저 눈에 띈 것은 선명한 총검과 회색 모자, 회색 복장이었다. 병사를 따라가 보니 그 무리는 노랑 모자를 쓰고 노랑 군복을 입고 지휘도를 차고 붉은 천을 매단 군관들의 무리였다.

"대머리다! 강건한 사람이로군!"

T군이 목을 길게 빼고 바라보면서 이렇게 말했다.

"어디? 어디?" 나는 앞으로 달려가 보았으나 보이지 않았다.

"저기 키 큰 사람, 말 타고 가는 사람 있잖아. 저기 어떤 사람이 손에 끼고 가는데. 저기 봐, 웃통을 벗었고 등에는 깃발이 꽂혀 있잖아! 아, 씩씩한데!"

"오, 오, 대머리, 머리가 큰 사람!"

나는 어슴푸레하게나마 근시 안경을 통해 조금 보았다.

"20년 뒤에 나온 또 하나의 호걸이로군!"

우리의 앞뒤로 달리던 사람들이 갑자기 왼쪽에 있는 대여섯 자 높이의 묘지로 달려가길래 우리는 목적지에 도착한 줄 알았다.

"여기가 좋지, 목이 잘리면 묻을 수 있고. 저기 봐, 사람이 쓰러졌어! 자, 자, 친구야 묘지로 가자!"

나는 소리치면서 위로 뛰어갔다.

"어이, 어이, 기다려. 내 등 뒤에서 죽이지 말게. 직접 보러 온 나의 성의를 저버리지 말고 나의 흥을 깨지 말게."

나는 초조하게 기도했다. 대여섯 자 높이의 묘지까지 단숨에 뛰어올라 갈 수가 없었기 때문이다.

"어서 와, 빨리 와!"

T군은 소리치면서 앞으로 뛰어갔다.

"아이고, 아이고, 세상에서 보기 드문 일이니 올라가야지, 개처럼 올라가야지!"

나는 올라갈 수밖에 없었다. 개가 되면 무슨 일이든 쉽게 할 수 있는 법, 나는 대여섯 자 되는 높이도 힘 들이지 않고 올라갈 수 있었다.

사람들은 이미 무리를 지어 무덤 꼭대기에 서 있었다. 나는 T군 옆으로 뛰어가 그의 팔을 잡고 서서 말했다.

"머리를 자르려고 한다! 머리를 자르려고 해!"

"머리를 자르려고 한다! 머리를 자르려고 해!"

T군이 따라서 말했다.

나는 사방으로 빛을 뿜고 있을 대머리를 눈을 크게 뜨고 찾았다.

과연 그 대머리가 왔다. 웃통이 벗겨지고 손이 뒤로 묶였는데 한쪽 손에는 깃발이 꽂혀 있었다. 미풍이 불자 깃발이 가볍고 아름답게 펄럭였다.

선명하고 커다란 칼이 그의 뒤에서 번쩍거렸다.

"그 사람 울고 있나? 근심스러운 표정을 짓고 있나?"

나는 T군에게 물었다.

"아니, 전혀 근심하지 않는데?"

T군이 나를 힐끗 바라봤다.

"장하도다!"

다만, 다만 눈에 보이는 건 그 대머리가 갑자기 꿇어앉은 모습이었다. 한 사람이 그의 깃발을 뽑자 칼날이 번득였다. 평소에 말할 때는 느릿느릿했지만 그때는 무척 빨랐다. "좋아!"라는 소리와 함께 대머리가 마치 가죽공처럼 목에서 네다섯 자 떨어진 풀밭 위에 떨어졌다. 선홍색 피가 목에서 뿜어 나왔고 두세 자 크기의 신체가 갑자기 앞으로 고꾸라졌다.

"아이고, 아이고!……"

나와 T군은 몸을 떨면서 서로 껴안았다. 마치 우리 두 사람 중 하나의 목이 없어진 듯했다.

"아니, 이렇게 겁먹지 말고 좀 더 자세히 구경하자!"

T군은 나를 끌고 사람들이 모여 있는 곳으로 가려고 했다.

"됐어, 됐거든."

나는 걸음을 멈췄다.

하지만 T군은 나를 두고 혼자 달려갔다.

"좋아, 좋아, 천 년에 한 번 볼까 말까 한 기회를 놓치지 말아야지!"

나는 생각을 바꿔 T군의 뒤를 따랐다.

사람들이 빼빽이 둘러싸고 있어서 뚫고 들어갈 수가 없었다. 우리는 목을 길게 빼고 까치발을 하고 바라보았다. 창백한 다리에는 하얀 면 양말을 신었고 검은 구두는 땅에 벗겨졌으며 허벅지에서는 남색 면바지가 흘러내렸다.

"가자, 가!"

누군가가 두려움에 떨며 소리를 질렀다. 나도 놀란 나머지 발을 빼어 달렸다.

뒤를 돌아보니 다른 사람들은 조용히 그 자리에 서 있었다. 몸을 돌린 나는 스스로를 원망하며 말했다.

"이렇게 겁이 많아서야!"

이때 시신은 오랫동안 비바람을 맞은 관 같은 것으로 덮였다. 그러자 사람들은 "가지, 가세"라고 말한 후 모두 떠나 버렸다.

"아이고, 아이고!"

나와 T군은 서로를 껴안은 채 그곳을 떠났는데 마치 두 사람 중 하나의 머리가 사라진 것 같았다.

어떤 사람이 붉은 한 손으로 빨간 줄을 들고 우리 눈앞에서 흔들었다.

우리 가슴속에 무거운 짐이 떨어진 것처럼 우리 발걸음이 떨어지지 않았다. 무덤 근처에 있는 것도 두렵고 무덤을 떠나는 것도 두려웠던 우리는 연약한 다리를 떨며 그 자리에 서 있을 뿐이었다.

"저 사람 수완이 정말 좋은데, 한 칼에 끝내다니!"

무덤 꼭대기에서 누군가가 젊은 사람과 얘기했다.

"정확해, 정확해, 저 사람 기술이 정말 좋아. 한 칼에 통쾌하게 끝내다니, 일 분도 안 걸렸어, 아니, 일 초도 안 걸렸어. 주저하지도 않았고 마음이 변할 틈도 주지 않았어. 쭈뼛쭈뼛하는 자살보다 훨씬 좋은데. 이렇게 죽는 것이 얼마나 통쾌하고 얼마나 행복한 거야."

내가 T군에게 말했다.

"게다가 영광이기도 하지, 수많은 사람이 임종을 지켜 주잖아."

T군이 나를 힐끗 쳐다보며 말했다.

"맞아, 이젠 뽐낼 만해. 우리 눈으로 영광스럽고도 행복한 장면을 목격하는 행운을 가졌으니 말이야."

내가 말했다.

"하지만 우리가 보기엔 치욕이지!"

이렇게 말한 후 T군은 나를 끌고 기찻길을 따라갔다.

길 건너편에 집 몇 개가 붙어 있었는데 위에는 '죄상(罪狀)'이라는 글자가 가로로 쓰여 있었고 아래에는 작은 글자로 몇 줄의 글이 쓰여 있었다.

"범인 왕(王) 씨를 조사해 보니…… 지금…… 군대 일이 긴급한데…… 군인을 사칭하고 현아(縣衙)에 들어가 경비를 탈취하였기에…… 머리를 베어 대중에게 조리돌림하노라!"

"아이고, 저 사람 나와 성이 같네. T군!"

내가 말했다.

"게다가 너처럼 건장하잖아!"

T군은 화살 같은 눈빛으로 내 눈을 쏘았다.

나는 자신의 머리를 만지며 자랑스럽게 말했다.

"내 머리는 아직 붙어 있는걸! 네 꺼나 조심해!"

T도 자신의 머리를 만지며 자랑스럽게 한 번 흔들었다.

"수많은 책에서 본 기억이 나는군. 전에는 머리를 자르려면 반드시 성지(聖旨)를 기다려야 했지만 지금은 현 지사가 곧바로 사람을 죽일 수 있지. 이건 정말 혁명이 가져온 진보야!"

나는 T군의 팔을 잡고 천천히 걸으며 말했다.

"전에는 범인을 죽이려면 범인의 친척이 와서 망자에게 제사 지낼 수 있도록 오시(午時) 삼각(三刻)까지 기다리곤 했지. 하지만 지금은 번거로운 절차가 모두 생략됐어. 정말 시원시원하군!"

T군이 말했다.

"정말이지 후난(湖南) 사람에게 감격했어. 후난에 온 지 한 달 만에 이처럼 희귀한 장면을 보여 주다니. 고향에서는 머리를 자른다는 소식을 들으려 해도 그럴 복이 없었잖아."

"이건 혁명의 발원지만이 갖는 특별한 문화야! 오, 태양마저도 이 문화를 보고 부끄러워하잖아. 저기 봐!"

T군이 손으로 하늘을 가리켰다.

태양이 부끄러운 듯 서남쪽의 참담한 구름 속으로 숨어 버렸다.

"이렇게 찬란한 후난을 보고 어느 누가 조용히 숨지 않을 수 있겠어?"

"아이고, 어떻게 하지? 난 움직일 수가 없어!"

T군이 내게 기대어 섰다.

"네 발이 그의 발처럼 창백해진 거 아냐?"

내가 말했다.

"오, 오⋯⋯."

T군은 가까스로 다시 걷기 시작했다.

"당신들은 어디서 오는 길이오?"

류양먼 밖으로 나온 우리는 우연히 후난의 유명한 음악가를 만났다.

"동양의 풍경을 봤어요. 아니, 후난 풍경이요. 사람을 죽였어요!"

우리는 이렇게 대답했다.

"괴로워요?"

"오, 오⋯⋯."

"돌아가서 가사를 짓고 작곡을 하여 불러 봐야겠군!"

이렇게 말한 후 그는 웃으면서 떠나갔다.

"예술가는 잔인해!" T군이 말했다.

"그게 별거야?" 내가 말했다.

"나는 돌아가서 소설 한 편을 써서 세상에 공개할 거야!"

"그게 무슨 돈이 된다고?"

길가에서 유자(柚子)를 팔길래 나는 유자 하나를 들고 주인에게 가격을 물었다.

"동전 네 닢입니다."

"정말 싸군! 후난의 유자는 정말 맛있어! 한두 개 살까?"

나는 T군에게 말했다.

시기도 하고 달기도 한 유자의 맛은 확실히 좋았고 값도 저렴했다. 나와 T군은 둘 다 신 것을 좋아했다. 올해는 유자를 심은 농가들이 혹시나

병사들이 따 갈까 봐 채 익기도 전에 따서 내다팔았다. 아직 익지 않은 유자는 너무 시었지만 우리의 입맛에는 딱 맞았다. 우리가 후난에 와서 처음으로 만족할 수 있었던 것은 바로 이 유자 때문이었다. 우리는 거의 매일 유자 하나씩을 먹었다.

"이렇게 저렴한 유자가 무엇을 닮은 것 같아?"

T군이 유자 하나를 오른손으로 던지고 왼손으로 받으며 말했다.

"둥글고 빛이 나고 저렴하지!"

아, 아, 그 포물선은 조금 전에 대머리가 땅에 떨어질 때의 그 모습과 똑같았다. 나는 손에 들었던 유자를 급히 내려놓고 빠른 걸음으로 달렸다.

"후난의 유자! 후난 사람의 머리!"

나와 T군은 이렇게 외치며 학교로 돌아왔다.

"너는 밥 생각이 나니? 네 머리가 아직도 붙어 있어?"

나는 저녁을 먹으면서 T군에게 말했다.

"너는? 네 머리를 조심해! 한 순간이야!"

두 사람 모두 밥을 넘길 수가 없었다. 밥 속에 선홍색 피가 흐르는 대머리가 들어 있는 것 같았다.

"이건 아무것도 아니야. 여기서는 거의 매일 사람을 죽여. 오늘은 겨우 한 사람을 죽였을 뿐이야."

맞은편에 앉아 있던 사람이 말했다.

"아, 그렇군요. 알려주셔서 감사합니다."

"유자여, 후난의 유자여!"

T군이 탄식하듯이 말했다.

"이토록 저렴한 후난의 유자여!"

《소설월보》 1924년 10월 제15권 제10기

황실의 후예

리쩬우

샹바이치(鑲白旗)*는 위안밍위안(圓明園)** 뒤 동북쪽 부근에 있다. 한때 황실 호위군 가족이 황은을 크게 입어 위안밍위안 사방에 살면서 영화롭고 부귀한 세월을 보냈지만 이제 좋은 시절은 다 지나가고 모든 것이 추억 속으로 사라져 갔다. 샹바이치로부터 멀지 않은 곳에 우리 학교가 있다. 수업이 끝나거나 방학을 하게 되면 우리는 위안밍위안에 들어가 타이후석(太湖石)으로 쌓은 폐허를 건너 다니며 침략자의 약탈 뒤에 남은 잔해를 추모했다. 하지만 이러한 잔해도 인공적으로 점점 파괴되어 호수는 청개구리의 연못이 되었고 주표(柱表)는 말고삐를 매는 기둥이 되었다. 이전의 정교한 예술은 가시나무와 갈대밭으로 대체되었다. 우리는 샹바이치 같은 시골집에는 미련을 두지 않았다. 허물어진 집은 그 안에 사는 사람과 마찬가지로 종전부터 기생하여 존재했기 때문이다. 지금 황제는 사라졌다. 침략자의 사랑을 받지도 못하고 여기저기 무너져 버려 무기력한 모습만 생생하게 그려 놓았다. 집은 드문드문 흩어지지 않고 다닥다닥 붙어 있

---

* 청대 '팔기(八旗)' 가운데 흰색 테를 두른 황룡기(黃龍旗)
** 베이징 서쪽 교외의 이허위안(頤和園) 동쪽에 있는 청대의 이궁으로 1860년에 영국–프랑스 연합군에 의해 불타 버렸다.

었으며 남북 두 줄로 배열되었다. 드넓고 곧은 중앙 대로는 당시의 번화했던 성황을 암시하고 있다. 길가엔 느릅나무, 홰나무, 버드나무, 대추나무 등 온갖 나무가 늘어섰고 어떤 집에는 담장이 없고 어떤 집에는 대문이 없었으며 어떤 집은 아예 보이지도 않고 마룻대와 들보만 남아 있었다. 여름날 황혼에는 모기 떼와 파리 떼가 실오라기 하나 걸치지 않은 맨발의 어린아이를 쫓아다녔다. 겨울철 아침엔 아이들은 크고 낙낙한 솜옷을 걸치고 창문 아래 햇볕이 잘 드는 곳에 쪼그리고 앉았다. 어떤 모친은 핑쑤이철로(平綏鐵路)를 따라가며 기차에서 떨어진 석탄 부스러기를 주웠고 어떤 모친은 광주리를 들고 다니며 똥을 주웠다. 노인들은 젊은 며느리를 도와 바느질을 했다. 그렇지 않으면 온돌 위에 누워 아무 말도 하지 않고 자신이 누렸던 지난날의 영광을 회상하며 괴로워했다.

청년 남자들은 모두 우리 학교의 사환들이다.

근대 문명 의식을 양육하는 것이 사환들의 유일한 출구가 되었다. 근대 문명 의식의 양육은 유명한 귀족에게나 해당되는 것이다. 그러나 나는 그것의 귀족성과 벌열(閥閱) 출신 학교 사환들 사이에 어떤 관계가 있을 것이라고 생각하지 않았다. 사환들이 하는 일은 너무나도 수월했다. 그리고 그들에게는 시간적인 여유도 있었다. 그들이 잠을 자거나 졸 때 내가 그들을 깨워 심부름시키지 않을 경우, 그들은 운동장 옆에 서서 우리가 시합하는 장면을 감상하곤 했다. 그들은 언제나 늑장을 부리고 천천히 대답했으며 느릿느릿 걸었다. 그들 중에는 내 친구도 있었다. 내가 학생이었기 때문에 누구든 내왕할 수 있었고 또 직업 차별에 대해서도 거의 신경을 쓰지 않았다. 나는 그의 동정을 얻었다.

그는 한담을 좋아하지 않았다. 청소할 때나 물을 길을 때가 아니면 우리 학생들은 그의 동태를 더 많이 살피려고 하지 않았다. 그는 언제나 우울한 성격을 분명히 드러내었으며 게다가 무척 유순하여 폐병을 앓는 여자 아이 같았다. 그리고 태도가 온화했고 거동도 우아했다. 때때로 나는 그가 낯가림한다고 생각했다. 그는 동료와 대화를 나누거나 웃는 것을 좋아하지 않았다. 그래서 그는 부드러우면서도 강인한 해면(海綿) 동물이 아니라 바닷물의 표면에 우뚝 서 있는 암초처럼 언제나 고독했고 아무런 도움을 받지 못했다. 학교에서 그는 동무가 없었다. 그리고 고향에서도 마찬가지였다. 다른 사람들은 존엄한 체하는 그의 긍지를 못마땅하게 여겼다. 그는 말하는 습관이 들지 않아 간신히 말을 꺼낸 다음에도 자기 감정에 얽매여 말하다가 갑자기 멈추고는 상대의 표정을 살피고 반응을 기다렸다. 나직하고 조용한 말투와 불안한 표정에서 그가 두려워하고 꺼린다는 것을 알 수 있었다. 나는 그의 가정이 도덕적이고 진지할 것이라는 생각이 들었고 심지어 몹시 잔학할 것이라는 생각까지 들었다. 그렇지 않다면 그가 그토록 얽매일 필요도 없고 또 과다한 예의를 갖출 필요도 없었을 것이다. 예의는 학생들의 조소 대상이었다.

그의 나이는 대략 25세 가량이었다.

그는 좀처럼 화를 내지 않았다. 그의 마른 얼굴은 편안하고 고요하고 부드럽고 아름다워 나는 여태까지 성내는 모습을 본 적이 없었다. 그에게도 분명 성깔이 있었을 것이다. 한번은 그가 학우 대신 간식을 사러 간 일이 있었는데 늦게 돌아왔다는 이유로 친구에게 욕을 먹고 말았다. 그는 다른 사람들처럼 변명을 하지는 않았다. 하지만 화를 참으며 간식을 내려놓을 때 그는 옥석 같이 창백한 두 손을 바들바들 떨고 있었다. 그것은 인내가 아니라 수련의 결과다. 그러나 나는 여기에 일종의 철학이 담겨 있다고 여겼다. 그는 "작은 일을 참지 못하면, 큰 계획을 어지럽히게 된다(小不忍則亂大謀)"는 교훈을 가슴에 새기고 있었다. 무엇이 "큰 계획(大謀)"인가?

그는 무슨 일이든 성공하길 바랐지만 그가 일하는 모습은 큰 공로를 세울 것처럼 보이진 않았다. 학교 사환 일을 하기 전에 그는 다른 사람들처럼 벼나 보리를 심어 본 적도 없고(학교 서쪽에는 논이 많았다) 물건을 지고 다니며 팔아 본 적도 없으며 심지어 순경도 해본 적이 없었다. 이웃과 얘기할 때 그는 언제나 미소를 지었다. 하지만 남에게 죄를 짓지 않겠다는 생각을 품고 있었으면서도 집으로 돌아오기만 하면 자신도 모르게 이마를 찌푸렸다.

도량이 좁고 성급한 그의 성격은 그의 모친만이 알고 있었다. 모친의 탄식은 스님의 염불처럼 오래 지속되었다. 하지만 말을 꺼내기가 이상하여 아들에게는 잔소리도 하지 못했다. 모친의 불만은 일반적인 것이었고 운명으로 정해진 것이었다. 모친이 꾸지람하는 모든 것 중에 아들은 그 일부일 뿐이다. 무고한 외아들의 몸에 가세가 몰락하는 운명을 차마 맡겨 둘 수 없었다. 모친은 아들이 어렸을 때는 아들에게 순응했지만 아들이 장성한 후에는 실망하여 탄식할 때가 많았다. 아들은 밥을 먹다가도 젓가락을 내던졌고 이런 모습을 본 엄마는 난감해질 수밖에 없었다. 엄마는 아들을 한 번 흘겨보고는 마치 피차의 무능을 이해하기라도 한 듯 아들의 비정상적인 심리를 받아들였다. 다른 운명이 찾아오지 않았기에 모자는 서로 의지하며 살았다.

선통(宣統)* 말년, 그가 예닐곱 살 되던 해에 모친은 4, 5일에 한 번씩 그를 데리고 위안밍위안의 무너진 담장 틈으로 들어가 깨진 벽돌과 기와 위를 비틀거리며 걸어 다녔다. 땔감을 줍는다는 것은 핑계에 불과했다. 모친은 돌 위에 앉아, 아들과 다른 아이들이 홀로 남은 서양루(西洋樓)** 잔해

---

* 청대의 마지막 황제 푸이(溥儀)의 연호(1909~1911)

** '서양루'는 창춘위안(長春園) 북쪽에 있는, 프랑스 로코코 양식을 본뜬 건물로서 이탈리아의 유명한 화가

속으로 들어가는 모습을 지켜봤다. 놀다가 싫증이 나면 아이들은 궁전 터가 남아 있는 돌계단 주위를 배회했다. 황량하고 낡아 보이는 자태에 늦가을의 석양이 더해져 서양루는 자색과 회색의 투명한 면사포를 걸친 것 같았다. 모친의 감상(感傷)은 고통이라기보다는 일종의 영문 모를 위로 같은 것이었다. 모친은 아들에게 평온하고 감정이 없었던 신세, 자질구레하고 화려했으며 생명력으로 충만했던, 모친의 영락한 기억을 이야기해 주었다. 노쇠하고 껄끄러운 모친의 목소리는 갈수록 높아져 바위 아래로 흘러내리는 폭포 같았으며 모친 이야기의 표피에는 환희가 약동하는 것 같았다. 아들은 작은 눈을 깜박이며 알듯 말듯 듣고선 꿈을 꾸는 것 같았다. 현란한 옷 색깔, 음악, 그릇, 형태와 의식이 아들의 작은 마음을 사로잡았다. 아들은 자신의 모친이 휘황찬란한 관저에서 살았을 것이라고 믿었다. 그 누가 이토록 정확한 이야기를 해줄 수 있단 말인가? 그 누가 이토록 생생하게 이야기할 수 있단 말인가? 용주(龍柱)가 멀지 않고 화방(畵舫)이 멀지 않다. 또한 여기(女技)가 노래 부르고 폭죽 소리가 울린다. 보라! '아거(阿哥)'*가 구름 속에서 내려온다. 장래(가능할까?)에 그는 이곳에 들어가 노닐 수 있을까?

혁명이라는 차가운 바람이 예기치 않게 불어와 쯔진청(紫禁城)** 안의 등불과 쯔진청 밖의 등불을 모두 꺼 버렸다.

어쩌면 그의 우울한 성격은 엄마의 이야기와 사변의 영향 때문이었는지도 모른다. 하지만 나와 같은 방관자의 추측으로는 그의 허약한 신체가 중요한 원인이었을 것이다. 사변은 단지 절망에 절망을 보태 주었을 뿐이

이자 선교사였던 카스틸리오네(Castiglione, 1688-1766)가 설계했다. 1860년 영국·프랑스 연합군에 의해 불탔고, 지금은 옛 터도 대부분 없어진 채 '서양루'의 잔해만 남아 있다

* 청대에는 황제의 아들을 이렇게 불렀다.

** 베이징에 있는 고궁의 옛 이름

다. 엄마의 이야기는 이미 말라비틀어져 희미한 음영만이 그의 마음속에 남아 있었으며 위안밍위안의 그림자가 건장한 여러 마을을 덮은 것 같았다. 위안밍위안의 파괴는 주민의 악몽이 되었다.

의지가 박약한 학교 시환은 겨우 밥그릇을 차지하긴 했지만 집안의 명예를 손상시키는 일에 대해서는 반감을 느꼈다. 그는 침실 복도의 작은 걸상에 앉아(하얀 벽에 기대든, 마루를 바라보든) 과거의 환상 속을 맴돌고 있었다. 그에게는 현실에 저항할 능력이 없었다. 하지만 그는 다른 구석으로 도피하여 자신의 소극적인 힘을 써서 화려했던 과거를 깊이 연구했다. 이른바 귀족화 학교의 시환, 그것도 한가하기 짝이 없는 시환이 된 그는 대머리가 뜨거운 태양 아래에서 똥을 줍는 것을 보는 것처럼 피곤해졌다. 그는 내게 차를 타 주었고 내 책상에 기대어 자문자답하듯 낮은 소리로 하소연했다.

"나…… 나는…… 이곳에 너무 오래 있었어. …… 너무 오래. 나는 마땅히…… 그렇지 않아? 다른 일을 해야지."

다른 일이란 무엇일까? 그는 끝내 말하지 않았다. 나는 그의 '우매에 가까운' 실의를 위로했다. 다른 사람 앞이었다면 조롱을 당했을 것이다. 하지만 그는 다른 사람 앞에서는 절대 입을 열지 않았다.

일상생활은 직업에 기대 그런대로 꾸려 나갔다. 하지만 그는 그 직업을 혐오하고 있었으니 실제로는 고통스럽게 버티는 셈이었다. 아들의 월급 8위안을 받아 쥔 모친은 지폐를 한 장 한 장 세면서 가볍게 탄식을 하긴 했지만 그래도 아들에게는 맛있는 음식을 가져다 주었다. 모친은 아무 일도 하지 않고 세월만 보냈던 남편을 떠올렸다. 그래도 남편은 매달 은과 양식을 가져왔다. 하지만 아들은 청소도 해주고, 차도 타주고, 마루도 닦아주며 분주하게 지내는데도(보름이 지나도 얼굴을 볼 수가 없었다) 월급은 고작 지폐 여덟 장뿐이었다. 모친은 아들과 아들의 고결한 체면치레 때문에 괴로웠다. 오죽했으면 사직하라는 말까지 했겠는가?

"아들아, 이것은 치욕이야……. 우리 가문을 더럽히는 일이야."

아들은 부드럽게 웃으며 말했다.

"하루하루 견디면 되죠."

그렇지 않으면 그는 개탄하며 말했다.

"한족(漢族) 성으로 바꿨잖아요. 그런데 무슨 치욕이에요."

2년 전에 아들은 이웃 마을 아가씨를 아내로 맞이했다. 전하는 말에 의하면, 중화민국 건국 이래 샹바이치에서 이처럼 번화한 결혼식 장면을 본 적이 없었다고 한다. 부드러운 나사로 꾸민 꽃가마, 다섯 쌍의 취타수(吹打手), 네 개의 폭죽을 준비해 놓고 신랑은 길일을 골라 신부를 맞이해 왔다. 결혼식을 치르는 데만도 꼬박 반나절이 걸렸다. 신랑은 함박 웃음을 머금고 어른들에게 인사를 드리는데 특히나 겸허하고 공손했다. 흥분한 탓에 그의 행동이 다소 부자연스럽긴 했으나 더욱 부드러워졌다. 빌려 온 긴 두루마기와 마고자가 그를 더욱 준수하게 만들어 주었다. 얼굴에 홍조를 가득 띤 모친은 신중을 기하고 예의를 차렸다. 그들은, 새로운 사람이 행운의 신과 재신(財神)을 모시고 들어와 기우는 가문을 지탱해 주기를 열망했다. 하지만 결혼 후 한 달이 지나도 '상서로운 말'은 효력을 발휘하지 못했고 고부간의 사이도 좋지 못했다. 어느 쪽이 먼저 불쾌감을 표시했는지는 알 수가 없다. 아마 모친이 먼저 그랬을 것이다. 모친에게 불만을 가진 아들이 어째서 말을 꺼내지 않았을까? 처음에 모친은 시어머니 신분을 유지하면서 존엄과 체면을 지켰다. 나중에는 이상하게도 모친이 저항하지 않고 고분고분 말을 들었다는 것, 아니 그와는 반대로 고개를 숙이고 흥분을 가라앉힌 채 며느리의 분부를 따랐다는 것이다. 즉 신부와 시어머니의 역할이 바뀌고 말았던 것이다. 전하는 말에 의하면, 그녀가 두려워한 사람은 며느리가 아니라 아들이었다. 그녀는 아들을 너무도 사랑한 나머지 매사에 아들의 안색을 살폈던 것이다.

그렇다고 해서 아들이 모친을 사랑하지 않았다고 여겨서는 안 된다. 아들이 어렸을 때 받은 모친에 대한 인상은 ― 그녀는 세상 물정을 잘 아는 사람이다 ― 시종 그의 마음속에 남아 모친에 대한 본능적인 존경심과 이해였다. 그러나 모친을 답답하게 만든 것은 아들이 자신을 두둔하지 않는다는 사실이었다. 며느리는 면전에 사람이 있든 없든 언제나 비웃으며 남편을 희롱했다. 그 모습은 마치 눈에 차지 않는 사자개를 희롱하는 것 같았다. 부인은 분명 그를 사랑하지 않았다. 부인은 비밀리에 그에게 " '어린 자매'가 전생에서 어떻게 수련을 했길래 금생에서 이러한 남편에게 시집을 오게 되었느냐?"라고 말했다.

오래지 않아 그는 샹바이치를 떠나 학교로 왔고, 학교에서 사환 일을 맡아 했다. 모친은 해가 갈수록 황폐해지는 위안밍위안에서 홀로 걸어 다녔다. 옛날만큼 자주는 아니었지만 이따금 위안밍위안에 왔다가 집으로 돌아가서 사람들에게 한 마디씩 하곤 했다.

"위안밍위안에 있던 기둥 하나가 없어졌어요."

그녀 능력을 넘어서는 권위는 아무 소리 없이 돌 한 덩이 한 덩이가 사라지고 그녀의 귀밑머리처럼 황량한 정원 같았다. 위안밍위안이 황폐해질수록 모친은 음식을 적게 먹었고 말도 횡설수설했으며 심지어 기억마저 고리 빠진 사슬처럼 되어 버렸다. 그녀는 지팡이를 짚고 걸어 다녔고 얼굴의 주름은 흙 언덕의 길처럼 종횡으로 잡혀 있었다. 사람들은 그녀의 수다를 알아듣지 못했고 설령 알아듣더라도 그 의미를 일목요연하게 이해하지는 못했다. 이는 옛 마을의 해괴한 일들이어서 신선만이 알아볼 수 있는 것들이다. 그녀는 이따금 문 앞의 오래된 홰나무에 기대어 서곤 했다. 그리고 그때마다 눈에서 희미한 빛을 내뿜으며 멀지 않은 곳에 있는 '주인 없는 깨진 돌 사자'를 가리키며 중얼거렸다.

"여기! 여기! 여기에 그가 앉았었지!"

그녀는 그것이 누구였는지는 말하지 않았다. 사람들은 모두 그녀가 정신이 나간 것이라고 말했다. 하지만 그녀는 며느리만 보면 정신이 더 맑아지고 강해졌다. 심지어 불을 때 밥을 짓는 일도 있었다. 그녀는 아들과 많은 얘기를 나누고 싶었지만 이내 얼굴이 하얗게 질려 한 마디도 꺼내지 못했다. 그녀의 가슴은 무너졌다. 아들은 사랑했지만 며느리는 무서워했다. 아들을 사랑해서 며느리를 무서워한단 말인가?

하지만 아들의 성격은 너무나 온순했다. 그는 하루 종일 침실 복도 우측에 앉아 네모난 걸상 아래의 횡목을 두 발로 밟은 채 눈을 감고 수양하거나, 마루 바닥의 나무 무늬를 세거나, 두 다리를 뻗어 교차시키고 복도의 지붕 창문을 바라보곤 했다. 그는 길고 창백한 얼굴, '큰 비석 같은 머리', 옅은 색의 굽은 눈썹, 버들잎 같이 좁고 길고 작은 눈 그리고 입가에서 무의식 중에 흘러나오는 풍자에 가까운 비애의 미소가 돋보였다. 그는 흔히 우리가 마주치게 되는 사환과는 전혀 다른 사람이었다. 조금이라도 방심하면 '흉계를 꾸미거나' '장난을 칠' 것 같았다. 남들이 부를 때 그는 언제나 '생기 없고' 억양 섞인 목소리로 대답했다.

"음, 그래! 음, 그래!"

한바탕 공상하고 나니 그의 마음은 침울해졌다. 가정의 분규, 약자의 감각, 환상적이고 아득한 정경이 한 계단 한 계단 위로 올라섰지만 그는 위로 올라갈 힘을 잃고 아래로 굴러 떨어졌다. 그는 불시에 마른기침을 했는데 그 모습이 아주 힘들어 보였다. 그는 복도의 흰 벽에 기대지 않을 수 없었다. 가끔 이유를 물어보면 "감기에 걸렸다, 날씨가 좋지 않아 그렇다"라고만 대답했다. 그의 정신은 위축되었고 눈빛은 유연하고 흐리멍덩해졌으며 눈꺼풀은 늘 감기려고만 했다. 한번은 그가 내게 말하기를, "잠을 이루지 못하고 두 눈을 뜬 채로 빛이 내리기를 기다리는 것 같다"고 했다.

나는 족히 두 달 동안이나 그를 보지 못했다. 나는 그의 감기가 심해졌기 때문이라고 생각했다. 폐병에 걸린 듯한 우아한 얼굴과 형용할 수 없는 우울한 표정을 잊을 수 없었기 때문이다. 다른 학교의 사환이 말하기를, "그는 가슴이 답답하고 목구멍에 가래가 끓는 것 같다"고 했다. 탄식과 기침과 토혈(吐血)! 그에게 무엇을 생각하고 무엇을 원하는지 물으면 그는 늘 고개를 흔들며 다른 사람이 퍼트리는 루머를 원망했다. 그는 다른 사람의 말을 분명히 전해들을 수 없었기 때문이다. 의사는 세 번의 진찰 끝에 한약을 지어주었다. 그리고 조용히 쉬라고 말했다. 나중에는 돈이 없다는 것을 알고 의사는 불러오지도 않았다. 모친은 눈물을 흘리며 "아들이 귀가 먹었어요. 좀 있으면 앞도 못 보게 될 거예요"라고 말했다. 사실 그를 가장 괴롭힌 것은 그 자신의 두려운 생각이었다. 등불과 검은 그림자와 먼지 낀 줄이 요동을 쳐 그를 불안하게 만들었다. 그는 모든 것을 의심했다. 심지어 모친이 자기 앞을 지나갈 때도 두려웠다. 아들은 모친에게 아무도 없는 곳으로 데려가 달라고 했다. 모친의 관심은 지속적이었다. 때로는 옆에서 훌쩍이며 울었고 때로는 다른 사람들을 안심시키며 "조만간 구원의 손길이 다가올 거예요"라고 말했다. 모친은 밖의 돌사자를 가리키며 말했다.

"그가 저곳에 한 번 앉으면 아들의 병이 나을 텐데. '그가 곧 올 거야.'"

모친의 주름진 눈은 야유하는 것 같기도 하고 또 희망으로 충만해 있는 듯했다. 이상한 것은 몽롱한 표정으로 온돌에 누워 있다가도 며느리가 다가오기만 하면 그 얼굴이 '전전긍긍하며 아무 소리도 내지 않는 가련한 얼굴'로 바뀐다는 것이었다. 며느리는 매우 악랄했고 두 모자는 그녀의 기쁨 위에서 헐떡거렸다.

일요일 오후, 그들의 이웃이 샹바이치로 돌아가자고 했다. 나는 갑자기 그 환자를 들여다봐야 한다는 생각이 들었다. 일종의 감흥과 동정과 호기심이 뒤섞여 나를 쇠미한 가족에게로 이끌었다. 겨울 햇빛 속에서 마른 가지가 바람에 떨리고 있었다. 작은 길 양쪽의 논은 꽁꽁 얼어붙어 푸른 돌처럼 빛나고 있었고 그 중간에는 볏짚 밑동이 삐쭉삐쭉 나와 있었다. 북쪽에 펼쳐진 보리밭에서는 황량한 가운데 태어난 2촌(寸) 길이의 새싹들이 윤택하고 푸른 감각을 주고 있었다.

우리는 무너진 뜰 앞에 도착했다.

엔담 동서쪽에는 세 자 높이의 흙더미가 쌓여 있었고 흙더미 너머로는 뒤편의 탈곡장으로 연결되는 작은 길이 있었다. 네 자 높이의 남쪽 문은 깨진 벽돌(원래 있던 담장이 무너졌기 때문에 집주인이 깨진 벽돌로 다시 쌓았다)을 쌓아 칠이 벗겨진 문틀에 끼워 넣은 것인데 양쪽 문이 움직이거나 바람이 크게 불면 위태롭게 앞으로 기울었다. 온전한 것이라고는 서쪽 담뿐이었다. 담의 벽돌 틈으로 자란 한 무더기 시든 풀이 늘어졌다. 서쪽 담엔 지은 지 오래 되지 않은 작은 방(그가 결혼할 때 만든 주방)이 붙어 있었으며 옆의 깨진 벽돌엔 곰팡이가 피었다. 세 칸짜리 본채 역시 벽돌을 천장까지 쌓아 만든 것이었는데 위쪽에 한 자 높이의 시든 풀이 자라고 있었고 동쪽으로 약간 기울어 있었다. 마른 화나무의 곁가지가 사방으로 뻗어 서너 사람이 양팔을 뻗어도 껴안을 수 없고, 그 가지가 대문 왼쪽부터 뜰의 기와 처마까지 가로로 뒤덮었다. 쓸쓸한 돌 사자의 얼굴은 깎여서 평평해졌고 둔부는 사라져 버렸다(아마 흙 속에 묻혔을 것이다). 돌 사자는 세 길 밖의 길옆에 쭈그리고 앉아 있었다.

남루한 옷차림의 노부인은 오래된 홰나무의 조악한 뿌리 위에 앉아 있었다. 우리는 멀찌감치 떨어져 그녀의 곁에 섰다. 그녀는 엷고 붉은빛을 띠고 멀리 날아가는 새를 바라보며 탄식했다. 잠시 후 정신을 집중한 노부인이 놀라며 말했다.

　　"무슨 소리지? 말발굽이 울리고……."

　　그녀가 고개를 들어 우리 쪽을 봤다. 그리고 애써 버티며 똑바로 선 다음 기쁜 표정으로 외쳤다.

　　"그가 왔어."

　　이웃이 다가가 그녀의 팔을 부축하며 말했다.

　　"저예요. 학생도 한 명 왔어요."

　　그녀는 이 말을 믿지 않고 더 먼 곳을 응시하며 말했다.

　　"안 왔어? 돌 사자에 기대지 않았어?"

　　잠시 후 그녀는 무거운 몸을 돌려 흐릿한 눈으로 나를 뜯어보았다. 그리고 흥분한 표정으로 나무 옆에 있는 지팡이를 더듬으며 중얼거렸다.

　　"내가 기다렸어. 너무 오래 기다렸지."

　　집 안에서 젊은 여인의 거친 욕 소리가 흘러나왔다.

　　욕이 그녀의 귀에 들어오자 생각지도 못한 효과가 발생하여 그녀의 치매를 제압하고 그녀의 신기루를 깨뜨려 버렸다. 그녀는 숨을 죽이고 다음 욕을 듣더니 두려워하며 손발을 어찌할 줄 몰랐다. 그녀는 지팡이를 부들부들 떨며 뜰을 향해 흔들었다. 이웃은 살금살금 걸으며 그녀를 부축했다.

　　그들이 한 걸음 한 걸음 비틀거리며 걸어 들어가는 모습을 봤을 때 내 마음속에 맴도는 것은 욕에 대한 불쾌한 반응이었다. 욕은 권위, 즉 삶의 의지를 상징했다. 욕은 과거에 미련을 두지 않고 현실을 증오했다. 욕설을 퍼부음으로써 자신의 미래를 파악하려고 했기 때문이다. 며느리는 재가하여 자신의 운명을 바꿀 수도 있다. 그것은 일종의 약탈이었다. 사실대로 말하면 나는 그 젊은 여자를 두 약자(모자)의 또 다른 채주(債主)로 보았다. 하지만 사람과 사람 사이에는 분명 채주가 있기 마련이다. 며느리의 입장에서 본다면, 젊고 기운찬 여자가 어찌 동경과 희망을 품지 않을 수 있었겠는가? 두 모자만 아니었다면 그녀 또한 한 가닥의 희망을 품고 살지 않았겠는가? 그러나 어쨌든 안개가 그들과 그들의 희망을 덮어 버렸다. 무턱대고 내뱉는 한숨이 그들 가슴속의 미세한 불씨를 불어 꺼버렸다.

나는 이렇게 생각하면서 입 밖으로 나올 뻔한 욕을 거두게 되었다. 북풍이 모래를 말아 올려 나의 얼굴을 가볍게 때렸다. 남자 같은 젊은 여인이 계단에 서서 뜰 밖을 바라보더니 나를 보고는 예의 바르게 미소를 지었다. 속으로 '나보고 들어오라는 것이지?'라고 생각한 나는 "그의 병이 위중하지는 않지요?"라고 말하면서 대문으로 들어갔다.

내게 아양을 떨며 미소를 지어 보인 그녀는 급히 맞이하고는 몸을 구부려 인사했다.

그녀는 나를 방 안으로 안내했다. 제사상이 벽면을 가득 채웠고 그 위에는 깨진 그릇과 접시들이 쌓여 있었다. 그 옆의 작은 벽돌 위에는 받침대 없는 석유등이 놓여 있었고 다른 한쪽에는 유리가 깨진 긴 상자가 놓여 있었는데 그 안에는 온전한 여의(如意)가 놓여 있었다. 제사상 앞에는 붉은색 나무 탁자와 등받이가 높은 붉은색 나무 의자가 놓여 있었다. 오랜 세월 탓인지 어떤 의자의 모서리는 검게 변해 있었고 어떤 의자의 모서리는 회백색으로 변해 있었다. 내가 이해할 수 없었던 것은 이 벽에 관우(關羽)가 경전을 읽는 모습의 채색상(像)을 모시고 있는 점이다. 아래의 제사상에는 구리 향로가 놓여 있었고 또 다른 구석은 먼지와 거미줄이 차지하고 있었다. 나는 왼쪽 작은 방에서 들리는 천식과 기침 소리를 들었다.

이웃이 문발을 열고 낮은 소리로 들어오라고 했다. 이웃은 두려워하고 있었다. 나를 들어오게 했지만 이웃은 도리어 슬그머니 떠났다.

나는 문발 앞에 멈춰 섰다. 아! 나의 가련한 사환이여! 더러운 솜이불을 뒤집어쓰고 온돌 위의 네모난 베개에 가로누웠던 그는 창백한 얼굴로 나에게 우울한 미소를 지어 보였다. 그 미소는 튀어나온 입술 사이로 떠는 것 같았다. 눈은 움푹 들어가 있었고 광대뼈는 밖으로 튀어나와 있었다. 기침을 한 번 하자마자 이마에서는 땀이 흘러내렸고 핏기 없는 두 턱은 갑자기 보라색으로 바뀌고 말았다. 방 안에는 화로가 없었다. 추워서 그랬는지 몰라도 나는 전율했다. 그는 갑자기 왼손으로 가슴을 때렸다. 그의 안에 있는 무언가가 그를 고통스럽게 하는 것 같았다. 그리고는 오른손을 뻗어 허공을 더듬은 다음 거두면서 탄식을 했다. 가끔 그는 나를 기억해 내는가 싶더니 이내 고개를 끄덕이고는 한 마디도 하지 않았다.

방 안으로부터 고요한 불안감이 스며 나왔고 괴상한 냄새가 났다.

그의 모친은 창문 아래의 네모진 걸상에 앉아 있었는데 햇볕이 드는 곳에서 의복을 말리려는 것 같았다. 그녀가 중얼거리자 밖에 있던 며느리가 그녀를 불렀다. 그녀가 중얼거리며 네모진 걸상에서 내려왔다. 그녀는 곧장 나가지 못하고 온돌 옆에 서서 어쩔 줄 몰라 하며 사랑하는 아들을 바라봤다. 그녀의 입이 떨리고 있었다. 모친이 기대했던 아들이 잠꼬대 하듯 소리쳤다.

"엄마, 엄마가 나를 해쳤어."

이에 그녀는 한 마디 중얼거렸다. 모친은 침침한 눈에서 눈물을 반짝 보이더니 조용히 손으로 더듬으며 밖으로 나갔다.

그는 왼쪽 손과 오른쪽 손으로 계속 가슴을 쳤다. 그러더니 갑자기 때리는 짓을 그만두고 몸을 돌려 서쪽 벽의 작고 둥근 창문 쪽을 바라봤다.

종이 틈을 뚫고 들어온 하얀 빛이 파르르 떨면서 그의 솜이불에 떨어졌다. 그는 갑자기 손을 뻗어 빛을 잡았다. 하지만 빛은 잡히지 않았다. 그는 눈물을 흘리며 기침을 했다. 그러고는 무슨 소리를 들은 듯 똑바로 앉더니 중얼거리기 시작했다.

"왔다, 왔어……. 2등 호위…… 세습……."

그러나 그의 여인이 문 발을 들치고 들어오자 마치 장난꾸러기가 선생으로 하여금 잡아보라는 듯이 몸을 움츠리며 베개 위로 쓰러졌다.

"죽일 놈, 넌 내 부탁을 잊었어!"

그의 병든 얼굴은 내내 푸른 빛을 띠었다. 어떤 속사정이 있어 그의 맑지 않은 의식을 건드리는 것 같았다. 잠시 조용하던 그가 미소를 지어 보였다. 눈이 버들잎보다 더 좁고 가늘게 되어 버린 그가 장난하는 것 같기도 하고 애원하는 것 같기도 한 말투로 말했다.

"선생님, 불쌍히 봐주세요. 그녀에게 돈 좀 베풀어 주세요."

젊은 여인이 필사적으로 고개를 흔들자 그 머리가 헝클어져 어깨까지 내려왔다. 그녀의 얼굴은 쇠처럼 푸르뎅뎅했다. 그녀는 두꺼운 입술을 삐죽이며 알 듯 모를 듯한 저주를 퍼부었다. 이렇게 난감하고 궁색한 상황에서 나는 바깥의 북풍이 창문의 찢어진 종이 사이로 면양처럼 슬프게 우는 소리를 들었다. 그는 흥분을 가라앉히지 못하고 되풀이했다.

"왔어, 왔어. …… 데리러 왔어."

눈을 이상하리만치 크게 뜨고 제압할 수 없는 눈빛을 쏘던 그는 앞에서 달리는 말발굽 소리를 들었다고 말하면서 괴상망측하게 웃었다. 그는 오른손을 뻗어 허공을 움켜쥐었다. 무엇을 잡았을까? 말고삐인가? 말채찍? 갑자기 흰빛이 사라지고 창문의 찢어진 종이가 파르르 떠는 소리를 냈다. 그는 전혀 무서워하지 않았다. 어떤 요정이 소란을 피우는 것 같았다. 그의 입가에서 피가 흘러내렸다. 어둠이 그의 형체를 감쌌다.

나는 더 이상 견딜 수 없었다. 공포감이 나의 동정심을 넘어섰다. 나는 허둥지둥 방을 빠져나왔다. 다리는 내 것이 아니었고 귓가에서는 젊은 여인의 저주가 들렸다. 홰나무 아래에 드리워진 모친의 검은 그림자를 지나갔다. 나는 그녀를 보고도 감히 똑바로 바라볼 수 없었기에 급히 주머니를 뒤져 2위안을 꺼내 미안한 듯 그녀의 몸에 던져 주었다.

구름이 어두운 달빛을 덮었다.

그녀는 굽은 허리를 갑자기 곧게 폈다. 그녀의 기상이 엄숙하여 내가 고궁에서 어느 복진(福晋)*의 장엄한 화상을 보는 듯했다. 그녀는 초 같이 삐쩍 마른 손을 떨며 2위안을 주워 한 장씩 던져 버렸다. 이어 딩당딩당 돌 사자를 때리는 소리가 났다. 이는 그녀가 분노하고 불평하는 소리와 조화를 이루며 함께 울렸다. 달빛이, 환하게 빛나는 은화를 비추었다.

젊은 여인이 숨을 헐떡이며 방을 뛰쳐나왔다. 손을 비비며 눈을 크게 뜨고 머리를 산발한 채로 그녀가 두려워하여 거의 들리지 않는 낮은 목소리로 외쳤다.

"선생님, 그가 불러요. …… 부른다니까요!"

나는 북풍의 거센 바람 뒤에서 날카롭고 절망적이며 인성이 충만한 외침을 들었다.

1926

---

* 청대에 친왕(親王)과 그 세자(世子), 군왕(郡王)과 그 장자(長子)의 정실부인을 말한다.

시간에 무감각한 두 남자

류나어우

쾌청한 오후.

헤엄치다 지친 흰 구름 두 조각이 반짝거리는 땀방울을 흘리며 맞은편 고층건물에 조성된 연산(連山) 머리에 머물렀다. 저 멀리서 이 도시를 두른 담장을 조망하고 눈 아래로 광대한 초원의 고가대(高架臺)를 굽어본다. 이곳은 도박에 미친 사람의 소굴 같았다. 긴장하여 실망으로 변한 종잇조각은 사람들에 의해 찢겨져 시멘트 위로 흩어졌다. 한편 환희는 다정한 미풍으로 변모하여 애인 신변에 딱 달라붙은 여성의 푸른 치마가 젖혀졌다. 소매치기와 첩 말고도 망원경과 봄 외투가 오늘의 두 손님이다. 하지만 이는 그들의 주머니엔 5위안 지폐로 가득 찼다는 말이다. 먼지, 입가의 침, 남모르게 흘리는 눈물과 말똥의 악취가 우울하고 근심스러운 하늘 속으로 흩어지고 사람의 결의, 긴장, 실망, 낙담, 의외를 따라 환희는 포화 상태의 분위기를 조성했다. 그러나 너무나 득의양양한 유니언 잭(Union Jack)*은 도리어 여전히 아름다운 창공에서 바람을 따라 주홍색의 미소가 나부꼈다. There, they are off! 특별히 고른 여덟 마리 명마가 앞으로

---

* 잉글랜드, 스코틀랜드, 아일랜드를 상징하는 십자가의 조합으로 만들어진 영국 연방 국기

달린다. 이에 1마일을 달리는 오늘의 최종 경기가 곧 시작된다.

이때 극도의 긴장이 이미 회오리바람처럼 계단 위 사람 무리에 끼인 H의 전신을 붙잡았다. 그는 오늘 딴 34장의 지폐로 자신의 행운을 시험해보고자 5번 말의 마권(馬券)을 전부 샀다.

– 아, 3번 말이 뒤로 처졌어.

– 아니야. 3번 말은 갈색이야.

– 너는 7번 샀니?

– 아니, 7번 기수는 믿을 수 없어서 5번 샀어.

어떤 사람이 신변에서 무척이나 흥분한 고성으로 말을 교환하고 있었지만, H의 귀에는 들어오지 않았다. 그는 늘어트린 앞머리를 뒤로 쓸어 올리며 여전히 시선을 초원 너머로 이동하는 울긋불긋한 사람과 말에 고정시켰다.

갑자기 시클라멘(Cyclamen)의 향기가 그의 머리로 스쳐 지나갔다. 언제 등 뒤에서 온유한 여성이 다가왔는지 모른다. 그가 고개를 돌렸을 때 눈에 스포티브(sportive)한 모던 여성이 들어왔다. 투명한 프랑스산 비단 아래로 탄력 있는 피부가 따라서 가볍게 움직이는 것처럼 떨리고 있었다. 시선은 쉽게 접촉되었다. 작고 앵두 같은 입이 열리더니 미소가 푸른 호수에서 비쳤다. H는 시선을 오페라 백(opera bag)으로 약간 가려지고 재색의 양말에서 비치는 하얀 두 무릎에서 뗄 수 없었다. 그러나 다른 강렬한 의식이 여전히 그의 머리를 차지했다.

Come on Onta······!

– 브라보(Bravo), 하라쇼!

한바탕 굉음이 그를 주위의 불안한 공기와 시끄러운 소리 속에서 환기시켰고 그 뒤를 따르는 속력이 그의 눈앞을 화살처럼 뚫고 지나갔다. 5번 말이 확실히 앞에 있지 않은가? 갑작스러운 의식이 정말로 전신의 신경을 벌벌 떨게 만들었다. 그는 갈채를 느끼지 못했다. 이에 손안의 지폐를 꽉 쥐곤 무리 속에서 빠져나와 앞뒤 돌아보지 않고 단상 아래의 수납처로 갔다.

H가 수납 창구에 서 있을 때 조금 뒤에 수많은 사람이 폭풍처럼 몰려왔다. 얼굴마다 기쁜 표정이 감돌았다. 얼마나 받았는지는 모르나 이것이 그들의 유일한 관심 같았다. 그러나 H는 배후 사람의 압력을 꾹 참았으며 이 돈을 가져가 어디에 쓸 것인지 생각했다.

- 저기요, 이것 저 대신 가져다 주시겠어요?

갑자기 신변에서 시원하고 상쾌한 목소리가 나더니 손으로 그의 어깨를 가볍게 쳤다. H가 몸을 돌려 보니 철 난간 밖에 서 있는 사람은 방금 단상에 서서 그에게 미소를 보냈던 여성이었다. 그녀의 눈에는 친한 친구 같은 친밀감이 보였다. H는 그녀의 당돌한 요구에 놀랐지만 곧바로 그녀에게 은근한 정을 보이며 대답했다.

- 아, 예. 아가씨도 5번 샀어요?

여성은 미소로 대답하며 하얀 손에 든 몇 장의 푸른 표를 그에게 건네주고는 아름다운 몸을 움직여 폭력적인 무리에서 벗어났다. 기다린 지 2, 3분도 안 되어 패를 나눠주는 사람이 나타났다. 그는 "25위안!"이라고 한마디 외치자 입에서 입으로 전해졌다. 은화와 보조 은화가 계산대에서 소리를 내며 주판이 움직이기 시작했다.

겨우겨우 근 천 위안에 달하는 지폐를 받아 들고 무리 속에서 빠져나와 사람들로 붐비지 않는 곳에 서 있는 그녀에게 걸어갔다. 한 사람이 미소 지으며 기다리고 있었다.

- 고마워요.

─ 별 말씀을. 엄청 붐비는 군요.

H는 약간 모자를 들어 다시 경의를 표시하며 주머니에서 수건을 꺼내

이마의 땀방울을 닦았다.

―그럼 어떻게 하죠? 여기서 드릴 게요.

H는 손에 든 지폐 다발을 보여 주며 말했다.

―어떻게 그래요. 앉을 곳도 없는데.

흥, H는 마음속으로 생각했다. 이처럼 시원시원하고도 아름다운 여성을 스틱으로 삼아 거리에 데리고 다녀도 괜찮을 것 같았다. 그녀가 …… 수긍한다면 행운을 만난 의외의 돈을 그녀에게 전부 줘도 아깝지 않을 것 같았다. 그는 마음속으로 그렇게 결정하고 말을 꺼냈다.

부인, 아니 아가씨, 혼자 오셨어요?

―물론이죠.

―그럼 쉴 곳을 찾아봐도 되겠죠?

―좋아요. 저는 지금 바쁘지 않으니까요.

―그럼 저쪽 길모퉁이에 미국인의 찻집이 있는데 그쪽이 깨끗하고 아이스크림도 맛있어요.

―그것도 마음대로 하세요.

그녀가 말할 때 갑자기 등 뒤에서 몹시 바쁜 사람이 미는 바람에 하마터면 H의 몸에 닿을 뻔했다. H는 급히 그녀의 손을 꼭 잡았지만 그녀는 어떠한 감정도 드러내지 않고 오히려 그의 손을 꽉 쥐고 연인처럼 걸었다.

기력이 빠진 사람과 바삐 지폐를 세는 사람들은 모두 남쪽의 대문 입구로 걸어갔다. 15분 전에 그토록 긴장감에 쌓였던 장내가 지금은 이미 공기가 빠진 공처럼 소침하여 악운을 만난 지폐 조각이 바람을 따라 휘날리고 있었다. 잠시 뒤 새로운 한 쌍이 무리를 따라 말똥 냄새가 물씬 풍기는 마훠루(馬霍路)* 로 걸어 나왔다.

---

* 지금의 상하이 황푸구(黃浦區) 서쪽에 있는 황피베이루(黃陂北路)를 말한다. 황피베이루의 원명은 마훠루

144

— 그럼, 이쪽으로 갑시다. 번화한 곳이죠.

30분 앉아서 차가운 음료로 갈증을 달래고 찻집에서 거리로 나온 H와 그녀는 이미 친구가 되어 있었다. 산보는 근대 연애에서 빠질 수 없는 요소다. 산보는 장구하지 않은 애정 존재의 유일한 시위이기 때문에 그는 나오자마자 이렇게 제안했다. 그는 이처럼 아름다운 오후에 또 이처럼 사리를 아는 짝을 만났으니 응당 데몬스트레이트(demonstrate)해야 한다는 생각이 들었다. 품속엔 또 많은 돈이 있으니 그녀를 큰 상점의 유리진열대 앞에 서게 하면 떠나지 않을 것이며 그녀를 두려워하게 하지 않을 것이다.

석양은 아직 서양 오동나무 신록에 덮인 나뭇가지 끝을 어루만지고 있었다. 아스팔트 도로는 기름을 칠한 것처럼 반들반들 광이 났다. 경쾌하고 활기차게 두 사람의 발자국 소리가 시멘트 위에서 리드미컬하게 또각또각 울렸다. 황토색 제복을 입은 한 외국 병사가 혼혈 여성을 데리고 앞으로 걸어왔다. 그들도 오늘 처음 사귄 한 쌍이리라. 이 도시에서 모든 것은 잠시와 편리함이다. 비교적 변하지 않는 것은 거리에 우뚝 솟은 건축물의 단애일 것이다. 그러나 이것 또한 4, 50년의 존재에 불과하다. H는 이렇게 생각하노라니 신변이 번화해짐을 느꼈다. 그들이 이미 상업단지에 들어선 까닭이다.

한길의 교차로에는 갑충 같은 자동차가 서 있었다. '1929년형 폰티악(Fontegnac 1929)' 차량 한 대가 H의 눈을 유혹했다. 하지만 그는 신변의 여성(fair sex)을 잊을 수 없었다. 그는 한 손으로 그녀를 부축하고 한

(馬霍路, Mohawk Road)로 원래 상하이 파오마팅(跑馬廳) 서쪽의 작은 하천이었는데 1887년에 상하이 공공조계(公共租界) 공부국(工部局)에서 이곳을 메워 길을 냈다. 1943년에 왕징웨이(汪精衛) 정부가 조계를 접수할 때 황피루(黃陂路)로 개명했다. 우창(武昌) 봉기의 원로 리위안훙(黎元洪, 1864~1928)의 고향 우한시(武漢市) 황피구(黃陂區)는 그곳을 난황피루(南黃陂路)로 개명했으며 1946년에 황피베이루로 개명했다. 황피베이루 동쪽이 인민광장(人民廣場) 및 국제전신빌딩(國際電信大樓)이고 북쪽의 난징시루(南京西路) 입구가 원래 파오마총회(跑馬總會) 자리, 즉 지금의 상하이미술관(上海美術館)이다.

길을 건넜다. 이에 가장 우아한 동작으로 그녀를 스틱처럼 왼쪽 팔에서 오른쪽 팔로 바꾸었다. 시내 삼대 괴물 백화점*이 눈앞에 들어왔다.

경마장에서 찻집으로, 찻집에서 번화한 거리로 이동하는 것은 그다지 희한한 여정이 아니다. 하지만 주제넘게 나서길 좋아하는 곳은 왕왕 산보하기 좋은 곳이 아니다. 뜻밖에도 앞에서 걸어오는 청년이 H가 대동한 여성을 힐끔힐끔 쳐다보며 의심의 눈초리를 펼치며 그들의 발걸음을 따라 앞에서 멈추었다.

— 아직 이른데 T, 벌써 왔군.

그 여성이 먼저 입을 열었다.

— 이 분은 H야. 우린 경마장에서 왔어. 이 분은 T입니다.

H는 갑작스런 삼각관계의 쓴 맛을 느끼며 가볍게 T를 향해 고개를 끄덕이고는 여인에게 물었다.

— T선생과 무슨 약속 있어요?

— 있긴 하지만…… 우리 함께 가요.

T는 내키지 않는 눈치였으나 하는 수 없어 이렇게 제안했다.

— 그럼 이곳 댄스홀로 가는 게 어때요?

H는 제멋대로였다. 그는 여성이 다른 사람과 약속이 있었다면 어째서 일찍 말해 주지 않았는지 정말 이해하지 못했다. 이렇게 우리 두 사람이 산보하자고 승낙해 놓았는데 이번에 달리 옆 사람이 끼이게 되었다.

5분 뒤에 그들은 약간 어두운 무도장의 모퉁이에 자리를 잡고 앉았다. 댄스파티가 한창 뜨겁게 열리고 있었다. 손님, 댄서와 밴드 대원은 모두 후끈후끈한 모습을 드러냈다. H는 주위를 둘러보며 분위기가 그런대로 좋고 와볼 만하다고 여겼다. 하지만 아무리 이해하려고 해도 이해할 수 없는 일이 있었다. 나이가 무척 젊은 댄서는 정말 그의 취향에 맞지 않았다.

---

* 센스(先施, 1917년 개업), 용안(永安, 1918년 개업), 신신(新新, 1926년 개업) 백화점을 말한다.

그는 사실 춤출 생각이 없었다. 그렇다고 해서 이 여인에 대한 흥미가 결코 사라진 건 아니다. 혹자는 왈츠의 선율 속에서 그녀를 가슴에 안고 억지 교섭을 시작할 수도 있을 것이다. 이렇게 생각에 몰두하면서 약간 피곤한 신체를 강렬한 블랙커피로 원기를 북돋았다.

— 어땠어요? 경마 재미있었어요?

얼마 뒤에 T가 여인에게 물었다.

— 경마가 재미있는 것이 아니라 사람과 딴 돈을 보는 게 재미있더군요.

— 얼마나 땄어요?

— 저는 얼마 안 되고 H가 많이 땄어요.

그리고는 H에게 야릇한 눈길을 던졌다.

— H씨, 얼마나 벌었어요?

— 아니에요. 그냥 재미로 했어요.

H가 최신 유행의 양복을 입은 청년을 자세히 보니 어디서 본 듯한 느낌이 들었다. 아마도 댄스홀이나 영화관의 사람임에 틀림없을 것이다. 그러나 이 사람이 여인과 무슨 관계가 있는지 모르니 도리어 우울해지기 시작했다. 세 사람의 티파티는 흥을 깨치는 일이라고 생각했다.

갑자기 조명이 바뀌더니 블루스 음악이 시작되었다. T는 전혀 예의를 차리지도 않고 미안하단 말도 없이 여성을 끌고 춤을 추기 시작했다. H는 다만 두 사람의 몸이 희미한 전등 아래에서 회전하며 돌아가는 모습을 응시하며 잔을 들어 틀어막은 감정을 쏟아 부었다. 그는 정말 더 독한 알코올을 마시고 싶었다. 마음이 조급해져서 기다리는 시간은 정말 괴로웠다.

하지만 왈츠가 다시 시작되었다. H는 불끈 솟는 신경을 억누르며 아직 폭발하지 않은 감정을 모두 팔에 놓으며 유연한 신체를 안고 말했다.

— 우리 서서히 춤을 춥시다.

―왈츠를 좋아하세요?

　―꼭 그런 건 아닙니다만 제가 당신에게 하고 싶은 말은 왈츠가 아닙니다. 말할 수가 없군요.

　―무슨 말을 하시려고요?

　―듣고 싶어요?

　―말씀하세요.

　―당신은 무척 아름답군요.

　―제 생각엔…….

　―당신을 무척 사랑합니다. 첫눈에 반했어요.

　H는 그녀를 주시하면서 꼭 껴안고 두 바퀴를 돈 다음에 계속해서 말했다.

　―제가 고개를 돌려 당신을 봤을 때 정말이지 당신을 봐야 할지 아니면 말을 봐야 할지 모르겠더군요.

　―저도 마찬가지예요. 당신이 절 봤을 때 저도 당신을 한참 바라봤어요. 당신의 흥분한 모습이란 사랑스러운 준마보다 멋지더군요. 당신의 눈 참 좋아요.

　그녀는 말하면서 얼굴을 그의 얼굴에 대었다.

　―T는 당신의 어떤 사람입니까?

　―뭐 하러 물어요?

　―…….

　―당신도 내 친구가 아닙니까?

　―그를 이곳에 남겨 두고 우리 떠날까요?

　―당신은 이런 말을 할 권리가 없어요. 저는 그와 먼저 약속했어요. 제가 당신에게 준 시간은 이미 지났어요.

　―그럼 내 눈이 좋다고 한 말은 무슨 의미인가요?

　―아, 정말 어린애군요. 당신 정말 우둔해요. 누가 아이스크림이

148

나 먹고 산보하면서 논대요. 모두가 헛소리죠. 당신 러브 메이킹(love-making)이 자동차 안에서 쉽게 이루어진다는 사실을 아시나요? 교외엔 녹음이 있잖아요. 저는 여태까지 젠틀맨(gentleman)과 함께 세 시간 이상을 보내본 적이 없어요. 이번은 전례를 깨트린 겁니다.

H는 왈츠 곡이 폭스트롯으로 바뀐 느낌이 들었다. 그가 이번에 이 가슴 속에 찾아낸 사람은 어떤 여성일까? 하지만 때는 아직 늦지 않았다. 그는 자신의 남성 매력이 T보다 못하다고는 생각하지 않았다. 하지만 음악은 이미 멈추었다. 그들이 테이블로 돌아왔을 때 T 혼자 무료하게 담배를 피우고 있었다. 이에 그들은 마시고 피우고 얘기하고 춤추다 보니 한 시간이 훌쩍 지났다. 갑자기 여성은 손목시계를 보면서 말했다.

—그럼, 당신들은 여기에서 노세요. 저 먼저 갑니다.

—아니 왜요?

H와 T 두 사람은 똑같은 말을 하며 똑같이 의아한 표정을 지었다.

—아니, 저는 식사 약속이 있어서 옷을 바꿔 입으러 가야 해요. 당신들은 더 있다 가는 것이 좋지 않을까요? 저쪽 아가씨들 모두 귀엽군요.

—하지만 우리 약속은 어쩌고요. 오늘밤 저는 이미 가기로 정했다고요.

— 하하, T씨, 누가 오늘밤 당신과 약속했다고 그래요? 당신의 시간은 스스로 쓰던가, 아니면 춤이라도 추는데 쓰세요. 당신이 H씨를 쫓아내도 그가 감히 무슨 말을 할 수 있겠어요? 그렇죠? H씨. 자, 우리 나중에 봐요.

이에 그녀는 H의 귓가에 다가오더니 "당신 눈 정말 좋아요. T가 이 자리에 없었더라면 저는 당신 눈에 키스하지 않을 수 없었을걸요."

이렇게 몇 마디 속삭이며 미소를 짓고는 오페라 백(Opera-bag)을 들고는 얼이 빠진 두 사람을 남겨둔 채 떠나갔다.

1930

나이트클럽의 다섯 사람

무스잉

1. 생활에서 떨어진 다섯 사람

1932년 4월 6일 토요일 오후:

진예(金業) 거래소 안엔 눈이 충혈된 사람으로 가득 찼다.

금괴의 내림새가 시간당 백 킬로미터의 속도로 불어 닥쳐 그 사람들을 야수로 만들어 이성과 신경을 잃어버리게 만들었다.

후쥔이(胡均益)는 전혀 아랑곳하지 않고 웃으며 말했다.

"뭐가 겁나? 5분이 지나면 다시 오를 텐데!"

5분이 지났다.

"600량으로 들어섰어!"

거래소에서는 또다시 유언비어가 떠돌았다. "일본에 대지진이 발생했다!"

"87량!"

"32량!"

"7전 3!"

(포플린 외투를 걸치고 입아귀에 상아 담배 파이프를 문 중년 사내가 갑자기 쓰러졌다.)

금괴의 내림새가 가속도로 붙었다.

다시 5분이 지나자 후쥔이는 윗니로 아랫입술을 깨물었다.

입술을 깨물 때마다 80만 가산이 금괴가 폭락하는 바람에 파산되었다.

입술을 깨물 때마다 강건한 근대 상인의 마음도 찢어졌다.

1932년 4월 6일 토요일 오후:

정핑(鄭蘋)이 캠퍼스의 연못 곁에 앉아 있는데 쌍을 지은 연인들이 그의 앞을 지나갔다. 그는 눈을 부릅뜨고 바라보았다. 그는 기다린다. 린니나(林妮娜)를 기다리고 있다.

어제 저녁에 그가 악보를 보냈는데 밑에 다음과 같이 적었다.

내가 살아가도록 허락한다면, 내일 오후 캠퍼스의 연못가로 오시오. 당신 때문에 제 머리조차도 하얗게 세었다오.

린니나는 악보를 돌려주지 않았다. 어느 날 저녁에 정핑의 머리카락이 다시 검게 변했다.

오늘 그는 밥을 먹고 여기에서 기다린다. 기다리면서 생각했다.

"한 시간을 60분으로 나누고 1분을 60초로 나누는 방식은 정확하지 않다. 그렇지 않다면 왜 나는 고작 한 시간 반 기다렸을 뿐인데 수염이 자라는 것을 느낄 수 있는 걸까?"

린니나가 왔는데 꺽다리 왕(汪)과 함께였다.

"헤이(Hey), 아핑(阿蘋), 누굴 기다리나?"

꺽다리 왕이 익살맞은 표정을 지었다.

린니나는 고개를 숙이고 그를 쳐다보지 않았다.

그는 악보의 노래구절을 흥얼거렸다.

낯선 사람!

종전에 난 널 내 애인이라 불렀지만

지금 그대는 날 낯선 사람이라 하는군.

낯선 사람!

종전에 넌 날 네 노예라고 말했지만

지금 그대는 내가 낯선 사람이라 하는군.

낯선 사람…….

린나나는 꺽다리 왕을 이끌고 밖으로 나갔다. 꺽다리 왕은 고개를 돌려 그에게 익살맞은 표정을 지었다. 그는 윗니로 아랫입술을 깨물었다.

입술이 찢어졌을 때 정핑의 머리카락은 다시 하얗게 변했다.

입술이 찢어졌을 때 정핑의 수염이 다시 살을 뚫고 나왔다.

1932년 4월 6일 토요일 오후:

샤페이루(霞飛路)*는 유럽에서 이식해 온 거리다.

황금빛 햇살이 비치고 넓은 낙엽 그림자로 덮인 거리를 걷고 있다. 앞에서 걷던 청년 한 사람이 갑자기 고개를 돌려 그녀를 바라보더니 옆의 젊은 여인과 말을 하기 시작했다.

그녀는 급히 귀를 쫑긋 세우고 들었다.

---

* 샤페이루는 1914년부터 1943년까지 존재했던 거리 이름으로 지금의 화이하이중루(淮海中路)에 해당한다. 샤페이는 1차 세계대전 당시 전공을 세운 프랑스 장군 조프르(Joffre, 1852-1931)의 중문 이름이다. 이 거리는 1920-30년대 상하이 유행을 선도했으며 수많은 점포가 밀집해 있었다. 1943년에는 타이산루(泰山路), 1945년엔 린썬루(林森路), 1950년에 화이하이루로 개명하여 지금에 이르고 있다.

청년 갑—"5년 전에 뒤흔들었던 황다이시(黃黛茜)야!"

청년 을—"실컷 눈요기하는군! 정말 잘 생겼군. 아멘!"

청년 갑—"애석하게도 우리가 너무 늦게 태어났어. 아멘! 5년 지나니 여성 꼴이 아니군!"

갑자기 뱀이 그녀의 가슴을 물고는 맞은편 거리로 가로질러 돌진하는 것 같았다. 고개를 들어 쇼윈도에 비친 자신의 그림자를 보았다. 청춘은 자신의 몸에서 다른 사람의 몸으로 날아갔다.

"5년 지나니 여성 꼴이 아니군!"

곧 윗니로 아랫입술을 꽉 깨물었다.

입술이 찢어졌을 때 가슴은 뱀에게 삼켜져 버렸다.

입술이 찢어졌을 때 그녀는 다시 장식품 파는 프랑스 점포로 들어갔다.

1932년 4월 6일 토요일 오후:

지제(季潔)의 서재에서.

책꽂이엔 여러 판본의 셰익스피어(Shakespear)의 《햄릿(Hamlet)》, 일본어 번역본, 독일어 번역본, 프랑스어 번역본, 러시아어 번역본, 스페인어 번역본…… 으로 가득 찼다. 심지어 터키어 번역본도 있었다.

지제는 그곳에 앉아 담배를 피우면서 위로 올라가 허공을 맴도는 담배연기를 바라보았다. 갑자기 전 우주가 담배연기로 변하여 위로 올라가는 느낌이 들었다. 각종 판본의 햄릿이 입을 열어 그에게 말을 걸기 시작했다.

"당신은 누구요? 나는 누구요? 누가 당신이요? 누가 나요?"

지제는 윗니로 아랫입술을 깨물었다.

"당신은 누구요? 나는 누구요? 누가 당신이요? 누가 나요?"

입술이 찢어졌을 때 각종 판본의 햄릿이 웃었다.

입술이 찢어졌을 때 그 자신이 담배연기로 변하여 위로 올라갔다.

1932년 4월 6일, 토요일 오후

시청.

일등 서기관 먀오쫑단(繆宗旦)은 갑자기 시장의 손 편지를 받았다.

여기에서 근무한 5년 동안 시장은 여러 번 바뀌었다. 그는 도리어 뿌리를 박은 듯이 위로만 올라가고 한 번도 강등된 적이 없었다. 그러나 시장의 손 편지를 받아본 적은 없었다.

여기에서 근무한 5년 동안 매일 해서체로 글씨를 쓰고 소파에 앉아 우룽차를 마시며 현지 소식을 보았다. 여태까지 지각한 적도 없고 일찍 퇴근한 적도 없이 뱃속에 든 야심, 몽상과 로맨스를 모두 버렸다.

여기에서 근무한 5년 동안 시장의 손 편지를 받아본 적이 없다. 지금 갑자기 시장의 손 편지를 받았다. 곧 신중을 기하는 심정을 품고 봉투를 열었다. 누가 알았으랴? 그것은 해직 통보서였다.

잠시 후 지구의 종말이 다가온다!

그는 믿지 않는다.

"내가 무슨 잘못을 했지?"

두 번 읽어 보아도 해직통보서가 맞았다.

그는 윗니로 아랫입술을 깨물었다.

입술이 찢어졌을 때 검은 먹통 안의 먹을 그는 두 번 다시 갈 필요가 없어졌다.

입술이 찢어졌을 때 회계과 주임이 그의 월급을 보내왔다.

2. 토요일 저녁

두꺼운 유리 회전문이 멈춰 있을 때는 네덜란드 풍차 같았다. 움직일 때는 수정 기둥 같았다.

다섯 시에서 여섯 시까지 전 상하이의 몇 십만 대에 달하는 자동차가 동쪽에서 서쪽으로 달려갔다.

하지만 사무실 회전문은 풍차 같고 호텔 회전문은 수정 기둥 같았다. 사람들은 거리에 서 있고 교통 신호등의 붉은 빛이 몸에 범람하고 자동차가 코앞을 스치고 지나갔다. 수정 기둥 같은 회전문이 멈추자 사람들은 물고기가 헤엄치듯 들어갔다.

토요일 저녁의 프로그램:

1) 풍성한 저녁 파티, 빙수와 아이스크림을 곁들여야 한다.

2) 연인 찾기.

3) 나이트클럽에 간다.

4) 보양되는 간식. 빙수와 아이스크림, 과일은 절대 금지.

(주: 깨어나는 날은 월요일이다. 일요일은 안식일이기 때문이다.)

치킨 알라킹(Chicken a'la king)을 먹은 뒤 과일, 블랙커피가 나왔다. 연인은 치킨 알라킹처럼 무르고 과일처럼 신선하다. 그러나 그녀의 영혼은 커피처럼 검은색이다. …… 에덴동산에서 도망친 뱀이다!

토요일 저녁의 세계는 재즈의 축에서 회전하는 "카툰"의 지구처럼 경쾌하고 미친 듯하다. 지구 인력이 없이 모든 것이 허공에 세워져 있다.

토요일 저녁은 이성이 없는 날이다.

토요일 저녁은 법관도 죄를 짓고 싶은 날이다.

토요일 저녁은 하느님이 지옥에 들어가는 날이다.

여성을 데리고 온 사람은 민법의 간통죄를 전부 잊어버렸다. 남자가 데리고 온 여성은 자신이 아직 18세가 되지 않았다며 몰래 혀끝을 내밀곤 했다. 차를 모는 사람은 앞에서 걸어가는 사람을 전부 잊어버렸다. 그의 눈동자는 마침 연인 신상의 풍경선(風景線)을 감상하고 있고 그의 손은 도리어 촉각으로 변했기 때문이다.

토요일 저녁에는 도적질을 하지 않는 사람도 물건을 훔친다. 가장 솔직 담백한 사람도 뱃속엔 음모로 가득하다. 기독교도는 거짓말을 하고 노인들은 목숨을 걸고 회춘약을 먹는다. 노련한 여성은 키스해도 묻어나지 않는(Kissproof) 립스틱을 전부 준비한다.

거리:

(푸이부동산기업(普益地産公司)의 매년 순이익은 자본의 3분의 1에 달한다.

100000량

동삼성(東三省)*이 함락되었는가?

아니다. 동삼성의 의용군이 눈밭에서 일본 침략자와 필사적인 전쟁을 벌이고 있다.

동포들은 곧 월연회(月捐會)에 가입하려고 한다.

《대륙보(大陸報)》** 판매 부수는 이미 5만부에 달한다.

1933년 Voltarc

뷔페)

"《대만야보(大晩夜報)》!"

신문팔이 소년이 푸른 입술을 벌려 외쳤다. 입술 안에 푸른 치아와 푸른 혀끝이 보였다. 그는 맞은편 푸른 네온사인 너머로 하이힐을 신은 사람에게 그의 입술을 벌렸다

---

* 중국 동북 지역에 속한 세 개의 성, 즉 랴오닝 성(遼寧省), 지린 성(吉林省), 헤이룽장 성(黑龍江省)을 말한다.

** 《대륙보》(China Press)는 중국과 미국 인사 쌍방이 투자하여 1911년 8월 20일 상하이에서 시험적으로 처음 간행되고 9일 후에 정식으로 간행된 일간지다. 독자의 환영을 받아 발행부수는 《자림서보(字林西報)》를 초과했으며 1949년에 정간되었다.

"《대만야보》!

갑자기 그는 또 입술이 붉어졌다. 입술에서 혀를 뻗으니 맞은편 큰 술병에서 포도주가 쏟아져 나왔다.

붉은 거리, 푸른 거리, 남색 거리, 보라색 거리…… 강렬한 색채 조합이 도시를 장식하고 있었다. 네온사인이 뛰어오른다. 오색찬란한 빛, 변화하는 빛, 색이 없는 빛. 빛이 범람하는 하늘, 하늘에는 술이 있고 등불이 있고 하이힐이 있고 시계도 있다.

화이트호스(White Horse) 위스키*를 드세요. …… 체스터필드(Chesterfield) 담배는 흡연자의 인후를 손상시키지 않습니다.

알렉산더 구두가게(亞歷山大鞋店), 존슨 바(約翰生酒舖), 나사로 담배가게(拉薩羅烟商), 더시 레코드가게(德茜音樂舖), 초콜릿 캔디가게(朱古力糖果舖), 케세이 극장(國泰大戲院)**, 해밀턴 여관(漢密而登旅社)…….

돌고 영원히 돌아가는 네온사인

갑자기 네온사인이 멈추었다.

"퀸 나이트클럽"

유리문이 열릴 때 인도인의 얼굴이 드러났다. 인도인은 보이지 않고 유리문이 열렸다. 문 앞에는 남색 마고자를 입은 사람이 서 있고 손에는 하얀 삽살개를 들고 찌찌 하며 불렀다.

커다란 청개구리가 크고 둥근 눈을 부릅뜨고 기어 올라왔다. 배는 땅에 붙이고 유리문 앞에서 찌익 하고 멈추었다. 머리를 숙이고 차문에서 아름다운 아가씨가 나왔으며 뒤에는 저녁 예복을 입은 신사가 뒤따라와 아가

---

*   17세기 에든버러의 부호 매키(Mackie) 일가족이 만든 위스키로 당시 유명한 사교장인 화이트호스라는 백마관의 이름을 위스키 상표로 삼은 데서 비롯했다.

**   지금의 궈타이영화관(國泰電影院: Cathay Theatre)을 말한다

씨의 팔을 끌었다.

"우리 삽살개 한 마리 삽시다."

신사는 돈을 꺼내어 지불하고 삽살개를 아가씨에게 건네주었다.

"무엇으로 제게 보답할 거죠?"

아가씨는 목을 움츠리고 혀끝을 그에게 내밀고 코를 찡그리며 우스꽝
스러운 표정을 지었다.

"Charming, dear!"

곧 삽살개의 배를 쓰다듬자 개가 찌찌 하고 소리를 내며 달려 들어갔다.

3. 즐거운 다섯 사람

하얀 식탁보, 하얀 식탁보, 하얀 식탁보, 하얀 식탁보…… 하얀……

하얀 식탁보 위에 놓여 있다. 검은 맥주, 검은 커피…… 검은, 검
은…….

하얀 식탁보 옆에는 저녁 예복을 입은 남자가 앉아 있다. 검고 하얀 무
리: 검은 머리, 하얀 얼굴, 검은 눈동자, 화이트 칼라, 블랙 나비넥타이,
빳빳이 풀 먹인 하얀 와이셔츠, 검은 덧저고리, 하얀 조끼, 검은 바지……
검은 것과 흰 것…….

하얀 식탁보 뒤에는 시중드는 사람이 서 있다. 하얀 의복, 검은 모자,
하얀 바지 위의 검은 테…….

백인의 쾌락, 흑인의 비애. 아프리카 흑인의 페스티발 음악, 크고 작은
천둥 같은 북소리가 울리고 호각 소리가 울리고 또 울렸다. 중앙의 플로어
에는 몰락한 슬라브 공주들이 흑인의 탭댄스를 추었다. 하얀 다리가 검은
주단으로 감싼 몸 아래에서 연주하고 있었다.

탁탁탁 — 탁타!

다시 검은 것과 흰 것이 뒤섞여 무리를 이루었다. 왜 그녀들의 가슴 앞에 하얀 비단으로 테를 둘렀고 작은 배에 하얀 주단으로 테를 둘렀을까? 뛰고 있는 슬라브 공주들; 뛰고 있는 하얀 다리, 하얀 가슴과 하얀 배; 뛰고 있는 하얀 것과 검은 것의 무리…… 하얀 것과 검은 것의 무리, 무대에 선 모든 사람은 학질을 앓는다. 학질에 걸린 음악, 아프리카의 정글에는 독을 품은 모기가 있다.

삽살개는 승강대에서 짖었고 유리문이 열리자 아가씨가 앞서고 신사가 뒤따랐다.

"봐, 파노프스키 밴드(彭洛夫斯班)의 수렵무(狩獵舞)로군!"

"정말 멋지군!"

신사가 말했다.

무도장 고객의 대화:

"저기 봐, 후줜이야! 후줜이가 왔어."

"문 입구에 서 있는 중년?"

"바로 저 사람이야."

"옆의 여성은 누군데?"

"황다이시야! 에이, 너는 어째서 황다이시도 몰라?"

"황다이시도 모른다면 저 사람은 황다이시가 아니겠지!"

"어째서 아냐? 누가 아니라고 그래? 우리 내기할까?"

"황다이시는 그렇게 젊지 않아! 저 사람은 황다이시가 아냐!"

"어째서 젊지 않아? 그녀는 아직 서른 살에 불과한데!"

"저 여자가 서른 살이라고? 스무 살도 안 되어 보이는데."

"우리 싸우지 말자. 나는 황다이시라 하고 너는 아니라니 포도주 한 병 걸고 내기하자. 좀 자세히 살펴봐."

황다이시는 마침 웃는 얼굴 표정을 지었다. 노마 셔러(Norma Shearer)* 스타일의 단발 아래엔 한쪽 눈만 보였고 눈 주위엔 주름이 많았으나 교묘하게도 검은 눈꺼풀과 긴 눈썹 끝 중간에 숨어 있었다. 그녀의 코는 오뚝하고 입 주변의 주름을 어두운 그림자로 가렸다. 하지만 눈 속의 초췌한 모습은 웃음으로도 가릴 수가 없었다.

나팔이 빠르게 울렸다. 절반은 희고 절반은 검은 슬라브 공주들은 하나하나 중앙의 플로어에서 하얀 식탁보 쪽으로 미끄러져 갔다. 그리고 하나둘씩 저녁 예복을 입은 남자 중간에 뒤섞였다. 유리 접시 같고 놋쇠로 만든 자그마한 동발(銅鈸)이 땅에 떨어지는 소리가 났다. 최후에 한 슬라브 공주는 키가 남보다 절반이나 왜소했는데 이어 보이지 않았다.

한바탕 박수 소리가 나자 지붕이 폭격을 맞아 폭파되는 소리가 나는 것 같았다.

황다이시는 삽살개를 후쥔이 몸 쪽으로 던지며 손뼉을 치자 후쥔이는 급히 손뼉을 치던 손으로 그 개를 받으며 하하 웃었다.

고객의 대화:

"좋아, 너와 내기하지. 저 여자는 황다이시가 아냐. 아이, 잠깐, 황다이시는 그렇게 젊지 않고 벌써 서른 살에 가까워질 걸. 너는 그녀가 황다이시라 말하는데 네가 그녀에게 물어보셔. 그녀가 아직 25살이 되지 않았다면 황다이시가 아니지. 네가 지면 포도주스 한 병이야."

"스물다섯 살이 넘었으면?"

"내가 한 병 내지."

"좋아, 두말하지 않기다. 알았지?"

---

* 노마 셔러(1900~1983)는 캐나다 출신의 미국 여배우로 메트로골드윈메이어(MGM) 스튜디오에서 '스크린의 영부인'으로 불렸으며 〈이혼녀〉에서 제리 역으로 아카데미 여우주연상을 수상했다.

"두말할 필요 있어? 얼른 가봐!"

황다이시와 후줸이는 하얀 식탁보 옆에 앉았다. 시중드는 사람은 마침 그녀 옆에서 하얀 수건으로 술병을 싸서 등황색의 술을 와인글라스에 따랐다. 후줸이가 술을 보며 말했다.

"입술이 술 색깔처럼 붉군! 당신 입에 묻은 술 색깔이 술 색깔보다 더 취하게 만드는데."

"개구쟁이!"

"악보에 나오는 구절일 뿐이야."

하, 하, 하!

"죄송하지만 당신은 지금 25세입니까, 아니면 30세입니까?"

황다이시가 고개를 돌려 보니 고객 갑이 그녀의 뒤에 서 있는데 그가 누구에게 얘기하는지 알 수 없어 그를 바라보기만 했다.

"당신은 올해 25세입니까, 30세입니까? 저와 제 친구가……."

"무슨 말인지 말씀해 보세요."

"당신이 올해 20세인지 묻는 겁니다. 아님……."

황다이시는 대낮에 그 뱀이 다시 그녀 가슴을 문 듯한 느낌이 들었다. 이에 벌떡 일어나 귀뺨을 한 대 갈겼다. 곧바로 손을 거두고는 입술을 깨물며 머리를 탁자 위에 엎드리고 울었다.

후줸이가 일어서서 물었다.

"무슨 뜻입니까?"

고객 갑은 왼손으로 왼쪽 뺨을 가리며 말했다.

"죄송합니다. 용서해 주세요, 제가 사람을 잘못 보았어요."

한 번 몸을 굽히더니 곧 떠나 버렸다.

"신경 쓰지 마, 다이시. 저 미친놈이 사람을 잘못 본 모양이야."

"쥔이, 내가 정말 늙어 보여요?"

"천만에! 아니야. 내 눈에 그대는 영원히 청춘인걸!"

황다이시가 갑자기 웃기 시작했다.

"'그대'의 눈에 내가 영원히 청춘이라고? 하하, 나는 영원히 청춘이야!"

그리고 잔을 들었다.

"나의 청춘을 위하여!"

술을 다 비우고는 후쥔이의 어깨에 기대 웃음을 터뜨렸다.

"다이시, 왜 그래? 너 왜 그래? 다이시! 이봐, 당신 미쳤군! 당신 미쳤어!"

삽살개의 배를 문지르면서 츠츳거리며 불렀다.

"저는 미치지 않았어요!"

갑자기 정적이 흘렀다. 잠시 뒤에 갑자기 웃기 시작했다.

"저는 영원히 청춘입니다. 우리 저녁 내내 즐깁시다."

곧 후쥔이를 끌고 댄스홀로 달려 나갔다.

텅 빈 탁자만 남았다.

옆 탁자의 사람이 조용히 말했다.

"저 여자 미친 거 아냐?"

"황다이시 아냐?"

"황다이시로군! 늙었어!"

"그녀와 함께 있는 남자가 후쥔이 같은데. 내 친구가 한 번 손님을 초대했는데 술자리에서 그를 만난 적이 있지."

"그가 아니겠지. 후쥔이는 황금 왕인데."

"며칠 동안 바깥은 루머가 그리 심하지 않은데 그가 황금을 탕진했다고?"

"나도 사람들이 그렇게 말하는 소릴 들었어. 하지만 내가 '링컨' 자동차를 타고 있는 그를 보았는데 회사에서 물건을 판매하는 황다이시가 옆자리에 앉았더군. 대번에 탕진하진 않았을 거야. 그는 하루아침에 황금 왕이 되진 않았어."

유리문이 다시 열렸다. 웃음소리와 함께 들어온 사람은 22-23세가량의 남자였다. 또 비슷한 또래의 사람이 그의 팔을 끼고 있었으며 한 젊은 아가씨가 초조한 얼굴을 한 채 옆에서 걸으며 조금 뒤쳐졌다. 먼저 들어온 사람이 댄스홀 경리의 대머리를 보고는 손을 들어 큰 손톱으로 대머리 두피를 가리켰다.

"반질반질하군!"

하하 배꼽을 잡고 웃으며 뒤로 쓰러졌다.

사람들이 모두 고개를 돌려 그를 바라보았다.

예복 가슴 앞의 셔츠 위에는 술 자국이 묻어 있고 두발 하나가 이마 위로 올려져 있고 눈동자는 오한과 신열이 나는 듯 젖어 있었으며 두 뺨이 불그레했다. 가슴 앞의 작은 주머니에는 마사 손수건이 아무렇게나 꽂혀 있었다.

"저 새끼 술 많이 마셨군!"

"술 마신 꼬락서니를 보라지!"

대머리 댄스홀 경리가 달려가 그를 부축하고는 다른 남자에게 물었다.

"미스터 정(鄭)이 어디서 술 마셨어요?"

"호텔에서요. 저렇게 마셔놓고도 억지로 이곳에 오려 하네요."

갑자기 그의 귀를 잡아당기며 말했다.

"미스 린(林) 이곳에 왔나요? 그 린니(林妮)요?"

"이곳에 있어요."

"누구랑 왔어요?"

이때 저쪽 탁자에 앉았던 여성이 탁자의 남자에게 말했다.

"우리 나갑시다. 저 술고래가 왔어요!"

"정핑이 무서워요?"

"그를 무서워하는 게 아니라 술에 취해서 그에게 모욕당하면 손해잖아."

"나가려면 그의 앞을 지나가야 하지 않아요?"

그 여성이 가녀린 목소리로 잠꼬대 같이 말했다.

"우리 나갑시다."

남자는 고개를 약간 숙이고 앞으로 달렸다.

"좋아. 사랑하는 니나!"

니나는 웃으며 일어서서 밖으로 나가고 남자도 그 뒤를 따랐다.

댄스홀 경리는 주둥이로 그들을 가리키며 말했다.

"저쪽이 아닙니까?"

술 취한 남자와 함께 들어온 그 여자가 끼어들며 말했다.

"정말 잘 맞추는군요. 저 사람은 꺽다리 왕 아닙니까?"

"큰일 났군. 원수를 만났어!"

꺽다리 왕과 린니나가 걸어왔다. 린니나가 정핑을 보자 머리를 숙이고는 가볍게 소리 질렀다.

"밍신(明新)!"

"니나, 내가 여기 있잖아. 걱정 마!"

정핑은 바로 그곳에서 웃고 또 웃고 웃었다. 이유도 없이 웃다가 눈물이 나왔으며 갑자기 눈물방울 어린 눈으로 보니 니나가 마침 우리를 향해 걸어와 기쁘게 불렀다.

"니(妮) —."

눈물을 닦았다. 눈물을 닦고 보니 니나가 꺽다리 왕의 팔짱을 끼고 있는 모습을 똑똑히 보았다.

"니(妮) —, 당신! 흥, 누구시라고!"

팔을 잡아당겼다.

그의 친구는 급히 그의 팔짱을 끼었다.

"사람을 잘못 보았군요."

그의 팔짱을 끼고는 앞으로 걸어갔다. 함께 온 아가씨가 니나에게 고개를 끄덕이자 니나는 가볍게 웃음을 짓고는 고개를 숙여 정핑이 노려보고 있는 꺽다리 왕과 함께 걸어 나갔다. 문 입구에 와서 유리문을 열고 나갔다. 남녀 한 쌍이 밖에서 유리문을 열고 들어오자 문 위의 네온사인이 유리 위의 빛을 비추었다.

한 가지 생각이 꺽다리 왕의 뇌리를 스치고 지나갔다.

"저 여자는 종전에 나를 버렸던 즈쥔(芝君) 아냐? 어째서 먀오쭝단과 함께 있지?"

한 가지 생각이 즈쥔의 뇌리를 스치고 지나갔다.

"꺽다리 왕이 또 새 친구를 사귀었군!"

꺽다리 왕이 왼쪽 문을 열고 즈쥔이 오른쪽 문을 열자 유리문이 움직여 유리 위의 네온사인이 반짝거렸다. 꺽다리 왕은 니나의 팔짱을 끼고 오순도순 "Dear!……"라고 불렀다.

즈쥔은 곧 먀오쭝단의 팔짱을 끼고 고개를 약간 올렸다.

"쭝단……."

쭝단의 머릿속은 편지 생각으로 가득 찼다.

"먀오쭝단 군에게, 시장의 손 편지, 시장의 손 편지, 먀오쭝단 군에게……."

유리문이 닫히자 문 위의 녹색 벨벳이 꺽다리 왕 한 쌍과 먀오쭝단 한 쌍을 격리시켜 놓았다. 복도를 걸어가다가 급히 뛰어나오는 드럼리스트 존슨을 만났다. 먀오쭝단이 손을 흔들었다.

"Hello, Johny!"

존슨은 눈알을 굴리면서 앞으로 걸어가며 말했다.

"잠시 후 얘기합시다."

먀오쯩단은 안으로 들어가 즈쥔을 앉혔다. 맞은편 탁자를 보니 머리가 헝클어진 사람이 갑자기 팔을 휘두르다가 옆 탁자의 술잔을 건드려 등황색의 술이 쏟아져 후쥔이 다리로 떨어졌다. 후쥔이는 바로 거기에서 황다이시와 얘기하고 있었는데 황다이시가 깜짝 놀랐다.

후쥔이는 영문을 알 수 없어 일어섰다.

"어째서 엎어졌지?"

황다이시가 정핑을 노려보자 정핑이 눈을 흘기며 말했다.

"흥, 뭐 하는 놈인데!"

그의 친구는 그를 의자에 앉히면서 후쥔이에게 사과했다.

"죄송합니다. 저 사람이 술에 취해서."

"괜찮아요!"

손수건을 꺼내 황다이시의 옷이 더럽혀졌는지 물었는데 갑자기 자기 다리가 젖은 것을 알고는 실없이 웃기 시작했다.

흰옷 입은 보이들이 둘러싸고는 그들을 막았다.

이때 존슨이 와서 즈쥔 옆에 앉았다.

"어때요, 베이비(Baby)?"

"당신께 감사 드려요, 잘 지내요."

"Johny, you look very sad!"

존슨은 어깻죽지를 쫑긋 세우며 웃었다.

"무슨 일이에요?"

"제 아내가 집에서 아이를 낳고 있는데 방금 전화 와서 오래요. 당신은 제가 방금 급히 달려 나간 것을 보지 못했나요? 제가 경리에게 말했더니 경리는 절 가지 못하게 하는군요."

여기까지 말하자 한 보이가 달려와 말했다.

"미스터 존슨, 전화 왔어요."

그는 또 급히 달려갔다.

전등이 켜질 때 후쥔이의 탁자 위에는 등황색의 술이 놓여 있었다. 후쥔이는 얼굴을 황다이시 얼굴 앞에 바짝 기대었고 정핑은 하얀 두발을 드리운 얼굴로 묵묵히 앉아 있었다. 그의 친구는 손수건으로 땀을 닦았다. 즈쥔은 뒤편에서 누군가가 자신을 보고 있다는 생각에 고개를 돌려 보니 지제였다. 검은 두 눈동자는 캄캄한 밤 같아 동공이 매우 깊어 안에 무엇이 들어 있는지 몰랐다.

"이쪽으로 앉으실래요?"

"아니에요. 혼자 앉겠어요."

"어째서 모퉁이에 앉았어요?"

"저는 조용한 데를 좋아하거든요."

"혼자 왔어요?"

"저는 고독을 좋아하거든요."

그는 시선을 옮겨 서서히 강시 같은 눈빛으로 그녀의 검은 하이힐을 주시했다. 그녀는 어찌할 바를 모르고 잠시 수다를 떨다가 고개를 돌렸다.

"누구야?"

먀오쫑단이 물었다.

"우리 학교 졸업생이에요. 제가 일학년으로 입학했을 때 그는 졸업반이었죠."

먀오쫑단은 성냥개비를 그었으나 부러지자 재떨이에 던져버렸다.

"쭝단, 자네 오늘 어때?"

"아무 일 없어!"

그는 허리를 쭉 펴고 눈을 들어 그녀를 바라보았다.

"너 결혼해도 되겠어, 쭝단."

"돈이 없어."

"시청 월급이면 충분하지 않아? 게다가 유능하잖아."

"유능하잖아"라는 말에 말문이 막혔다. 때마침 존슨이 전화를 받고 들어와 그에게로 걸어왔다.

"어떻게 됐어요?"

존슨은 그의 앞에 서서 천천히 말을 꺼냈다.

"사내아이를 낳았으나 죽었대요. 아내가 기절해서 나보고 오라는데 난 갈 수가 없어요."

"기절했다니 어떻게 된 거죠?"

"나도 모르겠어요."

곧 침묵을 지키다가 잠시 뒤에 말했다.

"나는 울고 싶은데 사람들은 나더러 웃으라고 해요!"

"I'm sorry for you, Johny!"

"Let's cheer up!"

한 입에 술 한 잔을 털어 넣고 일어나서 자신의 다리를 치면서 껑충껑충 뛰며 말했다.

"나에게 날개가 생겨서 날 수 있어! 아, 나는 날 수 있어, 날 수 있어!"

그렇게 껑충껑충 뛰면서 날아갔다.

즈쥔은 허리가 휘어져라 웃었고 다이시는 손수건을 꺼내 입을 틀어막고 있었고 먀오쭝단은 큰소리로 하하 웃기 시작했다. 정핑도 홀연 배를 잡고 웃기 시작했다. 후쥔이는 황급히 술 한 모금을 마시고는 따라 웃기 시작했다.

하, 하, 하! 하! 하! 하, 하, 하, 하! 하, 하, 하하!

다이시는 손수건을 어디다 갖다 버렸는지 모른 채 등을 의자 등받이에 기대고 얼굴은 왼쪽의 네온사인을 바라보고 있었다. 모두들 따라 웃기 시작했다. 벌린 입, 벌린 입, 벌린 입…… 보면 볼수록 입 같지 않았다. 모든 사람의 얼굴 모습이 변하기 시작했다. 정핑의 턱은 뾰족했고 후쥔이의 턱은 둥글둥글했다. 먀오쭝단의 턱은 입과 나뉘어져 마치 턱이 목구멍 쪽에서 생긴 것 같았다. 다이시의 아래턱은 전부 주름투성이다.

오로지 지제 한 사람만 웃지 않고 조용히 해부 칼과 같은 시선으로 그들을 바라보며 귀를 쫑긋 세웠다. 그 모습은 깊은 숲 속의 사냥개처럼 모든 사람의 웃음소리를 잡으려고 하는 것 같았다.

먀오쭝단은 해부 칼과 같은 시선과 쫑긋 세운 귀를 보고는 갑자기 자신의 웃음소리를 들었고 다른 사람의 웃음소리를 들으며 마음속으로 생각했다. '얼마나 괴상한 웃음소리인가!'

후쥔이도 보았다. '내가 웃고 있는 것인가?'

황다이시는 어릴 적 꿈에서 깨어나 어두운 방을 보고서 큰 소리로 외쳤던 기억이 어렴풋이 났다. "무서워!"

정핑도 모호하여 분간하지 못했다. "이것이 사람의 웃음소리인가? 그 사람들이 어째서 웃고 있지?"

잠시 뒤 네 사람은 모두 웃지 않았다. 사면이 막혔고 낮은 웃음소리가 났으나 얼마 안 있어 사라졌다. 깊은 밤 숲 속에서 아무런 불빛도 없이 한 사람도 없이 무엇이든 찾아서 기대고 싶은, 그토록 두렵고 또 고독한 마음이 그들을 엄습하고 있었다. 작은 심벌즈에서 나는 '챙' 소리와 함께 존슨은 음악 무대 위에 서 있었다.

"Cheer up, ladies and gentlemen!"

곧 둥둥 북을 치기 시작했다. 그토록 급박하게 리듬을 타는 회오리바람 같았다. 쌍쌍의 남녀들은 모두 댄스홀 안으로 말려 들어가 회오리바람과 함께 돌기 시작했다. 황다이시는 후쥔이를 끌어 뛰기 시작했고 먀오쫑단은 시장 편지도 집어 던졌다. 정핑이 막 일어서려고 할 때 그를 끼고 들어온 그 친구는 이미 팔을 그 아가씨의 팔 위에 놓았다.

"전부 도망가는구나! 전부 도망가!"

그는 갑자기 손으로 얼굴을 가리고 고개를 숙이며 도망가고 싶지 않다는 심경을 품고 앉아 있었다. 홀연 그는 자신의 마음이 분명해지고 자신이 조금도 취하지 않았다는 느낌이 들었다. 머리를 들어 보니 자신에게 술잔을 탁자에 뒤집어엎은 그 아가씨는 마침 중년 신사와 댄스홀을 휘저으며 춤을 추는데 미친 듯 발걸음이 경쾌했다. 한 쌍의 댄서가 나는 듯이 그의 옆에 와서 한 바퀴 돌고는 다시 사라졌다. 또 한 쌍이 그러더니 사라졌다.

"도망갈 수 없지! 도망갈 수 없어!"

머릿속으로는 도망갈 곳을 찾고 싶었으나 도리어 지제가 그를 응시하는 모습을 보고는 다가가 물었다.

"친구야, 내가 웃기는 얘기 해줄게."

곧바로 유성기처럼 말을 꺼내기 시작했다. 지제는 아무 말도 하지 않고 그를 바라보기만 했다. 마음속으로 말했다.

"무엇이 너고 무엇이 나인가! 나는 무엇이고 너는 무엇인가!"

정핑이 보니 자기 앞의 모습은 화석 같은 눈동자였다. 미동도 하지 않고 그는 아랑곳하지도 않고 말하면서 웃었다.

즈쥔과 먀오쫑단이 춤을 다 추고 돌아와 탁자에 앉았다. 즈쥔은 미미하게 숨을 헐떡거리며 정펑의 말을 듣고는 낮은 소리로 웃었다. 다 웃기도 전에 먀오쯩단이 끌고 갔다. 지제는 귀로는 정펑의 말을 들으며 손가락으로 성냥개비를 부러뜨렸다. 성냥개비를 모두 부러뜨리고 나자 다른 성냥갑을 뜯어서 부러뜨렸다. 다 부러뜨리고 나서는 보이를 불러 다시 가져오게 했다.

보이가 새 성냥갑을 가져다주며 말했다.

"손님, 손님 탁자엔 온통 부러뜨린 성냥개비뿐이군요."

"4초면 성냥개비를 여덟 조각으로 자를 수 있지. 1분이면 한 갑 반. 지금, 지금 몇 시지?"

"두 시 오 분 전입니다. 손님."

"그럼 성냥갑 여섯 개를 부러뜨렸군. 이제 가도 되겠어."

이렇게 말하면서 다시 성냥개비를 부러뜨렸다.

보이가 그를 힐끔 흘겨본 뒤 떠났다.

고객의 대화:

고객 병(丙) — "저 녀석 참 재미있어. 여기 와서 성냥개비나 부러뜨리고. 1위안어치 사면 집에서 하루 종일 부러트릴 텐데."

고객 정(丁) — "밥 먹고 할 일이 없으니 여기 와서 성냥개비나 부러뜨리겠지. 참으로 유쾌한 인물이야."

고객 병 — "저 술 취한 바보는 즐겁지 않데? 들어오자마자 술잔을 엎기나 하고. 게다가 남을 뭐라뭐라 욕하기나 하고 지금은 필사적으로 남들과 웃기는 얘길 하고 있구먼."

고객 정 — "이곳 몇 사람은 전부 유쾌한 사람이야! 자 봐, 황다이시와 후줜이 그리고 그들 맞은편의 저 두 사람, 신나게 춤추는걸!"

고객 병 — "누가 아니래, 춤추다가 다리가 끊어질까 무섭지 않나 봐.

너무 늦었잖아, 지금?"

고객 정 ― "두 시가 넘었는데."

고객 병 ― "우리 갈까? 사람들 대부분 떠났는데."

유리문이 열렸다. 한 쌍의 남녀, 남자는 넥타이가 비뚤어지고 여자는 산발한 채 뛰어나갔다.

유리문이 열렸다. 또 한 쌍의 남녀, 남자는 넥타이가 비뚤어지고 여자는 산발한 채 뛰어나갔다.

댄스홀이 서서히 비어지니 고요하게 느껴졌다. 경리가 왔다 갔다 하며 빛나는 대머리를 노출시켰다. 한 번은 붉은 빛이 나고 한 번은 푸른빛이 나고 한 번은 남색 빛이 나고 한 번은 하얗게 빛났다.

후줜이가 앉더니 손수건으로 목의 땀을 닦으며 말했다.

"우리 이 곡에서 멈추고 추지 말까?"

황다이시가 말했다.

"아니, 왜 안 추려고? 올해 내 나이 스물여덟이야. 내년이면 스물여덟에 하루가 더해지고. 나는 하루 더 늙는 거야. 나는 날마다 늙어 가겠지. 여인은 하루가 남다르게 보여! 어째서 안 추겠다는 거야? 내가 아직 젊어서? 왜 안 추는 거야!"

"다이시!"

손수건을 아직 손에 든 채 끌고 댄스홀로 나갔다.

먀오쭝단은 춤을 추다가 위에 가로 걸린 고무풍선의 줄이 아래로 늘어진 것을 보고는 곧바로 하나를 빼내어 즈줜의 얼굴을 치며 말했다.

"가지고 있어. 이곳이 세계야!"

즈줜은 고무풍선을 그들의 얼굴 중간에 끼워놓고 웃으며 말했다.

"너는 서반구에 있고 나는 동반구에 있군!"

누가 고무풍선을 건드렸는지 모르지만 고무풍선이 펑하고 터졌다. 미소 지었던 먀오쭝단의 얼굴은 깜짝 놀라 말했다.

"이것이 세계야! 보라고, 터진 고무풍선, 터진 고무풍선!"

갑자기 가슴을 즈쮠 쪽으로 밀어서 미끄러지듯이 앞으로 빠져나가 무리 속으로부터 돌아서 빠져 지나갔다.

"됐잖아, 쭝단, 춤추다 죽겠어!"

즈쮠이 웃으며 헐떡거렸다.

"상관없어. 지금 세 시가 넘었어. 네 시에 문 닫으니 얼마 남지 않았어. 추자, 춰!"

한꺼번에 다른 사람의 몸과 부딪쳤다.

"미안합니다."

또다시 미끄러져 지나갔다.

지제는 아직도 성냥개비를 부러뜨리고 있다.

한 갑, 두 갑, 세 갑, 네 갑, 다섯 갑…….

정핑은 아직 거기에서 웃기는 얘기하고 있다. 그들 자신도 무슨 얘기하는지 모르면서 웃고 떠든다.

보이 하나가 곁에 서서 하품을 했다.

정핑이 갑자기 말을 멈추며 얘기하지 않았다.

"목이 상했냐?"

지제는 영문도 모르고 웃었다.

정핑은 아무 말도 않고 읊었다.

낯선 사람!

종전에 난 널 내 애인이라 불렀지만

지금 그대는 날 낯선 사람이라 하는군!

낯선 사람!

지제는 손목시계를 보고는 손을 비비며 성냥개비를 내려놓았다.

"아직 20분 남았군."

시간의 발자국 소리가 정펑의 가슴속에 쿵쿵 울렸다. 매초마다 개미처럼 그의 심장을 때리며 기어 올라왔다. 한 마리, 한 마리, 빠르고도 많았다, 아직 끝나지 않았다.

"니나가 고개를 들고 꺽다리 왕의 입술을 기다리는 꼬락서니를 보라지. 일 초가 지나면 그 꼬락서니는 변하겠지. 다시 일 초가 지나면 다시 변하여 지금처럼 되었어. 키스를 기다리다가 지금의 모습으로 바뀐 줄도 모르는군."

심장이 서서히 오그라드는 느낌이 들었다.

"웃기는 얘기 해봐!"

하지만 웃기는 얘기는 없었다.

시간의 발자국 소리가 황다이시의 가슴속에 쿵쿵 울렸다. 매초마다 개미처럼 그녀의 심장을 때리며 기어 올라왔다. 한 마리, 한 마리, 빠르고도 많았다, 아직 끝나지 않았다.

"일 초마다 사람은 늙는다. '여인은 5년을 못 넘기는 법이야.' 내일이면 할머니가 되어 있을지도 몰라."

심장이 서서히 오그라드는 느낌이 들었다.

"춤추자!"

하지만 너무 피곤하여 춤을 출 수가 없었다.

시간의 발자국 소리가 후쥔이의 가슴속에 쿵쿵 울렸다. 매초마다 개미처럼 그의 심장을 때리며 기어 올라왔다. 한 마리, 한 마리, 빠르고도 많았다, 아직 끝나지 않았다.

"날이 밝으면 황금 왕 후쥔이는 파산한 사람이지. 법정, 경매장, 감옥……."

심장이 서서히 오그라드는 느낌이 들었다. 그는 침상 곁의 작은 탁자의 수면제, 부엌의 돼지 갈비를 가를 때 쓰는 식칼, 바깥의 자동차 안에서 쿨쿨 잠자는 슬라브 왕자의 허리춤의 6촌(寸)짜리 권총, 검은 총 구멍이 생각났다.

"이 작은 물건에 무엇이 있단 말이냐?"

갑자기 잠을 갈망하고 그 검은 총알 구멍을 갈망했다.

시간의 발자국 소리가 먀오쭝단의 가슴속에 쿵쿵 울렸다. 매초마다 개미처럼 그의 심장을 때리며 기어 올라왔다. 한 마리, 한 마리, 빠르고도 많았다, 아직 끝나지 않았다.

"다음 주면 나는 자유인이야. 나는 두 번 다시 해서 글씨를 쓸 필요가 없지. 두 번 다시 새벽같이 펑린교(楓林橋)로 갈 필요도 없지. 또 혼자 22번 시내버스를 타고 바람을 쏘일 필요도 없어. 그렇지 않은가? 나는 자유인이야."

심장이 서서히 오그라드는 느낌이 들었다.

"즐기자! 취하자! 내일부턴 월급을 받을 날이 없을 테니!"

시청에서 근무하고 있는 어느 누가 먀오쭝단이 이렇게 타락했고 방랑하는 사상을 가지고 있다고 믿을 수 있겠는가? 그토록 근심하고 소심하던 사람이? 불가능한 일이다. 하지만 불가능한 일도 끝내 가능한 날이 오기 마련이다.

하얀 테이블보 옆에 앉았던 아가씨들이 하나하나 일어서서 핸드백을 열어 작은 거울을 꺼내 자신의 코를 비추고 분을 바르며 생각했다.

"나같이 귀여운 사람이……."

그녀들은 자신의 코나 눈동자, 입, 두발(頭髮)만 볼 뿐 자신의 전체적인 얼굴 윤곽을 보지 않았기 때문이다. 신사들은 전부 담배를 꺼내 그들의 마지막 담배에 불을 붙였다.

뮤직 박스에서 방송했다.

"안녕하세요, 사랑하는 여러분!"

활기차고 짧고 급한 멜로디.

"마지막 곡입니다"

사람들은 전부 일어나 춤을 추었다. 댄스홀에는 어지럽게 널린 하얀 테이블만 보였고 빗자루를 들고 어두운 구석에서 기다리던 보이들은 하품을 하고 경리의 대머리에서는 여기저기서 빛이 났다. 유리문이 열리자 줄지은 남녀들이 꿈속에서 밝은 복도로 걸어갔다.

'통'하는 커다란 북소리에 댄스홀의 백등이 전부 켜지고 악단의 악사들은 몸을 숙이고 그들의 악기를 정리하고 있었다. 빗자루를 든 보이들이 전부 튀어나오고 경리는 문 입구에 서서 모든 사람과 저녁 인사를 나눴다. 잠시 뒤 댄스홀은 텅 비었다. 남은 것은 빈 공간, 어지럽고 적막하며 텅 빈 마루였다. 하얀 전등 빛이 꿈을 전부 쫓아 버렸다.

먀오쭝단이 자신의 탁자 옆에 섰다. "터진 고무풍선 같아!"

황다이시가 그를 힐끗 바라봤다. "터진 고무풍선 같아!"

후쥔이가 한번 탄식했다. "터진 고무풍선 같아!"

정핑은 마신 뒤 뜨겁게 부어 오른 자신의 머리를 만졌다. "터진 고무풍선 같아!"

지제는 중간에 걸려 있는 큰 스탠드를 주시했다. "터진 고무풍선 같아!"

무엇이 풍선인가? 무엇이 터진 풍선인가?

존슨은 미간을 찌푸리며 밖에서 천천히 걸어 들어왔다.

"Good-night, Johny!"

먀오쭝단이 말했다.

"저의 아내가 죽었어요!"

"I'm awfully sorry for you, Johny!"

먀오쭝단이 그의 어깨를 한번 쳤다.

"너희들 갈 준비했어?"

"가도 그만, 안 가도 그만인걸!"

황다이시 — "나는 마음대로 그곳에 갈 거야. 청춘은 영원히 돌아오지 않거든."

정핑 — "나는 마음대로 그곳에 갈 거야. 니나는 영원히 돌아오지 않거든"

후쥔이 — "나는 마음대로 그곳에 갈 거야. 80만 재산이 영원히 돌아오지 않거든"

"잠시만! 내가 한 곡 연주할 테니 당신들 춤출래요?"

"좋아요."

존슨은 음악 무대로 걸어가서 바이올린을 들고 댄스홀 중간에 섰다. 아래턱에 바이올린을 괴고서 천천히, 아주 천천히 연주하기 시작했다. 다갈색의 두 눈동자에서 눈물이 흘러 현에 떨어졌다. 영혼이 없는 듯한 피곤한 세 쌍, 지제와 정핑이 함께 하고 후쥔이와 황다이시가 함께 하고 먀오쭝단과 즈쥔이 함께 그의 사면에서 춤을 추기 시작했다.

갑자기 '펑'하는 소리와 함께 줄 한 가닥이 끊어졌다. 존슨은 머리를 숙이고 손을 드리웠다.

"I can't help!"

춤추던 사람도 멈추며 그를 걱정스럽게 바라보았다.

정핑이 어깨를 쫑긋 세우며 말했다.

"No one can help!"

지제가 갑자기 끊어진 줄을 보며 말했다.

"C'est totne sa vie."

한 소리가 조용히 다섯 사람의 귓가에 떠벌렸다.

"No one can help!"

아무 말도 없이 다섯 명은 유령처럼 지친 몸과 피곤한 마음을 끌고 한 걸음 한 걸음 걸어 나갔다.

밖에서 후쥔이 자동차 옆에서 갑자기 '탕' 하는 소리가 났다.

차 바퀴? 아님 총소리?

황금 왕 후쥔이가 땅에 쓰러졌다. 태양 같은 탄알 구멍이 피의 아래에 있었다. 그의 얼굴은 고통스럽게 찡그리고 있었다. 황다이시는 차 안에서 깜짝 놀라 어리둥절했다. 수많은 사람들이 달려와 큰 소리로 물으며 바삐 두서없이 얘기하고 탄식하더니 다시 떠나갔다.

날이 서서히 밝기 시작했다. 퀸 나이트클럽 문 앞엔 후쥔이의 시신이 누워 있었다. 그 옆에 서 있는 다섯 사람 존슨, 지제, 먀오쭝단, 황다이시, 정핑은 말없이 그를 바라보고 있었다.

4. 관을 보내는 네 사람

1932년 4월 10일 네 명은 만국공묘(萬國公墓)*에서 나왔다. 그들은 후

---

* 지금의 훙챠오루(虹橋路) 1290호에 자리한 만국공묘(지금의 쑹칭링능원)의 원명은 해로원(薤露園)이었
다. 청대 선통(宣統) 원년(1909) 10월 저장(浙江) 상위(上虞) 사람 징룬산(經潤山)이 상하이 시상(西鄉:
지금의 훙챠오루, 후항철로(滬杭鐵路) 서쪽)에서 토지 20여 무(畝)를 구입하여 축조하기 시작하여 1914
년에 완공했다.

쥔이를 흙 속으로 보내고 나오는 길이다. 네 사람은 걱정으로 머리가 하얗게 센 정핑, 직장을 잃은 먀오쭝단, 28세에서 4일이 지난 황다이시, 해부도와 같은 눈을 뜬 지제다.

황다이시 ― "사람 노릇하기 정말 피곤해!"

먀오쭝단 ― "그는 사람 노릇 끝냈잖아. 그처럼 잠시 쉴 수 있다면 얼마나 좋을까!"

정핑 ― "나도 노인 같은 마음을 가지고 있어"

지제 ― "너희들 말은 전혀 모르겠어."

모두가 침묵했다.

기차가 지나간다, 지나간다, 지나간다. 기나긴 철로에서 뚜웅하고 탄식한다.

요원한 도시, 요원한 여정!

모두 탄식하며 걸어간다. 걷고 걷는다. 앞은 길고 쓸쓸한 길이다.

요원한 도시, 요원한 여정!

1932년 12월 22일

귀의

"이 두 구멍은 정말 쓸모 없군. 흥, 당시에는 내가 희봉(戱鳳)의 눈을 수놓은 적도 있는데 어째서 바늘 한 땀 꿰매지 못한담? 내가 망령이라도 들었나!"

노부인은 온돌에 걸터앉아 무릎 위에 아직 꿰매지 않은 짙은 남색 두루마기를 올려놓았다. 그녀는 돋보기를 낀 눈으로, 고려 종이(한지)를 붙인 창으로 들어오는 빛을 받으며 연약한 실을 단단한 바늘구멍에 끼웠다. 노부인이 아무리 침을 묻히고 단단히 꼬아 봐도 실은 힘이 없어 바늘구멍에 들어가지 못했다. 몇 번 끼워 보면 실이 다루기 힘든 바늘구멍에 순조롭게 들어가는 듯했다. 심지어 바늘을 쥔 한 손이 부들부들 떨리며 실을 놓았을 때 실은 여전히 겨울의 마른 잎처럼 허공에 떠 있었다.

"망할 놈의 바늘조차 나처럼 고생한 노파를 얕보다니!"

이렇게 중얼거리던 그녀는 갑자기 승리라도 한 듯 소리 높여 말했다.

"당할 수야 없지. 내겐 영리한 딸이 있거든!"

이렇게 말하면서 그녀는 몸을 기우뚱거리며 온돌 아래로 내려가 해지고 낡은 문 발을 조금 들어 올리며 외쳤다.

"뉴뉴(妞妞), 뉴뉴, 건너와서 엄마 바늘구멍 꿰는 것 좀 도와줘!"

그러나 바깥방에서 그녀에게 대답한 것은 작은 팔선교자(八仙交子) 위의 낡은 자명종의 똑딱거리는 소리뿐이었다. 이 시계는 그녀의 아들이 두 번이나 일을 그르쳤기 때문에 톈챠오(天橋)* 노점상에서 사온 것이다.

뉴뉴는 엄마와 함께 온돌 위에 앉아 양말을 꿰매다가 저녁 찬거리를 사러 밖에 나가고 없었다. 노부인은 딸이 돌아와 바깥방에서 밥을 짓고 있는 줄 알았던 것이다.

"뉴뉴, 너 귀가 먹었니? 어째서 대답하지 않는 거야?"

노부인이 문발을 들어 올리고 밖으로 나와 봤지만 그곳에는 뉴뉴가 없었다. 탁자 위 수건에는 방금 사온 돼지기름, 배추, 절인 무, 생강이 싸여 있었고 탁자 모서리에는 다 벗기지 않은 파 잎이 비스듬히 쌓여 있었다. 이는 태업자(怠業者)가 떠날 때 무척 다급했음을 말해 주는 것이었다.

천장에서는 쥐 몇 마리가 사각거리며 기어 다녔는데 마치 사람의 눈이 닿지 않는 곳에서 쟁탈전을 벌이고 있는 것 같았다. 갑자기 찍찍거리는 소리를 내더니 패배자가 거꾸러지는 것처럼 집 모서리에 쌓인 먼지를 털어 떨어트렸다.

노부인은 천장을 노려보며 손수건을 다시 덮고는 욕을 퍼부었다.

"게으른 년, 또 놀러 나갔군!"

곧바로 방문을 나와 문틀을 붙잡고 마른 몸에서 온 힘을 짜내 소리쳤다.

"뉴뉴!"

이 소리는 옆집 남원(南院)까지 들렸다. 그곳은 뉴뉴가 자주 드나드는 집이었다. 이 집의 란샹(蘭香)이라 불리는 아가씨도 뉴뉴와 같이 하루걸러 한 번씩 차이가(蔡家)에서 뚫어진 양말을 무더기로 가져왔는데, 두 사람은

---

* 베이징의 첸먼(前門)과 융딩먼(永定門) 사이에 있었던 번화가로 600년의 역사를 가지고 있다.

누가 잘 꿰매나 시합을 한 다음 품삯을 가져갔다. 뉴뉴가 남원에서 란샹과 "도침(挑針)은 쓰기가 쉽지 않다"느니 "바느질거리가 요즘 줄어들었다"느니 하고 전문용어로 잡담하고 있을 때, 뉴뉴가 그 고함을 들었더라면 담장 너머로 "곧 갈게요"라고 대답했을 것이다.

하지만 두 번이나 외쳤지만 그녀에게 대답한 건 무너진 담장 모서리를 따라 먹을 것을 찾아 다니는 비쩍 마른 닭 몇 마리뿐이었다. 닭은 자기들에게 모이를 주는가 싶어 꾸꾸꾸 하며 소리를 질렀다. 그리고 닭은 질동이 안에서 달콤하게 잠자고 있던 누렁이도 이 소리 때문에 놀라 깨어나 귀를 쫑긋 세우고 고개를 쳐들었다. 자신과 관련된 일이 없다는 걸 안 누렁이는 게으름을 피우며 다시 누웠다.

이때 마침 초겨울의 회색 하늘로 날아오른 연이 마음이 내키지 않는 듯 계절의 바람을 따라 날아갔다. 마치 뉴뉴가 저 연이라도 되는 것처럼 노부인이 고개를 들어 허공을 바라보며 욕했다.

"말괄량이 같은 년, 네가 젊고 잘났다고 온갖 고생한 노파를 혼자 집에 내버려 두다니?"

그녀는 침을 뱉으며 몸을 돌렸고 입으로는 여전히 중얼거렸다.

"두고 봐, 네 오빠가 돌아오면 네 년을 이르고 말 테야."

늘어진 파 잎을 보자 그녀는 더욱 화가 났다.

"내가 이를 거야. '뉴뉴는 또 놀러 갔단다. 뉴뉴가 소란을 피우면 너는 절대 뉴뉴를 두둔하지 마라.' 나쁜 뉴뉴 같으니. 넌 온갖 고생을 한 노파를 너무 심하게 대하는구나."

날이 어두워지자 아들이 집으로 돌아와 배가 고프다고 했다. 그녀는 급히 바느질을 하기 시작했다. 뉴뉴의 분홍색, 녹두색 양말을 보다가 울컥하여 한쪽 구석으로 밀어붙인 그녀는 바람막이 문을 마주한 채 파를 다듬고 저녁을 짓기 시작했다. 입으로는 딸을 욕했지만 마음으로는 당장 딸 그림 자를 보았으면 했다.

늦게서야 돌아온 뉴뉴는 만면에 흡족한 표정을 띠고 있었다. 뉴뉴는 돌 아오는 길에 작은 책자를 옆에 끼고 입으로는 잘 알지 못하는 노래를 흥얼 거렸다. 문을 나설 때는 태양이 백마사(白馬寺)* 깃대에서 무척 높이 떨어 져 있었지만 지금은 야경꾼이 사다리를 타고 올라가 가로등에 불을 밝혔 다. 뉴뉴는 문지방을 넘어 뛰어 들어왔다.

기름을 아끼기 위해 밝힌 램프가 다시 어두워졌다. 캄캄한 방 안에서 램프가 낮은 불꽃과 호응하며 소곤거렸다. 불 위에서는 그들의 저녁거리 인 옥수수 빵이 익고 있었다. 노부인은 방구석에 숨어 어둠 속에서 하느작 거리며 절인 무를 썰었다. 문지방을 넘어 들어오는, 만면에 웃음을 띤 젊 은 그림자를 보자마자 그녀는 억울함을 쏟아내기 시작했다.

"여우 같은 년, 어디서 서방질을 한 게냐? 고생만 한 노파를 집에 버려 두고!"

"엄마, 화내지 마세요."

뉴뉴는 곧장 부인 옆에 쪼그려 앉았다.

"엄마, 전 구경하러 갔었어요. 얼마나 재미있던지."

투덜거리며 무를 썰던 노부인은 못 들었다는 표정을 지었다. 뉴뉴는 말 을 분명히 해야 했다. 그리고 왜 나갔는지 변명을 해야만 했다.

"엄마, 제가 파를 다듬고 있는데 며칠 전처럼 문 앞에서 북소리가 나는 거예요. 엄마도 들었죠? 둥둥 하며 북 치던 소리. 엄마에게 묻지도 않고 나가 봤어요. 히히, 보러 나갔다가……."

---

* 베이징 쉬안우구(宣武區)에 있었다. 수나라 인수(仁壽) 연간(601-604)에 세웠으며 처음엔 백마신사(白 馬神寺)라 불렀다.

이때 노부인은 고개를 숙인 채 무를 썰고 있었다. 뉴뉴가 엄마의 옷섶을 잡아당기며 말했다.

"엄마, 들어 보세요. 보니까 한 대대의 사람들이 노란 깃발을 따라가는 거예요. 그리고 깃발 뒤를 뚱뚱한 드럼이 따랐고 그 뒤에는 수많은 요발(鐃鈸)들이 있었어요."

뉴뉴는 드럼 치는 모습을 보여 주려다가 그만 탁자를 엎을 뻔했다.

"나쁜 년, 크면 큰 거지, 절인 무를 망칠 뻔했잖아."

"엄마, 들어 봐요. 회색 군복을 입은 남자들이 옷깃에 붉은 색 견장을 달고 있었는데 깨끗하고 신식이었어요. 오빠가 입은 옷처럼 남루하거나 야만적이지 않아요. 그리고 아가씨들도 있었는데, 전부 회색 치마를 입고 붉은 견장을 달고 있었어요. 얼마나 질서정연하고 우아하던지. 엄마, 그 아가씨들은 노래도 부를 줄 알아요. 노래를 부르며 손에 든 소고를 치더라고요. 주위는 온통 딩당딩당, 둥둥둥, 당당당 소리뿐이었어요."

뉴뉴는 이렇게 말하면서 머리와 허리를 함께 뻗었다. 감정을 주체하지 못하는 득의양양한 모습이 노부인의 감정을 상하게 만들었다. 희미한 등불은 언짢게 흘겨보는 노부인의 모습을 비췄다.

"그래서 네 년이 혼을 빼고 따라간 거냐?"

노부인은 한 글자 한 글자 또박또박 말했다.

"제가 언제 따라갔다고 그래요. 전 몰랐네요. 노인네가 제게서 떨어지려 하지 않는다는 것을. 조금만 지나면 "뉴뉴야, 연근 죽을 쑤어 다오", 잠시 후면 "뉴뉴야, 타구(唾具)가 찼구나", 또 조금만 지나면……."

뉴뉴는 엄마의 버릇을 흉내 내어 말했다.

그리고 이번에는 노부인을 웃기고 말았다.

"입이 가볍긴, 내가 며칠이나 그렇게 했다고. 봐라, 저 무 더미를."

노부인은 작고 하얀 화덕 위에서 김을 모락모락 내고 있는 찜 솥을 가리키며 천진스럽게 자신의 공로를 과시했다.

"응. 어쨌든 엄마, 저는 나가지 않은 거예요."

구구절절 잔소리를 듣지 않기 위해서 뉴뉴는 화제를 본론으로 돌려 분명하게 설명해야만 했다.

"그런데 회색 의복을 입은 한 아가씨가 제게 다가와 손을 까부르더라고요."

"그게 누군데?"

노부인도 관심을 보였다.

"글쎄요, 저도 모르는 사람이었는데 머리에 회색 연잎 모자를 눌러쓰고 있었어요. 제가 머뭇거리니까 곧장 대오에서 빠져나와 제 소매를 잡았어요."

"허!"

"그녀가 '이리 와, 뉴뉴' 하길래 제가 자세히 봤죠. 누구였을까요? 맞춰 보세요."

"누구였는데?"

노부인은 곧게 핀 허리를 다시 구부렸다.

"탕팡다위안(糖房大院)의 쥐쯔(菊子)였어요. 작년에 우리 집에서 바느질거리를 도와주었던……."

"녹두색 자수를 잘 짜던 애 말이냐?"

노부인이 고개를 기울이며 딸에게 물었다.

"맞아요. 지금은 녹두색 자수를 놓지 않아요. 신발도 외제를 신어요. 그리고 보니 몇 켤레나 신발 밑바닥을 꿰맸는지도 물어보지 않았네요."

"그 애 아버지는 늘 야바위 노름을 했지."

노부인은 하얗게 센 머리를 긁적이며 자신의 기억력을 보여 주려고 했다.

"허구한 날 자기 마누라를 때렸지 아마?"

그녀는 집안일을 들추기 시작했다.

"들어 봐요, 엄마. 그래서 제가 쥐쯔를 따라 대열에 들어갔어요. 뚱뚱한 드럼으로부터 겨우 두세 발 떨어진 곳으로 말이에요."

이때 두 모녀의 얼굴에 광채가 돌았고 하얀 난로가 분홍색 혀를 장난스럽게 날름거렸다.

"제가 물었죠. '쥐쯔, 날 어디로 데려가는 거야?' 그러자 그녀가 손에 든 북을 흔들면서 작은 소리로 말했어요. '날 쥐쯔라고 부르지 말고 레베카라고 불러. 교회당으로 돌아가는 거야.' 저는 엄마가 걱정되어 돌아오려고 했어요. 하지만 그녀는 기어이 저를 끌고 갔어요. 게다가 그들은 듣기 좋은 노래를 불렀어요. 엄마, 들어 봐요. '주 예수께서 나를 사랑하시니, 주여―' 보세요, 이건 그들이 떠나기 전에 제게 준 거예요."

뉴뉴는 작은 팔선교자에 다가가 꺼진 램프를 밝혔다. 그러자 램프가 기쁘게 누런 혀를 토해 내기 시작했다. 증기와 불꽃 등 빛으로 가득한 작은 방에서 뉴뉴의 작고 붉어진 얼굴이 귀엽게 보였다. 뉴뉴는 채색 표지의 작은 책자를 급히 탁자 위에 내려놓았다. 그 위의 글자들 모두가 모녀에게는 낯선 글자들이었다. 노부인은 침침한 노안을 뜨고서 작은 책자에 콧등을 댔다. 그때 나체로 나무 십자가에 못 박혀 있는 사람이 눈에 들어왔다.

"귀신 아니냐? 눈이 움푹 들어갔군!"

이때 노부인의 마음속에 경자년(庚子年)*의 일이 떠올랐다. 두 팔이 거꾸로 묶이고 칼이 번득이자 둥근 머리통이 길옆으로 데굴데굴 굴러갔다.

---

* 여기서 경자년이란 1900년을 말한다. 의화단(義和團) 운동이 당시 중국 북방에서 고조에 달해 청나라와 열강이 연합하여 개전하여 8개국 연합군이 베이징 쯔진청 황궁을 점령했다. 그 결과 이듬해(신축년) 9월 중국은 11개국으로 구성된 국가와 치욕적인 〈신축조약〉을 체결한 바 있다.

머리통에서는 김이 무럭무럭 났다.

"귀신은 무슨 귀신이야! 이분이 예수야."

뉴뉴가 바로잡아 주었다.

"우리 모두 죄를 지었는데 예수가 죽음으로써 우리가 구원을 받았대. 이거 봐!"

뉴뉴는 노부인의 안색은 아랑곳하지 않고 열심히 표지를 가리키며 말했다.

"이것은 예수가 십자가에 못 박혀 죽은 모습을 그린 거예요. 우리 모두 기독교를 믿어야 한대요."

뉴뉴는 낮에 들었던 말을 엄마에게 말해 주었다. 하지만 이 말이 노부인의 심중에 일으킨 공포에 대해서는 조금도 알지 못했다.

"나는 안 믿는다. 나보고 뭘 믿으라고? 기독교 신자가 되면 의화단으로 몰려서 목이 잘리는데도? 그리고 야만적인 외국 군대를 불러와서는 베이징을 소란스럽고 불안하게 만들어 내가 거의 죽을 뻔했지만 나는 여전히 늙은 목숨을 소중히 여긴단다. 뉴뉴, 다시는 가지 마라, 알았지? 또 가면 앞으로 어느 집도 널 데려가지 않을 거다."

이렇게 말하면서 노부인은 손을 뻗어 작은 책자를 빼앗았다.

뉴뉴는 생동적인 흉내로 노부인을 웃기는 데 성공하는가 싶더니 이내 그녀를 전율에 떨게 만들었다. 그녀는 모욕감을 느꼈다. 외부 사람들은 자신을 그토록 치켜세우며 살뜰하게 대하는데 엄마가 자신의 자존심을 건드리는 것 같았기 때문이다. 뉴뉴는 필사적으로 작은 책자를 껴안고 입을 삐죽 내밀며 방안으로 들어갔다.

딸의 뒷모습을 바라보던 노부인이 고개를 흔들며 말했다.

"네가 뭘 안다고? 내가 너보다 소금을 더 먹어도 몇 근은 더 먹었어!"

그녀는 허리를 굽혀 찜 솥의 수증기 소리를 들었다. 찜 솥에서 나오는 수증기가 바람 맞은 갈대처럼 '사사'거리는 소리를 냈다. 그녀는 또 늙은 코로, 풀 먹인 종이를 바른 솥에서 냄새를 맡아 보고 옥수수빵이 얼마나 익었는지 알아보려고 했다. 그녀가 대충 시간을 계산하면서 김이 솥에서 올라오기를 기다렸다. 이때 숯을 파는 사람이 마침 대문 입구에서 소리치며 지나갔다. 온 하늘에는 별이 총총 떠 있었다. 다 익었겠지? 하지만 두 모녀 중 어느 누구도 자신을 지나치게 신임하는 것을 원하지 않았다. 아무튼 고개를 끄덕이고는 노부인이 어색하게 말했다.

"좋아, 됐어."

한참 동안이나 갑갑해하던 찜통이 열렸다. 옹기종기 모여 있는 예닐곱 개의 황금빛 옥수수빵이 작은 방안을 무럭무럭 나는 수증기로 가득 채웠다. 너무 일찍 열었는지 옥수수빵들이 끈적끈적 달라붙었다. 호호 불면서 빵을 입 안에 집어넣은 모녀는 어느 누구도 원망하지 않았다. 학교 사환이 성질을 부릴 때 모녀는 고개를 숙이고 참고 견뎌냈으며 호흡을 멈추고 사환의 거친 말을 들었다.

그래서 노부인이 온화하게 물었다.

"뉴뉴, 옥수수 빵이 익었는지 맡아 볼래?"

뉴뉴는 대답하지 않고 방 안의 온돌에서 오열을 참고 있었다.

성 모퉁이에 있는 동정교당(東正敎堂)*의 저녁종이 울렸다. 크고 검은 그림자가 문턱을 넘어서자 작은 방에서 황금색 간이 만찬이 우아한 등불

---

* 동정교는 중·러 야크사(雅克薩, Yaksa) 전쟁 이후 러시아 전쟁 포로 '알바진(阿爾巴津)' 사람을 따라 함께 중국에 들어왔다. 1710년 강희(康熙) 황제는 특별히 후자위안후퉁(胡家園胡同)에 있는 관제묘(關帝廟)를 교당으로 개조하여 알바진 사람이 사용하도록 비준했다. 이것이 바로 북관(北館)이다. 북관이 건립된 뒤 오래지 않아 러시아에서는 중국에 동정교 베이징 전도단을 파견하여 동정교 사업과 중국과 유럽에 대한 정보 수집에 종사하게 했다.

아래에서 거행되었다. 관례대로 하루 종일 수고한 남자 앞에 요리 한 접시가 놓여 있었다. 노부인이 김이 무럭무럭 나는 콩국을 녹두색 사기그릇에 한 그릇씩 담아 놓으면, 뉴뉴가 그것을 온돌 중앙의 작은 식탁 위에 가볍게 올려놓았다. 그러고는 아들의 수다가 시작되었다. 학당 사람들과 함께 톈안먼 집회에 참가했다는 둥, 자신이 작은 깃발에 풀을 붙였다는 둥, 재무장이 빗자루를 사면서 가짜 장부에 적었다는 둥, 똥보 교장이 학생 제복의 재료로 외투를 만들었다는 둥 이런 저런 얘기를 늘어놓았다.

여기까지 말하고 아들은 엄마에게 물었다.

"리(李) 선생님 두루마기는 얼마나 만들었어요, 엄마? 오늘 유리를 닦고 있는데 제게 묻더라고요."

학교 사환 징룽(景龍)은 늘 바느질감을 가져와 생활비에 보태 쓰도록 했다.

"옷깃을 아직 꿰매지 않았어."

노부인이 밥그릇을 내려놓으며 말했다. 그리고 한 마디를 더 보탰다.

"뉴뉴가 반나절이나 나갔다 오는 바람에 한 바늘도 꿰매지 못했어. 내 노안은 이제 쉴 때가 되었나 보다."

오늘 저녁에 징룽은 뉴뉴에게서 이상한 낌새를 챘다. 평상시라면 뉴뉴는 작은 눈망울을 굴리며 오빠가 또 어떤 '혁명가'에 관한 이야기를 들었는지 꼬치꼬치 캐물었을 것이다. 그런데 오늘밤에 뉴뉴는 말 한 마디 없이 발을 온돌 위로 뻗은 채 입을 밥그릇에 대고는 신 콩국을 작은 배 안으로 흘려 넣었다. 옥수수 빵은 반 개도 다 먹지 않았다. 묻지도 않고 웃지도 않았다. 이마 아래로 드리운 앞머리 뒤에서 퉁퉁 부은 두 눈이 붉어져 있었다.

징룽은 자신의 누이동생을 사랑하여 어느 누구도 그녀를 괴롭히지 못하게 했다. 그가 가난하다고 얕보면 안 된다. 그는 고귀한 생각을 가지고 있었다. 그는 항상 뉴뉴에게 알려줬다.

"뉴뉴야, 오빠가 출세하면 제일 먼저 해야 할 일이 너를 학당에 보내는 거야. 네가 몇 년 동안 고생하며 양말 목을 기웠으니 그 놈의 명주 양말을 사다 줄게. 입을 꾹 다물고 견디다 보면 가난한 사람이 일어설 날이 꼭 오고 말 거야. 학교 선생님들이 강연에서 '미래는 우리 가난한 사람의 세상이다'라고 말했거든."

언젠가 딱 한 번 그의 누이동생이 다른 사람에게 괴롭힘을 당한 적이 있었다. 학당에서 칠판을 지우다가 누이동생 소식을 들은 그는 온몸에 분필가루를 묻힌 채 급히 집으로 돌아와 그 사람과 한바탕 싸움을 벌였다. 오늘밤에는 누가 또 누이동생을 속였을까 하는 마음에서였다.

"뉴뉴, 무슨 일이야?"

뉴뉴는 고개를 숙인 채 아무 말도 하지 않았다. 그렁그렁한 눈물이 마치 연약한 나뭇가지 위에 앉은 작은 새처럼 톡 건드리면 떨어질 것만 같았다.

"말해 봐, 뉴뉴."

그는 남자의 야성을 발휘할 때가 되었다는 듯, 젓가락을 내려놓고 소매를 말아 올리며 말했다.

"우리가 가난하다고 해서 억울함을 당할 순 없지. 말해 봐, 그놈을 끝장내 줄게!"

더러운 말로 욕을 하며 원한을 풀려고 하자, 다급해진 노부인이 성난 목소리로 말했다.

"욕을 하더라도 똑똑히 들어 보고 해!"

엄마는 아들의 편애를 나무랐다. 방금 전 뉴뉴에게 참았던 노기가 한꺼번에 발작했다.

"억울한 일 없어, 이런 말괄량이 같으니라고! 해가 중천에 있을 때 나가서 해질 무렵이 되어서야 얼굴을 내밀다니, 늙은이를 집 안에 내버려 두고 말이야. 내가 두어 마디 했다고 저렇게 입을 삐죽거리고 있구나."

집안일이라는 것을 알고 마음 편하게 젓가락을 든 징룽이 얼굴을 돌리며 호되게 물었다.

"뉴뉴야, 너 어디 갔었어? 집을 나가서 반나절 만에 돌아오다니?"

아들의 갑작스럽고 호된 질책은 적어도 노모에게는 심신 안정제였다.

"구세군, 구세군에 갔었어."

뉴뉴가 머리를 숙인 채 대꾸를 했다.

"거긴 뭐 하러 갔어? 온종일 드럼을 치며 소란이나 피우는 미친 귀신들이 가난한 중국 사람을 고용해서 원숭이처럼 부려먹는데. 상하이의 외국 병사들이 총을 쏴서 오십여 명을 죽였어. 결국 그 새끼들이 육전대(陸戰隊)를 상륙시켰지. 흥, 호랑이가 염주를 걸친 격이지, 무슨 세상을 구한다고 지랄들이야."

이때 그는 지난번 학교에서 큰 깃발을 들고 시위에 나섰다가 톈안먼 천막 밑에서 자주 들었던 말이 기억났다.

"그들은 제국주의자들이야. 한 손에는 총을 들고 있고 다른 한 손에는 혼을 빼앗는 탕약을 들고 있단 말이야. 우리 피를 빨아 마시고 우리 영혼을 훔치려는 거지. 뉴뉴야, 차라리 석탄 부스러기를 주울지언정 그들에게 짓밟혀서는 안 돼. 알아들었어? 다시는 가지 마!"

노부인의 마음이 편안하고 고요해졌다. 노부인은 기세를 몰아 뱃속에 든 옛 이야기를 끄집어내기 시작했다. 경자년에 시스쿠(西什庫)*의 불길이

---

* 시스쿠는 명대 정통(正統) 연간에 건립되었다. 명대에 난징에서 베이징으로 수도를 이전할 때 황실의 수요를 만족시키기 위해 황성 안과 쯔진청 밖에 각종 기구, 창고, 공방 등을 설치했다. 지금은 시스쿠다제(西什庫大街)라는 거리 이름만 남아 있다.

왕성하게 치솟았던 일, 8개국 연합군이 베이징을 약탈했던 일, 집집마다 '대일본순민(大日本順民)'이라고 적힌 작은 백기를 걸어 두었던 일 등등.

"그때 내 나이 겨우 열여덟이었어."

한마디로 노부인은 구두선(口頭禪)을 즐겨 되풀이하곤 했다. 노부인이 '어떻게 피난했는지'에 대해 이야기하고 있을 때 하루 종일 책걸상을 나른 사환이 하품을 하기 시작했다. 작은 식탁을 내려 벽 구석에 세우고는 세 식구 모두 각자의 자리에 쓰러져 그다지 유쾌하지 않았던 하루를 마감했다.

얇은 이불 속에 웅크리고 있던 뉴뉴는 그래도 복종하지 않았다. 이처럼 케케묵은 이야기로 인해 뉴뉴의 작은 뇌에서는 대낮에 있었던 좋은 분위기를 엮어내지 못했다. 오늘 밤 벽에 기대어 잠자는 오빠의 코 고는 소리는 그녀의 환상 속에서 노란 깃발 뒤의 커다란 드럼소리처럼 들렸다. 노부인의 간헐적인 기침 소리는 낭랑한 방울 소리처럼 들렸다. 딱딱한 온돌 위에 누워 있었지만 뉴뉴는 마치 대대 중간에 서서 걸어가는 느낌이 들었다. 오빠는 노랑머리 귀신에 대해 나쁘게 말했다. 그 여자 선교사는 희고 가늘고 긴 손가락을 가지고 있었고 베이징 토박이들이 쓰는 말을 구사했다. 대대를 따라 '천주당' 안에 들어갔을 때 뉴뉴는 부끄럽고도 기뻤다. 그 '천주당'은 너무나도 아름답게 꾸며져 있었다. 붉은색 유리와 푸른색 유리 등 온갖 색상의 유리가 마치 신선 세계에 들어온 듯한 황홀감을 안겨 주었다. 교회당에 걸린 산뜻하고 아름다운 만국기가 펄럭이며 소리를 냈다. 제복을 입은 노랑머리 남자는 우렁찬 목소리로 사람들을 지휘하며 노래 불렀다.

뉴뉴는 몸을 뒤척이며 잠을 이루지 못했다. 딱따기 소리가 났다. 훈툰(餛飩)을 사라고 외치는 소리가 도박꾼들의 노름을 멈추게 했다.

뉴뉴는 눈을 크게 뜨고 아랫입술을 깨물며 생각했다. 내일 정말 가지 않는다면 내가 제일 먼저 미안해해야 할 사람은 바로 그 '가늘고 긴 손가락과 금발을 가진' 여자 선교사다. 여자 선교사는 아름다운 소책자를 주머니에 넣어 주면서 이렇게 말했다.

"내일은 더 좋은 책을 드릴게요. 오늘은 다 나갔어요."

그 금발의 여인은 매력적인 미소를 띠고 있었고 떠날 때는 낮은 목소리로 말했다.

"기억하세요, 자매님은 하나님의 것이에요."

그것은 엄숙한 말이었다. 뉴뉴는 그녀의 표정을 보고 그것이 엄숙한 말이라는 것을 알았다. 생각을 거듭하던 뉴뉴는 벽에 기대 자고 있는 '드럼'에게 다소 원한이 생겼다. 쥐쯔의 말에 따르면 '천주당' 사람들은 모두 온화한 사람들이었다. 그 금발의 여자 선교사를 본 후로는 그 말을 믿게 되었다.

꿈속에서 뉴뉴는 단정한 회색 목면 치마를 입고 쥐쯔처럼 큰 소리로 성경을 읽고 있었다. 피아노용 걸상에 앉은 사람은 뉴뉴의 엄마 같았지만 그 모습이 너무 흐릿했다.

깨어났을 때 뉴뉴의 눈은 퉁퉁 부어 있었다. 어젯밤 한바탕 울음을 터뜨린데다가 잠도 이루지 못했기 때문이다.

평상시라면 뉴뉴는 작은 석회 화로에 불을 붙여 세숫물을 데우고, 밀가루 떡을 사오고, 오빠를 일곱 시 반까지 학교에 보내야 했다. 그리고 점심거리를 사온 뒤에는 온돌가에 앉아 노부인을 모시고 바느질을 해야만 했는데 엄마가 바느질을 하다가 눈이 피로해지면 그걸 받아서 대신 마무리를 했다. 그리고 입에서 나오는 대로 노랫가락을 흥얼거렸다. 가끔은 눈이 나쁜 노부인을 놀리며 말할 때도 있었다.

"엄마, 엄마, 우리 바꿔서 해요. 엄마가 양말 목을 깁고 제가 단추를 달게요."

노부인은 급히 바느질거리를 가슴에 끌어안으며 말했다.

"나는 너희들처럼 기계로 짜는 일은 하지 않아. 나는 케케묵은 사람이라서 두루마기를 만드는 것이 좋아. 양말은 너희 같이 젊은 사람들이 신는 것이니 젊은 네가 만들어야지."

맹인 점쟁이가 작은 징을 치면서 지나갔다. 11시가 되었다. 뉴뉴가 양말을 한쪽으로 밀어 놓고 입을 열었다.

"엄마, 내 일감은 건드리지 마세요. 잘못되면 보상해야 해요."

이렇게 말한 후 뉴뉴는 바깥방으로 가서 점심을 차리기 시작했다.

오늘따라 뉴뉴는 고분고분하지 않았다. 뉴뉴는 불을 피울 기분이 나지 않았다. 그래서 오빠는 바삭거리는 샤오빙(燒餅)*을 삼킬 수가 없었다. 양말을 들어 다시 바느질을 시작하려고 할 때 뉴뉴는 고통스러운 생각에 빠지고 말았다. 어제 쥐쯔가 한 말이 떠올랐던 것이다.

"흥, 한 타스 바느질해 봐야 겨우 푼돈인 걸. 두 손이 닳도록 한 달 내내 해봤자 3위안밖에 더 벌겠어? 이곳에서는 1년에 새 옷 두 벌 만드는데 한 달에 6위안 받아. 이후에는 더 오를 거야. 지금 나보고 고린내 나는 양말목을 다시 기우라고 하면 절대 하지 않을 거야. 내 손은 태어날 때부터 하느님을 위해 일하는 손이었거든. 하느님을 대신해 드럼을 치며 복음을 전하는 거지."

이처럼 감동적인 말을 떠올리고 보니 온종일 일해도 끄떡없던 손이 갑자기 시큰거리며 아프기 시작했다. 온돌 위에 앉은 뉴뉴는 가끔씩 창밖으로 머리를 내밀었다. 어제의 찬란했던 모습이 눈앞에 떠올랐다. 뉴뉴는 오빠가 미웠고 맞은편에 앉아 있는 엄마도 원망스러웠다.

오후에 저녁거리를 사 들고 돌아왔을 때 먼 곳에서 북소리가 둥둥 울렸

---

* 밀가루를 원형이나 사각형으로 반죽한 다음 표면에 참깨를 뿌려 구운 빵의 일종

다. 북소리에 뉴뉴의 두 뺨이 붉어지고 심장이 부풀어 오르기 시작했다. 둥둥, 커다란 드럼 소리. 둥둥, 가지런한 대열. 둥둥, 들뜬 노랫소리. 둥둥, 가늘고 길고 흰 손가락, 온화한 말소리. 둥둥, 드럼 치는 소리가 점점 가까워져 마치 '영광스러운' 노래를 듣는 듯했다. 그것은 쥐쯔의 날카로운 목소리 같았다. 뉴뉴는 초조해졌다. 딱정벌레 한 마리가 뉴뉴의 가슴속에서 초초하게 기어 다녔다. 뉴뉴는 손에 뒤엉켜 있는 실을 입으로 끊어 버렸다. 고개를 들자 감시하는 노부인이 쳐다보고 있었다. 뉴뉴는 동물원 우리에 갇힌 사람처럼 불안해지기 시작했다. 둥둥. 뉴뉴는 북소리가 가까워질수록 기뻤다. 뉴뉴의 심장이 더 세게 뛰기 시작했다. 뉴뉴는 웃음을 지었다. 시기하는 바늘이 기세를 몰아 뉴뉴의 식지를 찔렀다. 뉴뉴는 선혈이 흘러나오는 손가락을 꽉 물었다. 둥둥. 북소리가 시위라도 하듯 더욱더 가까이 들렸다. 북소리가 점점 세게 울리자 뜰 안의 개도 짖기 시작했다.

더 이상 참을 수가 없었던 뉴뉴는 온돌 자리 밑에서 아름답고 작은 책자를 꺼내며 말문을 열었다.

"엄마, 한번 가봐야겠어요"

뉴뉴가 몸을 돌리며 말했다.

"네가 감히! 뉴뉴야, 네 오빠가 말했잖아. 우리 조상 중에 부덕한 분이 없는데 네가 왜 기독교를 믿니?"

노부인은 눈물로 호소하며 뉴뉴의 윗옷 뒷자락을 잡아당겼다.

이때 북소리와 노랫소리가 그들의 작은 집을 에워싸는 것 같았다. 차차차 하는 소리는 수많은 사람이 어깨를 스치며 뒤따라가는 소리다. 쥐쯔의 노랫소리가 귀에 들리는 듯했다.

"한 달에 6위안이야."

그리고 그 선교사의, 최면을 거는 듯한 목소리도 들렸다.

"당신은 하나님의 것입니다."

거의 미칠 지경이 된 뉴뉴가 어깨를 꽉 잡은 거센 손을 뿌리쳤다. 뉴뉴는 노부인의 품을 빠져나와 곧장 문밖으로 뛰어나갔다.

"저런 미친년, 말괄량이 같으니, 무정한……."

하지만 뉴뉴는 이미 대문을 뛰쳐나왔다. 대대는 벌써 한 블록 앞을 지나가고 있었다. 멀리서 보니 어깨 위로 깃발을 들고 북을 치는 기세가 갈수록 위풍당당해지고 있었다. 뉴뉴는 숨을 헐떡이며 뒤를 따랐다.

노부인은 멋대로 욕설을 퍼부었다.

"염치를 모르는 나쁜 년, 의화단(義和團)이 다시 봉기하면 내가 가장 먼저 들어가 네 년부터 없애 버릴 거다."

말괄량이는 날이 어두워져도 돌아오지 않았다.

노부인은 급한 일을 마무리한 뒤 낡은 목도리를 두르고 문턱에 앉았다. 노호하는 북풍이 불어 그녀를 부들부들 떨게 만들었다. 그녀는 마치 어두운 하늘을 원망하듯 멍청히 앉아 있었다.

"네가 팔자 사나운 노인네를 얕보다니. 딸 하나도 남겨 두지 않겠다는 거냐?"

거대한 그림자가 혁명군 행진곡을 흥얼거리며 다가왔다. 그는 웅크린 노부인의 검은 그림자를 보고는 깜짝 놀라고 말았다.

"엄마, 날씨도 차가운데 여기서 뭐해요?"

그는 손을 뻗어 늙고 여윈 엄마의 몸을 부축했다.

"정말 춥구나. 내가 얼어 죽어야 딸년이 통쾌할 테지."

노부인은 일어서려는 기색을 보이지 않았다.

"뉴뉴 때문에 또 화났어요? 병이 다시 도지지 않도록 조심하세요."

"뉴뉴 년이 컸다고 말도 안 듣고 날 버리고 기독교 신자가 되다니. 때가 되었는데도 코빼기도 보이지 않고."

"뭐라고요? 뉴뉴가 또 나갔어요?"

사환은 그제야 문제의 심각성을 깨달았다.

"내가 너무 늙어서 뉴뉴를 붙잡지도 못했다. 너는 오빠잖니? 뉴뉴가 죽음을 자초하게 해서는 안 된다."

"엄마, 일어나요."

아들은 힘껏 노부인을 일으켜 세웠다.

"일단 방으로 들어가세요, 제가 찾아볼 테니. 뉴뉴가 어느 구세군으로 간다고 했어요?"

"화파이러우(花牌樓) 밑에 새로 지은 회색 건물이 하나 있어. 길 동쪽에."

사환이 한 마디를 내뱉었다.

"기다리고 계세요."

사환은 날랜 걸음으로 남쪽을 향해 떠났다.

밤 빛이 삼켜 버린 검은 그림자를 바라보며 집 안으로 들어가던 노부인이 이렇게 중얼거렸다.

"됐어, 아들도 떠나 버렸어. 팔자 사나운 사람만 홀로 남겨 두고."

사환은 눈을 똑바로 뜨고 화려한 교회당 안으로 들어갔다. 저녁 기도가 방금 끝난 교회당 안에는 의자가 어수선하게 널부러져 있었고 교회당 사환이 마침 설교용 괘도를 벽에서 떼어 내고 있었다. 괘도 위에는 '뱀에 감긴 사람'의 모습이 그려져 있었다. 학교와 마찬가지로 교회당 안에도 수많은 표어가 벽에 걸려 있었다. 하지만 징룽은 그것을 볼 겨를이 없었다. 그는 교회당 입구에서 괘도를 말고 있는 사환에게 큰 소리로 물었다.

"여보세요, 사환, 저의 누이동생은 어디에 있나요?"

아마 이 호칭이 너무나도 제멋대로였나 보다. 교회 사환은 그에게 눈길도 주지 않은 채 입을 열었다.

"나가요, 떠들지 말고. 다른 사람들이 회개하고 있잖아요."

"고생하십니다."

사환은 온화한 말의 장점을 알고 있었다.

"제 누이동생을 찾으러 왔어요."

"이곳은 교회당입니다. 당신 누이는 이곳에 없어요. 나가요, 사람들이 회개를 하고 있다니까요."

"제 누이가 없는지 당신이 어떻게 알죠? 제가 찾아볼게요."

학교 사환은 성큼성큼 안으로 걸어 들어가 기름칠로 매끈해진 마루를 탁탁 밟았다.

물론 이런 행동은 교회당 사환의 화를 불러 일으켰다.

"여보시오, 어디서 왔소? 당신 누이는 여기 없다고 말하지 않았소?"

학교 사환은 그를 아랑곳하지 않았다. 그리고 가슴을 활짝 펴고는 강단 옆의 작고 푸른 문을 향해 걸어갔다. 교회당 사환은 놀라 허둥지둥하며 분노했다. 낯선 사람의 황당한 행동이 그의 밥그릇을 위협했을 것이다.

교회당의 '회개' 의식은 대단히 엄숙하다. 이 의식은 구세군에 들어갈 때 하는 최초의 선서로 자신을 하느님께 바치겠다고 대답하는 것이다. 선서한 사람을 교회당에서는 '전도 사업의 열매'라고 부른다. 이러한 열매 중에는 '설교 뒤에 감동을 받는' 청중도 있다. 그러나 대부분은 구세군의 권유와 인도로 비롯한다. 쥐쯔는 바로 이러한 사명을 맡은 사람이다. 쥐쯔가 '열매'의 숫자로 자신의 전도 사업 능력을 증명할 수 없다면, 쥐쯔의 지위는 열매를 맺지 못한 꽃처럼 시들어 버릴 것이다. 그래서 날마다 쉬 군관(徐軍官)이 설교를 마치면 쥐쯔는 여성 청중 사이를 돌면서 영리한 말로 '회개' 의식에 참여하도록 권유하는 것이다. 쥐쯔는 인내심이 있는 사람이다. 한 중년 여성이 주저하고 있을 때 쥐쯔는 미소를 지으며 그녀를 격려하고 아울러 수많은 장점을 말하면서 그녀의 '남편'이 반드시 동의해야 한다고 말했다. 고집스러운 노부인이 경계하는 눈빛으로 머리를 흔들며 "그래도 조왕신이지"라고 말할 때마다 쥐쯔는 조금도 화내는 기색 없이 미소 지으며 옆 사람에게 걸어갔다.

이때 작고 푸른 문 안에서 '열매'가 회개하고 있었다. 조용하고 엄숙해야 하는 곳이다. 교회당 사환은 빠른 걸음으로 계단에서 뛰어내려와 작고 푸른 문 앞을 막아섰다.

"비켜요, 건달 같으니라고. 이곳은 교양이 있는 곳입니다."

"문명한 곳? 누이동생이 당신의 문명한 곳에 빠져서 집에도 오지 않는데?"

교회당 사환이 푸른 문 앞을 가로막는 것을 본 징룽은 누이동생이 갇혀 있는 것이 분명하다고 단정했다.

직업이 비슷한 두 사람이 싸우는 소리가 안에서도 들렸다. 회개를 집행하는 사람은 중간에 의식을 그만두고 싶지 않아 아무런 간섭도 하지 않았다. 이때 학교 사환이 절제하지 못하고 폭력을 휘두르자 푸른 문이 왈칵 열리고 말았다. 겨자색 나사 제복을 입고 손에는 금빛 찬란한 책을 든 서양 사람이 나왔다. 가슴을 펴고 콧등의 안경을 올린 서양인은 극히 불쾌한 안색으로 교회당 사환에게 물었다.

"어이, 무슨 일이지? 쉬(徐) 군?"

놀란 사환이 두 걸음 물러서며 징룽에게 대답했다.

"야곱 군관님, 저 사람, 거리의 부랑자······."

이 말을 들은 징룽은 다짜고짜로 교회당 사환의 멱살을 잡았다.

"제기랄 네가 불량배지."

학교 사환이 날래게 치려고 했다.

군관은 두 사람 사이에 끼어들었다.

"오빠, 손대지 마세요."

익숙한 여자 아이의 목소리가 거칠고 큰 손바닥을 막았다. 징룽은 교회당 사환의 멱살을 놓아주었다. 여섯 개의 이상한 눈이 일제히 푸른 문 쪽으로 쏠렸다.

뉴뉴였다. 학교 사환은 자신의 누이동생이 반 자 높이의 작은 강단 앞에 경건하게 꿇어앉아 있는 모습을 보았다. 그 옆에는 분으로 얼굴에 떡칠을 한 서른 살 내외의 부인이 있었다. 강단 모퉁이에는 12, 13세가량 되어 보이는 남자 아이가 어수룩한 모습으로 꿇어앉아 있었다. 두 눈을 똑바로 뜨고 앞을 바라보았고 모두 똑같은 자세를 취하고 있었다. 두 손은 강단 쪽으로 뻗었다.

낯선 사람을 호되게 책망하려던 야곱 군관은 이 야인과 눈앞의 '열매'의 관계를 파악하고선 털이 더부룩한 손으로 학교 사환의 어깨를 가볍게 쳤다. 그리고 능숙하지만 외국 말투가 섞인 어조로 인자하게 말했다.

"형제님, 이분이 당신의 누이동생이라면 우리도 친구요."

학교 사환은 누이동생을 매섭게 노려보았다. 어깨 위에 손바닥이 있음을 알고는 얼굴을 돌려 형형한 눈빛으로 말했다.

"너어? 누가 너 같은 놈과 친구래? 너, 중국인을 꼬드겨 아이들이 일과 엄마를 팽개치고 이곳에 오게 만들고 소란을 피우다니."

그는 높디높은 코를 손가락으로 가리키며 말했다.

그런 연후에 한걸음에 뛰어 들어가 벌벌 떨고 있는 뉴뉴의 어깨를 끌면서 말했다.

"가자, 파렴치한 년 같으니. 엄마는 아직도 문턱에 앉아서 널 기다리고 있어.”

눈이 휘둥그레진 뉴뉴는 어린 노예처럼 겨자색 나사 제복의 구리 단추를 바라보고 있다.

“여보, 형제님, 뉴뉴는 우리 사람이오.”

야곱 군관이 달려가 뉴뉴의 어깨를 잡으며 학교 사환에게 정중하게 말했다.

“뉴뉴가 회개 의식을 마치면 당신을 따라갈 거예요. 문밖에서 잠시 기다리세요.”

야곱 군관이 손으로 푸른 문을 가리키며 그에게 나가라는 의사를 표시했다.

하지만 이 때문에 학교 사환은 더욱 화가 났다. 원래는 변변치 못한 누이동생을 집으로 데려가 가르치려고 했다. 그런데 상황이 심각해졌다. 백면서생이 날마다 타도하자고 외치는 제국주의가 바로 그의 눈앞에 서 있는 듯했다. 그의 눈에서 불꽃이 일어났다. 그는 극심한 모욕감을 느꼈다. 그는 복수의 기회를 찾았다. 뉴뉴의 어깨를 잡고 있는 ‘털이 더부룩한’ 두 손이 마치 민족의 목구멍을 누르고 있는 폭력처럼 느껴졌다. 그는 한 손으로 그 손을 떼어 놓은 다음 곧이어 겨자색 나사 제복의 앞가슴을 손바닥으로 세게 밀어 버렸다.

야곱 군관이 비틀거리며 강단 아래로 넘어졌다.

“어, 어, 중국인 주제에.”

그는 흐트러진 머리를 걷어 올린 후 아래턱을 만졌다. 암흑의 대륙에서 선교한 지 6년이 되었지만 이런 경우를 당한 건 처음이었다. 그는 머리를 갸우뚱거리며 몸을 일으킨 다음 이렇게 소리쳤다.

“쉬 군, 순경을 불러와, 도둑이 있다고 해.”

쉬 씨가 몸을 돌려 나가려 하자 학교 사환이 그의 다리를 걸어챘다. 그는 흐물흐물 쓰러져 버렸다.

"그만, 그만!"

뉴뉴가 무릎으로 컴퍼스 모양을 만들어 반 바퀴 돈 다음 눈물이 그렁그렁한 눈을 크게 뜨고 애원했다.

"군관님, 제 체면을 봐서라도 오빠를 용서해 주세요. 오빠, 그러지 마세요. 오빠가 사과하면 끝나는 일이에요."

"사과하라고? 니미럴, 파렴치한 년이 말도 잘하네. 어서 일어나 가지 않을 거야?"

그는 한 손으로 뉴뉴를 끌면서 경멸스러운 눈빛으로 말했다.

"나와 함께 가자! 내 누이동생이 누구의 것인지 보여 주마."

뉴뉴는 벌벌 떨면서 어찌할 바를 몰랐다. 뉴뉴는 서글픈 눈빛으로 방금 낭랑한 목소리로 기도하던 군관을 바라보았고 놀라서 사색이 된, 함께 회개하던 동료를 바라보았다. 하지만 학교 사환은 그 억센 손으로 뉴뉴의 어깨를 잡고 뉴뉴를 교회당 밖으로 끌어냈다.

북풍이 아직도 노호하고 있었고 화파이러우 아래의 가로등이 명멸하고 있었다.

1935년 1월 29일 베이핑도서관 주방에서

손

샤오훙

우리 학우들 가운데 이런 손을 가진 사람은 본 적이 없었다. 쪽빛 같기도 하고 까만 것 같기도 하고 보라색 같기도 했다. 손톱부터 팔까지 온통 물이 들어 있었다.

그녀가 처음 왔을 즈음 우리는 그녀를 '괴물'이라 불렀다. 수업이 끝나면 학우들은 마루로 달려가 그녀를 둘러쌌다. 하지만 그녀의 손에 대해서는 아무도 물어보는 사람이 없었다.

교사가 출석을 부르면 우리는 참지 못하고 웃음을 터뜨렸다.

"리제(李潔)!"

"예!"

"장추팡(張楚芳)!"

"예!"

"쉬구이전(徐桂眞)!"

"예!"

한 명씩 신속하게 일어났다가 다시 앉았다. 하지만 왕야밍(王亞明)의 이름이 불릴 때는 시간이 걸렸다.

"왕야밍, 왕야밍 …… 널 부르고 있잖아!"

그녀는 다른 학우가 다그쳐야 자리에서 일어섰다. 그리고 푸르스름한 두 손을 곧게 내리고 어깨를 축 늘어뜨린 채 천장을 보며 대답했다.

"예, 예, 예."

학우들이 웃든 말든 그녀는 조금도 당황하지 않고 의자 움직이는 소리를 내며 엄숙하게 천천히 앉았다.

하루는 영어 수업 시간에 영어 선생님이 너무 웃은 나머지 안경을 벗고 눈을 비비고 있었다.

"학생은 다음부터 '헤이얼(黑耳)'이라고 대답하지 말고 '예(到)'라고 대답하거라!"

반 학우들이 한바탕 웃음을 터뜨렸는데 그 소리가 어찌나 컸던지 마루가 울릴 정도였다.

다음날 영어 수업 시간에도 우리는 '헤이얼(黑耳)──헤이(黑)──얼(耳)'이라고 대답하는 소리를 들었다.

"전에 영어 안 배웠니?"

영어 교사가 안경을 고쳐 쓰며 말했다.

"그게 영어 아닌가요? 배우긴 배웠어요. 곰보 선생님이 가르쳤어요. …… 연필을 '펜슬'이라고 하고 펜을 '펜'이라고 한다는 건 배웠지만 '헤이얼'을 뭐라고 하는지는 배우지 않았어요."

"here는 '여기'라는 뜻이란다. 읽어 봐. here, here!"

"시얼, 시얼"

그녀는 또 "시얼"이라고 읽었다. 그녀가 괴상하게 읽는 바람에 강의실은 또다시 웃음바다가 되고 말았다. 하지만 왕야밍은 태연하게 자리에 앉은 다음 푸르스름한 손으로 책장을 넘기며 낮은 목소리로 읽기 시작했다.

"화티 …… 쩨이쓰 …… 아얼 ……."

수학 시간에 계산 문제를 읽을 때에도 똑같은 식이었다.

"$2x+y=$ …… x^2 ……."

점심 시간에 그녀는 푸르스름한 손으로 만두를 집어 들고 '지리' 교과서를 생각한다. "멕시코에서는 백은(白銀)이 나고…… 윈난(雲南) …… 아, 윈난은 대리석."

또한 그녀는 밤에는 화장실에 숨어 책을 읽다가 날이 밝을 때쯤이면 계단 입구로 나와 앉는다. 조금이라도 밝은 곳이 있으면 그녀는 늘 그곳을 찾아다닌다. 하루는 새벽부터 대설이 내려 창밖의 나뭇가지가 온통 하얀 베 같은 이삭으로 뒤덮였을 때 기숙사 긴 복도 끝 창턱에서 누군가가 잠을 자고 있는 것 같았다.

"누구야? 이곳이 얼마나 추운데!"

마루를 밟는 내 구두 소리가 쿵쿵거리며 울렸다. 그날은 일요일 아침이었기 때문에 학교 전체가 유난히 조용했다. 어떤 학우들은 화장을 하고 있었고 어떤 학우들은 침대에서 잠을 자고 있었다.

아직 그녀 곁에 가지도 않았는데 나는 무릎을 덮은 책장이 바람에 펄럭이는 모습을 보았다.

"누구지? 일요일에도 이렇게 열심히 공부를 하고!"

그녀를 깨우려고 하는데 갑자기 푸르스름한 손이 내 눈에 들어왔다.

"왕야밍이군, 얘 …… 일어나!"

그녀의 이름을 직접 부르지 않았는데도 왠지 낯설고 어색한 느낌이 들었다.

"헤헤 …… 잠들었어!"

그녀는 말을 할 때마다 부자연스럽게 웃기 시작했다.

"화티 …… 쩨이쓰, 유 …… 아이 …… ."

그녀는 교재를 보지 않고 읽기 시작했다.

"화티 …… 쩨이쓰, 영어는 정말 어려워 …… 중국어 글자처럼 부수가 있는 것도 아니고. 무슨 변방이나 무슨 윗머리도…… 이 글자는 꼬부라진 것이 뱀이 머릿속에서 기어 다니는 것 같다니까. 기어 다닐수록 헷갈리고 기억도 되지 않아. 영어 선생님은 어렵지 않다고 했어. 어렵지 않다고. 그리고 내가 보기에는 너희들도 어려워하지 않는 것 같아. 내 머리가 둔한가 봐. 시골 사람 머리는 너희들 머리만큼 빨리 돌아가지 않거든. 우리 아버지는 나만도 못해. 젊었을 때 '왕(王)'자를 암기하는데 한 식경이 지나도 암기를 못했다고 하더군. 유 …… 아이 …… 유 …… 아얼 …… ."

한 마디를 마치더니 그녀는 마지막에 아무 관련도 없는 단어를 다시 읽기 시작했다.

벽에서는 팔랑개비가 펄럭펄럭 소리를 냈고 환기창에서는 가끔씩 작은 눈송이가 날아들어와 창턱에 물방울이 맺혔다.

그녀의 눈에는 온통 핏발이 서 있었다. 욕심과 억제가 푸르스름한 손과 마찬가지로 만족할 줄 모르는 그녀의 소망을 얻기 위해 안간힘을 쓰고 있었다.

구석진 곳에 등불이 있는 곳이라면 언제나 그녀를 볼 수 있었는데 마치 쥐가 무언가를 갉아먹고 있는 것 같았다.

그녀의 아버지가 처음 그녀를 보러 왔을 때는 통통해졌다고 했다.

"제기랄, 많이 먹어 통통해졌군. 이곳 식사가 우리 집 식사보다 좋은 모양이지, 그렇지? 잘해 봐! 3년 동안 공부하면 성인이 되지 않겠니? 인정이나 이치는 잘 알게 되겠지."

반 학우들은 1주일 내내 왕야밍 아버지의 흉내를 냈다. 그리고 또 한

번 그녀의 부친이 찾아왔을 때 그녀는 장갑을 요구했다.

"내 것을 네게 주마! 책 많이 읽고 공부 열심히 해. 장갑 말고 더 필요한 거 있니? 기다려, 급할 거 없어 …… 정 끼고 싶으면 이걸 한번 껴 보려무나. 나는 봄이 되면 문밖에 잘 나가지 않으니까 말이야. 밍쯔(明子)야, 겨울이 되면 다시 사자!"

접견실 입구에서 큰 소리를 지르자 학생들이 사방을 둘러쌌다. 그리고 아버지는 밍쯔야, 밍쯔야 하면서 집안 이야기를 꺼내기 시작했다.

"셋째 여동생이 둘째 이모 집으로 놀러 간 지 이삼 일이 되었단다. 살찐 돼지 새끼가 날마다 콩을 두 줌 이상 먹는데, 너는 그렇게 살찐 돼지를 본 적이 없지? 귀도 쫑긋 세우고 …… 언니는 집에 와서 파김치를 두 동이나 담았고 ……."

그가 땀을 흘리며 얘기하고 있을 때 여자 교장 선생님이 학우들 틈을 비집고 나와 말했다.

"접견실로 가서 좀 앉았다 가세요."

"아닙니다. 그럴 필요 없어요. 시간을 지체하면 안 돼요. 저는 기차를 타야 해요. …… 급히 돌아가야 합니다. 집에 있는 아이들도 안심이 안 되고 ……."

그가 가죽 모자를 손에 들고 여자 교장 선생님에게 고개를 끄덕이는데 머리에서 김이 났다. 그는 쫓겨나는 사람처럼 문을 열고 나가는가 싶더니 이내 몸을 돌려 장갑을 벗었다.

"아빠, 아빠가 끼세요. 저는 장갑을 껴도 소용없어요."

부친의 손도 푸른색이었다. 그리고 왕야밍의 손보다 더 크고 더 검었다.

신문 열람실에서 왕야밍이 내게 물었다.

"말해 봐, 그런 거야? 접견실에 앉아서 얘기하면 돈을 받아?"

"무슨 돈을 받아? 무슨 돈?"

"작은 소리로 말해. 학우들이 들으면 또 험담하잖아."

그녀는 손바닥으로 내가 읽고 있던 신문을 가리켰다.

"접견실에 들어가면 찻주전자와 찻잔이 놓여 있고 학교 사환이 차를 따라 준다고 아버지가 그러던데? 그리고 차를 따라 주면 돈을 내야 한다던데? 내가 아니라고 했더니 아버지는 믿지 않았어. 아버지는 '작은 가게에 들어가서 물 한 그릇을 마셔도 돈을 내야 하는데 학교에서야 더 말할 필요 있겠어? 이렇게 큰 곳인데!'라고 하셨어."

교장 선생님은 그녀에게 여러 번 이런 말을 했었다.

"네 손은 씻어도 깨끗해지지를 않니? 비누질을 많이 한 다음에 잘 씻고 뜨거운 물에 담가 봐. 아침 체조 시간에 손을 들면 전부 다 하얀데 너만 특별하잖아. 넌 정말 특별해."

여자 교장 선생님은 화석처럼 투명하고 창백한 손가락으로 왕야밍의 푸른 손을 만졌다. 그 모습은 무서워하는 것 같기도 하고 호흡도 멈춘 것 같기도 했다. 그녀에게 이미 죽어 버린 검은 새를 만지라고 하는 것처럼 보였다.

"색이 많이 엷어졌군. 손바닥의 피부를 볼 수 있으니 처음 왔을 때보다 많이 나아진 거야. 그때는 손이 강철 같았지. …… 수업은 따라갈 수 있겠니? 더 열심히 해. 앞으로 아침 체조 시간엔 나올 필요 없어. 학교 담이 낮잖아. 그리고 봄에는 산보하는 외국인들이 늘 담장 밖에서 지켜보잖아. 나중에 손이 깨끗해지면 그때 아침 체조 하러 나와."

교장 선생님은 그녀에게 아침 체조를 면제해 주었다.

"아버지에게 장갑을 사 달라고 했어요. 장갑을 끼면 안 보이겠죠?"

그녀는 책상 서랍을 열어 부친의 장갑을 꺼냈다.

교장 선생님은 웃다가 기침을 했다. 그리고 빈혈기 있는 얼굴에 홍조를 띠며 말했다.

"그럴 필요 없어. 장갑을 껴도 어울리지가 않아."

인공산 위의 눈이 녹기 시작했다. 학교 사환이 치는 종소리도 더욱 세졌다. 창 밖 버드나무의 싹이 트기 시작했다. 운동장에서는 연기를 뿜어냈다가 햇빛에 의해 증발되는 것 같았다. 아침 체조 시간에 지휘자의 호루라기 소리가 멀리 울려 퍼지면 창 밖 나무숲 속 어딘가에서 메아리가 되어 돌아왔다.

우리는 이리저리 뛰어다니며 마치 새들처럼 소란을 피웠다. 달콤한 공기가 우리를 감쌌고 나무 끝에서 불어오는 바람은 어린 싹의 향을 풍겼다. 겨우내 갇혀 있던 영혼이 면화처럼 활짝 펼쳐지는 것 같았다.

아침 체조가 끝나 갈 무렵 이층 창문에서 누군가가 무엇을 부르는 것 같았다. 그 소리는 공기에 실려 하늘로 날아가는 것 같았다.

"햇볕이 좋고 따스하네. 너희들 덥지? 너희들 ······."

싹을 틔운 버드나무 뒤쪽 창문 앞에 왕야밍이 서 있었다.

버드나무에서 푸른 잎이 자라 나오고 온 정원이 녹음으로 뒤덮일 때 왕야밍은 도리어 위축되었고 눈가가 녹색을 띠었으며 귀도 얇아지기 시작했다. 심지어 그녀의 어깨는 조금도 야성적이거나 강건해 보이지도 않았다. 그녀가 우연히 나무 그늘 아래에 나타났을 때, 나는 처지기 시작한 그녀의 가슴을 보고 곧바로 폐병 환자로 연상했다.

"교장 선생님은 내가 수업을 못 따라간다고 하시는데 그 말이 맞아. 정말 따라갈 수가 없어. 연말까지도 따라가지 못하면, 헤헤! 정말 유급되는 걸까?"

그녀는 말할 때 여전히 '헤헤' 하고 웃었지만 그녀의 손은 도리어 위축되기 시작하여 왼손은 등 뒤에 숨기고 오른손은 옷깃 아래에 감춰 작은 언덕이 솟은 것 같았다.

우리는 여태까지 그녀가 우는 모습을 본 적이 없었다. 태풍이 버드나무를 쓰러뜨리던 날 그녀는 교실과 우리를 등지고 창밖의 태풍을 마주한 채 눈물을 흘렸다. 그것은 참관하던 사람들이 떠난 후의 일이었다. 그녀는 퇴색하기 시작한 푸른 손으로 눈물을 훔쳤다.

"아직도 울어? 무엇 때문에 울어? 참관하는 사람들이 왔는데 아직 피하지도 않고 말이야. 누가 너처럼 유별난지 한번 봐. 너의 푸르스름한 손은 말할 필요도 없고, 상의까지 잿빛으로 변해 버렸잖아. 다른 학우들의 상의는 전부 남색이야. 너처럼 특별한 데가 있어? 너무 낡은 옷 색깔은 어울리지 않아. 너 한 사람이 제복의 통일성을 깨뜨릴 수는 없잖아……."

그녀는 입술을 꼭 다물고 창백한 손가락으로 왕야밍의 옷깃을 찢으며 말했다.

"일층으로 내려가서 구경하러 온 사람들이 떠나거든 다시 올라와. 누가 너더러 복도에 서 있으랬어? 복도에 있으면 그들이 널 볼 수 없을 것 같아? 네가 이렇게 큰 장갑을 끼고 있는데……."

교장 선생님은 '장갑'이라는 말을 입에 올림과 동시에, 검정색 구두의 빛나는 코로 마루에 떨어진 장갑 한 짝을 차 버렸다.

"장갑을 끼고 이곳에 서 있으면 뭐가 좋아질 거라고 생각하니? 이게 무슨 놀잇감이라고?"

그녀는 다시 한번 장갑을 밟았다. 그리고 마부들이 끼는 두툼하고 커다란 장갑을 보고는 실소를 금치 못하고 소리 내어 웃었다.

바람 소리에 왕야밍의 울음소리가 묻힌 것 같았지만 그녀는 아직 울음을 그치지 않았다.

여름방학이 끝난 뒤 그녀가 다시 왔다. 늦여름이 가을날처럼 시원했다. 황혼녘의 태양이 한길에 깔린 돌덩이를 온통 주홍색으로 물들였다. 우리는 무리 지어 교문 안 산정(山丁) 나무 아래에서 산정을 먹고 있었다. 바로 그때 왕야밍이 탄 마차가 '라마타이(喇麻臺)' 쪽에서 달그락거리며 달려왔다. 마차가 멈추는 순간 모두 조용해졌다. 그녀의 부친은 짐을 운반했고 그녀는 세숫대야와 자질구레한 물건을 안고 있었다. 계단에 올라왔어도 우리는 그들에게 즉각 길을 비켜주지 않았다. 어떤 학우가 말했다.

"왔어?"

"너 왔구나."

어떤 학우는 그녀를 향해 입을 벌렸다,

그녀의 부친이 허리띠에 하얀 수건을 매달고 계단을 올라갈 때 어떤 학우가 말했다.

"어떻게 된 거야? 집에서 여름방학을 보냈는데 쟤 손이 다시 검어졌어. 강철 같지 않아?"

가을이 지나 기숙사를 옮기던 날 나는 그 강철 같은 손에 진정으로 주의를 기울이게 되었다. 나는 이미 잠들었으나 옆방에서 싸우는 소리를 들을 수 있었다.

"나는 쟤가 싫어, 쟤와 같은 침대를 쓰기 싫어……."

"나도 쟤와 같은 침대를 쓰는 건 싫어."

나는 좀 더 자세히 들으려 했지만 아무것도 들리지 않고 웅웅거리는 웃음소리와 시끄러운 소리만 들렸다. 밤에 나는 우연히 일어나 복도에 나가 물을 마셨다. 긴 의자에서 한 사람이 누워 자는데 얼핏 보니 왕야밍이었다. 그녀의 얼굴은 검은 두 손으로 가려져 있었다. 이불도 반은 마루 위에 떨어져 있었고 반은 그녀의 다리에 걸쳐져 있었다. 나는 그녀가 복도 등불 아래에서 밤새 책을 읽었을 것이라고 생각했다. 하지만 그녀 곁에는 아무 책도 없었다. 게다가 그녀의 보따리와 자질구레한 물건들이 마루에서 그녀를 둘러싸고 있었다.

다음날 밤에 교장 선생님이 왕야밍 앞으로 와서 코를 킁킁거렸다. 교장 선생님은 침대를 지나 그녀의 가느다란 손으로 줄지어 깔아 놓은 하얀 침대 시트를 밀면서 말했다.

"이곳, 이곳에 깐 침상 일곱 개에서 여덟 사람만 자는데, 여섯 개의 침상에서도 아홉 명이 잘 수 있단 말이야!"

교장 선생님은 이불을 뒤집어 펼친 다음 왕야밍의 이불을 이곳에 끼워 넣게 했다.

왕야밍은 이불을 펴면서 기뻤던 까닭에 침상을 깔면서 입으로 휘파람을 불었다. 나는 휘파람 소리를 들어본 적이 없다. 여학교에서 입으로 휘파람을 불 수 있는 사람은 아무도 없다.

그녀가 침상을 다 깐 다음 침상에 앉아 입을 벌리고 아래턱을 약간 위로 들었는데 편안함과 쾌적함이 그녀를 압도하는 것 같았다. 교장 선생님은 이미 일층으로 내려갔다. 어쩌면 벌써 기숙사를 떠나 집으로 돌아갔을지도 모른다. 하지만 사감 할머니의 신발이 마루에서 소리를 내며 움직였고 머리카락은 완전히 광택을 잃은 채 왔다 갔다 했다.

"내가 말해 두지, 이것도 안 돼 …… 위생을 강구하지 않으면 몸에서 벌레가 생긴단다. 누군들 벌레를 피하고 싶지 않겠니?"

사감은 다시 구석으로 몇 걸음 옮겼다. 사감의 하얀 눈동자가 나를 향해 보는 듯했다.

"이 이불 좀 보라지! 너희들이 냄새를 맡아 봐! 두 자나 떨어진 곳에서도 냄새가 나는데 …… 벌레와 함께 자는 게 웃기지 않아? 누가 알겠어? ……

벌레가 온 몸으로 기어오르지 않겠니? 자 봐라, 저 목화 솜이 얼마나 새카매졌는지?"

항상 자신의 일을 끄집어낸 사감은 자신의 남편이 일본에서 유학할 때 자기도 일본에 있었으니 유학한 셈이 아니냐고 말했다. 학우들이 사감에게 물었다.

"무엇을 공부했어요?"

"무엇을 전문적으로 배울 필요가 없었지. 일본에서 일본말을 하고 일본 풍속을 본 것도 유학이 아니겠니?"

사감의 입에서 나오는 말끝마다 "위생적이지 않다, 웃기지 않니? …… 더럽다"라는 말이 떨어지지 않았다. 사감은 서캐를 특별히 벌레라고 불렀다.

"사람이 더러우면 손도 더러운 법이야."

사감의 어깨는 넓었다. 그녀는 더럽다고 말할 때 일부러 어깨를 높이 들었는데 차가운 바람이 갑자기 그녀에게 불어 그녀가 달려 나가는 것처럼 보였다.

"이런 학생을, 교장 선생님도 정말 …… 정말 너무 많이 받은 거 같아."

소등종이 울린 뒤에도 사감은 복도에서 다른 학우들에게 얘기를 하고 있었다.

사흘째 되던 밤에 왕야밍은 또다시 보따리를 들고 짐을 둘둘 말아 들었다. 그리고 그녀의 앞에 하얀 얼굴을 한 교장 선생님이 나타났다.

"우린 싫어요, 우린 사람이 많잖아요."

교장의 손톱이 미처 그녀들의 이불에 닿기도 전에 그녀들은 떠들기 시작했다. 침상을 바꿔 줘도 떠들었다.

"우린 사람이 많잖아요. 많아요. 침상 여섯 개에 아홉 명이 자는데 어떻게 더 추가해요?"

"하나, 둘, 셋, 넷……."

교장이 숫자를 세기 시작했다.

"많지 않아, 한 명 추가해도 돼! 침상이 네 개면 여섯 명이 자야 하는데 너희들은 다섯 명뿐이잖아……. 왕야밍, 이리 와!"

"아닙니다. 이 자리는 제 여동생 자리입니다. 내일 와요……."

학우가 달려가 이불을 손으로 눌렀다.

끝내 교장은 그녀를 다른 기숙사로 데리고 갔다.

"쟤는 이가 있어서 함께 자기 싫어요."

"저도 곁에 자기 싫어요."

"왕야밍의 이불은 꿰매지 않아 목화 솜을 몸에 덮고 자요. 믿지 못하겠거든 교장 선생님이 와서 보세요."

후에 그녀들은 농담을 하기 시작했다. 심지어 왕야밍의 검은 손을 무서워하며 그녀에게 감히 접근할 수 없다고 말하기도 했다.

이후에 검은 손을 가진 사람은 복도의 긴 의자에서 잤다. 내가 일찍 일어나면 그녀가 짐을 싸 들고 일층으로 내려가는 모습을 보곤 했다. 나는 때때로 지하 창고에서 그녀를 우연히 만나기도 했다. 그때는 물론 밤이었다. 그래서 그녀가 나와 얘기할 때 나는 벽의 그림자를 봤다. 그녀가 머리카락을 긁는 손, 벽 위에 그려진 그림자는 머리카락과 같은 색깔이었다.

"습관이 돼 버려서 괜찮아. 의자에서 잘 수도 있고 마루에서 잘 수도 있어. 잘 수만 있다면 어느 곳이라도 좋아. 좋고 나쁜 게 어디 있어? 공부가 중요하지……. 내가 치른 영어 시험에서 마(馬) 선생님이 점수를 얼마 주실지 모르겠어. 60점을 넘지 못하면 연말에 유급하겠지?"

"걱정 마, 한 과목도 유급하지 않을 거야"

내가 말했다.

"아빠도 말씀하셨어. 3년 안에 졸업하라고. 다시 반년 더 다니면 학비를 댈 수가 없대. …… 영국 말만큼은 …… 내 혀가 정말 마음대로 돌아가지 않아. 헤헤……."

비록 복도에서 지냈지만 기숙사의 모든 학우들이 그녀를 싫어했다. 왜냐하면 밤마다 기침을 했고 동시에 기숙사 안에서도 안료로 양말과 상의를 염색하기 시작했기 때문이다.

"낡은 의상도 물감만 들이면 새것이나 마찬가지야. 예를 들어 하복을 회색으로 물들이면 추계 교복으로도 입을 수 있어. 예를 들어 하얀 양말을 사서 검정색으로 물들이면 이것은 모두 ……."

"넌 왜 검정 양말을 사지 않니?"

내가 그녀에게 물었다.

"검은 양말은 기계로 물을 들인 것이라 금속 유산염이 너무 많고 …… 튼튼하지도 못해. 한 번 신으면 찢어져 버려. 그래도 우리 집에서 물을 들이는 게 좋아. …… 양말 한 켤레에 몇 푼 안 하니까, 찢어질 테면 찢어지라지, 또 구할 수 있잖아?"

토요일 저녁에 학우들은 작은 쇠솥에다가 닭을 삶았다. 매주 토요일마다 거의 이렇게 하는데 그때마다 학우들은 먹을 것을 굽기 시작했다. 작은 쇠솥 안의 다 삶은 닭을 보니 색깔이 검었다. 나는 닭이 중독된 것이라고 여겼다. 닭을 들고 있던 학우가 소리를 지르다가 그만 안경을 떨어트릴 뻔했다.

"누가 한 짓이야? 누구야? 누구?"

왕야밍이 그녀들을 향해 주방으로 들어왔다. 그녀는 사람들 틈을 비집고 들어와 헤헤 하고 웃었다.

"나야 나. 이 솥을 다른 사람이 쓸 줄은 몰랐어. 내가 솥에다 양말을 삶았어. …… 헤헤 …… 내가 가서……."

"네가 가서 뭐하게? 네가 가서……."

"솥을 씻어 올게."

"냄새나는 양말을 물들인 솥에다가 닭을 삶아 먹다니! 그러고도 그것을 쓴대!"

쇠솥은 학우들 앞에서 바닥에 팽개쳐져서 철렁철렁 움직였고 사람들은 비명을 질렀다. 안경을 쓴 동학은 마치 돌을 던지듯 검은 닭을 힘껏 내던졌다.

학우들이 모두 흩어졌을 때 왕야밍은 땅바닥의 닭을 주우며 중얼거렸다.

"아! 새 양말을 물들였을 뿐인데 쇠솥을 버리다니! 새 양말에서 어떻게 냄새가 난담?"

눈 내린 겨울밤에 학교에서 기숙사로 가는 작은 길은 완전히 눈송이로 뒤덮여 있었다. 우리는 앞으로 돌진했다. 강풍을 만나면 눈보라 속에서 구르기도 하고 뒤로 밀려나기도 하고 또 옆으로 걷기도 했다. 이른 아침, 관례대로 기숙사를 나서면 모든 사람의 발이 얼어 버렸다. 달린다 해도 손발이 곱았다. 그래서 우리는 저주하고 원망했다. 심지어 어떤 학우는 욕을 했다. 교장을 '개 자식'이라 욕하며 기숙사를 그렇게 먼 곳에 두어서는 안 되고 날이 채 밝기도 전에 학생들을 기숙사에서 출발시켜서는 안 된다고 욕을 퍼부었다.

어느 날 나는 길에서 왕야밍을 단독으로 만났다. 까마득한 하늘과 먼 곳에 쌓인 눈이 모두 빛을 반짝거렸다. 달빛 아래 나와 그녀는 그림자를 밟으며 앞으로 나아갔다. 크고 작은 거리엔 행인이 보이지 않았다. 바람이 길가의 나뭇가지에 불어 소리를 내고 때때로 길가의 유리창이 눈에 쓸려

신음하는 소리가 들렸다. 내가 그녀와 이야기하는 소리는 영하의 추위에 더욱 얼어붙었다. 입술이 허벅지와 마찬가지로 민첩하지 못하다는 느낌이 들었을 때 우리는 결국 이야기를 마쳤다. 발 아래에 밟히는 눈 소리가 사각사각 소리를 낼 뿐이었다.

손으로 초인종을 누르니 다리는 저절로 떨어져 나갈 것 같았고 무릎은 앞을 향해 꺾여 버릴 것 같았다.

어느 날 새벽인지는 모르겠다. 아직 읽지 않은 소설을 겨드랑이에 끼고 기숙사를 빠져나와 몸을 돌려 힘껏 문을 잡아당겼다. 그러나 마음 한구석에는 언제나 두려움이 있었다. 먼 곳의 흐릿한 집을 보면 볼수록, 뒤에서 휘몰아치는 눈보라 소리를 들으면 들을수록 두려움이 커졌다. 별빛은 희미하고 달도 이미 기울어 회색과 흙색의 구름에 가렸는지도 모른다.

길을 걸어갈수록 길이 더 늘어나는 것 같았다. 행인이 길에 나타나 주길 바라면서도 그 행인을 두려워했다. 달빛이 없는 밤에는 사람 소리만 들리고 사람을 볼 수 없어서, 사람 모습을 한 번 보기만 하면 땅에서 갑자기 솟아나는 것 같았기 때문이다.

학교 교문 앞의 돌계단을 밟으니 심장에서 열이 나는 것 같았다. 초인종을 누른 손은 이미 힘이 빠져 버린 것 같았다. 갑자기 돌계단에서 한 사람이 걸어 나왔다.

"누구야? 누구지?"

"나야, 나!"

"네가 내 뒤에서 걸어왔니?"

오는 도중에 나는 다른 사람의 발소리를 듣지 못했기 때문에 더욱 무서워졌다.

"아니, 네 뒤를 따라오지 않았어. 나는 온 지가 한참이 되었어. 학교 사

손 217

환이 문을 열어 주지 않더군. 내가 부른 지 얼마나 되었는지 몰라.”

“초인종 누르지 않았어?”

“초인종을 눌러도 소용이 없었어. 헤헤, 학교 사환이 등불을 켜고 입구까지 와서 유리창 밖을 보더니 …… 결국 열어 주지 않더군.”

안의 등이 켜졌다. 욕하는 소리가 나면서 철그렁 문이 열렸다.

“한밤중에 문을 열어 달라고 하고……. 시험을 쳐 봐야 어차피 꼴찌 할 거 아냐?”

“뭐라고? 당신 뭐라 그랬어?”

내가 말을 하기도 전에 학교 사환이 태도를 바꿨다.

“샤오(蕭) 선생, 문을 열어 달라고 한 지 한참이 지났죠?”

나와 왕야밍은 곧장 지하실로 들어갔다. 그녀는 연이어 기침을 했다. 그녀의 얼굴은 누렇게 떠서 주름살이 생긴 듯했다. 바람을 맞아 떨군 눈물 자국이 아직 얼굴에 남아 있었다. 그녀는 교과서를 펼쳤다.

“학교 사환이 어째서 문을 열어 주지 않았니?”

내가 물었다.

“누가 알겠어? 너무 일찍 왔다면서 나보고 돌아가라고 하더라. 나중에는 교장 명령이라고 하더군”

“너 얼마나 기다렸니?”

“얼마 기다리지 않은 셈이야. 기다리라 하면 기다려야지. 한 식경쯤이야. 헤헤…….”

그녀가 책을 읽는 모습은 그녀가 처음 왔을 때와는 완전히 달랐다. 그 목구멍은 점차 작아졌으며 웅얼거릴 뿐이었다. 게다가 흔들거리던 두 어깨도 위축되고 좁아졌으며 등도 활처럼 굽어지고 가슴은 도리어 평평해졌다.

나는 소설을 읽었다. 그녀를 방해할까 봐 작은 소리로 읽었다. 하지만 이번이 처음이다. 왜 처음인지는 나도 모른다.

그녀는 내게 무슨 소설을 읽고 있으며, 《삼국연의》를 읽어 봤는지도 물었다. 때때로 그녀는 책을 손에 들고 책의 표지를 훑어보거나 책장을 뒤적였다.

"너 같이 총명한 사람은 교과서를 안 보고도 시험 칠 때 두려워하지 않잖아. 나는 안 돼. 잠시 쉬면서 다른 책을 보고 싶지만……. 그럼 안 돼지……."

기숙사가 텅 빈 어느 일요일이었다. 나는 《정글》*에서 여공 마리아가 눈밭에 쓰러지는 장면을 큰 소리로 읽었다. 나는 창밖 설원을 보면서 읽으며 무척 감동했다. 왕야밍이 내 등 뒤에 서 있었지만 나는 전혀 알아차리지 못했다.

"네가 읽은 책이 있거든 내게 한 권 빌려줘. 눈이 내리는 날에는 음울해져. 이곳에는 친척도 없고 거리에 나가 봐야 살 것도 없고 또 차비나 쓰고……."

"네 부친이 널 보러 오지 않은 지 오래됐지?"

나는 그녀가 집 생각을 한다고 여겼다.

"어떻게 오실 수 있겠니? 왕복 차비가 2위안이 넘는데……. 게다가 집에는 사람이 없으니……."

나는 내가 읽은 《정글》을 그녀에게 건네주었다. 나는 이미 읽었기 때문이다.

그녀는 '헤헤' 하면서 침대 가장자리를 두 번 턴 다음 책의 표지를 연구

---

* 미국 작가 싱클레어(Sinclair, 1878-1968)의 소설로 시카고 도살장에서 일하는 노동자의 고통스런 삶과 열악한 노동 환경을 묘사했다.

하기 시작했다. 그녀는 복도로 나가서 내 흉내를 내며 책의 첫 구절을 큰 소리로 읽었다.

이후, 나는 또 언제 일인지 기억하지는 못하겠다. 아마 휴일이었을 것이다. 텅 빈 기숙사는 달이 창을 비칠 때까지도 여전히 적막에 싸여 있었다. 나는 침상 머리에서 사각거리는 소리를 들었다. 누군가가 침상 머리를 더듬는 것 같았다. 나는 달빛 아래에서 왕야밍의 검은 손을 보았는데 그녀는 내가 빌려준 책을 내 옆에 갖다 놓았던 것이다.

내가 그녀에게 물었다.

"재미있게 읽었니? 좋아?"

처음에 그녀는 대답을 하지 않았다. 하지만 잠시 후에는 낯을 손으로 가렸고, 머리카락도 떨리는 것 같았다. 그녀가 말했다.

"좋아."

그녀의 떨리는 듯한 목소리를 듣고 나는 일어나 앉았다. 하지만 그녀는 머리카락과 같은 색의 손으로 얼굴을 가린 채 피해 버렸다.

복도의 장랑이 텅 비었다. 나는 달빛에 젖은 마루의 꽃무늬를 보고 있었다.

"마리아 같은 사람이 정말 있는 거 같아. 그녀가 눈밭에 쓰러질 때 죽지 않았다고 생각했어. 그녀가 죽을 리 없지. …… 그 의사는 돈이 없는 사람임을 알고 그녀를 치료해 주지 않았지 …… 헤헤!"

그녀는 높은 소리로 웃었다. 웃음소리의 떨림을 빌어 눈물이 뚝뚝 떨어지기 시작했다.

"나도 의사를 부르러 간 적이 있었어. 엄마가 병이 났을 때 그 의사가 온 것 같아? 의사는 먼저 마차비를 요구하더라. 돈이 집에 있다며 우선 마차를 타고 가자고 했더니 그 의사는 안 된다 하더군. 그가 왔을 것 같아?

그는 정원 한가운데 서서 내게 물었지. "너의 집은 무엇을 하는 집이니? 너의 집이 염색집이냐?" 나는 영문도 모른 채 의사에게 '염색집'이라고 알려주었지. 그는 문을 열어 안으로 들어갔어……. 아무리 기다려도 그가 나오지 않아 다시 문을 두드렸지. 그가 안에서 말하더군. '그 병은 진찰할 수가 없으니 돌아가거라.' 그래서 나는 돌아왔어."

그녀는 다시 눈을 비비며 말하기 시작했다.

"이때부터 나는 두 남동생과 두 누이동생을 돌보기 시작했어. 아빠는 검은색과 남색을 물들이고 언니는 붉은색을 물들였지. …… 언니가 약혼하던 그해 초겨울에 그녀의 시어머니가 시골에서 올라와 우리 집에 머물면서 언니를 보자마자 이렇게 말했어. "아이고, 사람을 죽일 손이로군!" 이때부터 아빠는 누구에게도 붉은색을 물들이는 일을 시키지 않고 남색 물들이는 일만 시켰어. 내 손은 검고 또 자세히 보면 보라색도 보이는데 누이동생 두 명도 나와 똑같아."

"네 누이동생도 공부하니?"

"아니. 나는 장차 누이동생들을 가르칠 거야. 하지만 내가 잘 배울 수 있을지 모르겠어. 잘 배우지 못하면 누이동생들에게 미안하잖아. …… 베 한 필 염색해 봐야 고작 3마오거든. 한 달에 몇 필이나 염색할 수 있겠니? 의상은 건당 1마오야. 크기를 막론하고 염색해 달라고 보내온 것은 큰 의상이 대부분을 차지해. 땔나무 값, 연료 값을 제하고 나면 …… 아무것도 남지 않아! 내 학비는 …… 그들이 집에서 아껴 먹고 모은 돈을 내게 부치는 거야. 그러니 내가 어디 공부할 마음이 나겠어? 내가 어떻게?"

그녀는 또다시 그 책을 만지작거렸다.

나는 여전히 마루의 꽃무늬를 보고 있었다. 나는 그녀의 눈물이 나의 동정보다 더 고귀하다는 생각이 들었다.

겨울방학을 앞둔 어느 날 아침, 왕야밍은 손가방과 자질구레한 물건들을 정리했다. 그녀는 짐을 단단히 묶어 벽이 있는 곳에 세워 두었다.

어느 누구도 그녀에게 작별 인사를 하지 않았다. 어느 누구도 그녀에게 다시 만나자고 하지 않았다. 우리는 기숙사를 떠났다. 밤마다 잠을 잤던 긴 의자 옆을 지나며 그녀는 우리 모두에게 웃음을 지어 보였다. 그리고 창문 입구에서 먼 곳을 바라보는 것 같았다. 복도에서 둔탁한 소음을 울리면서 계단을 내려간 우리는 정원을 지나 목책 문 앞에 섰다. 왕야밍도 쫓아와 숨을 헐떡이며 입을 열었다.

"부친이 아직 안 오셔서 한 시간 더 배워도 될 텐데 …… 한 시간이면 ……."

그녀는 학우들에게 말하는 것 같았다.

마지막 한 시간이 그녀를 진땀 나게 만들었다. 영어 수업 시간에 그녀는 칠판에 적힌 모든 단어를 작은 노트에 급히 옮겨 적었다. 단어들을 읽어 가면서 동시에 교사가 멋대로 써 놓은, 읽을 필요조차 없고 이미 알고 있는 단어까지도 기록했다. 2교시 지리 시간에 그녀는 또 힘을 들여 교사가 칠판에 그려 놓은 지도를 작은 노트에 옮겨 그렸다. 마지막 날이 중요하다고 생각하여 어떻게 해서든 흔적을 남기려는 것 같았다.

수업을 마쳤을 때 나는 그녀의 노트를 보았다. 완전히 엉터리로 기록했다. 영어 단어 가운데 어떤 스펠링은 하나가 빠졌으며 어떤 스펠링은 하나 더 써놓았다. …… 그녀의 정신은 이미 허둥지둥 산만해졌던 것이다.

밤에도 그녀의 부친은 데리러 오지 않았다. 그녀는 긴 의자에 이불과 요를 펼쳤다. 이번에 그녀는 일찍 잠자리에 들었고 평상시보다 더 편안하게 잠을 잤다. 머리는 이불 가장자리에 파묻혔고 어깨는 숨을 내쉴 때마다 다소 펴졌다. 하지만 오늘은 좌우에 책을 펼쳐 놓지 않았다.

아침 태양이 눈 쌓여 흔들리는 나뭇가지 위로 떠올랐다. 새가 둥지에서 나갈 때쯤 그녀의 부친이 오셨다. 계단 앞에 멈춘 부친은 어깨에 지고 온 커다란 장화를 내려놓고 목을 두른 하얀 목도리로 수염에 붙은 고드름을 제거했다.

"너 낙제했니? 너······."

계단 위에 떨어진 고드름이 작은 물방울로 녹아 버렸다.

"아니요. 시험 치지 않았어요. 교장선생님께서 시험 칠 필요 없대요. 합격할 수 없다고······."

부친은 계단 입구에 서서 얼굴을 벽 쪽으로 돌렸다. 부친의 허리춤에 매단 하얀 수건이 전혀 움직이지 않았다.

왕야밍의 짐을 계단 입구로 끌어냈다. 왕야밍은 손가방을 들고 세숫대야와 자질구레한 물건을 안아 들었다. 그녀는 커다란 장갑을 부친에게 건네주었다.

"저는 필요 없으니 아빠가 끼세요!"

부친의 장화가 움직이면서 바닥의 진흙을 눌러 놓았다.

아침 시간인지라 구경 나온 학우들은 거의 없었다. 왕야밍은 가벼운 웃음소리를 들으며 장갑을 꼈다.

"장화를 신어라! 공부를 다 마치지 않아도 되지만 두 발을 얼릴 순 없지."

부친은 두 장화를 연결한 가죽 끈을 풀었다.

장화가 왕야밍의 무릎까지 덮었다. 그녀는 마차를 모는 사람처럼 머리를 하얀 천으로 감쌌다.

"다시 올 거야. 책을 집으로 가져가서 열심히 공부해서 다시 올 거야. 헤헤."

그녀가 하는 말이 누구에게 하는 말인지 알 수 없었다. 손가방을 든 그녀가 부친에게 물었다.

"마차가 문밖에 있어요?"

"마차? 무슨 마차? 걸어서 역까지 가자. 내가 짐을 멜 테니……."

왕야밍의 장화가 계단에서 달그락거리는 소리를 냈고, 부친은 색깔이 변한 손으로 짐의 양 모서리를 잡고 앞서 갔다.

아침 햇볕을 받아 길게 늘어진 그림자가 약동하며 목책 문 위로 올랐다. 창문에서 바라보니 사람도 그림자처럼 가벼워 보였다. 그들의 목소리는 아무 것도 들리지 않았다.

목책 문을 나선 그들은 먼 곳으로 향했다. 아침 햇살이 자욱한 방향으로 걸어갔다.

눈밭은 마치 깨진 유리 같았다. 멀면 멀수록 반짝이는 빛은 더욱 강렬해졌다. 줄곧 먼 곳의 눈밭을 보노라니 내 눈이 콕콕 쑤셔서 아팠다.

1936년

화웨이 선생

장톈이

에둘러서 헤아려 보면 그는 내 친척인 셈이다. 나는 그를 '화웨이 선생'이라 불렀다. 그는 이 호칭을 그다지 좋아하지 않았다.

"에이, 톈이(天翼) 형님도 정말."

그가 말했다.

"왜 꼭 '선생' 자를 붙이는 거죠? 절 '웨이 동생'이라고 부르면 돼요. 아니면 '아웨이(阿威)'라고 부르든가."

이 호칭 문제를 절충한 뒤 그는 즉각 모자를 썼다.

"우리 나중에 다시 얘기하면 안 돼요? 형님과는 늘 통쾌하게 얘기하고 싶어요. 하지만 늘 시간이 없죠. 오늘 류(劉) 주임이 '현장(縣長) 공무의 여가 업무 방안'의 초안을 잡았는데 저보고 의견을 제시하고 수정을 해 달라는 거예요. 그리고 세 시에도 모임이 있거든요."

여기서 그는 고개를 흔들며 어쩔 수 없다는 듯 쓴웃음을 지었다. 그는 고생하는 것이 결코 두렵지 않다고 했다. 누구든 항전 시기에 고생을 좀 해 봐야 한다는 것이었다. 하지만 시간은 언제나 골고루 분배해야 한다고 했다.

"왕(王) 위원이 세 번이나 전보를 쳐서 나보고 한커우(漢口)에 가 보라는 거요. 그곳에 전성문화계항적총회(全省文化界抗敵總會)가 설치되었으니 모든 항전 업무를 영도해야 한다는 거죠. 제가 어떻게 달려갈 수 있겠어요? 오 마이 갓!"

그는 나와 급히 악수를 나눈 뒤 대절 인력거에 올라탔다.

그는 늘 가죽으로 된 공문서 가방을 끼고 다녔고 늘 거칠고 꺼머번지르한 스틱을 들고 다녔다. 왼손 무명지엔 늘 결혼반지가 끼워져 있었다. 시가를 꺼낼 때마다 무명지를 약간 구부리고 새끼손가락을 높이 들어 난꽃 모양을 만들었다.

이 도시에서 어떤 인력거도 시원시원하게 달리지 않았다. 마치 식사 후에 산보하는 듯이 한 발 한 발 천천히 끌었다. 하지만 대절 인력거는 예외였다. 딩당, 딩당, 딩당 벨을 울리며 순식간에 앞질러 나갔다. 다른 인력거와 손수레, 짐꾼들이 얼른 한쪽으로 피했고 행인들도 급히 점포 안으로 피했다.

끊임없이 벨을 울리며 철사줄에서 반짝반짝 빛을 내는 대절 인력거는 똑똑히 볼 틈도 주지 않은 채 번개처럼 달아나 버렸다.

이곳 항전 종사자 간부의 통계에 따르면 가장 빨리 달리는 것이 바로 화웨이 선생의 대절 인력거였다.

항상 시간에 쫓기는 그가 이렇게 말한 적이 있었다.

"밤에 잠자는 제도를 없애 버렸으면 좋겠어. 하루가 24시간보다 많았으면 좋겠다니까. 항전 공작이 너무 많아서 말이야."

곧이어 시계를 꺼내 들자 그의 풍만한 얼굴 근육이 긴장하기 시작했다. 눈썹을 찡그리고 입술을 꼭 다문 모습이 마치 온몸의 정력을 얼굴로 모으는 것 같았다. 그는 난민구제회에서 회의를 열어야 했기 때문에 곧바로 떠나 버렸다.

관례대로 회의장에 모인 사람들은 자리에 앉아 그를 기다리고 있었다. 그는 문 입구에서 내릴 때 언제나 벨을 한 번 울렸다. 딩!

동지들이 서로 바라보았다. 오, 화웨이 선생이 오셨군. 몇몇은 안도의 한숨을 내쉬었고 몇몇은 목을 길게 빼고 회의장 입구를 바라봤다. 한 사람은 마치 결투라도 하려는 듯 주먹을 쥐고 노려봤다.

화웨이 선생의 태도는 매우 엄숙했다. 그리고 그는 침착한 걸음걸이로 걸어 들어왔다. 이전의 분망했던 모습 대신 장엄한 태도가 그를 감싸고 있었다. 문 입구에 잠시 멈춰 선 그의 모습은 동지들의 신임을 환기시키는 것 같았고 '아무리 험난한 일이 닥쳐도 안심하라'고 말하는 것 같았다. 그는 고개를 끄덕였고 그의 두 눈은 천장만 바라보았다. 그가 전체를 향해 가볍게 인사를 했다.

회의장은 매우 조용했고 회의가 곧 열릴 예정이었다. 그런데 그때 누군가가 종이를 넘기는지 바스락거리는 소리가 났다.

화웨이 선생은 예의 바르게 한쪽 구석에 앉았다. 주석 자리에서 멀리 떨어진 곳인데 아무래도 주석직(職)을 맡지 않으려는 것 같았다.

"저는 주석직(職)을 맡을 수 없어요."

그가 시가 한 대를 꺼내 들며 손짓을 했다.

"오늘 공인항적공작협회(工人抗敵工作協會) 지도부가 상임위원회를 엽니다. 통속문예연구회 회의도 오늘이고 잠시 후에는 상병공작단(傷兵工作團)에도 가 봐야 합니다. 여러분도 알다시피 저는 시간에 쫓기는 몸입니다. 여기서 토론할 수 있는 시간도 십 분밖에 되지 않습니다. 저는 주석직(職)을 맡을 수 없으니 류(劉) 동지를 주석으로 추천하겠습니다."

이렇게 말한 후 그는 입가에 미소를 지으며 가볍게 손뼉을 쳤다.

주석이 보고하는 동안 화웨이 선생은 쉴 새 없이 성냥을 그어 담뱃불을 붙였고 무슨 계산이라도 하는 듯 자기 앞에 놓인 시계를 계속 들여다봤다.

"제가 제안을 하겠습니다."

그가 큰 소리로 말했다.

"우리의 시간은 매우 소중합니다. 주석께서는 가능한 한 간략하게 보고해 주시기 바랍니다. 2분 안에 보고를 마쳐 주시기 바랍니다."

2분 동안 성냥을 그어 대던 그가 갑자기 자리에서 일어나 쏼라쏼라 떠드는 주석을 향해 손을 흔들며 말했다.

"됐어요, 됐어. 보고가 아직 끝나지 않았지만 이미 다 이해했어요. 지금 다른 모임에 가 봐야 하니까 제가 먼저 의견을 발표할게요."

잠시 후 그는 시가를 두 모금 빨고 사람들을 쳐다보았다.

"저의 의견은 간단합니다. 두 가지뿐입니다."

그가 입술을 핥으며 말했다.

"첫째, 어느 누구도 나태해져서는 안 됩니다. 다시 말해서 여러분 모두가 공작에 박차를 가해야 한다는 것입니다. 이 점에 대해서는 더 이상 말할 필요가 없겠지요. 여러분 모두 노력하는 청년들이므로 열심히 공작할 수 있을 것입니다. 여러분께 감사 드립니다. 그리고 한 가지 더 있어요. 바로 여러분이 시시각각으로 잊어선 안 되는 문제입니다. 그것이 제가 말하려는 두 번째 사안입니다."

다시 한번 시가 두 모금을 빨았지만 그의 입에서 나오는 것은 열기뿐이었다. 그는 또 한 번 성냥을 그었다.

"두 번째는 뭐냐 하면, 청년 공작 인원들이 하나의 영도 체제를 인정해야 한다는 것입니다. 여러분은 영도 체제의 통솔을 받아야만 항전 공작을 전개할 수 있습니다. 열심히 노력한다고 해도 이해가 부족하고 공작 경험이 많지 않은 이상 착오가 있을 수밖에 없습니다. 위에서 하나의 영도 체제가 이끌지 않는다면 수습할 수 없는 상태가 되고 말 것입니다."

사람들의 안색을 살피던 그가 얼굴 근육을 한 번 움직여 보였다. 일종의 미소와 같은 것이었다. 그가 말을 이었다.

"여러분 모두 청년 동지들이므로 격식 차리지 않고 솔직하게 말씀 드리겠습니다. 여러분이 항전 공작을 하겠다는데 무슨 격식이 필요하겠습니까? 저는 청년 동지 여러분이 저의 의견을 받아들일 것이라고 믿습니다. 저는 여러분에게 매우 감격하고 있습니다. 제가 먼저 떠나게 되어 정말 미안합니다."

그는 모자를 쓴 후 가죽 가방을 팔에 끼었다. 그리고 천장을 바라보며 고개를 끄덕인 후 배를 내밀고 걸어 나갔다.

그런데 문 입구에서 무슨 생각이 났는지 주석 동지를 잡아당기며 낮은 소리로 물었다.

"일하는 데 어려운 점은 없소?"

그러자 주석이 대답했다.

"제가 방금 그 점에 대해 보고하지 않았습니까. 우리는 ……."

이때 화웨이 선생이 식지(食指)를 뻗어 주석의 가슴 쪽으로 내밀었다.

"오, 오, 오. 알겠어요, 알겠습니다. 제가 이 일에 대해 이야기할 시간이 없어서요. 이후에 여러분이 추진하려는 공작 계획이 있으면 제 집으로 와서 상의해도 좋아요."

주석 옆에 앉아 있던 장발의 청년이 두 사람을 주의 깊게 바라보다가 도저히 참을 수 없어 말참견을 했다.

"수요일에 화 선생 댁을 세 번이나 찾아갔지만 화 선생께서는 집에 안 계시더군요……."

화 선생이 냉랭하게 그를 째려본 후 콧소리로 중얼거렸다.

"오, 그때는 다른 일이 있었어요."

그러고는 낮은 목소리로 주석에게 말했다.

"제가 집에 없으면 미스 황(黃)과 상담해도 됩니다. 미스 황이 저의 의견을 알고 있으니 저를 대신해서 말해 줄 겁니다."

미스 황이란 곧 그의 부인을 말하는 것이었다. 제삼자와 얘기할 때는 항상 그렇게 불렀다.

교섭을 마친 후 그는 곧장 통속문예연구회 회의장으로 갔다. 그곳에서는 이미 회의가 진행되고 있었는데 마침 한 사람이 의견을 발표하고 있었다. 그는 자리에 앉자마자 시가를 입에 물었고 냉랭한 태도로 두어 번 박수를 쳤다.

"주석!"

그가 주석을 불렀다.

"제가 오늘 다른 집회에 참석해야 하기 때문에 자리를 끝까지 지킬 수 없어요. 지금 제 의견을 먼저 제안하고자 합니다."

잠시 후 그가 두 가지 의견을 발표했는데 하나는 "이 자리에 앉아 있는 사람들은 모두 현지의 문화인들이다. 문화인들의 공작은 매우 중요하니 박차를 가해 일해야 한다"는 것이었고 다른 하나는 "문화인은 응당 하나의 영도 체제를 인정해야 한다. 문화인은 문항회(文抗會) 영도 체제의 통솔을 받아야만 단결할 수 있고 통일할 수 있다"는 것이었다.

5시 45분에 그는 문화계항적총회 회의실에 도착했다.

이번에 그는 얼굴에 미소를 가득 머금고 모든 사람에게 목례를 했다.

"정말 미안해요, 너무 죄송합니다. 45분이나 늦었군요."

주석이 그에게 미소를 지어 보였다. 화웨이 선생도 미소를 지으며 혀를 내밀었다. 마치 자신의 잘못으로 욕을 먹지나 않을까 하고 두려워하는 태도였다. 그는 주위의 분위기를 살핀 후 샤오후쯔(小胡子) 옆에 비집고 앉았다.

그는 중요한 기밀이라도 있는 듯 낮은 목소리로 샤오후쯔에게 물었다.

"어젯밤에 술에 취했지요?"

"괜찮아요. 하지만 약간 어지럽군요. 당신은요?"

"저요? 저는 독주를 세 잔 이상 마셔서는 안 됩니다."

그는 엄숙하게 말했다.

"특히 편주(汾酒)*가 그렇습니다. 저는 독주를 마실 수가 없어요. 류 주임이 억지로 잔을 비우라고 해서 그만……. 아이고, 집에 가자마자 쓰러져 잤어요. 미스 황은 류 주임과 결판을 내라고 하더군요. 왜 나를 취하게 만들었는지 따지라는 거지요. 두고 보세요!"

이렇게 말한 후 그는 급히 가죽 가방을 열어 종이 한 장을 꺼냈다. 그러고는 몇 글자를 적어 주석에게 건넸다.

"잠시만 기다려 주세요."

주석이 발언자의 말을 끊었다.

"화웨이 선생이 다른 일 때문에 가봐야 한답니다. 그의 의견을 먼저 들어 볼 것을 제안합니다."

화웨이 선생이 머리를 끄덕이며 일어섰다.

"주석!"

그는 허리를 약간 굽혔다.

"여러분!"

그는 또 허리를 약간 구부렸다.

---

* 산시성(山西省) 편양현(汾陽縣) 싱화촌(杏花村)에서 생산되는 술로 죽엽청주(竹葉靑酒)로 유명하다.

"형제 여러분, 먼저 양해를 부탁 드립니다. 늦게 왔는데 먼저 가봐야 할 것 같습니다."

잠시 후 그는 자신의 의견을 말하기 시작했다. 그는 "문화계항적총회의 상무이사회는 모든 구망(救亡) 작업의 영도 기관입니다. 그러므로 시시각각 영도 체제의 역할을 다해야 합니다"라고 말했다.

"군중은 복잡한 존재입니다. 특히 지금의 군중 성분은 매우 복잡합니다. 우리가 지도자 역할을 다하지 못한다면 매우 위험해질 것입니다. 위험해요. 사실 이곳의 분야별 공작도 영도 체제가 없으면 안 됩니다. 우리가 짊어져야 할 부담이 너무 커요. 하지만 우리는 어떠한 고난도 두려워하지 않습니다. 이 부담을 짊어져야만 합니다."

그는 영도 체제의 역할이 얼마나 중요한지 반복하여 설명한 뒤 모자를 쓰고 파티에 참석했다. 그는 매일매일이 이렇게 바빴다. 류 주임에게 연락해야 했고 각지 학교에 가서 강연을 해야 했으며 각 단체에 가서 회의를 진행해야 했다. 게다가 날마다 다른 사람이 그를 식사에 초대하지 않으면 그가 다른 사람을 식사에 초대해야 했다.

화웨이 선생의 부인은 나를 만날 때마다 화웨이 선생을 대신해서 하소연을 했다.

"아이고, 그이는 정말 죽도록 고생만 해요. 일이 많아서 밥 먹을 시간도 없어요."

"다른 일에 덜 참견하고 한 가지 일만 전문적으로 할 수는 없나요?"

내가 물었다.

"어떻게 그래요? 수많은 공작을 그가 다 이끌어야 하는데."

화웨이 선생이 딱 한 번 크게 놀란 적이 있었다. 부녀계의 일부 인사들이 전시보영회(戰時保嬰會)를 조직한 후 그를 찾아가지 않았던 것이다.

그는 소식을 들은 후 곧바로 조사에 들어갔고 대책을 강구한 후 책임자를 불렀다.

"위원회가 이미 구성되었다고 들었습니다. 하지만 몇 명 더 넣어도 될 것 같아요. 우리 문화계항적총회에서도 사람을 보내 참가토록 하겠습니다."

그는 상대방이 주저하는 모습을 보고는 아래턱을 괴었다.

"문제는 바로 거기에 있습니다. 당신들이 정말 이 공작을 지도할 수 있겠어요? 제게 보증할 수 있겠어요? 그러니까 여러분의 모임에 스파이나 불량분자가 없다는 것을 보증할 수 있겠느냐는 말입니다. 이후의 공작에 착오가 생기지 않게 하고, 태업을 일으키지 않게 할 자신이 있습니까? 당신이 보증할 수 있겠어요? 가능합니까? 만약 보증할 수 있다면 서면으로 작성해서 문항회 상무이사회에 제출하기 바랍니다. 이후에 여러분의 공작에 착오가 생기면 당신이 책임져야 합니다."

이어서 그는 "이것은 결코 나 자신의 뜻이 아닙니다. 나는 단지 집행자의 한 사람에 불과합니다"라고 말했다. 이때 그는 식지(食指)로 상대방의 가슴을 가리켰다.

"제가 방금 한 말을 여러분이 따르지 않는다면 그것은 불법 단체 아니겠어요?"

이렇게 해서 전시보영회 위원직을 맡게 된 화웨이 선생은 위원회가 열릴 때마다 가죽 가방을 옆에 끼고 5분 정도 앉아 있다가 한두 가지 의견을 발표하고는 이내 대절 인력거에 올랐다.

한번은 그가 고향에서 가져온 고기, 그러니까 소금에 절여 말린 고기가 있다면서 나를 저녁 식사에 초대한 적이 있었다.

내가 그의 집에 도착했을 때 그는 학생 같아 보이는 두 사람에게 화를 내고 있었다. 그들은 문화계항적총회의 완장을 차고 있었다.

"너 어제 왜 안 갔어? 왜 안 갔냐고?"

그가 으르렁거렸다.

"내가 분명히 몇 사람을 끌고 오라고 했을 텐데? 강단에서 강연을 시작하려는데 가만히 보니 자네도 오지 않았더군. 도대체가 뭐 하는 놈들인지 모르겠어."

"저는 어제 일본문제 좌담회에 참석했어요."

화웨이 선생이 갑자기 펄펄 뛰었다.

"뭐, 뭐라고? 일본문제 좌담회? 어째서 나는 모르고 있었지? 왜 내게 안 알렸어?"

"그날 각 부(部) 업무 회의에서 결정된 겁니다. 제가 화 선생님을 찾았지만 화 선생님은 집에 안 계셨어요."

"좋아, 나 몰래 행동한다 이거지?"

그는 노려보았다.

"너 사실대로 말해! 그 좌담회는 대체 무슨 배경을 가지고 있는 거야? 사실대로 말해!"

상대방도 화가 난 듯했다.

"배경은 무슨 배경입니까? 모두 중화민족이지요. 각 부 업무 회의에서 의결한 것인데 어째서 그게 비밀 행동입니까? …… 화 선생께서는 회의에 잘 참석 안 하시고 또 참석한다 해도 끝까지 자리를 지키지 않으십니다. 게다가 찾으러 와도 찾을 수가 없으니……. 그렇다고 해서 마냥 손 놓고 있을 수는 없지 않습니까?"

"개 자식!"

그는 어금니를 깨문 채 입술을 벌벌 떨었다.

"너희들 조심해! 너희들, 흥, 너희들, 너희들!"

그는 소파 위에 쓰러졌고 그의 입은 고통스럽게 일그러져 있었다.

"제기랄! 이, 이 …… 네까짓 청년들이!"

5분 뒤에 그는 고개를 들고 두려운 듯 사방을 둘러봤다. 두 손님은 벌써 떠나고 없었다. 그러자 그가 장탄식을 하며 내게 말했다.

"아이고, 보세요! 텐이 형님, 보세요! 청년들이 어떻게 하는지 보세요! 요즘 청년들 말이에요!"

이날 밤에 그는 필사적으로 술을 마셨고 젊은 것들을 향해 씩씩거리며 욕을 퍼부었다. 급기야 그는 찻잔까지 깨뜨리고 말았다. 미스 황이 부축하여 침상 위에 눕히자 그는 부들부들 떨면서 말했다.

"내일 열 시에 모임이 있는데……."

1938년

바다의 피안

수천

원수로 여기는 일본 장군을 총탄 세 발로 암살한 뒤 혼자서 장도에 올라 도망하기 전에 그는 한 사람을 꼭 만나보고 싶어 했다. 그 사람은 바로, 자신의 불행으로 그를 재탄생하게 만들어준 그의 어머니였다.

그는 자신의 어두운 그림자를 드리운 채 침묵을 지키며, 말없는 해변에 섰다. 주위가 너무 조용하여 마치 이 우주에 그 사람 하나만이 생존하고 있는 것 같았다 – 인류의 유일한 계승자처럼. 깊고 짙은 어둠의 장막이 그를 꼭 감쌌다. 심지어 형체도 없이 소멸되어 그는 이미 밤인 줄도 잊어버린 것 같았다. 밀려오는 조수가 그의 발 가까이로 다가오고 폭풍우가 그의 의복, 심지어 그의 살가죽까지 적셔도 그는 자신에게 닥친 고난을 모두 잊은 듯했다.

그러나 조선 귀족의 아들인 그는 한때 '창덕궁(昌德宮)'을 자유롭게 출입한 적도 있었다. 어린 시절에 그는 '황앵무(黃鶯舞)'와 '아악(雅樂)' 연주를 들으며 즐겁게 지냈다. 그는 아름다운 기억 속에 '단군(檀君)' 자손이라는 영광과 자긍심을 품고 있었다. …… 그러나 이 모든 것이 까마득한 어젯밤의 꿈이 되어 다시 찾기 어렵게 되었다.

그는 자신의 천부적인 지혜와 용감함 때문에 항상 목숨을 건 모험을 하곤 했다. 그리고 '남대문(南大門)' 주변에 사는 최하층 민중을 위해 죽음도 두려워하지 않았다. 지금 그는 조국의 형체에 잃어버린 영혼을 되찾아 주려고 한다. 그는 '이조(李朝)'의 위대한 국운을 종결짓게 할 수는 없었다.

국운과 함께 그의 가정도 쇠락의 길을 걸었고 지금 남아 있는 것이라곤 얼마 안 되는 토지와 방 몇 칸뿐이었다. …… 얼마 남지 않은 이전의 재산일 뿐이다. 하지만 토지와 집을 갖고 있는 사람은 오늘날의 조선인 중에도 드물다. 보통 조선 사람과 비교하면 그는 거지 중에서도 신사에 해당했다. 그러나 자신의 가정 때문에 그는 옛날처럼 자유롭게 다니거나 머물 수가 없었다. 불행 중 다행인 것은, 몇 십 리 밖의 해변이 그의 주인을 잊지 않고 그를 오래도록 기다리게 하고 그의 모친을 기다리게 한다는 것이었다.

귀족 출신의 젊은 부인은 이제 유린당한 할머니가 되었다. …… 그의 모친은 어릴 때부터 노년에 이르기까지 인생의 행복과 불행을 실컷 맛보았고 조국이 흥성하고 몰락하는 과정도 겪었다. 60년이라는 긴 세월 동안 그녀는 다섯 아이를 낳았고 막내가 태어나자마자 과부가 되었다. 비록 젊은 나이였지만 곧고 깨끗하게 삶을 마감하기 위해 어떤 남자에게도 재가하기를 원치 않았다. 아직 청춘이었던 그녀는 말하기 힘든 고통을 견디며 아이들을 성인으로 길러 냈다. 그녀는 오랫동안 고생했으므로 임종 찰나엔 행복하게 죽고 싶었다. 그러나 뜻밖에도 그녀의 운명은 악운(惡運)의 연속이어서 금생에서 그녀는 행복의 끝자락을 붙잡기가 힘들었다. 감옥에서, 형장에서, 실종으로 그녀는 이미 네 아이와 영원히 이별했다. 이제 그녀는 막내와의 이별을 준비하고 있다. 막내와 이별하고 나면 그녀는 곧 고독한 노인이 된다. 자신의 무덤 외에는 의지할 곳이 없어지는 것이다.

상처 입은 조선 사람, 모친은 아들과 항상 이별했고 항상 고독했다. 무엇이 골육의 정인지도 몰랐고 무엇이 가정의 행복인지도 몰랐다. 20년 전에는 치욕스런 '베이징도(北京道)'*에 치욕스런 '독립문'을 다시 세웠다. 이 때문에 상처 입은 조선 사람들은 〈아리랑〉을 부르게 되었다.

해변가에 머문 이 사람의 애창곡의 하나가 바로 〈아리랑〉이었다.

비바람과 어둠으로 흐릿해진 해변은 운무가 낀 것처럼 막막해 보였다. 하늘과 바다는 짙은 색과 옅은 색 두 가지 색만 띠고 있었다. 모든 풍경, 심지어 기적까지도 완전히 짙은 색과 옅은 색 속으로 사라졌다. 들리는 거라곤 세차게 흐르는 물처럼 모래사장에 떨어지는 빗방울 소리뿐이었다. 그리고 방향을 잃은 바닷바람이 불어올 때 남긴 분노하는 소리도 들렸다. 그는 비바람을 맞으면서 가을밤이 인류를 악독하게 손상시키는 것을 느꼈다.

그는 어둠 속에서 천천히 이동해 오는 검은 그림자를 봤다. 그리고 검은 그림자가 자신의 이름을 부르는 소리도 들었다. …… 그 소리는 비바람의 소음을 뚫고 그의 귀에 전해졌다. 이에 그는 다가오는 사람, 즉 자신의 모친을 달려가 껴안았다.

그는 침묵했고 모친은 오열했다. 침묵과 오열이 모자가 고별하는 진정한 언어란 말인가?

그들은 감히 서로를 바라보지 못한 채 그저 먼 곳만 바라봤다. 자유와 행복과 그들의 모든 이상이 바라보던 하늘과 바다가 연결된 선 밖, 즉 바다의 피안에 있는 것 같았다.

시간이 흐르자 모친이 말문을 열었다.

"저쪽이 중국이지?"

그가 묵인하자 모친이 다시 물었다.

---

* 이 길은 조선시대 사신들이 서울에서 의주를 거쳐 베이징에 이르는 연행길인 의주로(義州路)를 말한다.
이 길은 조선시대 중국 사신이 홍제원·모화관을 거쳐 남대문을 통과하여 태평관에 이르는 길목이었다.

"내일 저쪽으로 가니?"

"예. 내일 저쪽으로 갑니다."

"정말 너 혼자 갈 거니?"

"…… 엄마, 저 …… 저는 엄마를 모시고 갈 수 없어요. 저 혼자 …… 엄마도 알다시피 제가 가는 길은 쉽지 않아요."

그렇다. '아리랑' 산언덕은 비록 대리석으로 깔린 길이긴 했지만 걷기가 힘든 길이었다.

순간 그녀는 무정한 바다가 두 사람을 갈라 놓아 자신은 바다 이쪽에 있고 아들은 바다 저쪽에 있는 듯한 느낌이 들었다. 하지만 멀고도 광대한 바다 어느 곳에서 두 사람이 재회하게 될까? 이에 모친 눈가에 맺힌 눈물이 자신도 모르게 떨어졌다. 모친이 갑자기 오열하기 시작한 것이다. 노년에 체력까지 소실되어 두 다리로 무거운 신체를 지탱할 수 없었던 모친은 자신도 모르게 머리를 숙여 아들의 가슴에 기댔다. 그런 다음에 모친은 주머니에서 손수건을 꺼내 눈물을 닦았다.

"엄마, 안심하세요. 장래에 엄마가 저를 찾아오든 제가 엄마를 찾아가든 우리 반드시 만날 날이 있을 거예요."

"내가 죽기 전에 너를 한 번 볼 수만 있다면 그것으로 충분하다."

그녀는 애처로울 정도로 보잘것없으며 하찮은 자신의 희망을 아직 파악하지 못하고 있었다. 그래서인지 모친의 울음소리가 더욱 커졌다.

울음소리에 두려움을 느낀 아들은 애원하듯 엄마를 제지했다.

"엄마, 울지 마세요. 엄마 …… 엄마가 우는 소리를 다른 사람이 들을 수도 있어요. …… 엄마 …… 울지 마세요."

사람의 이성이 감정을 속박할 수 없을 때가 종종 있다. 특히 그녀 – 불행한 노부인은 막내아들과 고별하는 마지막임을 아직 예측할 수 없을 때

였으니.

"…… 울지 마시고 손수건을 제게 주세요."

그녀는 아들이 시키는 대로 손수건을 건네주었다. 그리고 아들과 헤어질 때까지 더 이상 눈물을 보이지 않았다.

이별한 다음날 엄마는 짧은 편지를 썼다. 그리고 아들의 주소를 얻어 곧바로 그 편지를 부치려고 했다. 그러나 하루 이틀이 지나고 일년 이년이 지나도 그 편지는 그녀의 곁을 떠나지 못하고 계속 그녀의 발길을 따라 먼 여정을 좇아다녔다. 당시에 그녀는 '제국 반역자의 어머니'로 낙인찍혀 토지와 집을 몰수당했고 심지어 친척과 친구들에게까지 '액운' 취급을 당했다. 그래서 어머니의 눈에는 모든 세계가 '드나들지 못하는 곳'으로 보였고 인류와의 모든 관계가 단절된 것만 같았다. 그때부터 어머니는 하늘 밖이든 땅 끝이든 홀로 떠돌아다녔다.

고통스럽게 살면서 모든 재산을 팔아 버린 어머니는 몇 십 년 전 결혼할 때 받은 금속 장신구도 팔아 버렸다. 이제 어머니에게 남은 것은 편지 한 통뿐이었다. 편지에는 이렇게 씌어 있었다.

내 아들아,

네가 떠나간 이상 어미 생각은 더 이상 하지 않았으면 좋겠구나. 너의 평안이 곧 나의 행복이란다.

예전처럼 너를 잊을 수가 없구나. 금년에도, 내년에도, …… 무덤 앞에 잡초가 가득 자랄 때까지도.

나는 늘 생각한단다. 나는 아직 늙지 않았고 너는 아직 어리니 우리에게 남은 세월은 길다고. 설마 우리 두 사람이 한 번 만날 날이 없겠니? 너를 한 번 볼 수만 있다면 이제 영원히 너와 이별해도 여한이 없겠다.

답장해 주기 바란다. 네가 엄마에게 알려야 할 것만 알려 주렴.

어머니가
1929년 10월 11일

그가 상하이에서 이 짤막한 편지를 받았을 때 편지 봉투와 편지지, 편지 속 글씨 모두 오래된 것이었지만 수신인의 주소와 이름만큼은 얼마 전에 씌어진 것이었다. 그리고 편지 마지막에 새로 쓴 글이 있었다.

내가 병중이라 다시 쓰기가 불편하여 그냥 이 편지를 부친다. 나는 널 원망하지 않는다. 안심해라, 엄마는 아들을 영원히 용서할 거야. 네가 엄마에게 쓴 편지가 많을 걸로 알고 있다. 그러나 내가 생활에 쫓기는 바람에 인편으로 온 너의 마지막 편지만 받았다. 이후에도 편지 왕래가 끊이지 않았으면 좋겠구나.

그 짧은 편지는 다시 쓰지 않은 원래의 편지였다. 바뀐 것이라고는 편지 마지막의 '1938년 11월 22일'이라는 날짜뿐이었다. 이 날짜와 원래의 날짜를 비교해 보니 그 중간의 시간이 너무 길었다. 바로 그 시간이 한 사람을 청춘에서 노년으로, 노년에서 무덤으로 끌고 간 것이었다. 이때 직선으로 곧았던 그의 등은 호선(弧線)으로 굽었다. 그의 검은 머리는 절반은 빠지고 절반은 하얗게 변해 마치 그가 소년 시절에 입었던 의복의 색깔처럼 되어 있었다.

편지를 다 읽고 나니 자질구레한 기억들이 떠오르기 시작했다. 마치 해변에 조수가 밀려오듯 끊임없이 이리저리 솟구쳤다. 그 동안 그는 즐거워하기도 했고 감상에 빠지기도 했다. 감상에 빠질 때에는 긴 탄식만 내뱉었다. 자신의 이상에 다가가면 갈수록 자신의 가족을 더 멀리한다는 것을 알고 있었기 때문이다. 설령 모친이 있고 애인이 있다 하더라도 고독자의 신세를 면할 수는 없다. 그렇다. 이런 사람이 그 사람 한 사람밖에 없는 것은 아니다.

이후에도 그는 계속해서 모친에게 편지를 썼다. 최후에는 그의 모친이 "내가 이 세상에 오래 머물기 어려울 것 같으니 땅에 묻히기 전에 막내아들을 꼭 한 번 보고 싶구나"라고 편지에 썼다. 그는 천부적인 감정에 이끌려 모친에게 이를 허락했다.

…… 그러나 일본이 다시 상하이 구석구석까지 마수를 뻗치기 시작했고, 이 때문에 그는 다시 비밀 생활을 할 수밖에 없었다.

모친이 상하이에 오던 날 그는 모친을 영접하기 위해 부두로 나갔다. 그는 먼 길을 떠나온 배가 황푸장(黃浦江)으로 들어와 부두에 정박하는 모습을 지켜보다가 여객 틈을 비집고 나오는 노파를 발견했다. 순백의 두발과 무수한 주름으로 갈라진 얼굴, 지팡이에 의지한 쇠약한 걸음걸이와 환상에 잠긴 흥분되고도 행복한 표정 …… 그는 모친을 알아봤다. 그러나 모친을 부축해서 거처로 모시고 갈 수도 없었고 모친을 향해 가볍게 부를 수도 없었다. 게다가 모친의 시선이 자신의 몸에 닿는 것도 피할 수밖에 없었다. 모친 뒤에서 일본 밀정이 뒤따르고 있었기 때문이다. 그들은 모친을 뒤쫓아 10년 동안 잡지 못한 '살인범'인 그녀의 아들을 잡을 수 있기를 바랐다.

결국 그는 일본 밀정을 뒤따라가 모친이 묵게 될 여관을 알아냈다. 그리고 3일 후 그는 도적 행색을 하고 모친의 방에 들어갔다.

밤이 깊은데다 등불까지 꺼져 있어 온 방 안이 어둠에 잠겨 있었다. 모친은 침상에 누워 있었다. 며칠 동안의 기대와 초조함으로 병이 재발한 것이었다. 모친의 신음 소리는 인생의 최후가 가까웠음을 말해 주고 있었다.

그는 살며시 침상 곁으로 다가가 낮은 소리로 말했다.

"엄마, 저 왔어요."

이 목소리를 듣고 모친이 맨 처음 받은 느낌은 꿈을 꾼다는 느낌이었다. 잠시 후 그 소리를 분명히 알아들은 모친은 자리에서 벌떡 일어나 어둠 속으로 두 손을 뻗었다. 그리고 벌벌 떨면서 더듬기 시작했다.

"…… 아들아 …… 너 어디 있니? …… 어서 와 …… 내 손 여기 있다. …… 너 어디 있니? 아들아 …… 등불을 켜 …… 자세히 좀 보자."

하지만 그에게는 등불이 공포와 죽음의 도화선처럼 느껴졌다.

"…… 자 빨리 …… 내가 성냥을 그을게."

그러자 그는 성냥의 약한 불빛마저 불행의 근원이라는 생각이 들었다.

이번 만남에서 모친은 아들의 목소리만 들었을 뿐, 얼굴은 보지 못했다. 자신이 오랫동안 품어 온 바람을 이루지 못했던 것이다. 아들이 떠나려 하자 모친이 아들에게 당부를 했다.

"아들아 내일 새벽에 다시 오너라. …… 아니다, 창문 아래로 그냥 지나가기만 해. …… 창 틈으로 한 번 보게."

아들은 모친이 시키는 대로 다음날 새벽에 창문 아래를 지나갔다. 하지만 몇 번을 지나가도 창틈으로 엿보는 모친의 모습은 볼 수가 없었다.

나중에 여관 점원의 말을 들으니 그 방에 묵고 있던 손님이 새벽에 죽었다는 것이다.

십 년. 십 년이라는 세월은 짧은 세월이 아니다. 십 년의 이별은 너무나도 긴 이별이었다. 십 년 동안 그들은 단 한 번도 보지 못했다. 십 년 뒤에 한 번 보고는 망연자실했다. 그들 모자의 십 년의 유감을 누가 생각이나 했겠는가? 한 사람은 이승에서 저승으로 데려가고 한 사람은 현재에서 영원 속으로 데려갈 줄 누가 알았겠는가? 십 년의 기약이 사라질 줄 누가 알았겠는가?

그는 떠났다. 아무도 없는 거리로 가서 자신도 모르게 울음을 터뜨렸고 무심결에 수건을 꺼내 눈물을 닦았다. 하지만 그는 그 수건이 고국에서 헤어지면서 모친이 울었을 때 받아 온 수건이라는 것을 알아차렸다. 그는 그 수건을 진귀한 기념품으로 여겨 소중히 간직했고 두 번 다시는 그것으로 눈물을 닦지 않았다. 수건으로 모든 눈물을 닦아낼 수 없고, 눈물로 모든 원한을 씻어낼 수 없기 때문이다.

1940년

밤

딩링

1

양떼가 이미 뜰로 몰려 들어왔다. 자오(趙) 씨네 큰아가씨는 아직 자신의 동굴 입구에 앉아 구두의 양쪽 볼을 박고 있었다. 그녀가 고개를 돌릴 때마다 양쪽 어깨 위에 드리워진 은 귀걸이가 심하게 흔들렸다. 양떼가 밀치락달치락하며 우리 안으로 뚫고 들어갔는데 아직 밖으로 나오지 못한 몇 마리의 어린 양들은 펄쩍펄쩍 뛰어다니다가 한쪽에 부딪쳐 소리를 지르기 시작했다.

이쪽 동굴의 온돌 위에 모인 선거위원회 위원 몇 명은 계속 창문에서 뛰쳐나왔다. 그들은 방금 회의를 마쳤는데도 아직까지 무언가를 부탁하고 있었다. 구두의 양쪽 볼을 박고 있던 칭쯔(淸子)가 고개를 돌리더니 찐득찐득하고 경멸을 머금은 듯한 얼굴로 웃었다.

여러 가지 문제에 시달려 피곤해진 위원들은 하늘을 바라보았다. 남색의 밥 짓는 연기가 동굴 꼭대기의 굴뚝에서 뿜어나와 바람을 타고 사방으로 흩어졌다. 그들은 앞쪽 마을에 가서 밥을 먹기로 했다. 오늘 저녁에도 다음 날 있을 선거대회를 준비해야 했기 때문이다. 하지만 벌써 삼사 일째 귀가하지 못한 지도원에게는 의외로 집에 돌아가는 것이 허락되었다. 구위(區委) 부서기는 일찍이 그를 대신해서 목축이 여러 사람에게 매우 중요하다고 말했고 또 하나밖에 없는 그의 소가 이틀째 새끼를 낳으려 하고 있으며 자기 부인은 세 끼 밥만 지을 줄 아는, 사십이 넘은 여인이라고 다른 사람들에게 말했다.

절구를 청소하고 있는 부인 곁에서 초대원이 서둘러 나왔다.

"식사 준비가 다 됐는데. 어딜 가시려고요? 부인이 해주는 밥이 더 맛있겠지요?"

그는 젊은 대리 향장(鄕長)의 손을 잡았다. 연초에 방년 15세의 아름다운 처를 얻은 향장은 항상 다른 사람들로부터 선의의 놀림을 받았다.

대문 앞에 서서 맞은편 산에 활짝 핀 복사꽃을 바라보고 있는 사람은 발육 상태가 매우 빠른 칭쯔였다. 분홍색 털실로 길고 검은 댕기머리를 묶고, 까만 조끼의 양쪽으로 꽃무늬를 수놓은 소매를 들고서 문 기둥에 기대고 있었다. 16세의 아가씨가 이처럼 크게 자랐는데 법정 연령 때문에 시집가는 게 문제가 되다니!

다리 위에서 헤어져 모두들 남쪽으로 가는데 허화밍(何華明)만이 홀로 집으로 가는 북쪽 길로 나섰다. 그는, 아직도 문가에 기대어 말없이 머나먼 곳을 바라보고 있는 큰 아가씨의 모습을 보게 되었다. 매우 기이한 느낌이 그의 마음속에 와 닿아서 그가 방금 회의에서 이해하지 못했던 여러 문제를 전부 사라지게 만들었다. 그는 매우 즐거운 듯 경쾌하게 걸음을 옮기며 휘파람을 불기 시작했다. 그러더니 갑자기 멈춰 서서 이렇게 중얼거렸다.

"이 여자는 낙오자야. 몇 달 안 되는 겨울 학교에도 나가지 않고, 지주 딸이라 그렇지. 제기랄, 그 자오페이지(趙품基)란 놈이 돈이 있어서 딸을 보배로 여기고는 이처럼 큰데도 아직 시집을 보내지 않다니……."

그는 일부러 고개를 흔들어 남아 있는 짧은 머리가 자신의 귓바퀴를 스치게 했다. 그리고 곧이어 그것을 뒷머리 쪽으로 넘겼다. 마치 마음속에 남아 있는 골치 아픈 걱정을 떨쳐 내려는 것 같았다. 그러고는 다시 사방을 바라보기 시작했다. 날은 벌써 어두워지려고 했다. 머나먼 두 산 사이에는 짙은 남색 뭉게구름이 머물러 있었고, 그 위쪽에는 엷은 황금빛 물결 같은 빛이 어느 순간에 신속하게 변환하고 있었다. 산의 색과 윤곽 역시 흐릿해져서 침울한 느낌을 주었으나, 어떤 사람에게는 더 많은 어떤 것을 생각나게 하리라. 밝은 서쪽 산에서는 누군가 소를 몰면서 부드러운 밭을 오갔다. 또 쟁기를 지고 가는 사람도 있었고, 산비탈에서 소를 몰아 서둘러 집으로 돌아가는 사람도 있었다. 단지 지도원인 그만이 토지를 황무지로 만들어 버렸다. 20여 일 동안 이 촌락의 무슨 선거 때문에 집으로 돌아가는 날이 더욱 적어졌으며, 여태 산에 한 번도 오른 적이 없었다. 이와 반대로 그가 매번 집에 돌아올 때마다 듣게 되는 원망과 잔소리는 더욱 많아지게 되었다.

사실 다른 사람들이 밭에서 고생스럽게 일하는 장면을 볼 때마다 그도 얼마 안 되는 자신의 토지를 생각하고는 몸소 경작할 날만을 기다렸다. 하지만 요즈음 여하를 막론하고 벗어날 수 없는 사업을 의식하고는 늘 말할 수 없는 고충을 느꼈다. 어떤 사람이 상냥하게 물어도 그는 곧 말을 끊어 버렸다. 다른 사람 앞에서 담소하고 문제를 얘기하고 보고를 했을 뿐만 아니라, 촌민 선거대회 때는 사람들에게 이끌려 앙가무(秧歌舞)*를 추고 미호(郿鄠)**를 불렀다. 그는 이 마을 사람들에게 잘 알려지고 환영 받는 목청을 가지고 있었다. 그러나 그는 자신의 황폐해진 밭에 대해 얘기하는 것을 원

---

* 중국 북방의 농촌 지역에서 널리 유행하는 민간 가무의 일종
** 산시(陝西) 지방 전통극의 하나로 미현(郿縣: 지금의 眉縣)과 호현(鄠縣: 지금의 戶縣)의 민가에서 발전하였으며 산시와 산시(山西), 간쑤(甘肅) 일대에서 유행했다.

치 않았다. 그는 이번 선거 공작이 끝나자마자 산으로 올라갈 수 있길 바랄 뿐이었다. 그의 토지, 흙 냄새, 강렬한 태양, 그리고 그의 동반자인 소가 그를 부르고 있었다. 이들은 그의 목숨과 떼려야 떼어낼 수 없는 것들이다.

뒤편 냇가에 접어들었을 때는 이미 어둠이 깔려 있었다. 몇 십 년간 지나다니며 어둠에 익숙해진 시각에 의지하여 빨리 걸었다. 생각도 아주 빨리 전환되었다. 그는 많은 사건을 안고 있었다. 여러 가지 기념할 만한 사건들이 위험하고 외지고 깊은 냇가에 쓰여 있었다. 그가 어렸을 때 여기서 사슴 한 마리를 쫓기 위해 수풀 지대까지 뛰어갔다가 표범을 만난 적이 있었다. 그는 이곳을 떠난 적도 있었다. 그는 작은 봇짐을 메고 처가에 데릴 사위로 들어갔었다. 그때 그는 스무 살이었고 그녀는 이미 서른 두 살이었다. 하지만, 지금 생각해 봐도 당시 그녀에게서 꼴사나운 인상을 찾아낼 수 없었다. 오래지 않아 그는 부인을 태운 작은 당나귀를 끌고 돌아왔다. 어느 곳에 한 살 난 아들을 매장했고 어느 곳에 네 살 된 딸의 시체가 잠들어 있는지, 아무리 깊은 밤일지라도 모두 알 수 있었다. 뿐만 아니라 일 년 가량 그들은 밤에만 이 냇가에서 행동했는데, 그 소대장이 큰 느릅나무 옆에서 피살되지 않았던가? 그때 그는 적위대(赤衛隊)*에 있었다. 그는 지도원이 된 후부터 늘 저녁이 되어야 집에 돌아왔다. 그래서 이러한 과거의 인상은 약간의 달콤함과 슬픔, 흥분을 지니고서 그를 위로했다. 그는 실제로 여러 가지 어려운 정치 문제와 번잡한 공작에 시달려 큰 고생을 했다. 따라서 그는 이 고독한 밤길을 걷는 것이 취미라고는 말할 수 없으나 그다지 싫지만은 않았다.

길 양쪽은 전부 높은 산이라서 가면 갈수록 수림이 많아졌다. 콸콸 흐

---

* 중국 공산당 토지혁명 시기(1927-37)에 공장·광산 및 농촌에 조직되어 생업에 종사하며 홍군(紅軍)을 도와 전쟁을 한 군중 자위 무장 조직. 후에 민병으로 개명.

르는 물소리가 때로는 왼쪽에서, 때로는 오른쪽에서 났다. 산에 막혀 아주 좁아진 하늘에는 쓸쓸한 별들이 깜박거리며 그를 바라보고 있었다. 미세한 남풍이 몸 뒤에서 비스듬히 불어왔다. 잘 알 것 같으면서도 무언지 모를 향기를 머금고 있었다. 멀리서 개가 짖더니 황색 등불 두 개가 어둠 속에서 빛났다. 그의 작고 빈궁한 마을은 이 향리에서도 가장 가난하고 작은 마을이었다. 그러나 그는 이 마을을 사랑했다. 그는 장(張) 씨 집 동굴 바깥에 쌓아둔 땔감, 즉 마을의 가장 바깥에 쌓여 있는 땔감을 보기만 하면 유달리 친밀한 감정을 느꼈다. 그는 아울러 늘 자랑스럽게 여기곤 했다. 왜냐하면 20호밖에 안 되는 마을에 공산당원이 28명이나 있었기 때문이다.

넓고 평탄한 비탈길에 접어들었을 때 그는 더욱 빨리 걸었다. 그리고 무엇 때문에 반나절 동안이나 자신의 소를 완전히 잊고 있었는지 의아해했다. 초조해진 그는 소식을 듣고 싶었다. 낳았나? 아직 안 낳았나? 평안무사한가? 아니면 잘못되기라도 한 건가? 평소 한가한 시간에 그는 송아지가 어미와 함께 기뻐 펄쩍펄쩍 뛰는 것을 환상한 적이 있다. 그는 급히 집으로 달려가 외양간으로 갔다.

2

그가 외양간을 두 번 둘러보고 돌아오니 부인은 어느새 온돌을 말끔히 치워 놓았다. 그녀 자신은 잠을 자려 하지 않고 부뚜막 앞에 우두커니 앉아 있었다. 부인은 그를 응시했지만 무언가를 참으며 말을 꺼내지 않았다. 그러나 그는 부인의 얼굴 주름 속에 폭풍이 잠복하고 있는 것을 알아차렸다. 습관적으로 그는 상의를 걸치고 급히 문을 나서는 것 외에는 피할 도리가 없다는 것을 알고 있었다. 그러나 너무 늦은 시간이었다. 게다가 소 때문에 나갈 수도 없었다. 그는 벗겨지기 시작하는 부인의 앞머리를 혐오스럽게 바라보며 한바탕 풍파를 피할 수 있기만을 바랐다. 방법은 하나, 아내를 상대하지 않는 것이었다. 말하자면, 누우러 가면서 "아, 정말 피곤하군"이라고 말하는 것이었다. 그의 이 말은 싸움을 원하지 않는다는 표시였다. 즉 자신의 피곤함을 부인에게 알려 용서를 받겠다는 것이었다.

그러나 눈물 한 방울이 땅에 떨어졌다. 여인이 울고 있었다. 처음에는 한 방울, 두 방울 떨어지더니 나중에는 강물이 열린 듯 끊임없이 흘러내렸다. 희미한 '참기름 등(燈)'은 먼지가 가득한 누런 머리 위를 비추고 있었다. 그리고 뺨을 괴고 있는 여윈 손은 등불 아래에서도 사람을 두렵게 할 만큼 창백했다. 부인은 자신을 원망하면서 저주했다.

"죽어도 싸지, 내 팔자가 이토록 나쁘다니! 꼴 좋군, 이렇게 사내대장부가 있어도 제대로 먹지도 못하고 입지도 못하는 것이 내 팔자이니······."

그는 아무 말도 하고 싶지 않았다. 마음 한편으로 소가 걱정되어 몸을 동굴 밖으로 향하고 누웠다. 그는 마음속으로 생각했다.

"저 늙은 괴물은 정말 '물질적 기반'이 없어. 소도 새끼를 낳아 기르는데, 저 년은 도대체 뭐야, 알도 못 낳는 암탉인 주제에."

무엇이 '물질적 기반'인지 그는 알지 못한다. 그러나 그는 그 뜻을 분명히 알고 있었다. 늙으면 아이를 낳을 수 없다는 말이라는 것을. 이것은 부서기가 알려 준 새로운 명사였다.

두 사람은 아이를 갖고 싶어 했다. 그에게는 일을 거들어 줄 사람이 필요했고 그녀는 믿고 의지할 사람이 없어 상심이 가득했다. 그러나 그들은 화기애애하게 지내지 못했다. 부인은 "돈도 못 벌고 집안일도 돌보지 않는다"며 남편을 욕했고, 남편은 "낙후되어 있고 뒷덜미를 잡아끈다"며 부인을 욕했다. 그가 이 향리의 지도원이 된 후부터 그들은 풀 수 없는 원한이라도 맺힌 듯 화목해지기가 어려웠다.

이전에도 그들은 걸핏하면 다투곤 했다. 그런데 최근 들어 그녀의 슬픔이 더 커져만 갔다. 왜냐하면 그의 침묵이 갈수록 심해졌기 때문이다. 그의 성질은 좋아졌지만 그녀의 성질은 더욱 나빠져 갔다. 그가 너무 멀리 벗어났기 때문에 그녀로서는 그를 틀어쥘 방법이 없었다. 그녀가 바라는 것은 평안한 삶이었다. 하지만 그가 무엇을 원하는지는 전혀 알 수가 없었다. 정말 황당한 일이었다. 그녀의 마음을 더욱 아프게 하는 것은, 자신은 늙었고 그는 젊다는 것 그래서 그를 만족시켜 줄 수 없고 그의 흥미를 끌 수 없다는 것을 분명히 알고 있다는 것이었다.

그녀는 더욱 심하게 울었다. 주먹으로 무엇인가를 두드리면서 큰 소리로 욕을 하고 저주했다. 그녀는 그를 격노케 하고 싶었다. 그는 조용히 누워 온 힘을 다해 혐오를 눌렀지만 자신도 모르게 나쁜 생각이 생겨났다.

'땅 몇 뙈기를 아내에게 주자. 남이 해주는 밥은 먹고 싶지 않아. 빈털터리가 되자. 이 동굴과, 부뚜막 그리고 그릇이니 잔이니 전부 아내에게 주자. 나는 이부자리 하나와 두세 벌의 옷만 있으면 돼. 내게는 아기가 없으니까. 아내에게는 토지와 가구가 있으니 아이가 있어도 얼마든지 기를 수 있을 거야. 나는 곧⋯⋯.'

그는 마치 독신의 홀가분함을 느끼는 듯했다. 몸을 돌리니 뜨끈뜨끈한 고양이가 그의 곁에서 잠을 자고 있었다. 그가 한 대 때리자 고양이가 몸을 구부려 한 걸음 물러나는가 싶더니 다시 자리에 누워 버렸다. 이 고양이는 3년째 기르고 있는 회색 고양이였다. 그는 다른 고양이는 좋아하지 않고 오직 이 회색 고양이만 좋아했다. 힘든 일을 끝내고 집으로 돌아오면 고양이가 자기 곁을 떠나지 않았기 때문이다. 그리고 그는 뜨거운 온돌 위에 누워 고양이를 어루만지며 부인이 차려 주는 밥상을 기다렸다.

부인은 아직도 화가 나 있었다. 하지만 콩나물을 아주 좋아했던 그는 부인이 콩나물시루를 깨뜨릴지도 모른다는 걱정이 앞섰다. 그는 말이 하고 싶지 않아 몸을 돌렸는데 이때 그의 발이 온돌 모서리의 대바구니에 부딪치고 말았다. 그래서 그 안에 있던 갓 태어난 병아리가 놀라 삐약삐약 울기 시작했다.

"내 몸이 말이 아니라는 것도 알고, 늘 병을 달고 산다는 것도 알면서 전혀 도와줄 생각을 하지 않다니. 작두로 꼴을 써는 일도 내가 해야 하고 소가 새끼 낳는 것도 내가 돌봐야 하고……."

그녀가 일어서는 것 같았다. 그는 그녀가 뛰어올까 봐 두려웠다. 그래서 온돌 위에서 미끄러지듯 내려와 마당으로 갔다. 그는 여전히 화가 나 있었다.

"암소, 송아지 전부 다 주지"

산꼭대기에 걸린 반달이 마당 반쪽을 밝게 비추고 있었다. 개 한 마리가 마당 한복판에 누워 있다가, 그를 보고는 일어서서 마당 한쪽으로 걸어 갔다. 그는 외양간으로 가서 여물통에 풀이 많이 남아 있는 것을 확인했다. 소는 어두운 곳에 누워 코를 가볍게 힝힝대고 있었다.

"제기랄, 왜 아직 낳지 않는 거야!"

내일 있을 대회를 생각하니 마음이 더욱 초조해졌다.

그가 막 외양간을 떠나려 할 때 사람 그림자 하나가 가로질러 와서는 낮은 소리로 물었다.

"소가 새끼를 낳았어요?"

이 사람은 한 손으로는 여물통을 고이고, 나머지 한 손으로는 외양간 문을 잡으며 그가 나오는 길을 막았다.

"당신이었군요, 허우구이잉(侯桂英)"

어느새 그의 가슴이 빨리 뛰기 시작했다.

허우구이잉은 이웃에 사는 청년연합회 주임의 아내였는데 남편의 나이가 겨우 열여덟 살이었다. 스물세 살인 그녀는 남편을 싫어하여 이혼 얘기를 꺼낸 적도 있었다. 부녀연합회 위원인 그녀는 현재 참의회(參議會) 후보로 피선되어 있었다.

이번이 세 번째 아니면 네 번째일 것이다. 저녁 무렵 그가 먹이를 주러 나올 때마다 따라 나와 먹이를 주었던 그녀는 매번 그에게 다가와 말을 걸곤 하였다. 낮에 만났어도 그녀는 외꺼풀인 긴 눈을 가늘게 뜨며 미소를 지었다. 하지만 그는 그녀가 싫고 원망스러웠다. 심지어 그녀를 잡아 찢어 버리고 눌러 부숴 버리지 못하는 것이 한스러울 때도 있었다.

그녀의 짧게 자른 머리와 훤히 드러난 목에 달빛이 쏟아져 내렸다. 그녀가 가볍게 입술을 깨물며 그를 바라보았고 그도 우두커니 그쪽에 서 있었다.

"당신……."

그는 자기 몸 속에서 두려운 무언가가 일어나는 것을 느꼈다. 그것은 바로 사람들을 놀라게 할 만한 일을 저지르려는 생각이었다. 아무것도 두려울 것이 없는 그였지만, 갑자기 다른 무언가가 그를 압박하여 그녀의 말을 끊어 버렸다.

"안 돼요, 허우구이잉, 당신은 곧 의원이 됩니다. 우리 모두 간부들이니 비판을 받게 될 거예요."

그는 그녀를 밀어제쳤다. 그리고 돌아보지도 않고 동굴로 들어가 버렸다. 온돌 위에 앉아 있는 부인이 여태껏 눈물을 흘리고 있었다.

"아아!"

그는 한숨을 길게 내쉬고 온돌 위에 드러누웠다.

큰일을 겪은 뒤 진정하고 나자 방금 벌어졌던 일이 다른 사람의 일로 생각되어 매우 만족스러웠다. 그래서 그는 부인을 불렀다.

"여보, 소는 아직 새끼를 낳지 않았어. 아마 내일이나 되어야 낳을 모양이야."

부인은 그의 말을 듣고는 울음을 그치고 등불을 불어 껐다.

"저 마누라는 어쩔 수 없어. 그래, 밥이라도 짓게 해야지. 이혼으로 소
란 피우면 영향이 좋지 않지."

그러나 마당의 닭이 울었다. 부인은 이미 옷을 벗고 그의 옆에 누워서
잔소리를 하였다.

"내일 또 나갈 거야? 무슨 회의가 끝날 줄도 모른담."

"소도 보살펴야 하는데."

그러나 그에겐 소에 대한 일을 생각할 만큼 많은 시간이 없었다. 그는
잠이 필요하다. 그는 눈을 감고 잠을 청하려고 노력했다. 그러나 회의장,
군중들만 보이고 또 무슨 "선전 공작이 불충분하다. 농촌이 낙후되었다,
부녀회의 공작도 제로나 다름없다."는 말이 들릴 뿐이었다. 그는 여기까
지 생각하자 초조함을 피할 수 없었다. 어떻게 하면 농촌을 잘 살게 만들
수 있는가, 여기에는 일할 사람이 없다. 그 자신은 무엇인가? 그는 아무것
도 이해하지 못했다. 그는 배운 적이 없으며 글자도 모른다. 그는 자식조
차도 하나 없다. 그러나 그는 지금 향 지도원이기 때문에 내일 또 회의를
개최하는 의의를 보고해야 한다.

창호지가 천천히 하얗게 변하더니 옆집에서는 벌써 일어나는 사람이
있었다. 허화밍은 도리어 반 수면 상태 속에 빠졌다. 누렇게 여윈 부인은
이미 깊은 잠이 들었는데, 한 줄기 눈물이 쑥 들어간 눈언저리 위에 고여
있었다. 고양이도 그 옆에 누워서 코를 드르렁드르렁 골고 있었다. 서광에
비치는 이 동굴은 도리어 따뜻하고 쾌적하게 보였다.

날이 점점 밝아 오고 있다.

1941년

의사 선생님 어머니

우쩌류

후원의 쪽문에서 삐걱거리는 소리가 나더니 문이 열렸다. 안에서 복상(福相)을 가진 할머니가 걸어 나왔다. 뾰족하며 작은 신발을 신은 할머니는 계집종을 데리고 있었고 계집종의 손에는 대나무 광주리가 들려 있었다. 그리고 그 광주리 안에는 제물 몇 가지와 금은 박지 향이 담겨 있었다.

문 밖에 서 있던 거지가 고개를 내밀어 집 안의 동정을 몰래 살피고는 할머니가 나오길 기다렸다. 이 거지는 할머니가 매월 15일이면 어김없이 사당에 가서 분향한다는 사실을 알고 있었다. 하지만 동료들이 알아차릴지도 모른다는 생각에 그 사실이 알려지지 않도록 조심했다. 그는 매달 15일이 되면 몰래 이 집 후문에서 기다렸는데 십 년 동안 한 번도 빠진 적이 없었다.

할머니를 본 거지는 마치 살아 있는 신선을 만난 것처럼 공경하는 태도로 할머니를 맞았다. 백발이 성성하고 의복은 남루하여 깁고 또 기웠으며 지팡이에선 반들반들 빛이 났다. 그는 할머니 앞으로 다가와 곧장 구슬픈 목소리로 애원했다.

"의사 선생님 어머니, 대자대비하십니다."

이 말을 듣고 가엽게 여긴 의사 선생님 어머니는 당장 거지의 쌀 포대를 계집종에게 건네주며 명령했다.

"쌀 두 말을 가져오너라."

하지만 계집종은 주저하며 움직이지 않았다. 그 모습을 본 의사 선생님 어머니는 조금 다급해져서 큰 소리로 외쳤다.

"무서워할 거 없어. 신파(新發)는 내 아들 아니냐? 자잘한 것이니 무서워할 것 없어. 빨리 가져와."

"의사 선생님 어머님의 말씀이 맞긴 합니다만 저는 어쨌든 용기가 나질 않아요. 의사 선생님을 보기만 해도 무서워 죽겠어요."

계집종은 조심조심 주방 안으로 들어갔다. 그리고 주위를 살피며 급히 쌀독을 연 다음 되로 쌀을 퍼서 포대에 담았다. 황급히 주방을 빠져나온 계집종은 의사 선생님 어머님 앞까지 걸어와 손바닥으로 가슴을 쓸어내리고서야 마음을 조금 가라앉힐 수 있었다. 주방이 첸신파(錢新發) 방 바로 옆에 있었기 때문에 만약 쌀을 되다가 첸신파에게 들켰다면 분명 호된 꾸지람을 들었을 것이다. 그는 남들이 보든 말든 몸 둘 바를 모를 정도로 심하게 꾸짖고 욕을 퍼붓는 사람이었다.

한번은 계집종이 쌀을 되고 있는데 갑자기 첸신파가 주방으로 들어왔다. 그는 화를 내며 계집종을 나무랐다.

"아무래도 네가 가장 나쁘구나. 네가 쌀을 되어 나가지 않는다고 해서 거지가 뭘 어쩌겠니? 할머니가 한 말 가져오라고 해도 네가 한 되만 내가 되잖아."

계집종은 어쩔 수 없이 한 되만 되어서 가지고 나왔다. 하지만 영문을 알게 된 의사 선생님 어머니가 화를 내며 말했다.

"우둔한 것 같으니!"

할머니는 거지의 지팡이를 빌려 들고서는 날뛰며 안으로 들어갔다. 첸신파는 모친이 화를 내며 시끄럽게 구는 이유를 알지 못했다. 그리고 변명했다.

"어찌 그럴 수 있어요? 거지한테 쌀 한 컵만 주면 되지 한두 말씩 보시하는 경우가 어디 있어요?"

이 말을 들은 모친은 시비를 가리지 않고 거지의 지팡으로 때리며 욕을 퍼부었다.

"신파야, 너의 소작료가 3천 석이 넘는데도 쌀 한 말 보시하려 하지 않고 가난한 사람을 무시하는구나. 군수나 과장이 오면 별것 아닌 일에 크게 놀라 고기 준비하랴 술 준비하랴 천금을 아끼지 않고 그들을 환대하겠지. 너는 주구가 되어 사람 같이 보이지 않는구나."

할머니는 욕을 하며 다시 거지의 지팡이를 들어 첸신파를 때렸다. 가족이 대경실색하여 이구동성으로 용서를 구하자 할머니는 그제서야 화를 가라앉혔다. 첸신파는 화를 낼 수는 있으나 감히 말을 하지 못하고 분풀이를 할 곳도 없어 계집종이 문제만 일으킨다고 원망을 했다. 사람 노릇하기가 가장 어렵다. 계집종도 어쩔 도리가 없었다. 할머니를 거역할 수도 없었고 그렇다고 주인에게 순종하는 것도 쉽지 않았다. 어쩔 수 없이 매월 15일만 되면 여전히 쩔쩔매면서 쌀을 되어 거지에게 가져다주곤 했다.

후에 전세가 급박하게 돌아가자 양식도 배급되고 쌀도 배급되기 시작했다. 의사 선생님 어머니는 시국의 관계 때문에 쌀을 보시할 수가 없어 부득불 돈으로 대신했다. 매월 15일만 되면 도지는 계집종의 우울병은 그때가 되어서야 해소되기 시작했다.

첸신파는 K가(街)의 공의(公醫)다. 그가 가장 좋아하는 일은 공의복(公醫服)을 걸치고 외출하여 여행하거나, 크고 작은 공무를 보거나 장례식에 참석하고 왕진하는 것이다. 여하를 막론하고 그는 항상 공의복을 걸치고 다녔다. 부근 사람들 중 어느 누구도 그가 일반 셔츠와 바지를 입은 모습을 본 적이 없었다. 그의 공의복은 항상 다리미로 반듯하게 다려져 있었다. 그리고 그는 공무원처럼 공의복을 걸치고 큰 벼슬아치처럼 위세를 부렸다. 그의 의술은 그리 뛰어나지 않았고 그저 그런 정도였다. 그러나 그의 명성만큼은 원근 사람이 모두 알고 있었다. 이처럼 위대한 명성이 어디에서 나왔을까? 그가 환자에게 거짓된 친절과 호의를 베풀었기 때문이다. 백성은 모두 온순한 사람들이니 그의 속마음을 어찌 알겠는가? 사람들 모두가 그를 잘못 알고 있었다. 그리고 그 소문이 빨리 퍼져서 그의 명성이 높아지게 되었던 것이다. 명성을 얻으면서 그는 돈을 벌기 시작했다. 14, 15년도 되지 않아 3천여 석까지 재산을 늘릴 수 있었다. 첸신파, 그는 본래 가난한 사람이었다. 학생 시절에는 이리저리 깁고 꿰맨 학생복을 입고 다닌 탓에 주위 학생들로부터 "유도복을 입고 다닌다"는 비아냥을 듣곤 했다.

어찌나 깁고 꿰매 놓았던지 그의 학생복은 정말 유도복 같았다. 그런 식으로 조롱을 당하면 화가 나는 것이 당연했지만 첸신파는 대꾸할 말이 없어 쥐구멍에라도 들어가고 싶은 심정이었다. 하지만 어쩔 도리가 없던 그는 조롱하는 사람들을 그냥 내버려 두었다. 그가 학생이었을 때 그의 부친은 노동일을 했다. 그리고 그의 모친은 밤새워 모자를 짜야 겨우 아들 학비를 댈 수 있었다. 온갖 고생 끝에 5년 만에 학교를 졸업하게 된 첸신파는 졸업 후 부잣집 딸을 아내로 맞았고 처남들의 도움을 받아 개인 병원을 열었다. 뿐만 아니라 처남들의 도움으로 공무원, 유지, 상인 그리고 지방 권세가들을 병원으로 초대해 성대한 개업 축하연을 베풀며 자신의 의술을 선전했다. 당시 현지 인사들의 반응이 좋아 연회는 의외로 좋은 성과를 거두게 되었다. 이에 그는 가면 갈수록 세심해졌다. 사무적으로 처리하는 일반 개업의사와는 달리 그는 모든 환자들을 친절하게 대해 주었다. 환자가 오면 이것저것 자세히 물으며 한담을 나누었는데 물론 그것은 병과는 전혀 관계 없는 한담이었다. 하지만 환자들은 그의 선의를 좋아했다. 환자가 찾아오면 올해 농사가 어떤지 물어봤고 상인이 찾아오면 장사가 어떤지 물어봤다. 그리고 부인이 찾아오면 부인의 비위를 맞춰 주곤 했다.

"당신 아드님은 고상하고 청수(淸秀)하여 반드시 관직에 오르게 될 겁니다."

그의 말은 언제나 아첨뿐이었다.

그리고 동정하는 태도로 아이의 모친에게 말했다.

"이 병은 고치기가 어렵습니다. 폐렴이 발생할 수도 있구요. 주사를 놔주고 싶지만 주사 값이 워낙 비싸 감히 결정을 하지 못하겠어요. 어떠신지 모르겠습니다."

아이의 병이 심각하다는 말과 감언이설을 들은 시골 사람은 아무리 비싸도 기꺼이 주사 값을 지불하려고 한다.

첸신파는 이런 식으로 선전을 한다. 그리고 그가 왕진을 나가면 애들이건 노인이건 모두가 고개 숙여 인사를 하고 또 가마를 타고 가다가 울퉁불퉁한 곳에서 내려 걸어가면 가마꾼과 백성이 호감을 느끼곤 한다.

그가 집에서 한가롭게 지낼 때 점쟁이나 친선적인 호사가들이 찾아오면 그는 그들을 선전 보좌관으로 삼는다. 그리고 그의 선전은 여기에 그치지 않는다. 개인적인 일로 외출할 때에도 결코 선전을 잊지 않는 그는 반드시 왕진 가방을 안고 허장성세한다. 그래서 그가 이처럼 공을 들였기 때문에 쉽게 호감을 얻게 되었다.

첸신파가 가장 큰 관심을 보이는 것은 무엇이었을까? 바로 은행 예금통장이었다. 예금이 천 위안에서 이천 위안으로, 이천 위안에서 삼천 위안으로 하루가 다르게 늘어났던 것이다. 날마다 기쁨에 넘치게 된 그는 언제쯤 만 위안으로 늘어나게 될지 셈을 해 보았다. 사전 계산이 다 되어 있으니 노력을 하면 할수록, 환자에게 주사를 놓으면 놓을수록 더 많은 이득을 볼 수 있었다. 그리고 만 위안이 모이면 중매인에게 부탁해 땅을 사 모았다. 해마다 그렇게 하다 보니 자신도 모르는 사이에 자산이 늘어나 이웃들 중에서도 손에 꼽는 부자가 되었다.

하지만 어린 시절에 가난을 겪었던 첸신파는 결국 돈에 집착하는 버릇이 생겨 종종 절약 미덕의 정도를 넘어서곤 했다. 그가 모친의 쌀 보시에 간섭하는 것도 모두가 이런 습성에 기인하는 것이다. 하지만 그가 시원시원하게 베푸는 경우도 있었다. 그것이 무엇일까? 명예나 지위에 관한 일이라면 그는 천금도 아끼지 않고 헌납을 한다. 하지만 이런 헌납은 업무 때문에 하는 것이지 결코 이해타산에서 비롯된 것이 아니었다. 그래서 그는 사람들의 호감을 얻어 자신도 모르는 사이에 지방의 유력한 유지가 되었는데 실제로 현지의 명예직 중 절반은 그가 독차지하고 있었다. 그는 공의(公醫), 교풍회장(矯風會長), 협의(協議) 회원, 부형회장(父兄會長)이었고 또 각종 명예직에서 그의 이름이 빠져 있는 곳은 단 한 군데도 없었다. 그래서 그의 행위는 K가(街)의 추진력이 되었다. 그가 솔선수범하자 당국도 그를 신임하기 시작했다. 가정에서 국어를 쓴 것도 그가 먼저였고 이름과 성을 바꾼 것도 그가 먼저였다.

하지만 '의사 선생님 어머니'만큼은 그도 어찌 할 수가 없었다. 그래서 그는 부득불 자신의 모친을 타이르게 되었다.

"시국을 알아야 높은 사람이 될 수 있어요. 이런 시국에 엄마가 일본말을 배우는 건 어떻겠어요?"

"……."

"진잉(金英)더러 엄마를 가르치라고 할까요?"

"멍청한 놈, 며느리가 시어미를 가르치는 법이 어디 있다더냐?"

"며느리한테 배우는 게 싫으시면 학교 천(陳) 선생더러 가르치라 할까요?"

"정말 우둔하구나. 내 나이가 너 같은 줄 아니? 넌 신경 쓸 거 없다. 내가 살날이 얼마 남지 않았으니 널 괴롭히지 않겠다."

첸신파는 감히 함부로 말할 수 없어 우울만 쌓였다.

첸신파의 우울은 이번 한 번에 그치지 않았다. 모친은 손님이 오면 반드시 응접실까지 나와서 응대했다. 몸에는 타이완 셔츠와 바지를 입고, 말은 순수한 타이완 말을 하는데 소리가 크고 음이 높아 완전 시골사람 꼴이었다. 또 군수가 오든, 가장(街長)이 오든 전혀 격식을 차리지 않았다. 첸신파는 관리를 응대하는 모친의 모습을 볼 때마다 마음이 불안해져서 몰래 간청을 했다.

"아무 말씀도 하지 마시고 얼른 들어가세요."

그러나 모친은 그의 간청을 전혀 들어주지 않고 여전히 응접실에서 손님과 얘기를 했다. 할머니는 온통 타이완 말을 썼고 그 큰 목소리는 쩌렁쩌렁 울렸다. 첸신파는 화가 났지만 말을 꺼낼 수가 없어 마음속으로만 고통스러웠다. 첸신파의 집은 일본어를 쓰는 가정이라서 온 집안에서 타이완 말을 쓰지 못하게 되어 있었다. 하지만 일본말을 전혀 알아듣지 못해 말할 상대가 없는 의사 선생님 어머니는 응접실에 나와 손님과 대화하는 것을 유일한 낙으로 삼았다. 타이완 사람이 왔을 때, 그녀를 감히 무시할 수 없어 타이완 말로 문안 인사를 드리면 의사 선생님 어머니는 어린아이처럼 기뻐하셨다. 일본인이 왔을 때에도 의사 선생님 어머니에게 인사를 드렸지만 일본어를 모르는 의사 선생님 어머니는 도리어 미소를 머금고 타이완 말로 응대했다. 첸신파는 모친이 이렇게 응대하는 모습을 볼 때마다 참을 수 없을 정도로 고통스러웠고 불쾌감을 느꼈다. 왜냐하면 그런 일로 해서 자신의 신분을 잃어버릴 수도 있었고 또 관리에게 모욕을 당할 수도 있었기 때문이다. 첸신파는 이렇게 오해했을 뿐만 아니라 모친이 입은 타이완 의상을 보면서 무척 괴로워했다.

하루는 첸신파가 손님 앞에서 말했다.

"어머니, 손님이 왔어요. 얼른 뒷방으로 가세요."

이 말을 들은 의사 선생님 어머니는 그 자리에서 화를 내며 큰 소리로 말했다.

"또 멍청한 말을 한다. 손님이 왔다고? 넌 나를 눈엣가시로 여기는구나. 나보고 뒤로 물러나라고? 어디까지 물러나라고? 여기가 우리 집 아니냐?"

욕을 먹은 첸신파는 사람을 만날 염치가 없었고 얼굴이 한바탕 붉어져 땅에 쥐구멍이라도 있으면 숨고 싶었다. 이제 첸신파는 모친이 응접실에 나오는 것을 전혀 간섭하지 않았다. 그러나 마음속으로는 여전히 이 때문에 사회적 지위를 잃어버리지는 않을까, 자신의 체면이 깎이지는 않을까 걱정하며 번뇌에 휩싸여 있었다.

당국이 첸신파를 일본어 가정으로 추천했을 때 그는 자신을 속이고 남을 기만하는 태도로 조사원에게 "모친이 일본어를 조금 알고 있으니 응대할 수 있다"라고 말함으로써 통과할 수 있었다. 첸신파는 일본어 가정으로 선정된 것을 무한한 영광으로 여겼고 얼마 후 집을 일본식으로 개조했다. 신식 다다미에 창호지 문까지 달아 채광이 좋아지자 보는 사람마다 칭찬을 아끼지 않았다. 그러나 이와 같은 순수한 일본식 생활은 채 열흘도 되지 않아 의사 선생님 어머니의 분노를 사고 말았다. 의사 선생님 어머니는 원래 조찬으로 먹는 '미소시루(味噌汁)'를 좋아하지 않았지만 그래도 참고 먹었다. 그러나 일본 다다미 위에 앉는 고통만은 참을 수가 없었다. 의사 선생님 어머니는 다다미 위에서 뻣뻣한 다리를 구부리고 앉아 식사를 하면 다리가 아프고 마비되어 밥도 목구멍으로 넘길 수 없었고 자리에서 일어설 수도 없었다.

의사 선생님 어머니에게는 한 가지 습관이 있었다. 그것은 매일 낮잠을 자는 일이었다. 일본식 집에는 모기장을 달아야 하는데 모기장은 크기도 하고 달기도 어려웠다. 낮과 밤 하루에 두 번을 달아야 하니 의사 선생님 어머니는 귀찮고 가슴이 답답했다. 이렇게 생활하기를 9일, 저녁밥을 먹을 때 식탁 위에 놓인 맛 좋은 음식을 오랫동안 먹다 보니 의사 선생님 어머니의 다리가 마비되어 움직이지 않았고 안마를 해도 소용이 없었다. 이제 첸신파는 식당과 모친의 방을 예전처럼 고쳐 놓을 수밖에 없었다. 첸신파는 화가 나도 감히 말을 할 수가 없었고 속으로 탄식만 할 뿐이었다. 모친을 생각하면 가슴속이 어두운 구름으로 뒤덮이는 것 같았다. 적극적으로 자기주장을 하자니 모친과 충돌할 게 뻔했다. 모친은 너무나도 완고하여 첸신파가 아무리 초췌해져도, 아무리 다그쳐도 모친의 성정을 바꾸기는 어려웠다. 강행하려 하면 어김없이 모친의 타박이 쏟아졌다. 모친을 깨우치지 못하면 자신의 주장을 실현할 수가 없었다. 그래도 첸신파는 자신의 주장을 결코 포기할 수 없었다. 그는 실현할 수 있는 범위 안에서 실현하여 낙오하지 않으려고 했다. 이름을 바꾼 것도 타이완 사람들 중에서는 그가 가장 먼저였다. 일본 정부가 타이완 사람들의 개명을 허가하자 그는 행여 남들에게 뒤질세라 자신의 성명을 카나이 신스케(金井新助)로 바꿨고 새로운 명패를 걺과 동시에 '화복(和服)'을 입기 시작했다. 그는 다년간 애용했던 공의복조차 팽개쳐 버렸고 이와 동시에 순 일본식 집을 짓기 시작했다. 그리고 낙성(落成)을 기념해서 사진도 찍어 두려고 했다. 그는 모친에게도 화복을 입을 것을 권했지만 의사 선생님 어머니는 기어이 입지 않으려고 했다. 그래서 그는 하는 수 없이 타이완 복장으로 사진을 찍어야만 했다. 이 일은 카나이 신스케의 마음속에 옥석이 뒤섞인 듯한 유감으로 남았지만 감히 말을 꺼낼 수 없어 스스로 번뇌하고 스스로 화를 낼 뿐이었다. 하지만 사진을 찍은 뒤 의사 선생님 어머니는 무슨 까닭인지는 모르겠으나 당시 준비해 뒀던 화복을 식칼로 난도질해 버렸다. 옆에 있던 사람들은 너무 놀란 나머지 의사 선생님 어머니가 미친 것이 틀림없다고 여겼다.

"이걸 그냥 놔 두면 내가 죽은 후에 누군가가 내게 입힐지도 몰라. 이걸 입고 어떻게 조상님을 뵐 수 있겠어?"

이렇게 말한 후 의사 선생님 어머니는 화복을 자르고 잘라 산산조각을 내 버렸다. 옆에 있던 사람들은 그제서야 의사 선생님 어머니의 마음을 이해하고 그녀의 곧은 결단에 깊은 감동을 받았다.

현지에서 맨 처음 개명을 한 사람은 단 두 사람뿐이었다. 한 사람은 카나이 신스케였고 또 한 사람은 오야마 카나요시(大山金吉)였다. 오야마 카나요시 역시 이 지방의 부호이자 권세가였다. 두 사람은 항상 붙어 다니며 일본 생활을 연구하고 일본 정신을 실현했다. 오야마 카나요시는 노인이라는 장애물이 없어 모든 일이 일사천리로 진행되었다. 개선이 빠른 오야마 카나요시를 보고 자신이 낙오될지도 모른다는 두려움에 휩싸인 카나이 신스케는 문득 완고한 모친을 떠올리자 비통한 마음이 들었다.

당국은 두 번째 개명자 명단을 발표했다. 해당자는 네다섯 명이었는데 모두가 2류 가정에 속하는 사람들이었다. 신문을 보고 머리가 어지러워진 카나이 신스케는 자존심이 무너지는 것 같았다. 그의 우월감도 태풍에 요동치는 것 같았다. 조급한 나머지 전화를 걸어 동지에게 연락했다. 잠시 후 오야마 카나요시가 오동나무로 만든 게다를 신고 응접실로 들어왔다. 그는 새로 지은 화복을 걸치고 있었고 손에는 먹감나무 지팡이를 쥐고 있었다.

"오야마 군, 신문 봤나?"

"아니, 오늘 뭐 새로운 것이라도 발표되었나?"

"희한한 소식이 있네. 라이량마(賴良馬)가 개명을 했더군. 그들이 무슨 자격으로 개명을 했는지 몰라."

"오, 어떻게 그럴 수가 있지? …… 하하! 쉬파신(徐發新), 관중산(管仲山), 라이량마……. 하나같이 쥐새끼 같은 놈들이군. 저 원숭이, 쥐새끼 같은 놈들도 남을 따라 하다니!"

카나이 신스케는 갑자기 탁자를 치면서 성을 냈다.

"어쨌거나 '국어 가정화'도 안 돼 있고 다다미와 '후로(風呂)'*도 없잖아!"

"저런 원숭이 새끼도 남을 따라 한단 말이지, 전부 다 스파(スフ)**야."

"오!"

두 사람은 말을 하면서도 울분을 참을 수가 없었고 너무나도 침통한 나머지 말을 이을 수가 없었다. 줄담배를 피우기 시작한 카나이 신스케가 담배 연기와 탄식을 함께 뱉어냈다. 그리고 지팡이를 만지작거리던 오야마 카나요시가 우울한 표정으로 입을 열었다.

"마음대로 하라지."

오야마 카나요시가 한숨을 내쉬며 화제를 돌렸다.

"나는 또 차와 찻잔을 넣어 두는 찬장 한 개를 샀네. 전부 흑단(黑檀)으로 만든 건데 아마 시골 사는 일본 사람에게도 이건 없을 걸세."

"나중에 보러 가야겠군. 나도 일본금(日本琴)을 구입했지. 오래된 오동나무로 만든 건데 오동나무 수령이 5, 6백 년은 될 거야. 값이 얼마나 하

---

* 일본식 욕통(浴桶)

** 일본어 'ステープルファイバー'의 준말. 인조 섬유를 뜻하는 Staple Fiber가 '진품이 아니다'라는 뜻으로 쓰였다.

는지 맞춰 보시게. …… 1200원을 썼네."

이 말을 들은 오야마 카나요시는 '도코노마(床間)'*에 진열해 둔 일본금을 가져와 연주를 했다.

군수가 바뀐 후 신임 군수가 지방 순시를 나왔다. 마침 가장(街長)이 부재중이어서 '조역(助役)'이 가장을 대신해 가정(街政) 현황을 보고했다. 접견식이 끝난 후 신임 군수가 거리의 유지들과 담화를 했는데 카나이 신스케도 그 자리에 있었다. 그는 새로 지은 화복을 입고 있었다. 오시마(大島) 비단으로 만든 이 화복은 모양새가 아주 좋아 아무도 그가 타이완 사람이라는 것을 알지 못했다. 입담이 좋고 태도가 정성스러운 신임 군수는 이것저것 꼬치꼬치 캐물었다. 그런데 유지들을 한 명씩 소개하던 조역이 그만 신스케의 옛 이름을 말하고 말았다. 얼굴이 붉어진 신스케는 마음속으로 욕을 했다.

"조역, 이 혐오스러운 놈."

그의 증오심은 점점 더 커져만 갔다. 그 자리에 있던 유지들 중 그의 심사를 헤아리는 사람은 아무도 없었다. 그는 온 힘을 다해 자신의 감정을 눌렀다. 직업상 조역과 다투는 것은 일소(一笑)에 부치는 것만 못하다고 여겼던 것이다. 이렇게 생각을 정하고 나자 신스케는 방글방글 웃으며 겸양의 자세로 이야기를 나누었다. 조역이 카나이 신스케의 장점을 소개했지만 응어리진 모욕의 감정은 끝내 풀어지지 않았다.

세 번째 창씨개명자 명단이 발표되자 그는 전보다 더 심한 우울증 증세를 보였다. 명단에 포함된 사람의 수도 많고 또 그 질도 형편없어 화가 치밀 대로 치민 그는 마치 벙어리가 된 것처럼 고통을 표현할 수가 없었다. 그리고 얼마 후 네 번째 개명자 명단이 발표되었다. 신문을 보고 안절부절

---

* 일본 건축물의 객실 정면에 있는 장소로 미술품 등을 진열하는 곳

못하게 된 그는 발걸음 닿는 대로 오야마 씨 집까지 갔다. 그리고 오야마 씨를 보자마자 목 놓아 절규하기 시작했다.

"오야마 군, 천고(千古)에 듣도 보도 못한 일 아닌가? 이발사조차 개명을 하다니. 전에는 이런 기이한 일이 없었단 말일세."

오야마 카나요시는 카나이가 들고 온 신문을 봤다. 아연실색하여 아무 말도 할 수 없었던 그는 그저 탄식만 터뜨릴 뿐이었다. 카나이 신스케는 분을 이기지 못하고 타이완 말로 욕을 퍼부었다.

"소나 개나 모두 개명을 하는군."

그는 '창씨개명은 타이완 사람에게 무한한 영광이며 그 가정은 일본인 가정과 비교해도 전혀 손색이 없다'고 여겼다. 일단 개명을 하면 일본인과 다를 것이 없었기 때문이다. 그런데 이발사와 구두 수선공, 심지어 거리에서 공연하는 사람들까지도 개명을 하다니! 한마디로 말해서, 지금까지 그가 해 온 노력이 수포로 돌아간 것이다. 자신의 신분이 일사천리로 진흙탕에 빠져 구해낼 방법이 없을 것 같았다. 한동안 침통한 얼굴을 하고 있던 카나이 신스케가 자포자기한 듯 오야마 씨에게 말을 건넸다.

"무너지는군, 엄청나게 무너지는군. 정말이지 믿을 수가 없네. 내 이럴 줄 알았으면……."

신스케가 자신도 모르게 진담을 토해 냈다. 그는 유지들만 드나드는 사교장에 갑자기 남루한 거지떼가 끼어들었다는 생각이 들었다.

하루는 국민학교 교정에서 걷고 있던 카나이 료기치(金井良吉)와 이시다 사부로(石田三郞)가 너무 빨리 걷다가 그만 부딪치고 말았다. 료기치는 다짜고짜로 사부로를 때리기 시작했다. 그러자 사부로가 놀라며 말했다.

"식인종 같으니라고. 우리 집도 개명을 했으니 이제 너 따위는 무섭지 않아."

사부로가 손을 앞으로 뻗어 공격을 했다.

료기치도 이에 질세라 응수를 했다.

"네가 바꾼 이름은 스파야."

이번에는 사부로가 욕을 했다.

"너야말로 스파지."

두 사람은 욕설을 주고받으며 한바탕 난장판을 벌였다.

잠시 후 료기치가 힘에 밀려 땅에 쓰러지자 사부로가 그 위에 올라타서 주먹질을 하기 시작했다. 마침 같은 학교에 다니던 6학년 학우가 이 장면을 보고 큰 소리를 질렀다.

"학교는 싸우는 곳이 아니야."

말을 마친 학우는 힘으로 두 사람을 떼어 놓았다. 그러자 료기치가 울면서 욕을 퍼부었다.

"빠가야로, 일본식 목욕통도 없는 놈이 창씨개명을 하다니, 정말 스파야."

"자신 있으면 다시 덤벼."

두 사람은 두 눈을 부릅뜨고 욕을 하면서 다시 앞으로 나서 때리려고 했지만 6학년 학생이 저지하는 바람에 손을 쓸 수가 없었다. 그러자 분풀이를 하지 못한 료기치가 큰 소리로 욕을 퍼부었다.

"우리 아버지가 이발사는 저질 중에 저질이랬어. 저질, 저질, 저질 말종, 네가 바로 저질이야."

료기치는 욕을 하면서 자리를 떠났다.

카나이 료기치는 공의(公醫) 선생 댁 작은 도련님이고 이시다 사부로는 이발소 주인의 아들이다. 두 사람은 국민학교 3학년 동급생이다. 이 일이 있고 이삼 일이 지난 후 이발소 주인의 아내가 몰래 의사 선생님 어머니를 찾아갔다.

"할머니, 알려 드릴 게 있어요. 학교에서 할머니 손자가 입을 열 때마다 저질, 저질, 스파, 스파라고 욕을 한대요. 우리 집 아이를 생각하니 남들 볼 면목이 없어요. 할머니, 선생님께 말씀 좀 해 주세요."

이발사의 아내는 나지막한 목소리로 의사 선생님 모친에게 부탁을 하고 돌아갔다.

카나이 신스케의 가정에서는 저녁밥을 먹은 뒤 부부를 중심으로 온 가족이 함께 모여 오락을 하는 것이 습관처럼 되어 있었다. 큰 도련님, 아가씨, 부인, 간호사, 약사가 모두 이곳에서 시간을 보냈다. 이때만 되면 득의양양해지는 카나이 신스케는 일본 정신 운운해 가며 '세수는 어떻게 해야 하고 차는 어떻게 마셔야 하며 길은 어떻게 걸어야 한다'는 식으로 이야기를 했다. '이렇게 하면 되고 저렇게 하면 안 된다'는 식으로 일일이 예를 들어 설명한 그는 시종일관 가족을 일본 사람으로 만들려고 했다. 카나이 선생이 말하고 나면 부인이 그 뒤를 이어 일본금의 장점, 꽃꽂이의 어려움 등에 대해 이야기했는데 결국에는 자신이 그런 것들에 정통해 있음을 자랑하는 것이었다. 약사는 자신이 가장 좋아하는 것이 영화라고 하면서 영화의 재미에 대해 이야기했다. 대학을 나와 영어를 조금 알고 있는 장남은 항상 알쏭달쏭한 말로 이야기를 했다. 모두가 한마디씩 하고 나면 딸이 딩딩당당 하며 일본금을 연주했다. 그리고 마지막에는 온 가족이 일본 가요를 합창했다. 이때 간호사의 목소리가 가장 높고 우렁찼다. 그들은 하루도 거르지 않고 이런 오락을 즐겼다.

오락에 참여하지 않는 사람은 의사 선생님 어머니뿐이었다. 그녀는 식사가 끝난 후에도 쓸쓸한 시간을 보냈다. 때때로 모기한테 다리를 뜯기기도 하고, 겨울엔 난로가 없어 침상가에 기댄 채 이불을 끌어 발까지 덮어서 추위를 견뎌냈다. 한번은 그녀가 우연히 오락실에 간 적이 있는데 그곳에서도 사람들은 일본어를 사용했다. 그녀는 일본어를 알아듣지도 못했고 또 흥미를 느끼지도 못했다. 와글와글 떠드는 소리만 들릴 뿐, 그들이 이곳에서 무엇을 하는지 알 수가 없었다. 그래서 그녀는 밥을 먹고 나면 혼자 방으로 들어가곤 했다. 하지만 이발사 아내의 이야기를 들은 날 밤에는 식사를 마친 후에도 방으로 들어가지 않았다. 가족이 모두 모이기를 기다린 다음 의사 선생님 어머니가 큰 소리로 외쳤다.

"신파야, 네가 료기치에게 이발사는 저질이라고 했다면서? 그게 대체 무슨 짓이냐?"

신스케는 우물쭈물하면서 겨우 변명을 했다. 하지만 의사 선생님 어머니는 고개를 저으며 믿지 않으려 했고, 료기치가 학교에서 싸운 사실을 증명하려고 했다. 설명한 뒤에 욕을 했고 욕한 뒤에 다시 설명을 했다.

"너희들 종전의 일을 다 잊었니? 네 부친은 쿨리, 가마꾼으로 일했다. 네가 이발사를 저질이라고 욕했다면 가마꾼은 도대체 무어냐?"

큰 소리로 한바탕 나무라자 신스케는 깨우친 게 있어 예예 하며 대답만 할 뿐이었다.

하지만 며칠이 지나자 아무런 감정이 없는 목석처럼 종전의 감정이 그의 모든 것을 다시 지배하기 시작했다.

15일 새벽, 의사 선생님 어머니는 가볍게 기침을 하면서도 사당에 가서 분향을 하려고 했다. 변함없이 후문을 지키고 있던 거지가 의사 선생님 어머니를 보고 깜짝 놀라며 물었다.

"의사 선생님 어머니, 건강이 안 좋아 보이는데 어디가 안 좋은 거예요?"

의사 선생님 어머니는 거지의 말에 개의치 않고 대충 얼버무렸다.

"늙어서 그랴."

의사 선생님 어머니는 돈을 꺼내 거지에게 주었다.

다음 날, 의사 선생님 어머니가 좌불안석하더니 끝내 병이 나고 말았다. 병세는 날로 더해만 갔다. 병세가 간혹 좋아지기도 하고 나빠지기도 했으나 아무리 약을 써도 병을 고칠 수 없었다.

이 사실을 모르는 거지는 다음 달 15일에도 후문 앞을 지켰다. 하지만 나오는 사람이 아무도 없었다. 불안해진 거지가 고개를 들이밀고 집 안을 살폈지만 아무것도 알 수가 없었다. 정오 무렵이 되자 계집종의 모습이 보였다.

"의사 선생님 어머니께서 병이 나셔서 오늘이 15일이라는 걸 잊고 계셨나 봐요. 방금 생각이 나셨는지 저더러 이 돈을 갖다 주라고 하셨어요."

말을 마친 계집종이 25원을 거지에게 건네주었다. 매달 5원씩 돈을 받아 온 거지는 의사 선생님 어머니의 상태가 좋지 않다는 것을 직감하고 계집종에게 의사 선생님 어머니를 뵙게 해 달라고 애원했다. 부탁을 거절할 수 없었던 계집종은 거지를 데리고 몰래 안으로 들어갔다. 거지는 의사 선생님 어머니가 누워 있는 침상 옆으로 다가갔고 거지를 본 의사 선생님 어머니는 쇠약해질 대로 쇠약해진 몸을 있는 힘을 다해 일으켜 세웠다.

"다시 못 볼 줄 알았네. 잘 왔어, 정말 잘 왔어."

의사 선생님 어머니는 무척 기뻐하며 앉을 것을 권했다. 남루한 의복이 부끄러워 감히 걸상에 앉을 생각을 하지 못한 거지는 몇 차례 사양을 했다. 하지만 의사 선생님 어머니의 권유가 계속되자 거지는 더 이상 거절할 수가 없었다. 편안하고 유쾌한 마음으로 한담을 나누기 시작한 의사 선생님 어머니는 마치 지기(知己)를 만난 듯 마음속 이야기를 모두 털어놓았다. 마지막으로 ……까지 얘기했다.

"자네, 내가 살날이 얼마 남지 않았네. 다른 건 바랄 게 없고 그저 유탸오(油條)*를 한 번 더 먹을 수만 있다면 죽어도 여한이 없겠네."

---

* 밀가루 반죽을 발효시켜 소금으로 간을 한 뒤 길이 30센티미터 정도의 길쭉한 모양으로 만들어 기름에 튀

말인 즉, 의사 선생님 어머니는 가난한 시절에 먹었던 유탸오 맛이 생각나 그것을 다시 한번 먹어 보고 싶다는 것이었다. 신스케에게 사오라고 했지만 그는 사오지 않았다. 신스케는 일본어 가정이기 때문에 미소시루를 먹어야지 유탸오를 먹을 수는 없다는 이유에서였다.

다음날 거지는 유탸오를 사서 몰래 의사 선생님 어머니에게 보냈다. 의사 선생님 어머니는 유탸오를 맛있게 씹으며 '맛있다'는 말을 연발했다.

"자네, 자네도 알다시피 나는 엄청 가난했었네. 내 남편은 쿨리였고, 나도 매일 밤 3경까지 모자를 짰었지. 고구마로 끼니를 때운 날도 있다네. 하지만 그때가 지금보다 더 즐거웠다는 생각이 들어. 돈이 있어 봐야 무슨 소용 있겠나? 아들이 있다고 해서 즐거운 것도 아니야. 대학 졸업한 놈이 무슨 쓸모가 있어!"

의사 선생님 어머니가 탄식을 하자 거지는 마음이 쓰라렸다. 자신의 처량했던 반평생을 떠올린 의사 선생님 어머니는 울컥하는 마음에 자신도 모르게 눈물을 쏟아냈다. 그 모습을 측은히 여긴 거지가 위로의 말을 건넸다.

"의사 선생님 어머니, 상심할 필요 없어요. 반드시 좋아질 겁니다."

"그래, 좋아지진 않아. 좋아진다고 무슨 소용 있겠어?"

의사 선생님 어머니는 자조 섞인 말을 중얼거렸다. 그러고는 베개 밑의 돈을 꺼내 거지에게 주었다. 거지가 떠난 뒤 의사 선생님 어머니는 신스케를 불러 사후의 일 처리를 당부했다.

"나는 일본말을 몰라. 그러니 내가 죽은 후에 일본 스님은 절대 부르지 말거라."

이렇게 유언을 남겼다.

3일째 되던 날 병세가 갑자기 악화되어 의사 선생님 어머니가 세상을

긴 푸석푸석한 식품으로 주로 아침에 콩국을 먹을 때 같이 먹는다.

떠나고 말았다. 하지만 교풍회장을 맡고 있던 신스케는 유언에 따라 타이완 스님을 장례식에 부르지 않고 신식으로 장례식을 거행했다. 많은 사람들이 장례식에 참석했다. 군수와 가장, 거리의 권세가들도 빠짐없이 참석했다. 하지만 이처럼 성대한 장례식에서 의사 선생님 어머니의 죽음을 가슴 아파하는 사람은 아무도 없었다. 심지어 아들 신스케조차도 슬픔을 느끼지 않았다. 장례식은 사무적인 절차에 불과했다. 하지만 의사 선생님 어머니의 죽음을 슬퍼한 사람이 딱 한 사람 있었다. 그 사람은 바로 거지였다. 출상 당일에 거지는 의사 선생님 어머니의 영구를 바라보며 울었다. 하지만 감히 가까이 다가가지는 못했다. 그 후 매달 15일이 되면 거지는 향과 지전을 준비하여 의사 선생님 어머니의 묘를 찾았고 그 앞에서 향을 살랐다. 향 연기가 피어오르는 것을 본 거지는 자신도 모르게 처연해져 눈물을 흘리며 말했다.

"아! 의사 선생님 어머니, 당신도 저와 같아요."

1944년

허화뎬

쑨리

달이 떠오르자 뜰이 상쾌해지고 깨끗해졌다. 낮에 잘라 둔 갈대 줄기는 촉촉하여 자리를 짜기에 딱 알맞았다. 여인들은 뜰 가운데에 앉아 손가락에 부드럽고 매끈하고 길고 가느다란 갈대 줄기를 감고 있었다. 갈대 줄기는 엷고 가늘게 여성의 가슴에서 도약하고 있었다.

바이양뎬(白洋淀)에는 갈대밭이 얼마나 있을까? 모른다. 해마다 갈대 줄기를 얼마나 수확할까? 모른다. 다만 알 수 있는 것은 매년 갈대꽃이 바람에 날리고 갈대 잎이 누렇게 될 때 물속의 갈대 줄기를 베어 쌓아 두면 바이양뎬 주위의 광장이 갈대의 장성(長城)을 이룬다는 것이다. 여인들은 광장의 뜰에서 자리를 엮고 있다. 자리를 얼마나 엮는가? 6월이 되면 못의 물이 차서 무수한 배들이 눈처럼 희고 빛나는 돗자리를 운반하여 내다 판다. 시간이 얼마 지나지 않아서 각지의 도시나 시골 마을 사람들은 꽃무늬가 촘촘히 박힌, 정교한 이곳의 돗자리를 사용했다. 사람들은 앞다투어 돗자리를 구입하곤 했다.

"좋은 돗자리지, 바이양뎬 돗자리!"

이 여인은 돗자리를 짜고 있었다. 오래지 않아 그녀가 짠 돗자리가 주변에 가득 놓였다. 그녀는 하얀 눈밭에 앉아 있는 것 같았고, 새하얀 구름 위에 앉아 있는 것 같았다. 그녀가 때때로 연못을 바라보곤 했는데 연못도 은백색 세계였다. 수면엔 얇고 투명한 운무가 덮여 있었고 바람이 불면 신선한 연잎과 연꽃 향기가 풍겼다. 그런데 대문은 아직 열려 있었다. 남편이 아직 돌아오지 않았기 때문이다.

저녁 늦게 남편이 돌아왔다. 이 젊은이는 스물대여섯 살에 불과하다. 머리엔 커다란 밀짚모자를 썼고 상반신엔 하얀 적삼을 걸쳤으며 검은 홑바지는 무릎까지 말아 올렸고 발은 맨발이었다. 그의 이름은 수이성(水生)이며 샤오웨이좡(小葦莊)의 유격조장이자 당의 책임자다. 오늘은 유격조를 인솔하여 구(區) 회의에 참석하고 돌아오는 길이다. 여인이 고개를 들고 웃으며 물었다.

"오늘은 어째서 이렇게 늦게 돌아와요?"

일어서서 밥을 가져오려고 했다. 수이성이 계단에 앉으며 말했다.

"밥 먹었어. 가져올 필요 없어."

여인은 다시 자리에 앉았다. 남편 얼굴을 보니 성이 나서 얼굴이 붉어진 것 같았고 말할 때도 숨이 차는 것 같았다. 그녀가 물었다.

"그들은?"

"아직 구(區)에 있어. 아버지는?"

"주무셔."

"샤오화(小華)는?"

"반나절 동안 할아버지와 함께 새우 통발 걷는 일을 하고 와서는 일찍 잠자리에 들었어. 그들은 왜 안 돌아왔어?"

수이성이 웃었다. 여인은 그의 웃음이 평상시와 다르다는 것을 알아차렸다.

"당신 무슨 일 있어?"

수이성이 낮은 목소리로 말했다.

"내일 부대로 가야 해."

여인의 손가락이 갑자기 움직였는데 갈대 줄기에 손가락을 벤 것처럼 그녀는 한 손가락을 입에 대고 빨았다. 수이성이 말했다.

"오늘 현위원회에서 회의를 소집했어. 적이 다시 한번 퉁커우(同口)에 거점을 두게 되면 돤춘(端村)과 하나의 선이 되어 뎬리(淀里)의 투쟁 형세가 변하게 되는 거야. 회의에서 지구대를 만들기로 결정했는데 내가 제일 먼저 손을 들어 신청했지."

여인은 고개를 숙이고 말했다.

"당신은 언제나 가장 적극적이라니까."

"내가 촌의 유격조장이고 간부잖아. 당연히 앞장서야지. 그들도 신청했어. 그들이 마을로 돌아오지 못한 건 그들의 가족들을 난처하게 만들까 봐 그런 거야. 모두가 나를 대표로 내세우면서 자기 가족들에게 잘 말해 달라고 하더군. 그들 모두가 당신이 개명한 줄 알고 있어."

여인은 아무 말도 하지 않았다. 잠시 뒤 그녀가 말했다.

"당신이 간다면 말리진 않을게요. 그럼 집안은 어떻게 해요?"

수이성은 부친이 거주하는 작은 방을 가리키며 소리를 낮추라고 했다.

"집안일은 물론 다른 사람이 맡아야지. 하지만 우리 마을은 작아서 이번에 종군하는 사람은 일곱 명이야. 마을 청년들이 부족하고 또 전부 다른 사람에게 맡길 수도 없으니 집안일은 당신이 좀 많이 해. 아버진 늙었고 샤오화는 아직 도움이 안 되잖아."

여인은 코가 시큰해졌지만 결코 울진 않았다. 단지 이렇게 말했을 뿐이다.

"당신이 집안의 어려움을 알고 있으면 됐어요."

수이성은 부인을 위로하고 싶었다. 준비해야 할 일이 너무 많았기 때문이다. 그는 단지 두 마디만 했다.

"일단 천근의 짐을 당신이 져다 놔. 일본 놈들을 물리치고 돌아와서 보답할게."

이렇게 말하고 그는 다른 동지의 집으로 갔다가 돌아온 뒤 부친에게 사정을 애기하겠다고 말했다.

수이성은 닭이 울 때가 돼서야 돌아왔다. 여인은 아직까지 뜰에 앉아서 남편을 기다리고 있었다. 그녀가 말을 꺼냈다.

"당신 제게 부탁할 말 있지요?"

"할 말 없어. 갈게. 당신 쉬지 말고 진보하고 글자 공부하고 열심히 일해."

"응."

"무슨 일이든 다른 사람보다 뒤떨어지면 안 돼!"

"응, 또 할 말 있어?"

"적이나 스파이에게 붙잡히면 안 돼. 붙잡히면 그 사람과 목숨을 걸고 싸워야 돼."

가장 중요한 말에 여인은 눈물을 흘리며 대답했다.

이튿날 여인은 남편에게 작은 보따리를 꾸려 주었다. 보따리 안에는 새 홑옷, 새 수건, 새 신발이 들어 있었다. 다른 사람의 집에서 준비한 것도 이런 것들인데 수이성에게 건네주어 가져가게 했다. 가족이 문 앞까지 나와 그를 전송했다. 부친은 한 손으로 수이성을 끌어당기며 이렇게 말했다.

"수이성아, 네가 하는 일이 영광스러운 일이니 막지 않을 테다. 안심하고 떠나거라. 식구들은 내가 네 대신 돌보마. 아무것도 걱정하지 마라."

온 마을 남녀노소가 나와 그를 전송했다. 수이성은 모두에게 웃음을 지어 보인 후 배를 타고 떠났다.

여인들이란 도대체가 남편과 헤어질 수 없는 것 같았다. 이틀이 지난 후 젊은 여성 네 명이 수이성 집에 모여 상의를 했다.

"그들이 아직 떠나지 않았나 봐요. 제가 방해하러 온 것이 아니라 옷가지를 빠트렸어요."

"저는 그이에게 해줄 중요한 말이 있어요."

수이성 부인이 말했다.

"남편 말을 들으니 일본 놈들이 퉁커우에 거점을 만든다는데……."

"이렇게 공교로울 데가 어디 있어요? 우리 얼른 갔다 와요."

"사실 저는 가고 싶지 않았어요. 하지만 저의 시어머니께서 남편을 꼭 보고 오라네요. 뭐 볼게 있다고!"

몇몇 여인이 몰래 작은 배를 타고 노를 저어 맞은편 마좡(馬莊)으로 향했다.

마좡에 다다른 여인들은 감히 거리로 나가 찾을 수가 없어서 마을 입구에 있는 친척 집으로 갔다. 그 친척이 말했다.

"너무 늦게 왔어요. 어제 저녁까지만 해도 여기에 있었는데 한밤중에 떠나 버렸어요. 어디로 갔는지는 아무도 몰라요. 여러분은 걱정할 필요 없어요. 듣자 하니 수이성이 오자마자 부소대장을 맡았답니다. 그들 모두가 매우 기뻐하며……."

몇몇 여인은 부끄러워 얼굴을 붉힌 채 작별하고 나와 언덕 밑에 매둔 작은 배에 올랐다. 때는 이미 정오에 가까워지고 있었다. 만리(萬里)에 구름 한 점 없었지만 물 위에 있어서인지 바람이 약간 차가웠다. 이 바람은 남쪽에서 불어와 볏모와 갈대를 스치고 지나갔다. 수면에는 배 한 척 보이지 않았고 물은 끝없이 흔들리는 수은 같았다.

몇몇 여인은 약간 실망했고 또 상심하기도 했다. 각자 마음속으로 자신이 사랑하는 사람을 그리워하고 있었다. 하지만 젊은 여성들이란 언제나 유쾌한 쪽으로 생각하기 마련이다. 여인들은 특히 즐겁지 못한 일을 쉽게 망각했다. 오래지 않아 여인들은 또다시 담소를 나누기 시작했다.

"떠난다더니 결국 떠났어."

"그 어느 때보다도 기뻐하는 얼굴이었어. 설을 쇨 때나 마누라를 얻을 때보다 더 기뻐하더라니까!"

"말뚝도 쓸모가 없어."

"안 돼. 고삐가 빠졌어."

"일단 군대에 가면 반드시 가족을 잊어야 해"

"그건 정말이야. 우리 집에 젊은 군인들이 묵은 적이 있는데, 저녁때까지 하루 종일 목청을 높여 나올 때도 노래를 부르고 들어갈 때도 노래를 불렀어. 우리는 평생 그렇게 즐거웠던 적이 없었어. 그들이 할 일이 없어 한가할 때 나는 우두커니 생각했지. '머리를 숙일 때는 숙이자'고. 그 사람들이 무엇을 했는지 아니? 백분(白粉)으로 우리 집 가림벽에 수많은 동그라미를 그린 후 한 사람 한 사람 뜰에 꿇어앉아 총으로 그곳을 겨누고는 다시 노래를 부르는 거야."

여인들이 가볍게 배를 저어 가자 배 양쪽의 물이 쏴, 쏴, 쏴 소리를 냈다. 여인들은 닥치는 대로 마름 열매를 건져 올렸다. 하지만 젖빛을 띤 작고 어린 마름 열매는 다시 물속에 던졌다. 그 마름 열매는 다시 평온히 수면에 떠서 자랄 것이다.

"지금 그들이 어디로 갔는지 알아?"

"알게 뭐야, 하늘가로 갔을지도 모르지."

여인들은 모두 고개를 들어 먼 곳을 바라봤다.

"아아, 저쪽에서 배 한 척이 오는데."

"아이고, 일본 놈들이다, 저 옷 좀 봐!"

"빨리 저어!"

여인들은 필사적으로 노를 저었다. 어쩌면 '이렇게 무모하게 오는 게 아니었어'라고 후회했을지도 모른다. 아니면 멀리 떠나간 사람을 원망했을지도 모른다. 하지만 그것도 잠시, 여인들은 큰 배가 뒤를 쫓아오니 빨리 노를 저어야 한다는 생각뿐이었다.

큰 배가 바짝 따라왔다.

다행히 이 젊은 여성들은 바이양뎬에서 성장했기 때문에 작은 배를 나는 듯이 저을 수 있었다. 수면을 벗어난 작은 배는 마치 펄쩍펄쩍 뛰는 사어(梭魚) 같았다. 어려서부터 작은 배와 함께해 온 여인들은 베를 짜거나 바늘로 옷을 깁듯 빨리 노를 저었다. 적이 쫓아오면 물속으로 투신하여 죽을 것이다.

뒤의 큰 배가 나는 듯이 빨리 다가왔다. 분명 일본놈의 배일 것이다. 몇몇 젊은 여성은 어금니를 꽉 깨물고 뛰는 가슴을 쓸어내렸다. 노를 젓는 손도 전혀 당황하지 않았다. 배 양쪽에서는 물이 쏴쏴, 쏴쏴, 쏴쏴쏴쏴 하고 큰 소리를 냈다.

"허화뎬(荷花淀) 방향으로 저어. 그쪽은 물이 얕아서 큰 배가 못 지나가니까."

여인들은 몇 무(畝)나 되는지도 모르는 허화뎬 쪽으로 배를 저어 갔다. 일망무제의 빽빽한 연잎이 햇빛을 바라보며 펼쳐져 있어 마치 철옹성 같았다. 높이 솟아 있는 분홍색 연꽃대는 바이양뎬을 감시하는 보초병 같았다.

여인들은 허화뎬 쪽으로 향했다. 마지막으로 젖 먹던 힘까지 짜내어 배를 저어 작은 배는 허화뎬 안으로 숨어들었다. 푸드덕거리며 날아오른 물

오리 몇 마리가 날카로운 소리를 내면서 수면을 스쳐 지나갔다. 바로 그때 여인들의 귓가에서 총소리가 울렸다.

허화뎬 전체가 뒤흔들리기 시작했다. 여인들은 적의 매복에 갇혀 있어 반드시 죽을 것이라고 여겼다. 그러면 일제히 몸을 돌려 물속으로 뛰어들 생각이었다. 그런데 총소리가 확실히 바깥 방향에서 나왔다. 이에 여인들은 뱃전에 엎드려 고개를 내밀었다. 여인들은 멀지 않은, 넓고 커다란 연잎 아래에 한 사람의 얼굴을 보았다. 하반신이 물속에 잠겨 있었다. 연꽃이 사람으로 변했나? 혹시 저 사람은 우리 마을 수이성이 아닌가? 다시 좌우를 돌아본 여인들은 잠시 후 자기 남편의 얼굴을 찾아냈다. 아, 알고 보니 그들이었던 것이다.

하지만 커다란 연잎 아래에 숨어 있던 전사들은 정신을 집중해 적을 조준 사격하고 있었기에 여인들에게 눈길을 주지 않았다. 총소리가 요란했다. 서너 발을 쏜 뒤 그들은 수류탄을 투척하며 허화뎬을 뚫고 나갔다.

수류탄이 적의 큰 배를 격침시켰고 수면에는 화약 연기만이 남아 있었다. 전사들은 크게 웃고 즐거워하며 전리품을 건져 올렸다. 그들은 다시 한번 물속에 들어가 대어를 건져 올리는 특기를 보이기 시작했다. 그들은 앞다투어 적의 총과 탄약 띠를 건진 다음 물에 젖은 쌀자루와 밀가루 자루를 차례차례 건져 올렸다. 수이성이 헤엄을 쳐 수면 위에 떠 있는 물건을 따라가 보니 그것은 '정교하게 만든 종이 곽'에 담긴 비스킷이었다.

물을 뒤집어쓴 여인들은 그들의 작은 배에 올랐다.

수이성은 한 손으로는 종이 곽을 높이 들고 다른 한 손으로는 물살을 힘껏 가르며 물에 빠지지 않으려고 애를 썼다. 그리고 허화뎬을 향해 고함을 질렀다.

"어서 나와, 당신들!"

크게 화가 난 것 같았다.

여성들은 도리 없이 노를 저어 나왔다. 갑자기 여인들의 배 아래에서 한 사람이 튀어나왔다. 수이성의 부인만이 아는, 구소대(區小隊)의 소대장이었다. 그는 얼굴의 물을 닦으며 여인들에게 물었다.

"당신들 뭐 하러 왔소?"

수이성의 부인이 말했다.

"여러분이 입을 옷가지를 가져왔어요."

소대장이 고개를 돌려 수이성에게 말했다.

"전부 자네 마을 사람들인가?"

"저들은 다름 아니라 낙오한 사람들입니다."

말을 마친 수이성은 종이 곽을 여인들의 배에 던져 주고는 헤엄쳐 물속으로 잠수했다가 아주 먼 곳에서 물 밖으로 나왔다.

소대장이 농담조로 말했다.

"헛걸음을 한 건 아닙니다. 여러분이 아니었다면 우리의 매복 공격은 이렇게 철저하지 못했을 겁니다. 하지만 임무를 완수했으니 이제 돌아가서 옷을 말리세요. 상황이 아주 긴박합니다."

전사들은 건져 낸 전리품 모두를 여인들이 타고 온 작은 배에 옮겨 실을 준비를 했다. 한 사람이 커다란 연 잎으로 정오의 태양을 가렸다. 몇몇 젊은 여성은 물속에서 다시 건져 올린 작은 보따리를 그들에게 던졌다. 전사들의 작은 배 세 척은 동남쪽 방향으로 쏜살같이 달리는가 싶더니 이내 수면에 낀 정오의 연파(煙波) 속으로 사라졌다.

몇몇 젊은 여성은 작은 배를 저어 급히 집으로 향했는데 그 모습이 마치 물에 빠진 닭들 같았다. 너무나 자극을 받고 흥분한 나머지 길 가던 여인들은 다시 담소를 나누기 시작했다. 뱃머리에 앉아 뒤를 돌아본 한 여성이 입을 삐죽 내밀며 말했다.

"저들의 잘난 꼴 좀 보라지, 우리를 거들떠보지도 않잖아."

"아, 우리들 체면이 깎인 거 같아."

여인들은 웃음이 나왔다. 오늘 일은 그다지 영광스럽지 못했다. 하지만 :

"우리에게는 총이 없었어. 만약 총이 있었다면 허화뎬으로 도망가지 않고 다롄(大淀)에서 일본놈과 한판 붙었을 텐데."

"내가 볼 때는 오늘도 싸운 거야. 싸움이 뭐 별거야? 당황하지만 않는다면 누구라도 그곳에 엎드려 총을 쏠 수 있지 않겠어?"

"침몰시켰잖아. 나도 헤엄쳐서 물건을 건질 수 있어. 그들보다는 내 수영 기술이 확실히 더 낫단 말이야. 더 깊은 곳에서도 무섭지 않다고."

"수이성 부인, 돌아가서 우리 군대를 만들자. 그렇지 않으면 나중에 또 어떻게 집을 떠날 수 있겠어?"

"이제 군인이 되면 우리를 깔볼 거야. 2년이 지난 후에도 우리를 한 푼의 가치도 없는 사람으로 볼 거라구. 누가 더 낙오하나 볼까?"

그해 가을에 여인들은 사격을 배웠다. 겨울에 얼음을 깨고 물고기를 잡을 때에도 여인들은 별똥별 같은 썰매를 타고 다니며 적들을 경계했다. 적들이 100경(頃)이나 되는 갈대밭을 포위했을 때 여인들은 마을의 청년 병사들과 연합 작전을 펼치며 갈대밭을 드나들었다.

1945년

[작가 소개]

루쉰(魯迅, 1881-1936)

문학가. 원명은 저우장서우(周樟壽)이고 자는 위산(豫山), 위차이(豫才)이며 나중에 저우수런(周樹人)으로 개명했다. 저쟝(浙江) 샤오싱(紹興) 사람으로 1898년에 양무파(洋務派)가 세운 난징(南京) 쟝난수사학당(江南水師學堂)에서 공부하다가 몇 개월 뒤 다시 쟝난수사학당 부설 노광학당(路礦學堂)에 입학하면서 신학문을 접하기 시작했다. 1902년 일본으로 유학하여 4월에 고분학원(弘文學院)에 들어가 1904년 4월에 졸업하였고 6월에는 센다이의학전문학교(仙臺醫學專門學校)에 입학했다. 1909년 여름에 귀국하여 전후에는 항저우(杭州) 저쟝양급사범(浙江兩級師範)과 샤오싱중학당(紹興府中學堂)에서 가르쳤으며 신해혁명(辛亥革命) 후에는 샤오싱사범학교(紹興師範學校) 교장을 역임했다.

1912년 2월 차이위안페이(蔡元培) 초청으로 난징 교육부에서 임직했고 후에 교육부를 따라 베이징으로 와서 부원(部員) 및 사회교육사(社會敎育司) 제2과 과원(科員)을 지냈으며 이후 첨사(僉事)와 사회교육사(社會敎育司) 제1과 과장을 역임했다. 1918년 5월 루쉰(魯迅)이라는 필명으로 《신청년(新靑年)》에 최초의 백화소설 〈광인일기(狂人日記)〉를 발표하여 봉건예교의 죄

악을 폭로했고 이후 3년간《신청년》에 소설, 신시, 잡문, 역문 등 50여 편의 작품을 발표했으며 아울러《신청년》의 편집 업무에도 참여했다.

1920년 8월에는 베이징대학(北京大學), 베이징고등사범학교(北京高等師範學校) 문과 강사로 초빙되었고 1921년 12월부터 다음 해 초까지 대표작 〈아큐정전(阿Q正傳)〉을《신보부간(晨報副刊)》에 연재했다. 1920년대 중반에는《망원(莽原)》주간,《어사(語絲)》주간과 문학단체 미명사(未明社)의 창설에 참여하여 평생 문학 청년을 배양하는데 정력을 쏟았다. 1926년 8월에는 샤먼대학(廈門大學) 문과 교수로 임용되었고 1927년 초에는 샤먼을 떠나 광저우(廣州) 중산대학(中山大學)에서 문학계(文學系) 주임 겸 교무주임을 역임하다가 그해 4월에 국민당의 반혁명 진상을 간파하고 사직했다. 10월에 상하이(上海)로 올라와 창작에 전념하기 시작했다. 1928년에는 위다푸(郁達夫)와《분류(奔流)》잡지를 창간하고 아울러 마르크스주의 문예 이론을 연구하기 시작했다. 1930년에는 좌익작가연맹(左翼作家聯盟)을 발기하고 이를 이끌었으며 전후로《맹아(萌芽)》,《전초(前哨)》,《십자가두(十字街頭)》,《역문(譯文)》등 주요 문학 간행물을 주편했다. 또한 국민당 정부의 문화토벌 가운데에서도 민족주의(民族主義) 등의 파와 논전을 벌였고 내부의 좌경 사조를 비판했다. 1936년에 과로와 폐병으로 상하이에서 서거하니 향년 55세였다. 그는 1천만여 자에 달하는 문화유산을 남겼으며 그중 많은 저작이 여러 나라의 문자로 번역되어 세계 각지에서 읽히고 있다.

그의 주요 저작으로는 단편 소설집《외침(吶喊)》(1923),《중국소설사략(상·하)》(1923-1924), 잡문집《열풍(熱風)》(1925), 단편 소설집《방황(彷徨)》(1926), 잡문집《화개집(華蓋集)》(1926),《화개집속편(華蓋集續編)》(1927),《무덤(墳)》(1927), 산문시집《들풀(野草)》(1927), 산문집《아침 꽃을 저녁에 줍다(朝花夕拾)》(1928), 잡문집《이이집(而已集)》(1928),

《삼한집(三閑集)》(1932), 《이심집(二心集)》(1932), 《루쉰자선집(魯迅自選集)》(1933), 서신집 《양지서(兩地書)》(1933), 잡문집 《위자유서(僞自由書)》(1933), 《남강북조집(南腔北調集)》(1934), 《준풍월담(准風月談)》(1934), 《집외집(集外集)》(1935), 논문집 《문외문담(門外文談)》(1935), 단편 소설집 《고사신편(故事新編)》(1936), 잡문집 《화변문학(花邊文學)》(1936), 《차개정잡문(且介亭雜文)》(1936), 《차개정잡문이집(且介亭雜文二集)》(1937), 《차개정잡문말편(且介亭雜文末編)》(1937), 《집외집습유(集外集拾遺)》(1938), 문학사 《한문학사강요(漢文學史綱要)》(1941) 등이 있다.

루쉰 고거(故居)는 고향인 샤오싱(紹興), 상하이 쓰촨베이로(四川北路) 2288호, 베이징 시청구(西城區) 푸청먼네이(阜成門内) 궁먼커우얼탸오(宮門口二條) 19호에 있다.

위다푸(郁達夫, 1896-1945)

작가. 원명은 위원(郁文)이고 자는 다푸(達夫)이며 저장(浙江) 푸양(富陽) 사람이다. 그는 1911년부터 구체시를 창작하여 발표하기 시작했으며 쟈싱부중학(嘉興府中學)에 들어갔다가 가을에 항저우부중학(杭州府中學)으로 전입했다. 1912년에는 즈쟝대학(之江大學) 예과에 입학했으나 학생 시위에 참가했다는 이유로 제적되었고, 1913년에는 항저우 후이란중학(蕙蘭中學)에 들어갔으나 교회 학교의 교육에 불만을 품고 고향에 돌아와 독학했다. 오래지 않아 그는 장형 위화(郁華)와 함께 일본에 유학하여 1914년 7월 도쿄제일고등학교(東京第一高等學校) 예과에 입학한 뒤부터 소설을 창작하기 시작했다. 1919년에는 도쿄제국대학(東京帝國大學) 경제학부(經濟學部)에 입학했으며 1921년 6월에는 궈모뤄(郭沫若), 청팡우(成仿吾), 장쯔핑(張資平) 등과 신문학 단체 창조사(創造社)를 만들었다. 1922년 3월에는 도쿄제국대학을 졸업하고 귀국하여 그 해 5월에《창조계간(創造季刊)》창간호를 주편하여 출판했다.

1923~1926년에는 전후로 베이징대학, 우창사대(武昌師大), 광둥대학(廣東大學)에서 가르쳤으며 1926년 말에는 상하이로 돌아와 창조사 출판부를 주관하며《창조월간(創造月刊)》,《홍수(洪水)》반월간을 주편하고《소설론》및《희극론》등 문예 논저를 발표했다. 1928년에는 쳰싱춘(錢杏邨)의 소개로 비밀리에 태양사(太陽社)에 가입하고 아울러 루쉰의 지지를 받으며《대중문예(大衆文藝)》를 주편했다. 1930년 중국자유운동대동맹(中國自由運動大同盟)이 상하이에서 성립될 때 루쉰 등과 연명으로 선언을 발표했고 3월에는 중국좌익작가연맹의 발기인이 되었다. 1933년 4월 항저우로 이사한 뒤에는 대량의 산수기(山水記)와 시사(詩詞)를 창작했으며 1936년에는 푸젠성부(福建省府) 참의(參議)를 역임했다. 1938년에는 우한(武漢)으로 와서 군위회(軍委會) 정치부(政治部) 제3청(第三廳)의 항일 선전에 참여하였고 아울러 중화전국문예계항적협회(中華全國文藝界抗敵協會) 성립대회에서 상무이사로 당선되었다. 1938년 12월에는 싱가포르에 이르러《성주일보(星洲日報)》등 부간을 주편했고 1942년 2월에 일본군이 싱가포르를 침공하자 후위즈(胡愈之), 왕런수(王任叔) 등과 철수하여 인도네시아 수마트라로 가서 자오롄(趙廉)이란 이름으로 바꾸고 자오위기주창(趙像記酒廠)을 열어 비밀리에 항일 활동을 했다. 한때 일본군의 강박으로 수개월 동안 일본군의 통역을 맡았는데 1945년 8월 15일 일본군이 항복한 뒤 그는 일본 헌병에 의해 살해되었다.

주요 저작으로는 단편 소설집 《타락(沉淪)》(1921), 소설·산문집 《조라집(蔦蘿集)》(1923), 이론 《소설론》(1926), 이론 《희곡론》(1926), 《한회집(寒灰集)》(1927), 이론 《문학개설》(1927), 《일기구종(日記九種)》(1927), 《계륵집(鷄肋集)》(1927), 《과거집(過去集)》(1927), 희극집 《고독자의 비애(孤獨者的愁哀)》(1927), 중편 소설 《미양(米羊)》(1928), 《기령집(奇零集)》(1928), 소설·산문집 《다푸 대표작(達夫代表作)》(1928), 《폐추집(敝帚集)》(1928), 소설·산문집 《차가운 바람 속에서(在寒風裏)》(1929), 《미궐집(薇蕨集)》(1930), 중편 소설 《그녀는 연약한 여자(她是一個弱女子)》(1932), 소설·산문집 《참여집(懺余集)》(1933), 소설·산문집 《다푸 자선집(達夫自選集)》(1933), 《단잔집(斷殘集)》(1933), 산문집 《저둥경물기략(浙東景物紀略)》(1933), 산문집 《극흔처처(屐痕處處)》(1934), 《다푸 일기집(達夫日記集)》(1935), 《다푸 단편 소설집(達夫短篇小說集)》(상하, 1935), 산문집 《다푸 유기(達夫游記)》(1936), 《다푸 산문집(達夫散文集)》(1936), 산문집 《한서(閑書)》(1936), 산문집 《나의 참회(我的懺悔)》(1936), 극본 《텅스랑의 사랑(藤十郎的戀)》(1937), 소설·산문집 《위다푸 문집(郁達夫文集)》(1948), 《다푸 시사집(達夫詩詞集)》(1948), 산문집 《위다푸 유기(郁達夫游記)》(1948) 등이 있다.

그의 고거는 항저우시 푸양구(富陽區) 푸춘로(富春路)와 스신로(市心路)가 교차하는 위다푸공원(郁達夫公園) 안에 있다.

궈모뤄(郭沫若, 1892-1978)

문학가 · 역사학자 · 정치활동가. 원명은 궈카이전(郭開貞)이고 호는 상우(尚武)이며, 궈딩탕(郭鼎堂), 마이커양(麥克昂), 이칸런(易坎人), 스퉈(石沱) 등의 필명이 있다. 쓰촨성(四川省) 러산(樂山) 사완(沙灣)의 지주 겸 상인 가정에서 태어나 1906년에 쟈딩고등소학(嘉定高等小學)에 들어가 공부하였고 1910년에 청두고등학당(成都高等學堂) 부설 중학반(中學班)에 들어가 1913년에 졸업하고 동년 말에 일본에 유학하여 전후로 도쿄제일고등학교(東京第一高等學校) 예과, 오카야마 제6고등학교(崗山第六高等學校) 및 큐슈제국대학(九州帝國大學) 의과(醫科)에서 공부했으며 5 · 4시기에는 반제 · 반봉건 문화운동에 적극 가담했다.

1921년 6월에는 청팡우(成仿吾), 위다푸 등과 창조사 발기에 참여하고 《창조계간(創造季刊)》을 편집했다. 1923년에 일본제국대학(日本帝國大學)을 졸업하고 귀국하여 《창조주보(創造周報)》와 《창조일(創造日)》을 편집했다. 1926년에는 광저우(廣州)에 이르러 광둥대학(廣東大學) 문학원(文學院) 원장을 역임했고 동년에 북벌전쟁에 참가하여 국민혁명군 총정치부 부주임을 역임했다. 1927년에는 난창(南昌) 봉기에 참여했고 1928년에는 일본으로 도망하여 중국고대사와 갑골문(甲骨文), 금문(金文)을 연구하기 시작했다.

1937년 항전폭발 후 귀국하여 군위(軍委) 정치부(政治部) 제3청 청장, 문화공작위원회(文化工作委員會) 주임을 역임했다. 제3차 국내전쟁 시기에는 상하이, 홍콩 등지에서 민주운동에 종사하였고 1948년에는 해방구로 건너왔다.

신중국 성립 후에는 중앙인민정부 위원, 정무원 부총리 겸 문화교육위원회 주임, 중국과학원 원장, 중국과학원 철학사회과학부 주임, 역사연구제일소(歷史研究第一所) 소장, 중국과학기술대학 교장, 중국인민보위세계화평위원회(中國人民保衛世界和平委員會) 주석 등을 역임했다.

주요 저작으로는 시집 《여신(女神)》(1921), 산문집 《삼엽집(三葉集)》(공저, 1920), 극본 《서상(西廂)》(1921), 시집 《권이집(卷耳集)》(1923), 시집 《성공(星空)》(1923), 극본 《섭영(聶嫈)》(1925), 논문집 《문사논집(文史論集)》(1925), 소설·희극집 《탑(塔)》(1926), 소설·희극집 《낙엽(落葉)》(1926), 희극집 《세 명의 반역 여성(三個叛逆的女性)》(1926), 이론 《서양미술사(西洋美術史)》(1926), 소설·산문집 《감람(橄欖)》(1926), 시집 《병(甁)》(1927), 시집 《전모(前茅)》(1928), 시집 《회복(恢復)》(1928), 소설·산문집 《수평선 아래(水平線下)》(1928), 자전 《나의 유년(我的幼年)》(1929), 소설·희극집 《표류삼부곡(漂流三部曲)》(1929), 소설·희극집 《산중잡기 및 기타(山中雜記及其他)》(1929), 소설·산문집 《검은 고양이와 탑(黑猫與塔)》(1930), 소설·희곡집 《후회(後悔)》(1930), 소설집 《검은 고양이와 새끼 양(黑猫與羔羊)》(1931), 산문집 《금진기유(今津紀游)》(1931), 소설·산문집 《탁자는 춤추고(卓子跳舞)》(1931), 논문집 《문예논집속집(文藝論集續集)》(1931), 회상록 《창조십년(創造十年)》(1932), 《모뤄 서신집(沫若書信集)》(1933), 역사소설 《족발(豕蹄)》(1936), 산문 《북벌의 길(北伐途次)》(1937), 극집 《기꺼이 총알받이가 되리라(甘願做炮灰)》(1938), 시집 《전성(戰聲)》(1938), 회상록 《창조십년 속편(創造十年續編)》(1938), 산문·논문집 《우신집(羽書集)》(1941), 극본 《굴원(屈原)》(1942), 산문·논문집 《포검집(蒲劍集)》(1942), 극본 《당체지화(棠棣之花)》(1942), 극본 《호부(虎符)》(1942), 논문 《굴원 연구(屈原硏究)》(1943), 논문집 《금석집(今昔集)》(1943), 극본 《공작담(孔雀膽)》(1943), 극본 《남관초(南冠草)》(1944), 사론(史論) 《청동시대(靑銅時代)》(1945), 논문 《선진학설술림(先秦學說述林)》(1945), 사론 《십비판서(十批判書)》

(1945), 산문집 《물결(波)》(1945), 산문집 《소련 기행(蘇聯紀行)》(1946),
산문집 《귀거래(歸去來)》(1946), 극본 《축(築)》(1946), 산문집 《난징 인상
(南京印象)》(1946), 자전 《소년시대(少年時代)》(1947), 자전 《혁명춘추(革
命春秋)》(1947), 잡문집 《맹장집(盲腸集)》(1947), 산문·잡문집 《금석포검
(今昔蒲劍)》(1947), 사론 《역사 인물(歷史人物)》(1947), 산문·잡문집 《비
갱집(沸羹集)》(1947), 산문·잡문집 《천지현황(天地玄黃)》(1947), 소설집
《지하의 웃음소리(地下的笑聲)》(1947), 이론집 《창작의 길(創作的道路)》
(1947), 소설·산문집 《포전집(抱箭集)》(1948), 시집 《조당집(蜩螗集)》
(1948), 산문·논문집 《중·소문화의 교류(中蘇文化之交流)》(1949), 시집
《우후집(雨後集)》(1951), 산문집 《바다 파도(海濤)》(1951), 사론 《노예제
시대(奴隸制時代)》(1952), 시집 《신화송(新華頌)》(1953), 《굴원부 금역(屈
原賦今譯)》(1953), 시집 《웅계집(雄鷄集)》(1959), 자전 《홍파곡(洪波曲)》
(1959), 극본 《채문희(蔡文姬)》(1959), 시집 《백화제방(百花齊放)》(1959),
시집 《조석집(潮汐集)》(1959), 시집 《낙타집(駱駝集)》(1959), 논문집 《문사
논집(文史論集)》(1961), 시집 《선봉가(先鋒歌)》(1965), 논저 《이백과 두보
(李白與杜甫)》(1972), 《모뤄 시사선(沫若詩詞選)》(1977), 《모뤄 극작선(沫
若劇作選)》(1978), 시집 《동풍제일지(東風第一枝)》(1979), 영화극본 《정성
공(鄭成功)》(1979), 《궈모뤄 소년시고(郭沫若少年詩稿)》(1979), 《궈모뤄
민유시집(郭沫若閩游詩集)》(1979), 《궈모뤄 집외서발집(郭沫若集外序跋
集)》(1983), 《모뤄 시화(沫若詩話)》(1984) 등이 있다.

베이징의 궈모뤄 고거는 서성구(西城區) 전해서연(前海西沿) 18호에
있다. 원래 청대 화신(和珅)의 화원이었으나 나중에 공친왕(恭親王) 혁기
부(奕訢府)의 여물창고와 마구간이 되었다. 민국 시기에 접어들어 공친왕
후손이 왕부와 화원은 푸런대학(輔仁大學)에 팔아 버리고 이곳은 달인당

(達仁堂) 약국에 팔아 버렸다. 궈모뤄는 1963년 10월부터 1978년 6월 12일 사망할 때까지 이곳에서 15년 동안 거주했다.

예성타오(葉聖陶, 1894-1988)

작가 · 아동문학가 · 교육가 · 출판가 · 사회활동가. 원명은 예사오쥔 (葉紹鈞)이고 쟝쑤성(江蘇省) 쑤저우(蘇州)에서 태어났다. 1907년에 초교 중학(草橋中學)에 입학하여 공부하였고 졸업 후 초등소학(初等小學)에서 교사로 지냈다. 1914년에는 학교에서 쫓겨났고 1915년 가을에는 상하이 상무인서관(商務印書館)이 세운 상공학교(尚公學校)에서 국문을 가르쳤으 며 아울러 상무인서관의 소학국문 교과서를 집필했다. 1919년에는 베이 징대학 학생들이 조직한 신조사(新潮社)에 가입했고 《신조(新潮)》 잡지에 소설과 논문을 발표했다. 1921년에는 정전둬(鄭振鐸), 마오둔(茅盾) 등과 문학연구회(文學研究會)를 발기하고 《소설월보(小說月報)》와 《문학순간 (文學旬刊)》에 작품을 발표했으며 동년에 주쯔칭(朱自淸)의 초빙으로 항저 우제일사범(杭州第一師範)에서 가르쳤다. 1923-1930년에는 상하이 상 무인서관에서 편집을 맡았으며 1927년 5월부터 《소설월보》를 주편하기 시작했다. 1930년에는 개명서점(開明書店)에 들어가 편집을 맡았으며 항 일 전쟁 기간에는 러산(樂山)의 우한대학(武漢大學) 중문계(中文系) 교수 를 지냈고 후에는 청두에서 개명서점의 편집업무를 주관했다.

1946년에는 상하이로 돌아왔으며 신중국 성립 후에는 출판총서(出版 總署) 서장(署長), 교육부 부부장 겸 인민문학출판사(人民敎育出版社) 사장, 중앙문사연구관(中央文史研究館) 관장, 전국정협(全國政協) 부주석 등을 역임했다.

　주요 저작으로는 단편 소설집 《격막(隔膜)》(1922), 신시집 《설조(雪朝)》(공저, 1922), 단편 소설집 《화재(火災)》(1923), 동화집 《허수아비(草稻人)》(1923), 산문집 《검초(劍鞘)》(공저, 1924), 단편 소설집 《선하(線下)》(1925), 단편 소설집 《성중(城中)》(1926), 아동가극 《풍랑(風浪)》(1928), 단편 소설집 《미염집(未厭集)》(1929), 장편 소설 《니환즈(倪煥之)》(1929), 희극 《간친회(懇親會)》(1930), 동화집 《당대 영웅의 석상(當代英雄的石像)》(1931), 산문집 《각보집(脚步集)》(1931), 산문집 《삼종선(三種船)》(1935), 산문집 《미염거 습작(未厭居習作)》(1935), 단편 소설집 《삼사집(三四集)》(1936), 동화집 《소백선(小白船)》(1936), 산문집 《전시의 소년에게(給戰時少年)》(1938), 소설·시가집 《유수집(遺愁集)》(1943), 단편 소설집 《잔잔한 물결(微波)》(1944), 산문집 《서천집(西川集)》(1945), 아동문학 《어떻게 놀 것인가(怎樣遊戱)》(1947), 산문·단편 소설집 《리 부인의 두발(李太太的頭髮)》(1947), 단편 소설집 《가죽가방(皮包)》(1947), 《겨울방학의 하루(寒假的一天)》(1953), 《한 연습생(一個練習生)》(1955), 《예성타오 동화선(葉聖陶童話選)》(1956), 《소기십편(小記十篇)》(1958), 단편 소설집 《항쟁(抗爭)》(1959), 시집 《협존집(篋存集)》(1960), 《아동문학 연구(兒童文學硏究)》(1979), 《나와 아동문학(我和兒童文學)》(1980), 《예성타오 어문교육논집(葉聖陶語文敎育論集)》(1980), 《일기삼초(日記三抄)》(1982), 《예성타오 산문갑집(葉聖陶散文甲集)》(1983), 《예성타오 서발집(葉聖陶序跋集)》(1983), 산문·시가집 《나와 쓰촨(我與四川)》(1984), 《예성타오 산문을집(葉聖陶散文乙集)》(1984), 고시 《소시자영(小詩自詠)》(1984), 《현대 안후이 유기선(現代安徽遊記

選)》(1984), 《동화(童話)》(1985), 《개명서점 이십 주년 기념문집(開明書店二十周年紀念文集)》(1985), 《예 씨 부자 도서 광고집(葉氏父子圖書廣告集)》(1988) 등이 있다.

예성타오는 1917년부터 1922년까지 현립 제5고등소학에서 근무한 적이 있는데 그 학교 터에 예성타오기념관을 세웠다. 지금의 쑤저우 우중구(吳中區) 루즈진(角直鎭) 예성타오공원, 보성사(保聖寺) 서쪽에 있다. 예성타오가 세상을 떠난 뒤 현지 주민들이 그를 기념하기 위해 기념관을 세웠다.

그는 아동문학과 어문교육 방면에 탁월한 업적을 남겼는데 중국 대륙에서는 그를 기리기 위해 2003년부터 '예성타오 배(葉聖陶杯)' 전국 중학생 작문대회를 시행하고 있다.

루옌(魯彦, 1902-1944)

원명은 왕헝(王衡)이고 저장(浙江) 전하이(鎭海)에서 태어났다. 소년 시기 고등소학 교육을 받았고 1920년에 리다자오(李大釗), 차이위안페이(蔡元培) 등이 설립한 공독호조단(工讀互助團)에 가입했으며 상하이에서 베이징대학으로 와서 방청했다.

1923년 여름부터 전후로 후난(湖南) 창사평민대학(長沙平民大學), 저우난여학(周南女學)과 제일사범(第一師範)에서 가르쳤으며 동년 《동방잡지》 11월호에 처녀작 〈가을밤(秋夜)〉을 발표했다. 이후 군벌의 살인 폭행을 묘사한 초기 대표작 〈유자(柚子)〉를 비롯하여 수많은 소설을 발표했다. 1926년에 단편 소설집 《유자(柚子)》를 출판했으며 1927년에 후베이(湖

北) 우한(武漢)의 《민국일보(民國日報)》 부간 편집을 맡았다. 1928년 봄에는 난징 국민정부 국제선전부에서 에스페란토 번역을 맡았다. 1930년에는 푸젠(福建) 샤먼(廈門)에 와서 《민종일보(民鐘日報)》 부간 편집을 맡았다. 그 뒤 푸젠, 상하이, 산시(陝西) 등지의 중학에서 가르쳤는데 이처럼 불안정한 생활 속에서도 문학창작의 전성기를 맞이했다. 그는 낭만, 상징 등 서로 다른 기법을 써서 창작을 탐색함으로써 향토사실파의 중요한 작가가 되었다. 1927년 《소설월보》 7월호에 발표한 〈황금〉은 쁘띠 부르조아가 끊임없이 재난을 당하는 경우를 묘사함으로써 구사회의 인정세태를 깊이 있게 반영했다. 그 후 그는 더욱 더 현실에 관심을 가졌다. 항전 전야에 중요한 장편 소설 《들불(野火)》을 출판했는데 이 작품은 강남 농민의 비참한 생활과 자발적인 반항 투쟁을 묘사했다.

항전 기간에는 《포화 아래의 어린아이(炮火下的孩子)》, 《부상병 의원(傷兵醫院)》 등 단편 소설집을 출판했으며 아울러 《광시일보(廣西日報)》 부간에 장편 소설 《봄풀(春草)》을 연재했다. 1941년에는 중화전국문예계항적협회에 참가했다. 이 시기 가장 중요한 공헌은 대형 문학 간행물 《문예잡지》를 주편한 것인데 이는 항전 후기 후방에서 가장 영향력을 가졌던 간행물 중의 하나였다. 1942년에는 최후의 단편 소설집 《우리의 나팔(我們的喇叭)》을 출판했다. 1944년에 가난과 병고에 시달리다 구이린(桂林)에서 사망했다.

주요 저작으로는 단편 소설집 《유자(柚子)》(1926), 《황금》(1928), 《동년의 비애(童年的悲哀)》(1931), 《작은 마음(小小的心)》(1933), 《지붕 아래(屋頂下)》(1934), 산문집 《나귀와 노새(驢子和騾子)》(1934), 일기체 소설 《영아 일기(嬰兒日記)》(공저, 1935), 단편 소설집 《작서집(雀鼠集)》(1935), 중편 소설 《향토(鄕土)》(1936), 단편 소설집 《하변(河邊)》(1937), 산문집 《방랑자의 마음(旅人的心)》, 장편 소설 《들불(野火)》(1937), 단편 소설집

《부상병 의원(傷兵醫院)》(1938), 산문집 《수종쇄기(隨踪瑣記)》(1940), 단편 소설집 《다리에서(橋上)》(1940), 단편 소설집 《후이저 노인(惠澤公公)》(1941), 《우리의 나팔(我們的喇叭)》(1942) 등이 있다.

 리쩬우(李健吾, 1906-1983)

극작가 · 문학평론가 · 문학번역가. 필명으로 류시웨이(劉西渭)가 있고 산시(山西) 윈청(運城) 사람이다. 1921년에 베이징사범대학(北京師範大學) 부중(附中)에서 공부하였고 이듬해 쩬셴아이(蹇先艾), 주다난(朱大枬) 등과 문학단체 희사(曦社)를 조직하고 《국풍일보(國風日報)》의 문예부간 《작화순보(爝火旬報)》를 편집하면서 소설, 희극을 창작하기 시작했다. 1924년에 창작한 단막극 〈노동자(工人)〉는 철도노동자의 고통스런 생활을 표현하였는데 중공중앙의 기관지 《향도(嚮尊)》에 전재되었다. 1925년 베이징사범대학 부중을 졸업하고 전후로 칭화대학(淸華大學) 중문계(中文系), 서양문학계(西洋文學系)에서 학습하였고 칭화희극사(淸華戲劇社) 사장을 맡았다. 1931년에는 프랑스 파리 현대언어진수학교(現代言語進修學校)에서 연수하면서 동시에 프랑스의 저명한 작가 플로베르를 연구했다.

1933년에 귀국하여 중화문화교육기금동사회(中華文化敎育基金董事會) 편집위원회에서 근무하였고 1935년에는 상하이 지난대학(暨南大學) 문학원 교수, 상하이 공덕연구소(孔德研究所) 연구원을 역임했으며 황쭤린(黃佐臨), 구중이(顧仲彝) 등과 상하이실험희극학교(上海實驗戲劇學校)를 세우고 교수를 역임했다. 항일전쟁 초기에는 상하이희극사(上海戲劇

社)에서 종사했다. 1930-40년대에 수많은 극작을 창작하였는데, 그중에서 〈봄날에 불과할 뿐(這不過是春天)〉, 〈량윈다(梁允達)〉가 대표작이다. 극작의 제재가 광범하고 구조는 엄밀하고 지방색채를 띠고 있으며 전통희극의 표현방법을 흡수하였고 낭만주의 풍격을 지니고 있다. 동시에 그는 문학평론 활동에 종사하였는데 그의 평론문장은 인증이 광범하고 독창적인 견해가 많다. 1936년에 영향력 있는 논저 《저화집(咀華集)》을 출판했으며 그 이후에는 주로 외국문학 번역과 연구에 종사하여 플로베르를 연구하고 고리키, 체홉, 몰리에르, 톨스토이, 투르게네프 등 작가의 희극작품을 번역, 소개하는 방면에서 커다란 공헌을 하였다.

해방 후에는 계속 상하이실험희극학교(나중에 상하이희극전과학교(上海戲劇專科學校)로 개명) 희극문학계(戲劇文學系)의 주임을 맡았고 건국 후 1954년에는 베이징대학 문학연구소 연구원을 역임했으며 1957년부터는 전후로 중국과학원, 중국사회과학원 외국문학연구소 연구원을 역임했다. 1976년 이후에는 《여치(呂雉)》 등의 극본을 창작했다.

주요 저작으로는 단편 소설집 《서산의 구름(西山之雲)》(1928), 중편 소설 《한 병사와 그의 부인(一個兵和他的老婆)》(1929), 단편 소설집 《무명의 희생(無名的犧牲)》(공저, 1930), 단편 소설집 《단지(罐子)》(1931), 장편 소설 《심병(心病)》(1933), 화극집 《량윈다(梁允達)》(1934), 《플로베르 평전(福樓拜評傳)》(1935), 화극집 《모친의 꿈(母親的夢)》(1936), 화극 《솔선수범(以身作則)》(1936), 평론집 《저화집(咀華集)》(1936), 화극집 《봄날에 불과할 뿐(這不過是春天)》(1937), 화극 《신학구(新學究)》(1937), 단막극 《십삼 년(十三年)》(1939), 단편 소설집 《사명(使命)》(1940), 평론집 《저화이집(咀華二集)》(1942), 화극 《신호(信號)》(1942), 산문집 《이탈리아 여행엽서(意大利旅簡)》(1942), 화극 《황화(黃花)》(1944), 화극 《초망(草莽)》(1945),

산문집《절몽도(切夢刀)》(1948), 화극《청춘(靑春)》(1948), 산문 르뽀《우중에 타이산에 올라(雨中登泰山)》(1963) 등이 있다.

그가 살던 베이징 고거는 둥라취안후둥(東羅圈胡同) 북11호(北十一號)(中國社科院 干面宿舍)이다.

류나어우(劉吶鷗, 1900-1939)

소설가. 원명은 류찬보(劉燦波)이고 필명으로 뤄성(洛生), 어우와이어우(鷗外鷗) 등이 있고 타이완(臺灣) 타이난(臺南) 사람이다. 일본에서 성장하여 전후로 도쿄 아오야마학원(靑山學院)과 게이오대학(慶應大學) 문과에서 공부하였다. 1925년 졸업 후 귀국하여 상해 전단대학(震旦大學)에 들어가 두헝(杜衡), 스저춘(施蟄存), 다이왕수(戴望舒) 등과 함께 법문특별반(法文特別班)에서 공부했다. 1928년에 제일선서점(第一線書店)을 꾸렸다가 폐쇄 당하자 이듬해 다시 수말서점(水沫書店)을 차리고 마르크스주의 문예논총을 출판했다. 아울러《예술사회학》과 일본 신감각파 소설을 번역했으며 동시에 서점에서 창간한《무궤열차》,《신문예》 등의 간행물에 현대파 기법으로 도시를 묘사한 소설 〈유희〉, 〈시간에 무감각한 두 남자(兩個時間的不感症者)〉 등을 발표하였는데, 1930년에《도시풍경선(都市風景線)》으로 간행되었다. 또 〈전영절주간론(電影節奏簡論)〉 등 영화 관련 논문을 쓴 바 있다.

1·28사변 후에는 일본으로 건너갔고 1939년에는 왕징웨이(王精衛) 정부에 의탁했으며 동년에 상하이의《문회보(文滙報)》 간행을 준비하던 기간

에 암살되었다. 그와 무스잉(穆時英)은 중국 신감각파의 대표라고 불린다. 주요 저작으로는 단편 소설집《도시풍경선(都市風景線)》(1930), 번역 단편 소설집《색정문화(色情文化)》(일본 片岡鐵兵 등저, 1928) 등이 있다.

무스잉(穆時英, 1912-1940)

소설가. 필명으로 파양(伐揚), 니밍쯔(匿名子) 등이 있고 저장(折江) 츠시(慈溪: 장교(莊橋) 정류장에서 동북쪽으로 3리 떨어진 무가촌(穆家村)) 사람이다. 어려서 은행가인 부친을 따라 상하이로 와서 공부했는데 중학 때부터 문학을 애호하였고 광화대학(光華大學) 중문계(中文系)를 졸업했다.

1929년부터 소설을 쓰기 시작하였는데 1930년 최초의 단편 소설 〈우리의 세계(咱們的世界)〉가 발표될 때는 대학 재학 중이었다. 후에 〈흑선풍(黑旋風)〉, 〈남북극(南北極)〉으로 이름이 났다. 이 작품들은 단편 소설집《남북극》에 수록되어 있는데 대부분 도시 하층 유랑민들의 생활을 묘사하고 있다. 〈공동묘지(公墓)〉, 〈상하이의 폭스트롯(上海的狐步舞)〉, 〈흑모란(黑牡丹)〉, 〈백금의 여체 소상(白金的女體塑象)〉 등 소설을 발표한 뒤부터 류나어우(劉吶鷗)와 한 유파를 이루었는데 그는 '중국 신감각파의 명수'로 불린다. 그 작품의 특색은 '현대파'의 신기한 방법으로 상하이 조계지 사회의 모습을 표현하여 하이파(海派) 문학의 기치를 내세웠다. 후에 《문예화보(文藝畵報)》, 《문예월간(文藝月刊)》의 편집 사무에 참여했으며 1937년에는 국민당도서잡지(國民黨圖書雜誌) 심사위원을 맡았다. 항전 초기에는 일시 홍콩 《성도일보(星島日報)》에서 근무했으며 1939년에 상

하이로 돌아와 전후로 왕징웨이(汪精衛) 정권에서 《중화일보(中華日報)》,
《국민신문(國民新聞)》사를 주관하다가 1940년에 암살되었다.

주요 저작으로는 단편 소설 《교류(交流)》(1930), 단편 소설집 《남북극
(南北極)》(1932), 《공동묘지(公墓)》(1933), 《백금의 여체 소상(白金的女
體塑象)》(1934), 《성처녀의 감정(聖處女的感情)》(1935) 등이 있다.

샤오첸(蕭乾, 1910-1999)

작가 · 기자 · 번역가. 원명은 샤오빙첸(蕭秉乾)이고 베이징에서 태어났
다. 어려서부터 가난하여 온갖 고된 일을 하면서 고학했다. 북신서국(北
新書局)에서 견습생으로 일할 때부터 문예를 애호하기 시작했다. 1926년
숭실중학(崇實中學) 재학 중 공청단(共靑團)에 가입했다가 체포되었으나
보석으로 석방되었다. 1928년에 이름을 바꾸고 광둥(廣東) 산터우(汕頭)
에 내려가 각석중학(角石中學)에서 가르쳤다. 1933년부터 《수성(水星)》,
《국문주보(國聞週報)》, 《대공보(大公報)·문예(文藝)》에 소설을 발표하기
시작하였고 징파(京派) 후기의 작가가 되었다. 1935년에 옌징대학(燕京
大學)을 졸업하고 선충원(沈從文)을 도와 《대공보·문예》를 편집했으며 이
신문의 기자를 역임했다. 작품집 《이하집(籬下集)》, 《밤(栗子)》 등은 아동
의 시각으로 냉정하고 불행한 세상을 보여주었다. 〈귀의〉는 교회 학교의
중국 학생 심령에 대한 마비를 폭로했다. 1938년에는 애정비극을 묘사한
자전체 장편 소설 《멍즈구(夢之谷)》를 출판했다.

1939-1942년간에는 영국 런던대학 동방학원에서 가르치며 《대공보》

영국 주재 기자를 맡았다. 1942-1944년에는 케임브리지대학 영국문학과 대학원생으로 수학했다. 1944년 이후에는 《대공보》 영국주재 특파원 겸 전지기자 신분으로 제2차 세계대전 전장을 취재하고 〈은빛 연 아래의 런던(銀風箏下的倫敦)〉, 〈모순 교향곡(矛盾交響曲)〉 등 유럽 인민의 반파쇼 투쟁을 반영한 통신 르뽀를 썼다.

1946년 이후에는 상하이, 홍콩 두 곳의 《대공보》에서 근무했으며 한때 푸단대학(復旦大學) 교수를 겸임했다. 1949년에는 홍콩 《대공보》 봉기에 참여했다. 신중국 성립 후에는 영문판 《인민일보》와 《문예보》 부총편집을 역임했다. 1961년부터 인민문학출판사에서 임직했으며 문사관(文史館) 관장, 민주동맹 중앙위원, 전국정협 위원을 역임한 바 있다. 주요 저작으로는 단편 소설집 《이하집(籬下集)》(1936), 《밤(栗子)》(1936), 《석양(落日)》(1937), 장편 소설 《멍즈구(夢之谷)》(1938), 단편 소설집 《재(灰燼)》(1938), 《창작사시(創作四試)》(1948) 등이 있다.

멍구족(蒙古族) 출신인 샤오첸의 생전 소망에 따라 샤오첸문학관(蕭乾文學館)이 2008년에 '네이멍구대학 건교 초기 교수 주택 구지(內蒙古大學建校初期敎授住宅舊址)' 동2호(東二號)에 설립되었다.

샤오훙(蕭紅, 1911-1942)

소설가. 원명은 장나이잉(張乃瑩)이고 다른 필명으로는 차오인(悄吟)이 있고 헤이룽쟝성(黑龍江省) 후란(呼蘭) 사람이다. 어려서 모친을 여의었고 1928년에 하얼빈(哈爾濱)에서 중학에 다니면서 5·4 이래의 진보사상과 중외문학을 접촉하여 시야를 확대했고 루쉰, 마오둔 및 미국 작가 싱크레어 등 작품의 영향을 깊이 받았다. 봉건가정 및 미리 정해주는 결혼에 불만을 가졌기에 1930년에 가출하여 온갖 고생을 맛보았다. 1932년부터 샤오쥔(蕭軍)과 동거하였는데 두 사람은 많은 진보적인 문인을 사귀고 반만항일(反滿亢日) 선전에 참가한 바 있다. 1933년에 샤오쥔과 함께 자비로 공동 작품집 《발섭(跋涉)》을 출판하였고 루쉰의 도움과 지지를 받아 1935년에는 출세작 《삶과 죽음의 자리(生死場)》(이때부터 샤오훙이란 필명을 사용)을 발표하여 문단에 센세이션을 일으켰다. 이 작품은 함락 전후 동북 농촌을 배경으로 삼아 농민의 고난스런 생활을 진실하게 반영하였고 그들의 각성과 반항을 가송했으며 일본 군국주의의 거짓과 폭행을 여지없이 폭로하여 이로부터 그녀의 창작은 고조기에 접어들었다. 1936년에는 정신적 고통에서 벗어나기 위해 일본으로 건너가 도쿄에서 산문 〈고독한 생활(孤獨的生活)〉과 장편 연작시 《모래알(砂粒)》 등 작품을 창작했다. 루쉰 선생의 사망은 그녀에게 충격을 주어 연말에 조국의 운명에 대한 관심을 품고 상하이로 돌아왔다. 1940년에는 돤무훙량(端木蕻良)과 함께 홍콩으로 이주했으며 오래지 않아 중편 소설 《마보러(馬伯樂)》와 저명한 장편 소설 《후란 강 이야기(呼蘭河傳)》를 발표했다. 《후란 강 이야기》는 유년 생활에 대한 회상을 통해 중국 북방 작은 도회지의 우매하고 마비된 생활을 묘사하여 봉건전통의 낙후성을 깊이 반영했다. 1942년에 홍콩에서 병사하였는데 나이는 31세였다. 10년도 안 되는 창작 생애 중에 중국 문단에 60만자의 고귀한 유산을 남겨 주었다. 그녀의 작품은 여성작가의 섬세한 감정기질을 가지고 있어 우미하고 서정적인 필치로 봉건압박과 제국주의 압박하의 민족의 불굴의 영혼을 표현해 내었다. 1957년에 그녀의 유골을 홍콩 첸수이완(淺水灣)에서 광저우(廣州)로 안장했다.

그녀의 주요 작품으로는 소설·산문집《발섭(跋涉)》(공저, 1933), 중편 소설《삶과 죽음의 자리(生死場)》(1935), 산문집《시장 거리(商市街)》(1936), 소설·산문집《다리(橋)》(1936), 소설·산문집《소달구지에서(牛車上)》(1937), 단편 소설집《광야의 외침(曠野的呼喊)》(1940),《샤오훙 산문(蕭紅散文)》(1940), 산문《루쉰 선생을 그리며(回憶魯迅先生)》(1940), 중편 소설《마보러(馬伯樂)》(1941), 장편 소설《후란 강 이야기(呼蘭河傳)》(1941), 소설《손(手)》(1943), 소설《소성삼월(小城三月)》(1948) 등이 있다.

샤오훙의 생가에는 하얼빈시 후란(呼蘭)구 난얼다오가(南二道街) 204호에 기념관이 들어섰다. 몇 년 전에 샤오훙의 일대기를 그린 영화 〈황금시대〉(쉬안화 감독, 탕웨이 주연)가 나와 청중의 환영을 받은 바 있다.

장톈이(張天翼, 1906-1985)

소설가·아동문학가. 원명은 장위안딩(張元定), 장이위안(張一元)이며 원적은 후난(湖南) 샹샹(湘鄉)이고 쟝쑤 난징에서 태어났으며 후에는 온 가족이 항저우로 이사했다. 1924년 항저우 종문중학(宗文中學)을 졸업했는데 중학시절에 골계, 탐정소설을 써서 장우정(張無諍)이란 필명으로《토요일(禮拜六)》등 간행물에 투고한 바 있다. 1926년에는 베이징대학 예과에 입학하면서 장톈이(張天翼)란 필명으로 창작하기 시작했다. 하지만 그는 교과과정의 불만으로 퇴학하고 상하이, 항저우, 닝보(寧波) 일대에서 가정교사, 기자, 편집, 사무원, 문서 등의 직을 맡았는데 이때 도시 하층 사회와 접촉하게 되었다. 1931년에는 최초의 단편 소설집《공허에서 충실로(從空虛到充實)》를 출판하였고 동년 좌련(左聯)에 가입하였는데 그의 〈21개(二十一個)〉 등 작품은 당시 유행하던 '혁명+연애'의 창작경향을 타파함으로서 진보적 문단으로부터 중시를 받게 되었다. 항전이 발생한 뒤 상하이에서 후난으로 돌아가 문화구망운동(文化救亡運動)에 종사했다. 이때 문화 관료들이 이권을 다투는 추태를 목도하고 대표작 〈화웨이 선생(華威先生)〉을 썼는데 이는 발표 후 항전문학이 폭로해야 할지 말지에 관한 논쟁을 일으킨 바 있다. 이때 그는 폐병을 앓으면서도 샤오양(邵陽), 수푸(漵浦), 닝샹(寧鄕) 등지를 돌아다니며 많은 문예논문을 창작했다. 1944년에는 병을 안고 창사(長沙)를 떠나 충칭(重慶), 청두로 왔으며 후에는 피현(郫縣) 농촌에서 요양하다가 1948년에 상하이를 거쳐 홍콩으로 건너와 여가에 정치풍자 우언을 창작했다. 1950년에는 마카오(澳門)에서 베이징으로 올라와 전후로 중국문학연구소(中央文學硏究所) 부주임,《인민문학(人民文學)》주편을 역임했다. 문혁(文革) 기간에는 박해를 받았으며 장기간 병마와 싸웠다. 1985년 병사하기 전까지 중국작가협회 고문을 역임했다.

주요 저작으로는 단편 소설집《공허에서 충실로(從空虛到充實)》(1931), 장편 소설《귀토일기(鬼土日記)》(1931), 단편 소설집《어린 피터(小彼得)》(1931), 장편 소설《치륜(齒輪)》(1932), 장편 소설《일년(一年)》(1933), 단편 소설집《꿀벌(蜜蜂)》(1933), 단편 소설《등과 유방(脊背與奶子)》(1933), 동화《다린과 샤오린(大林和小林)》(1933), 단편 소설집《반격(反攻)》(1934), 단편 소설집《이행(移行)》(1934), 단편 소설집《단원(團圓)》(1935), 소설 · 극본집《기인행(畸人行)》(1936), 중편 소설《청명시절(淸明時節)》(1936), 단편 소설집《만인약(萬仞約)》(1936), 동화《투투대왕(禿禿大王)》(1936), 장편 소설《양징빈기협(洋涇濱奇俠)》(1936), 단편 소설집《추격(追)》(1936), 단편 소설집《봄바람(春風)》(1936), 중

편 소설《기괴한 곳(奇怪的地方)》(1937), 장편 소설《도시에서(在城市裏)》
(1937), 단편 소설집《동향 사람(同鄕們)》(1939), 이론《인물묘사 이야기
(談人物描寫)》(1942), 장편 소설집《스케치 3편(速寫三篇)》(1943), 단편
소설집《뤄원잉 이야기(羅文應的故事)》(1952), 극본《집에서의 룽성(蓉生
在家裏)》(1953), 극본《늙은 이리(大灰狼)》(1954), 동화《머리를 굴리지
않는 이야기(不動腦筋的故事)》(1956), 동화《요술 호리병의 비밀(寶葫蘆
的秘密)》(1958), 평론《문학잡평(文學雜評)》(1958), 소설·극본집《아이
들에게(給孩子們)》(1959), 소설《영화 보러가다(去看電影)》(1960), 동화
《진야 제국(金鴨帝國)》(1980), 《장톈이우언(張天翼寓言)》(1986), 단편 소
설집《바오 씨 부자(包氏父子)》(1986) 등이 있다.

수췬(舒群, 1913-1989)

소설가. 만주족으로 원명은 리수탕(李書堂)이고 다른 이름으로 리쉬
둥(李旭東)이 있으며 헤이룽장(黑龍江) 하얼빈(哈爾濱) 사람이다. 가정이
워낙 가난하여 중학에 들어간 지 2개월 만에 학비를 내지 못해 퇴학당했
다. 이후 소련 출신 여교사의 도움으로 소련인 학교인 홍아중학(紅俄中學)
에 입학하여 1년 동안 다니다가 만주사변이 일어나는 바람에 중퇴했다.
1932년에 혁명공작에 참여하였고 동년에 중국공산당에 가입했다. 1935
년에는 상하이로 가서 작품을 쓰기 시작하였고 좌련(左聯)에 가입했다. 그
의 소설 〈조국이 없는 아이(沒有祖國的孩子)〉는 1936년 5월《문학》제6
권 제5호에 발표되었는데 고향을 잃은 조선 소년이 동북 지방에서 일본 침

략자의 능욕과 압박을 받으며 반항한다는 스토리를 묘사했다.

항전 폭발 후에는 산베이(陝北)로 탈출하여 팔로군 총부에서 종군기자로 지냈다. 1940년부터 옌안(延安) 루쉰예술학원 문학과 교원, 학과 주임, 《해방일보》(4판) 주편, 동북문공단(東北文團) 단장을 역임했다. 항전 승리 후에는 동북국 문위(文委) 부주임, 둥베이대학(東北大學) 부교장을 역임했으며, 아울러 둥베이전영제편창(東北電影制片廠)을 주비하여 창장(廠長)과 둥베이문련(東北文聯) 부주석을 역임했다. 후에 중국작가협회 비서장을 맡았으며 한차례 안산강철공사(鞍山鋼鐵公司)에서 당의 일을 보기도 했다.

주요 저작으로는 단편 소설집 《조국이 없는 아이(沒有祖國的孩子)》(1936), 중편 소설 《노병(老兵)》(1936), 중편 소설 《비밀 이야기(秘密的故事)》(1940), 단편 소설집 《추이이(崔毅)》(1954), 단편 소설집 《우리의 여교사(我的女敎師)》(1954), 장편 소설 《이 세대(這一代人)》(1962) 등이 있다.

수천의 고거가 칭다오시(靑島市) 남구(南區) 관상일로(觀象一路) 1호에 남아있다. 화강암으로 쌓아 올린 2층집이다. 1934년 작가 샤오쥔(蕭軍), 샤오훙 부부가 만주국에서 이곳으로 피난 왔을 때 수천 가족과 이웃하여 살았다. 이 집에서 샤오쥔은 장편 《팔월의 향촌(八月的鄕村)》을, 샤오훙은 《삶과 죽음의 자리(生死場)》를 완성하고 두 편 모두 루쉰의 추천을 받아 출판할 수 있었다. 한편 수천은 밀고를 받아 감옥에 수감되었는데 옥중에서 중편 소설 〈조국이 없는 아이(沒有祖國的孩子)〉를 창작했다.

딩링(丁玲, 1904-1986)

소설가. 원명은 쟝빙즈(蔣冰之)이고 후난 린리(臨豊) 사람이다. 어려서 부친을 여의고 모친을 따라 외삼촌 집에서 기거했다. 중학 시절에 민주혁명을 접하고 17세에 고향을 떠나 상하이로 가서 공산당이 세운 평민여교(平民女校), 상하이대학(上海大學)에서 공부했다. 후에 베이징으로 올라가 그림을 공부하였고 베이징대학에서 방청하면서 중외문학을 탐독했다. 1925년에는 청년 작가 후예핀(胡也頻)과 결혼했다. 1927년 12월에 예성타오(葉聖陶)가 주편한 《소설월보(小說月報)》에 최초의 소설 〈멍커(夢珂)〉를 발표하였고, 2개월 뒤에는 같은 간행물에 〈소피 여사의 일기(莎菲女士的日記)〉를 발표하였는데 당시 소녀의 고민과 애정 추구를 반영하여 당시 문단의 주의를 끌었다. 1928년에 최초의 단편 소설집 《어둠속에서(在黑暗中)》가 출판되었다. 1930년에는 후예핀과 함께 좌련에 가입하였고 이듬해 봄에 후예핀은 국민당 당국에 의해 체포되어 살해당했다. 잔혹한 현실을 접한 딩링은 혁명투쟁에 투신하여 좌련의 문학 간행물 《북두(北斗)》를 주편하였고, 아울러 1932년에 중국 공산당에 가입하였다. 이 시기에 그녀의 창작이 큰 수확을 거뒀다. 《북두》 제1-3기에 연재한 소설 〈홍수(水)〉는 작가 시야의 새로운 개척과 현실생활에 대한 깊은 관심을 보였다. 1933년에는 미완성 장편 소설 《어머니(母親)》를 출판하여 신해혁명(辛亥革命) 시대의 진보적 여성을 진실하게 묘사했다. 혁명에 종사하는 정신과 고난을 두려워하지 않는 모친의 굳센 성격은 딩링에게 깊은 영향을 주었다. 1933년 5월에 딩링은 국민당의 체포령으로 난징에서 구금되었다. 1936년 9월 그녀는 간신히 루쉰, 지하당과 연결이 닿아 중국 공산당의 도움으로 도망쳐 나왔다. 11월 초에는 산베이(陝北) 중앙소구(中央蘇區) 혁명 근거지로 이동했다. 이러한 연금 생활에 대해서는 유작 《도깨비 세계(魍魎世界)》에 자세히 기술되어 있다.

해방구에서 그녀의 창작과 생활은 큰 변화가 생겼다. 1936년 말에는 청팡우(成仿吾) 등과 소구(蘇區) 최초의 문예가협회를 만들었다. 오래지 않아 중앙경위단(中央警衛團) 정치처(政治處) 부주임을 맡았고 항전 발발 후에는 시베이전지복무단(西北戰地服務團)을 이끌고 전선과 도시 및 농촌 각지를 전전하였다. 1941년에는 《해방일보》 문예 부간을 주편하였고 1946년에는 토지개혁 운동에 참가하고 2년 뒤 저명한 장편 소설 《태양은 쌍간허를 비추고(太陽照在桑乾河上)》를 써서 고질적인 토지 착취제도를 근절시키는 투쟁을 반영했다. 이때가 딩링 창작 생애의 고조기였다. 이 소설로 1951년에 스탈린 문학상을 받았고 20여 종의 외국어로 번역되었다.

신중국 성립 후 딩링은 전국인대(全國人代) 대표, 전국정협(全國政協) 상무위원, 중국작가협회 부주석을 맡았고 전후로 《문예보》, 《인민문학》 등 주요 문예지를 주편했다. 아울러 청년 문예 지망생을 지도하는 중앙문학연구소(中央文學研究所)의 책임을 맡았고 수많은 산문, 잡문, 평론을 썼으며 동시에 장편 소설 《혹독한 나날 속에서(在嚴寒的日子裏)》를 쓰기 시작했다.

1955년부터 딩링은 불공정한 비판을 받기 시작하여 1957년에는 다시 우파 분자로 낙인찍혀 베이다황(北大荒)으로 하방(下放)되어 노동하였다. 문혁 기간에는 다시 박해를 당해 감옥에서 5년을 보냈다. 줄곧 20여 년이 지난 1984년에야 복권되었다. 서거하기 7년 전에는 고령의 나이에도 불구하고 전후로 프랑스, 미국, 오스트리아를 방문하였고 근 100만 자의 신작을 썼다. 서거 전에 미국 문예예술학원에서는 그녀에게 명예원사의 칭호를 내렸다.

주요 저작으로는 단편 소설집 《어둠 속에서(在黑暗中)》(1928), 《자살 일기(自殺日記)》(1929), 《한 여인(一個女人)》(1930), 중편 소설 《웨이후(韋護)》(1930), 중·단편 소설집 《한 사람의 탄생(一個人的誕生)》(1931), 단편 소설집 《홍수(水)》(1931), 단편 소설 《법망(法網)》(1932), 단편 소

설집 《밤 모임(夜會)》(1933), 장편 소설 《모친(母親)》(1933), 단편 소설집 《의외집(意外集)》(1936), 소설·희극집 《소구의 문예(蘇區的文藝)》(1938), 화극 《가와치 이치로(河內一郎)》(1938), 소설·산문집 《발사되지 못한 탄환 한 발(一顆未出膛的槍彈)》(1938), 산문집 《일년(一年)》(1939), 단편 소설집 《하루(一天)》(1939), 단편 소설집 《내가 샤 촌에 있을 때(我在霞村的時候)》(1944), 장편 소설 《태양은 쌍간허를 비추고(太陽照在桑乾河上)》(1948), 산문집 《산베이 풍광(陝北風光)》(1948), 화극 《요공(窯工)》(공저, 1949), 산문 《129사단과 진지루위변구(一二九師與晋冀魯豫邊區)》(1950), 산문집 《유럽여행 산기(歐行散記)》(1951), 평론집 《새로운 시대에 접어들어(跨到新的時代來)》(1951), 산문집 《옌안집(延安集)》(1954), 평론·잡문집 《군중 속으로 들어가 뿌리를 내리다(到群衆中去落戶)》(1954), 보고문학집 《전선으로 가다(到前線去)》(1980), 산문·평론집 《나의 생활과 창작(我的生活與創作)》(1982), 산문집 《방미 산기(訪美散記)》(1983), 평론집 《문학창작의 준비(文學創作的準備)》(1983), 산문·평론집 《문학 천재는 무엇을 의미하는가(文學天才意味着什麼)》(1985), 《딩링 서간(丁玲書簡)》(1986), 회상록 《도깨비 세계(魍魎世界)》(1987), 회상록 《눈보라 속의 사람들(風雪人間)》(1987) 등이 있다.

딩링기념관은 후난성 창더시(常德市) 딩링공원에 있으며 공원 안 딩링묘에 몇 년 전에 베이징에서 봉환한 딩링 유골을 안장했다.

우줘류(吳濁流, 1900-1976)

소설가. 원명은 우젠톈(吳建田)이고 타이완(臺灣) 신주(新竹)에서 태어났다. 사범학교를 졸업한 뒤 소학 교사로 지냈고 1940년에는 식민통치자가 교사를 능욕하는 바람에 사직하고 난징으로 건너가 《대륙신보(大陸新報)》 기자로 지냈다. 이듬해 타이완으로 돌아와 몇몇 신문사에서 기자로 지냈다. 37세 때 최초의 소설 〈수월(水月)〉을 《타이완신소설(臺灣新小說)》 잡지에 발표했다.

전기의 주요 작품 《아시아의 고아(亞細亞的孤兒)》는 1943년부터 1945년에 걸쳐 창작했는데 일본 특무경찰의 눈을 피하기 위해 두세 장 쓰고 나면 시골에 숨겨 놓았다가 항전 승리 후에야 출판할 수 있었다. 이 소설은 타이완에서 저명한 소설로 주인공은 식민통치자의 억압을 받았으며 조국의 신임도 받지 못해 고아 의식이 생기게 되는데 조국이 강대해져서 다시는 고아가 되고 싶지 않다는 타이완 인민의 바람을 표현해 주고 있다. 1944년에 쓴 작품 〈의사선생님 어머니(先生媽)〉는 풍자, 해학적인 필치로 침략자에 기댄 신사의 허위와 노예성을 폭로했으며 동시에 민족 절개를 지키는 모친의 형상을 부각시켰다. 광복 후의 작품으로는 국민당 접수 관리의 부패와 추태를 다룬 《포츠담 과장(波茨坦科長)》이 있다.

1964년에는 《타이완문예(臺灣文藝)》 잡지를 창간했으며 1969년에는 부동산을 매각하여 마련한 돈으로 〈우줘류 문학상〉을 제정했다. 동년에 《아시아의 고아》 속편 《요원한 길(遙遠的路)》을 창작했으며 자전체 소설 《무화과(無花果)》를 썼다.

주요 작품으로는 장편 소설 《고범(孤帆)》(1959), 장편 소설 《아시아의 고아(亞細亞的孤兒)》(1962), 장편 소설 《무화과》(1970), 장편 소설 《진창(泥濘)》(1971), 산문집 《동남아 만유기(東南亞漫遊記)》(1973), 단편 소설집 《수렁 속의 황금 잉어(泥沼中的金鯉魚)》(1975), 단편 소설집 《충실한 사냥개(功狗)》(1977), 산문집 《난징 잡감(南京雜感)》(1977), 단편 소설집 《포츠담 과장(波茨坦科長)》(1977) 등이 있다.

우줘류고거(吳濁流故居) 지덕당(至德堂)은 타이완 신주(新竹) 신푸진 (新埔鎭)에 있다.

 **쑨리(孫犁, 1913-2002)**

소설가. 원명은 쑨수쉰(孫樹勳)이고 허베이(河北) 헝수이(衡水) 안핑 (安平) 사람이다. 바오딩(保定) 육덕중학(育德中學)에서 공부할 때 학교 간 행물 《육덕월간(育德月刊)》에 습작을 발표하기 시작했다. 1933년 고등학 교 졸업 후 베이핑(北平)을 유랑하면서 생계를 유지하기 위해 전후로 시정 (市政) 기관과 소학교 직원을 맡았다. 1936년에는 안신현(安新縣) 퉁커우 진(同口鎭)의 소학교에서 가르쳤는데 바이양뎬(白洋定) 일대 사람들의 생 활은 그에게 아름다운 추억을 남겨 주어 이후 바이양뎬 제재가 그의 문학 창작에 일관되었다. 1937년에는 항일운동에 참가하였고 혁명시 《바다제 비의 노래(海燕之歌)》를 편집하여 출판했으며 《붉은 별(紅星)》 잡지와 《지 중도보(冀中導報)》 부간에 논문을 발표한 바 있다. 1939년에는 진차지퉁 신사(晋察冀通訊社)로 와서 진차지(晋察冀) 최초의 문예 간행물의 하나인 《문예통신(文藝通訊)》을 편집했으며 아울러 《통신원 및 통신창작 등 여러 문제를 논함(論通訊員及通訊寫作諸問題)》을 출판했다. 이후에는 진차지 문련(晋察冀文聯), 《진차지일보(晋察冀日報)》, 화베이연대(華北聯大)에서 편집과 교원을 역임했다. 1941년 지중구(冀中區)에서 《지중일일(冀中一

日)》을 편집할 때 소책자《구촌과 연대의 문학창작 교재(區村和連隊的文學寫作課本)》(이후의《문예학습》)를 썼는데 이는 청년의 창작 지도에 공헌을 하였다. 1944년에는 옌안(延安)으로 와서 루예(魯藝)에서 일하고 학습했다. 이때 지중(冀中) 바이양뎬 군민의 항일투쟁을 반영한 우수한 단편 소설〈허화뎬(荷花淀)〉을 발표하여 호평을 받았다.

1949년 이후에는《톈진일보(天津日報)》사에서 편집을 맡다가 오래지 않아 작가협회 톈진분회(天津分會) 부주석으로 당선되었고 저명한 장편 소설《풍운초기(風雲初記)》, 중편 소설《시골집(村家)》과《철공과 목공의 이전 이야기(鐵木前傳)》등을 창작했다. 이 시기에 창작이 가장 왕성하였을 뿐 아니라 성과도 컸으며 문학비평 관점도 점차 성숙하여 견해가 선명한《문학단론(文學短論)》을 출판했다. 1956년에 병을 앓기 시작하면서 이후에는 창작이 감소했다. 생전에는 중국작가협회 톈진분회 명예주석을 맡았다.

주요 저작으로는 이론《민족혁명전쟁과 희극(民族革命戰爭與戲劇)》(1938),《통신원 및 통신창작 등 여러 문제를 논함(論通訊員及通訊寫作諸問題)》(1940),《루쉰, 루쉰의 이야기(魯迅, 魯迅的故事)》(1941),《구촌과 연대의 문학창작 교재(區村和連隊的文學寫作課本)》(1942),《소년 루쉰 독본(少年魯迅讀本)》(1946), 소설·산문집《허화뎬(荷花淀)》(1947),《문학입문(文學入門)》(1947), 단편 소설집《루화당(蘆花蕩)》(1949),《부탁(囑咐)》(1949), 중편 소설《시골집(村家)》(1949), 산문·소설집《농촌 스케치(農村速寫)》(1950), 단편 소설집《채포대(采蒲臺)》(1950), 논문집《문학단론(文學短論)》(1950), 시집《산하이관 홍릉가(山海關紅綾歌)》(1951), 장편 소설《풍운초기(風雲初記)》(1951-1963), 논문집《문학단론(文學短論)·속편(續編)》(1953), 소설·산문집《바이양뎬 이야기(白洋淀紀事)》(1958), 중편 소설《철공과 목공의 이전 이야기(鐵木前傳)》(1959), 산

문집 《진문소집(津門小集)》(1962), 시집 《바이양뎬의 노래(白洋淀之曲)》(1964), 산문집 《만화집(晚華集)》(1979), 《수로집(秀露集)》(1981), 잡문집 《경당잡록(耕堂雜錄)》(1981), 산문집 《담정집(澹定集)》(1981), 소설·산문집 《거문고와 퉁소(琴和簫)》(1982), 《경당산문(耕堂散文)》(1982), 산문집 《척택집(尺澤集)》(1982), 잡문집 《서림추초(書林秋草)》(1983), 산문 《원도집(遠道集)》(1984), 산문집 《노황집(老荒集)》(1985), 《누항집(陋巷集)》(1987), 《경당서발(耕堂序跋)》(1988), 산문 《무위집(無爲集)》(1989), 《운재소설(芸齋小說)》(1990) 등이 있다.

2002년 7월 11일 쑨리가 세상을 떠난 뒤 허베이성(河北省) 안신현(安新縣) 인민정부는 바이양뎬허화다관위안(白洋淀荷花大觀園)에 쑨리 기념관을 세웠으며 비정(碑亭) 정면에 "허화뎬파 창립자 쑨리(荷花淀派創立者孫犁)"라는 글이 새겨져 있다. 그리고 쑨리 서거 10주년을 기념하여 허베이성 작가협회와 쑨리의 고향 헝수이시(衡水市) 안핑현(安平縣)에서 공동으로 쑨리 문학상을 제정하여 2012년 11월에 제1회 문학상을 주었다. 그리고 2013년 5월 12일에는 안핑중학(安平中學) 내에 쑨리 도서관을 개관했으며 2014년 5월 5일에는 쑨리 탄신 101주년을 기념하기 위해 쑨리의 고향 쑨야오청춘(孫遙城村)의 옛 집을 복원하여 개방했다. '쑨리 고거(孫犁故居)' 글씨는 2012년 노벨문학상 수상자 모옌(莫言)이 썼다.

[중국 현대소설 유파 개관]

인생파 소설

오사운동 이후 중국 문단에 나타난 현실주의 창작 유파를 말한다. 이 유파의 명칭은 문학연구회에서 제기한 '인생을 위한' 문학 주장에서 기원하므로 문학연구회라는 저명한 문학 단체의 다른 이름으로 보아도 무방하다.

문학연구회는 《신청년》의 현실주의 전통을 이어받아 1921년 1월 베이징에 설립되었으며 광범한 영향력을 가졌던 신문학 단체다. 문학연구회의 선언문은 저우쭤런(周作人)이 작성하였고 창립 멤버는 저우쭤런, 주시쭈(朱希祖), 겅지즈(耿濟之), 정전둬(鄭振鐸), 취스잉(瞿世英), 왕퉁자오(王統照), 선옌빙(沈雁冰), 장바이리(蔣百里), 예사오쥔(葉紹鈞), 궈사오위(郭紹虞), 쑨푸위안(孫伏園), 쉬디산(許地山) 등 열두 명이다. 이 단체가 생길 때 문학연구회에서는 인생에 대한 냉정하고도 엄숙한 태도를 지닌 동시에 '인생을 위한' 문학 가치 관념을 강조하여 문학은 사회를 반영해야 한다고 주장했다. 이를 토대로 문학연구회에서는 봉건적인 문이재도(文以載道: 문장으로써 성현의 도를 밝힘) 문학과 유희문학이나 '예술을 위한 예술', 즉 순문학을 반대하면서 현실주의 창작 방법을 제창했다.

문학연구회의 기관지 ≪소설월보(小說月報)≫에 실린 인생파의 대표작으로는 마오둔(茅盾)의 〈식(蝕)〉, 딩링(丁玲)의 〈멍커(夢珂)〉, 〈소피 여사의 일기(莎菲女史的日記)〉, 바진(巴金)의 〈멸망(滅亡)〉, 라오서(老舍)의 〈장 씨의 철학(老張的哲學)〉 등을 들 수 있다.

낭만파 소설

문학연구회의 뒤를 이어 나타난 대표적 유파는 창조사(創造社)다. 이 유파는 낭만주의적 문학 경향을 띠고 있어 이들을 '낭만파' 혹은 '예술파'라 부르기도 한다. 창조사는 궈모뤄, 위다푸, 청팡우(成仿吾), 톈한(田漢), 장쯔핑(張資平), 정보치(鄭伯奇) 등이 발기하여 1921년 7월에 일본에서 만든 문학 단체다. 창조사는 1927년을 기점으로 전기와 후기로 나뉘는데 전기에는 ≪창조계간≫, ≪창조주보≫, ≪홍수≫ 등을 간행하여 오사운동 시기의 파괴 정신과 창조 정신을 발양했으며 반항 정신이 풍부하고 낭만주의 격정이 충만한 시와 소설을 많이 발표했다. 이들은 초공리적 문예관을 지녔으나 1927년을 기점으로 분화하여 후기에는 프롤레타리아 문학을 적극 제창하였다.

낭만파 소설 작가들은 대부분 일본 유학생 출신으로 서구 낭만주의 문학과 일본 사소설의 영향을 받아 외국에서 받는 모욕과 이로 인해 마음속에 쌓인 분노를 묘사하였고 주인공을 통해 자신의 이상을 드러내는 등 자서전적인 성향이 농후하여 중국 현대소설에 자서전 소설의 모델을 확립하게 되었다.

낭만파 소설의 대표작으로는 위다푸의 〈타락(沈淪)〉, 〈은회색의 죽음(銀灰色的死)〉, 〈남천(南遷)〉, 궈모뤄의 ≪표류삼부곡(漂流三部曲)≫, 〈늦봄(殘春)〉, 〈낙엽(落葉)〉, 장쯔핑의 〈메이링의 봄(梅嶺之春)〉, 루인(盧隱)

의 〈해변의 친구(海濱故人)〉 등이 있다.

향토 소설

향토 소설 작가들은 1920년대 초기와 중기에 베이징과 상하이에 살면서 자신들이 잘 알고 있는 고향의 풍토와 인정세태를 제재로 삼아 농촌의 낙후성과 우매함이나 농촌 사람의 질곡, 피해를 폭로했다. 향토 소설은 농촌을 제재로 삼은 루쉰의 〈고향〉 같은 작품의 영향을 받았으며 '향토소설'이란 명칭도 루쉰이 1935년에 처음으로 사용한 이래 널리 사용되고 있다.

이들의 대표작으로는 루옌의 〈유자〉, 〈황금(黃金)〉, 〈쥐잉의 출가(菊英的出嫁)〉, 타이징눙(臺靜農)의 단편소설집 《땅의 아들(地之子)》, 쉬친원(許欽文)의 〈코흘리개 아일(鼻涕阿二)〉, 펑자황(澎家煌)의 〈종용(慫慂)〉, 쉬제(許傑)의 〈참무(慘霧)〉, 쩬셴아이(蹇先艾)의 〈수장(水葬)〉 등이 있다.

징파(京派) 소설

'징파'는 베이징 중심의 작가군을 가리킨다. 1933년 겨울부터 1934년 봄까지 중국 문단에서 소규모의 문학논쟁이 벌어졌다. 이를 소위 '징파·하이파(海派)' 논쟁이라 부른다. 먼저 선충원(沈從文)이 논쟁의 씨앗을 뿌렸고 이어 상하이의 쑤원(蘇汶)이 맞대응하게 된다. 여기에 제3의 관점에서 루쉰, 차오쥐런(曹聚仁)이 가담하여 징파와 하이파의 특징을 비판적으로 개괄한 바 있다. 징파 작가들은 1920년대 말부터 1930년대에 이르기까지 베이징을 중심으로 톈진(天津), 칭다오(靑島), 지난(濟南) 등 북방 도시에서 활동했다. 이들은 대부분 대학생이나 대학교수의 신분으로 주로 학문을 탐구했다. 대표 작가로는 선충원, 페이밍(廢名), 샤오첸, 리젠우, 린

후이인(林徽因), 리원톈(李文田) 등을 들 수 있다. 이들의 문학은 정치 의식이 엷어지고 예술적 독립 의식이 강했던 북방 문화의 산물이라 하겠다.

하이파(海派) 소설

'하이파' 작가들은 상하이 지역의 상업화와 도시화의 현상과 밀접한 관계가 있다. 하이파 작가로는 스즈춘(施蟄存), 류나어우, 무스잉, 두헝(杜衡), 헤이잉(黑嬰), 장커뱌오(章克標), 쉬쉬(徐訏), 장아이링(張愛玲), 쑤칭(蘇靑) 등이 있다. 이 가운데 신감각파라고 불리는 스즈춘, 류나어우, 무스잉 등은 1930년대에 활동한 작가이고 장아이링, 쓰칭 등은 1940년대에 활약한 소설가다. 신감각파 작가들은 1920년대 일본 신감각파의 영향을 받아들여 의식적으로 서구 현대주의 사조를 추구했다. 그들은 의식의 흐름과 심리 분석의 방법을 도입하여 병태적인 도시 생활의 단면을 묘사했으며 화려하고 사치스런 환경에서 염량세태, 적막과 권태, 타락 등의 심리를 묘사했다. 이들 작품에 등장하는 인물 형상들은 대부분 무희, 월급쟁이, 투기꾼, 자본가, 정객, 유랑자 등으로 구성되어 있다. 대표작으로는 류나어우의 단편 소설집 ≪도시풍경선(都市風景線)≫, 무스잉의 단편 소설집 ≪남북극(南北極)≫, ≪공묘(公墓)≫, ≪백금 여체의 소상(白金女體的塑像)≫, ≪성처녀의 감정(聖處女的感情)≫, 스즈춘의 ≪장군의 머리(將軍底頭)≫, ≪장맛비 내리는 저녁(梅雨之夕)≫, ≪착한 여인의 행품(善女人行品)≫ 등이 있다.

동북작가군

1931년 9·18사변 후 동북 3성이 일본 관동군에 의해 잇달아 함락되면서 동북 인구 3천만에 달하는 인민은 재난 속에 빠지게 되었다. 이후 이곳 출신의 문학 신인들은 자신의 체험을 바탕으로 도탄에 빠진 조국과 고향 사람들의 애환, 항전 투쟁 등을 반영한 작품을 발표하기 시작했다.

동북작가군의 주요 구성원으로는 샤오쥔(蕭軍), 샤오훙, 쉬췬, 바이랑(白朗), 뤄펑(羅烽), 돤무훙량(端木蕻良), 뤄빈지(駱賓基), 마자(馬加), 량산딩(梁山丁), 진샤오(金嘯), 장춘팡(姜椿芳), 리후이잉(李輝英) 등을 들 수 있다. 이들 중 대다수는 하얼빈에서 문학 활동을 시작했다. 이후 쉬췬, 샤오쥔, 샤오훙이 그 무대를 칭다오로 옮겼는데 샤오쥔의 〈팔월의 향촌(八月的鄕村)〉, 샤오훙의 〈삶과 죽음의 자리(生死場)〉, 쉬췬의 〈조국이 없는 아이(沒有祖國的孩子)〉 등은 모두 칭다오에서 창작한 걸작이다. 이후 이들은 상하이로 거주지를 옮겨 진보적인 문예단체에 가입하여 활동하는 한편 왕성한 창작욕을 과시했다.

하지만 1937년 7·7사변 이후 동북작가들은 전국적인 항전 운동에 적극 동참하여 차례로 상하이를 떠나 참전하거나 후방에 남아 교편에 종사하는가 하면 어떤 작가는 문화 선전 공작에 종사하기도 했다.

허화뎬파(荷花淀派)

이 유파는 1940년 말기에서 1950년대 초에 형성된, 쑨리를 대표로 하는 소설 유파를 말한다. 항일 전쟁 후기에 쑨리는 소설을 통해 농민, 특히 농촌 여성의 아름다운 영혼과 인정을 발굴함으로써 진차지(晋察冀) 항일 근거지와 옌안(延安) 독자의 사랑을 받았으며 청년 작가들에게도 상당한 영향을 끼쳤다. 건국 초기에 쑨리는 잇달아 〈허화뎬〉, 〈바이양뎬 이야기(白洋淀紀事)〉, 장편 소설 ≪풍운초기(風雲初記)≫, 중편 소설 〈철공과 목공의 이전 이야기(鐵木前傳)〉 등을 발표했는데 그의 청신한 예술 풍격은 청년 작가들에게 영향을 주어 류사오탕(劉紹棠), 충웨이시(從維熙), 한잉

산(韓映山), 팡수민(房樹民) 등으로 구성된 허화뎬파를 형성하게 되었다. 이들의 대표작으로는 앞서 언급한 쑨리 작품 이외에 류사오탕의 단편 소설집 ≪산사촌의 노랫소리(山楂村的歌聲)≫, 중편 소설 ≪운하의 노 젓는 소리(運河的槳聲)≫, 충웨이시의 단편 소설집 ≪칠월의 비(七月雨)≫, 장편 소설 ≪남하의 봄 새벽(南河春曉)≫ 등이 있다.

중국대표단편문학선 **시간에 무감각한 두 남자**

초판 1쇄 인쇄일 | 2016년 9월 2일
초판 1쇄 발행일 | 2016년 9월25일

지은이 | 류나어우 외
옮긴이 | 조성환
편 집 | 이재필
디자인 | 임나탈리야
펴낸이 | 강완구
펴낸곳 | 써네스트
출판등록 | 2005년 7월 13일 제313-2005-000149호
주 소 | 서울시 마포구 동교동 165-8 엘지팰리스 빌딩 925호
전 화 | 02-332-9384   **팩 스** | 0303-0006-9384
이메일 | sunestbooks@yahoo.co.kr
ISBN 979-11-86430-33-0 (04820)   값 12,000원
ISBN 978-89-91958-80-7 (세트)

이 도서의 국립중앙도서관 출판시도서목록(CIP)은 서지정보유통지원시스템 홈페이지
(http://seoji.nl.go.kr)와 국가자료공동목록시스템(http://www.nl.go.kr/kolisnet)에서 이용
하실 수 있습니다. (CIP제어번호 : CIP2016020445)